赏图记

SHANG TU JI

常万生 著

北京燕山出版社
BEIJING YANSHAN PRESS

图书在版编目（CIP）数据

赏图记 / 常万生著 . -- 北京：北京燕山出版社，2017.5

ISBN 978-7-5402-4507-8

Ⅰ . ①赏… Ⅱ . ①常… Ⅲ . ①长篇小说—中国—当代

Ⅳ . ① I247.5

中国版本图书馆 CIP 数据核字（2017）第 071722 号

赏图记

责任编辑：金贝伦　刘冉
责任校对：石书贤
出版发行：北京燕山出版社
地　　址：北京市西城区陶然亭路 53 号
邮政编码：100054
发行电话：（010）65243837
印　　刷：三河市灵山红旗印刷厂
开　　本：710mm×1000mm 1/16
印　　张：26.25
字　　数：357 千字
版　　次：2017 年 5 月第 1 版
印　　次：2017 年 5 月第 1 次印刷
定　　价：46.00 元

版权所有　违者必究
如有印刷质量问题，请与印厂联系退换

作者简介

常万生，1945年生，祖籍河北饶阳，1964年毕业于吉林敦化一中，1969年毕业于东北师大历史系，后参军，在16集团军任宣传干事，1978年调入大连陆军学院任教，教授，获评全军优秀教员、国务院特殊津贴。80年代开始文学创作，中国作家协会会员，出版著作400余万言，代表作为九卷本《常万生史传春秋系列》，有电视连续剧《汉宫飞燕》在多家电视台播出，常万生原著，与张笑天合作编剧，陈家林执导。

目录

001	1. 一阵风忽地刮来，他觉得被刮到天上去了。
009	2. 不戴皇冠戴草帽，是勤俭天子，还是假冒伪劣？
016	3. 他大声说出三个字：用阴谋！
025	4. 一袭白裙轻轻飘来……
036	5. 我想知道我是怎么没的。
044	6. 他能干什么，挨揍呗！
049	7. 学堂里传出诵读声："天子重英豪，文章教尔曹……"
054	8. 别瞎诈唬了，快叫赵三来！
059	9. 咱是两股道上跑的车，各走各的路。
062	10. 烛影斧声中就有你的声音。
070	11. 聘请你为翰林院客座教授，薪水从优！
073	12. 这才像咱尚庄爷们！
079	13. 出家人也爱财。
083	14. 有关人士证明，猪肉上没有鼻涕痕迹。
087	15. 急了我揍你，你信不信？
091	16. 他妈太没人性，就狠心把这一家毁了？
097	17. 什么他妈海参，这不是面疙瘩吗？
105	18. 酒朝廷必然带来个醉天下。

108	19.	那女人又冲着他咪咪地笑。
112	20.	轿子里有一个露出了半张脸的女人。
117	21.	啥事都别做绝了，留点后手。
121	22.	整天醉醺醺的，哪有力量打仗啊？
125	23.	借套房娶媳妇，娶到家再说。
135	24.	你是我老爷爷、太爷爷、祖爷爷、滴里嘟噜爷爷。
139	25.	鬼剃头就不长头发了，这可不行。
146	26.	政久有弊，弊而不救，祸乱必至。
151	27.	你想到了吗，一个光棍汉独守空房是啥滋味？
160	28.	藏獒再凶，把它锁在笼子里，看它还有啥能耐！
165	29.	我摸过人家，能撒手不管吗？
175	30.	鸡爪子是鸡身上长的，鸡爪子叫凤爪，那鸡当然就是凤了。
182	31.	我给你提供个地方，你们敢用吗？
190	32.	现在他才真正感到老板到底是个啥。
195	33.	就是个尸首你也得抱回去。
200	34.	以后就到咱公司干，省得挨欺负。
208	35.	驴是愚蠢的代名词，蠢驴嘛！
212	36.	墨碗虽臭，却连着我家饭碗。
219	37.	不是为了用，是为了看。
225	38.	一辈子为儿孙们忙活，等忙不动了，儿孙们也都靠边了。
230	39.	开轿车遛牛，这才叫牛车。
233	40.	你别心存成见，拿豆包不当干粮。
238	41.	汤锅下撒一把火，再泼一瓢水，那还能烧开呀。

243	42. 成也老赵，败也老赵。
246	43. 脸像猴屁股似的，逗着玩呢他还当真了。
250	44. 得到一次并不意味着就能得到永远。
255	45. 花钱买胡话，听着舒服就行。
258	46. 熙，就是熙熙攘攘、乱乱哄哄瞎折腾。
263	47. 农民工就是农民加工人，牛不牛？
268	48. 她就是能拉屎了，生不出孩子。
273	49. 文字无心，读者有意。
279	50. 真他妈笨蛋，拉闸呀！
283	51. "乡巴佬"不是贬义词，就是在乡下养老。
287	52. 202 是个赌气的数字。
293	53. 什么好莱坞？那不是屋，是船！
300	54. 你这是干啥呀，咋还不松手了？
305	55. 谁用你端屎端尿？我到那个份上了吗？
309	56. 香水味是爱情的味道，也是生活上了档次的标志。
314	57. 老嘬的习惯动作是滋滋地嘬牙花子。
318	58. 他是一脚致贵，地地道道的一脚贵。
324	59. 挺好的画缺个题款，我给你补上这个缺！
330	60. 鬼的世界没皇帝。
335	61. 让你出点苦力，遭点罪，算是便宜了你。
340	62. 不管什么局都是作孽局。
344	63. 搞建筑和蒸馒头都是手艺活儿。
349	64. 他用一条黄罗缠着手。

352	65. 野店是个藏污纳垢的地方。
355	66. 他觉得已经爱到了骨子里，融化到血液中了。
359	67. 出了道观进妓院，这才叫道貌岸然呢！
365	68. 这样的军队，哪来的战斗力？
369	69. 废物！你可耻地选择了推卸和逃脱。
373	70. 身后传来马蹄声。
378	71. 一根藤上两个歪瓜。
381	72. 他跪在地上，重重地磕了三个响头。
386	73. 要不我说你能当干部呢，你重民心啊！
390	74. 爹大没有老总大。
393	75. 抱着孩子当伴娘，有生气。
398	76. 这一路你就是从画上走过来的。
407	77. 他眯着小眼睛笑着喊：相亲了！有喜了！
410	78. 你他妈真坏，看我怎么收拾你！

1

一阵风忽地刮来,他觉得被刮到天上去了。

尚树蛋和很多尚庄爷儿们一样是个铁杆光棍儿。他这光棍儿属于中等水平,即是不大不小的中等年龄:三十二三岁。他的名字树蛋也没什么特别,因为尚庄叫蛋的人很多,什么臭蛋、狗蛋、傻蛋、胡蛋、白蛋、黑蛋、喇嘛蛋、家雀蛋,等等,千奇百怪的蛋不下十几个。只不过,尚树蛋原来并不叫蛋,树蛋是后来人们给他起的。他原来叫书袋,是他爹给起的。

为什么一个土头土脑的乡下人还叫这么一个很文雅的名字书袋呢?说来话长。原来,尚书袋家据说祖上是个大户人家,他爷爷的爷爷的爷爷是道光年间进士,北京国子监的进士碑上都刻着他的名字。当初,这个先祖曾授官山西某县县令,在山西有些政绩,诸如加固城墙、勤于职守等,当然,因年代已久,没人能记得清,史学家也不屑于研究一个小县官,二十四史上更是无据可查。但一个事实在尚庄人的传播中确实是真真切切的:这个进士在尚庄有一座三进大宅院,曾是僮仆成群,气派非凡,还传说尚树蛋这位先祖对下人很仁义,从不拖欠工钱当"老赖",逢年过节还给人们点赏钱,因而在尚庄名声不错,以至于几代相传,到尚树蛋这一代仍家风犹存。村里人都说树蛋有人缘,是进士老祖宗留下来的。但尚家终未逃过"贵不过三代"的魔咒,在树蛋的这个爷爷的爷爷的爷爷死了以后，他家就无人当官了，岂止是无人当官，连甲长、村长之类的小官也没有过，家境更是一代不如一代，家僮仆人早已如鸟兽散，当年那座气派非凡的大宅院也经过一代代拆分，早已繁华不在，现在连块整砖也找不到了。唯一的遗留器物是一块刻着"进士第"三字的匾额。这块匾是大松木板子做的，挺厚实，黑漆金字，还刻有大清道光28年的年号和第21位的排序，虽已老旧，匾面斑驳，但这种古旧气却透着高贵渊博之气。这几年，尚树蛋家的屋子里虽然好几次更换添置了或值钱或不值钱的家居摆设，但这块匾额却一直没动，他珍爱如初地视为他家的宝物，挂在北屋正墙上一个很显眼的地方。

　　尚家人都认为，尚家珍藏多年的这块匾就是家里最重要的资本，刻在匾上的"进士第"三个字千金不换！进士，这是多大的人物啊？进士及第就等于登上了天梯，皇帝老子都要接见，亲自授官，起码是个县太爷，将来弄个朝廷大员也未可知，偌大个国家一年就能考中几十个进士，尚家的这位祖宗就是这几十个之一，这不是人尖子吗？尚家后人不是人尖子的后人吗？

　　基于这种高贵感，尚树蛋特别珍重这块匾，看得比命都重要，平时都不让人看，在那个破四旧的年代藏在西屋里用草盖着。但仍有人知道了点蛛丝马迹，那年村里打机井，有人提出让四旧派上用场发挥点作用，拿这块匾当跳板，树蛋先是打探出是谁透露的风声，几乎要和那小子拼命，接着就躺在那块匾上，对前来借匾的人说：这是俺家的宝贝，老子不借，要借就连我一块借去吧，管吃管住管送终，借去给你家打种儿，让你娘给我留个后！反正我就这么一个人，你们看着办吧！

　　因为尚树蛋在村里是个两面人，既高傲又混横，光脚的不怕穿鞋的，没人敢跟他较真儿，只是平时和他耍笑着玩而已，所以"借匾"这事就这样算了，这块匾也因此保留了下来。

　　尚树蛋曾经想象过进士是个啥派头，甚至痴痴地想，可惜自己生不逢时，要是在科举时代，他也说不定能考中进士哩，那该多带劲！这样想入非非的时候，他非常得意，有时竟一个人笑出声来，像是真的中了进士似的。或许，只有这时，睹物思昔，追思一下那永不再现的辉煌，才是这个光棍儿的幸福时分。

然而，往者已矣，时不再来，经过几代时光流转，树蛋家的家境已是一落千丈了，至而沦落为一个极普通的尚庄人家。到了树蛋这一代，竟至一贫如洗，加之树蛋父母早逝，树蛋又是光棍一根，这个家更是成为尚庄的贫困户。

尚树蛋原先并不叫树蛋，叫书袋，这个名是他娘给起的。他原先没有名，刚出生时只是叫他的姓别：小子。尚庄人大多有这么个小名，女的则叫丫头，大概是刚生下来没来得及起名的缘故。稍大点了的时候，他爹叫他书呆，因为他从小爱看书，什么南朝北国的都看，整天钻在小屋子里捧着本书看，不会干事，也不会来事，因此常被他爹训斥道：书呆子！并不假思索地说，这小子就叫书呆吧！这样，书呆就成了他最初的名字。

但他娘却不认可这个名。他娘和他爹说，书呆子不是个名，也不好听。孩子大了，总得有个正经名，要不就叫"书袋"吧，换个字。听说你们先祖是进士，挺有文化的，也让孩子的名字沾点书香气。他爹说，也行，那就叫这个名吧。长大了成个书袋也好，装点书，也有用项。就这么着，书袋这个名就成了他的大名。

书袋这个名还真挺贴切。书袋就是爱看书，凡是能找到、能借到的书他都喜欢得了不得，翻来覆去地看，记性也极好，不说是过目不忘，也能记住个七八分。他曾经看过几本杨家将、水浒传、包公案什么的书，对村里剧团演的杨家将、四郎探母之类的戏特入迷，还能唱上几段，进而又挖门盗洞地找了几本有关宋朝的书来看，一来二去竟成了尚庄的学问人，张口闭口"大宋朝"，动辄讲一段狸猫换太子、寇准背靴之类的宋朝故事，尚庄缺文化人，更是没有懂历史的人，几辈子人对文化人都敬重几分，所以，人们对尚书袋都高看一眼，瞅他的目光都有点仰视，简直就是把他当成宋朝通，颇带敬重意味地称他"宋史专家"。

书袋很得意这个称谓。专家,这还了得吗?专家是穿西服、打领带、坐小轿车、住小洋楼的主儿,尚庄算什么,村长算什么,我现在是土里的金子,说不定什么时候来一阵风,把盖在上面的沙土吹跑了,亮晶晶的金子能把尚庄人的眼睛晃瞎。

这样想了之后尚书袋欣然自得,渐渐养成了个自鸣不凡、目中无人的习惯,走路时腰板儿挺得溜直,脖子不打弯,眼睛往天上看,说话时也文绉绉的,特别是讲起宋史来更是口若悬河,不,口若悬瀑,飞流直下,奔腾汹涌,裂岸排空,滔滔不绝,俨然真的是一个宋史专家。

尚书袋家还秘藏着一个宝贝,一件颜色发黄破旧残缺的画轴。这画轴是他爹咽气前才像遗物交给他的。那天,他爹非常郑重地把他叫到跟前,说:书袋你先跪下,朝着这件东西磕三个头。说着从枕头下拿出一个破画轴,用手哆哆嗦嗦地在尚书袋眼前晃了晃,说,看着没,这是咱老祖宗传下来的宝物,我也不知道是什么,从来没打开过,你长这么大我也没让你看过,因为当初你爷爷嘱咐我,这东西是老一子传下来的,后代只有读书人才有资格打开。你爹我没读过书,所以一直没敢打开过。说到这里,他深深地叹了口气说,说实在的书袋,你爹我是巴望你读点书的,好继承咱家的书香,可谁想咱家里穷,你爹我没能耐,只供你读完了小学,所以祖上留下的这点东西现在才交给你。说心里话书袋,就是现在交给你我也不放心,因为你虽然叫书袋,但连中学都没上过,无论如何不能算读书人。咳,可叹你娘的肚子不争气,就生了你这么一个,现在不交给你交给谁呢?我也不能限制你看,我一咽气就什么也管不了了。你照量办吧,我,我恨我自己没做出个读书人来,给祖宗丢脸了,我闭不上眼啊。说着伤心地掉下泪来……

听了爹的这临终之言尚书袋伤心了好一阵子。这哪是临终嘱托呀,这不是磕碜我吗?我是没读过多少书,只是个小学毕业,为这事你磕碜了我多少年啊,动不动就数落我,爹呀爹,你怎么临终也不给我一点儿面子呢。他也恨自己没能耐,没成为读书人。但不都是怪那个年头吗,怪那个穷日子吗!爹你知道,我的学习并不差,在班里是前几名,还考上了初中呢!只是因为拿不出五块钱学费,白瞎了那张录取通知书了,都没去中学报到。要是赶在现在这个好时候,别说是初中,高中大学一样上!或许能上研究生、念博士,把中国的学校阶梯都爬完!爹啊爹,我感激你给我起的这个名,我尚书袋自己天生就是个念书的材料,只是没赶上好时候。当年五块钱就把我读书的路给断了,可惜啊!

　　但叹息归叹息,尚书袋没有因此放弃当读书人的志向。他要争这口气。他想到了那件祖辈留下来的老东西——他爹临死前才交给他的那张旧画。他爹刚入葬不久,他就下决心打开祖宗留下来的那个东西看看,这天,他来到他爹的坟前,跪着说,爹啊爹,儿子不争气,没当上读书人,可俺不甘心把咱家那宝贝再放一辈子了,俺要打开看看到底是个啥玩意儿。爹你别怨俺,说俺不尊祖训,背叛了祖宗的规矩,祖宗留下的东西俺不能再让它睡觉了,不打开能知道是啥吗?这样几辈子地放着不见天日能叫孝顺吗?要是件值钱的宝物岂不是可惜了?

　　尚书袋从他爹坟前回来之后把门关严,小心翼翼地打开了那画轴。这画轴是一个国画长卷。尽管有些被老鼠咬的破洞及被水洇湿的痕迹,但基本上是完整的。特别是画首那几个大字特清楚:清明上河图。这几个字像闪电一样晃得尚树蛋晕头转向,头也嗡嗡地响。作为宋史专家,他当然知道清明上河图,那不是张择端画的旷世名画吗?这件无价之宝不是保存在故宫博物馆了吗?怎么落到俺家祖宗手里了?尚书袋越想越觉得蹊跷,一种莫名的惊喜使他手抖起来,眼睛也看不清了,兴奋得六神无主,心惊肉跳。他想到很多很多,最让他狂想的是尽快到北京中央电视台去鉴定一下。他坚信这名画绝不只有张择端的一件真品,一定还有很多复制品传世,因为名画的名气是因为复制品多而扬名的,很多名画历朝历代都临摹复制不绝。从他的第一认识来看,他家这张肯定是件复制品,因为故宫博物馆那件不可能是假的,而真品只有一张。但他又坚定地认为，复制品未必就没价值。复制品也要看年头，年头久远的复制品也是收藏家的宝贝。

他真的去了北京，真的走进了中央台鉴宝栏目，真的拿出了自家的宝贝请专家鉴定。尚庄人无从知道此次鉴宝的具体情况，只是听尚书袋从北京回来后有鼻子有眼地说，鉴宝专家说了，这东西虽然不是真品，是临摹的，但存世时间久，临摹得也很像，很有收藏和文物价值。尚庄人不知道什么叫文物价值，只是想知道这东西到底值多少钱。尚书袋伸出了一个手指头。尚庄人问，100万吗？尚书袋笑道，你们就知道钱，100万算什么？100万我也不卖。那到底值多少钱呢？尚书袋神秘地一笑，还是伸着一个手指头，未露一字。于是，关于这幅画的价值就此成了尚庄的一个超级谜，一个引起了海阔天空猜测的无底谜，一个只有尚书袋才能解答的谜。

尚书袋一直坚守着这个谜底，谁也休想套出一个字，尚庄人只是都知道尚书袋这个书香之家有一张祖传的老画，有个祖传的谜，这个谜是一根手指头，起码值100万。

尚书袋确实把这张画当成了宝贝，成天关起门来神神秘秘地观赏琢磨，看得迷迷瞪瞪。他也向人透露过关于这幅画的星星点点：图上有一条长长的河，河上有行船，河两岸是座城，城中店铺林立，人来车往，异常繁华。这幅画的特点是人物众多，多得数不过来，各种车也有几百辆，画家精细逼真地把一座城都画下来了。这幅画里含着很多秘密，是一幅神秘的名画，一件令人琢磨不透的宝贝。他这辈子最重要的事就是要研究这个宝贝，一是不负祖宗的厚望继承祖上的荣光，另外，对这幅画的破解是宋史学界一道难题，到目前为止也没人能说得清楚，是史学界和书画界的哥德巴赫猜想。他立志解开这个古画谜团，为宋史和书画研究做出贡献。一旦破解了这个谜，说不定自己会成为另一个陈景润。

尚书袋确实钻研了进去。他不仅一个场景、一个人物地用放大镜仔仔细细地看,还请村里有微机、会上网的人帮助在网上查找有关资料,尽量多地查找背景材料及北宋的人文地理风土人情材料。随着如他所说的"研究"的深入,人们看到,这个宋史专家越来越神气了。走起路来摇头晃脑,时不时地注目着什么,像是着了魔似的。

尚书袋的这神态使人平生敬畏,说他如何如何了不起,如何如何有学问,等等,也更觉得他像个专家了。但是,有些挑剔的女人们并不真的把他当成专家。你那点东西够专家吗?不就是一个土头土脑的尚庄光棍儿吗,连个女人都找不到,专什么家?先找个女人成家吧!

当然,这是女人们背后说的,当着他的面,还是这样和他打招呼:书袋来了?书袋专家吃了没?偏有个喜欢耍笑人的老婆子故意戏弄他,书袋书袋连着串地叫,叫着叫着就变了音叫成树蛋了,两字叫成了相近音"树蛋"。人们跟着起哄,也树蛋树蛋地叫,就这么着,文绉绉的"书袋"经过女人们的嬉笑演绎,就成了颇带庄稼气的"树蛋"。

尚庄女人就是这样,就爱开光棍儿汉的玩笑,似乎因为她们是女人,在这个光棍儿成群的尚庄就天生很优越似的。可树蛋并不在乎,不就是一个名吗,叫什么不行?孔子还叫"子"呢,人家那么大学问,都不在乎别人叫他儿子,我怕啥?树蛋就树蛋吧。尚庄的"蛋"有一个排,多我一个也不算啥。

尚树蛋嘴上这么说,心里始终愤愤然。你们算什么,我满口袋都是书,还有一张神秘的图,恐怕你们口袋里连一张纸都没有。我爷爷的爷爷的爷爷是进士,你们的祖宗的祖宗的祖宗有过这样的荣光吗?君子不和小人置气,等我风光了,气死你!如此,心里觉得平衡了些。

这日,他正一如既往地在关着门窗的屋里欣赏琢磨那幅令人沉迷不已的《清明上河图》,忽然迷迷糊糊地听到院子里有人喊他:尚树蛋,快来接旨!

尚树蛋腾地蹦了起来,赶紧出了屋,跪地道:谁喊俺接旨呀,俺听着呢!

抬头看,那宣旨的不是尚庄人,像是古装戏里内侍模样的官员。尚树蛋正迷惑不解，只听那人高声宣道：圣旨下！奉天承运，皇帝诏曰，念尚树蛋读书刻苦，今成大器，特诏进京面见，酌情授官，钦此！

尚树蛋一下子被惊呆了，如遭五雷轰顶，天旋地转，眼也花了，腿也软了，心跳得要飞出去。他怔怔地想，这是真的吗？我不是见鬼了吧？但那宣旨官却是真真切切、实实在在地站在他面前，不能不信。于是便使劲睁了睁眼睛，哆里哆嗦地问：去……去哪啊？

那人道：真是个土豹子，见皇帝还能去哪？京城呗！东京汴梁！

树蛋又是哆里哆嗦地问：咋去呀？

那人一挥手：随我来！

尚树蛋傻成了一个蛋。忽地刮来一阵风，尚树蛋觉得身体轻扬，飘然离开了地面，继而身下云起，蒸腾迷蒙。他看不清去路，看不到京城，他生活了30多年的尚庄更是没有了踪影，一切都在云雾中。他只是随着这风，这云，飘呀，飘呀……

2

不戴皇冠戴草帽，是勤俭天子，还是假冒伪劣？

不多久，尚树蛋发觉自己已经从云山雾海中落到结结实实的地上，一个俨然是张择端笔下的大宋朝东京汴梁城。站立在繁华喧闹的街市，他觉得自己已经变成另一个人：身材魁梧，气概非凡，仪表堂堂，再没有猥琐土气的尚庄人的影子，更不知尚树蛋是何许人也，他仿佛高不可及，对一切人都无须仰视，甚至不屑于平视，只有俯视。他面对身边的一切人和物都有一种居高临下的优越感，谁也不放在眼里，气魄极大，霸气十足。他愤然自语：老子谁也不在乎，老子就是天，你们这帮小民都在我下面被我罩着，我动动手指头就能把你们碾死，快俯首听命吧！

他看见那传旨官还骑着头驴，挺牛气似的，便怒喝道：你不就是个天子的奴才吗？牛什么牛？赶快给我下驴，把驴给老子骑！

说来也怪，那传旨官竟然被吓住了，赶忙翻身下驴，毕恭毕敬地把缰绳递给尚树蛋说：老爷，给你这驴，小人是不配骑驴，因尚庄是偏乡僻壤，路途遥远，皇帝特赏给小人一头驴，现在给老爷骑，理所当然。尚树蛋，从今天起，这驴就是你的了，我给你牵着！

尚树蛋听罢顿时火冒三丈：放你娘的屁！尚树蛋也是你叫的吗？叫老爷，

老爷，听到了吗？

宣旨官唯唯诺诺地说：是，老爷！老爷是主，小人是奴，是奴才。老爷，那您怎么称呼我呢？

尚树蛋说：一个奴才，还称呼什么，就叫你蛋吧！

宣旨官说：老爷，这有点不雅吧？

尚树蛋说：什么雅不雅的，你就是个蛋！

宣旨官说：对，对，老爷，俺就是个蛋！

尚树蛋忽有所悟，问：我说蛋，说来你也是个朝廷里的人了，怎么让你骑驴来宣旨？

蛋（这时尚树蛋觉得宣旨官已有了名字）说：老爷有所不知，我们大宋朝的驴比别的牲口高贵，原因是，当初高祖皇帝打天下时迷了路，一个白发老僧告诉他一路向北，还送给他一头驴作脚力。高祖皇帝照办了，后来果然得了天下。高祖皇帝觉得这驴挺神，便视为高贵物，朝野上下都敬重几分，乡村里也高看一眼，每家养驴都不让它干重活，只作为出行时的行脚，连草料也比其他牲畜好。在朝廷，朝官出行，也时兴骑驴。

尚树蛋说：真是稀罕，不就是头秃驴吗，怎么驴一沾上皇气儿就提高身份了？可笑！在我们尚庄，驴只配拉磨，再就是驮点东西，下大地都不用它，驴没劲儿，干不了大活。

蛋说：是啊，一朝天子一朝臣。

尚树蛋说：不对，是一朝天子一朝驴。

蛋应和说：对，一朝驴。又忙问：我现在是老爷的奴才了，听凭您的调遣！

尚树蛋斥道：不是调遣，是指使！从现在起，叫你干什么你干什么，尿泡尿你也得给我接着！

蛋问：用什么接，老爷？

尚树蛋气不打一处来：你妈个蛋，真啰唆！用嘴！

蛋说：老爷，嘴是吃饭的，用嘴接尿不好吧！

尚树蛋说：那就用尿壶！

蛋说：老爷。尿壶是晚上用的，所以叫夜壶。

尚树蛋又怒了：你妈个蛋，怎么这么啰唆！老爷就是要白天用！

是，老爷。蛋应着。蛋手中居然马上有了一个尿壶。

尚树蛋本想尿尿，试一试用尿壶的气派，但又忽觉口渴，便命令：我先尿着，你先给我弄点水来，老爷奔波了这么久，渴了。

是，老爷！蛋怯懦地回答着，去市上寻水去了。

这当儿，尚树蛋停下驴，瞅了瞅周围，只见这里真是个热闹繁华的去处，五行八作的店铺林立，建造不同的民宅杂错其间，街上行人往来穿梭，嘈杂声、叫卖声不绝于耳，那些叫人眼花缭乱的店铺，更是觉得顾此失彼。招牌上写着鱼肉行、果子行、牛马行、米行、布行、香料行，还有香药铺、金银彩帛铺，多得数不过来。这些店铺都面朝大街，街道因此显得很窄小，再加之如同蚂蚁般熙熙攘攘的人群，尚树蛋更有些乱哄哄的感觉。这一切觉得很面熟，像是在哪儿见过。啊，这不是张择端笔下的汴梁城吗？我怎么到他画里来了？正琢磨着，忽地记起一句诗："白刃人家户不扃"，这不是说汴梁吗？他依稀记得一个材料上写道，汴梁城"养兵数十万，居人百万家"。他想，汴梁城真是个大都市，几十万兵，百万户人家，每家以五口计，加起来就好几百万啊，这可比仅有500户人家的尚庄大多了，怪不得这么热闹呢。可又一想，大有大的好处，小也有小的好处。尚庄虽小，但人熟地亲，上哪去也方便。可这汴梁城就不同了，走路都人碰人，哪有俺尚庄好？尚庄虽赶不上汴梁大，但人少，地方宽敞，空气新鲜，最主要的是人熟，见谁都能说话，不闷得慌。这汴梁城可倒好，人是多，可谁也不认识，多闷得慌？但又一想，我这是接受皇帝召见来了，尚庄人哪有这福气？

尚树蛋低头看了看蛋给他找来的夜壶，也是大肚子、大入口的东西，和尚庄的没什么两样。尚庄四蛋媳妇伺候她老公公时就用这东西。四蛋媳妇经常在水塘边刷夜壶。

撒完了尿又觉口渴难忍。尚树蛋便喊了一声：蛋！

蛋马上便应声前来，手里端着一碗水一样的东西。尚树蛋问：这是水吗，怎么黄乎乎的？

蛋说：这叫饮子，相当于饮料，比水好喝。

尚树蛋点了点头，像平时喝凉水似的喝了一大口，随即"噗"地一声吐了出来，骂道：浑蛋，这是什么东西，你要害老子啊！

蛋挺委屈地说：老爷息怒，奴才哪敢害老爷？这饮子是用柴胡等中药熬成的，既解渴又治病，清热败火，防暑祛湿。饮子分好多种，有冷香饮子、消热饮子、大黄饮子，品种多了去了。我朝大诗人苏东坡写诗说："一枕清风值万钱，无人肯卖北窗眠，开心暖胃门冬饮，知是东坡手自煎。"你看，连大诗人苏东坡都喜欢这一口，还自己煎饮，可见这东西够好了吧。我怕老爷上火，特意从那个饮子摊上买来的。

尚树蛋嗔道：别你娘的扯了，还在关公面前耍大刀呢，老子大名叫书袋，你有老子知道得多？

蛋赔不是说：奴才有眼不识泰山！又调转话题，手向东指了指：老爷你看，就是那地方！

尚树蛋顺着他手指的方向看去，果见不远处一栋瓦房前支着两把遮阳伞，伞下挂着一块小牌子，上写"饮子"二字，旁边有挑担的小贩在卖，还有人正端着碗喝。这时，尚树蛋喝了一口饮子，吧唧吧唧嘴，说：嗯，仔细品品还行，你们大宋朝还真有点好玩意儿，等回了尚庄，我也熬点，俺尚庄人还没喝过呢！

蛋一听受到夸奖，顿时喜形于色，说：咱大宋朝好吃好喝的东西多着呢，我领你好好逛逛咱这汴梁城，让你好好见识见识。

尚树蛋一听他口气这么大，哼了一声：跟谁说话呢？

蛋赶忙赔不是：奴才失敬了！随即赶忙换了个话题：老爷，咱该去见皇上了！

尚树蛋也恍然大悟：可不是，大事倒忘了！皇上在哪里？

蛋用手一指：那不，眼前就是陛下，我们大宋朝的高祖皇帝！

尚树蛋一看，大街中间果然有一个像是大官的骑马人。他看上去50来岁，神态凝重威严，霸气十足，手执马鞭，腰杆直挺。他头上折巾还加戴了个大草帽，帽上的带子结在下巴颏下面，身穿盘领褙子，有两条带子在身后和腋下垂着。前前后后有十来名衙役跟随，有的拿着一根竹竿在前面开路，有的执辔牵马，有的扛着个大遮阳伞，还有一个跟在后面挑着一个看样子很重的担子。

尚树蛋说：这人倒是挺气派，可不像个皇帝！我想宋太祖赵匡胤乃开国之君，功高莫名，威风八面，出行怎么也得乘坐銮舆啊，前呼后拥的仪仗也不可少。他哪像个皇帝样？

蛋说：老爷有所不知，我朝崇尚节俭，力戒奢华，高祖皇帝身体力行，他寝殿内有一块屏风，上写一行大字：治民莫若爱民，养身莫若寡欲。他把这句话当作自己的座右铭，时刻告诫自己要勤俭治国，要为天守财，不能为自己聚财。有一次，皇后要把肩舆用黄金装饰一下，他说，我是一国之君，富有四海，别说一乘肩舆，把整个宫殿都装饰一遍都能做到，可我不能，天下人都看着呢，我得给天下人做样子。因为他崇尚节俭，被称作勤俭天子。高祖皇帝非常看不起奢侈的人，那年攻破后蜀，看到后蜀皇帝孟昶的尿壶都镶着宝石，怒不可遏，急命打碎，说，像这样奢靡，还能不亡国？

尚树蛋说：我在书上看到你们高祖皇帝痛恨贪官污吏，惩治贪官挺严的，此事当真？

蛋道：这个记载属实。我大宋朝以忠厚开国，主张宽刑慎罚，但对污吏却是严刑酷法，十来年间处死贪官污吏30来人，处置贪官污吏不是砍下脑袋了事，而是让他们不得好死。有的是用乱棍打死，叫杖杀；有的是一刀一刀地割死，叫凌迟；有的是五马分尸，就是用几匹马从不同方向把他的身体拽碎了。高祖皇帝之所以这么痛恨贪官，是因为他亲眼看到过前朝贪官污吏横行，导致了民不聊生，国家灭亡。

尚树蛋说：赵匡胤做得对，对这些贪官，就得狠一点，要不吓不住他们。把他们千刀万剐老百姓才痛快！

蛋说：古今都是这样，老百姓是杆秤，最能掂量出当官的优劣；老百姓也是一把刀，专捅贪官。

二人又转向赵匡胤的话题，蛋说：高祖皇帝惩贪有名，勤俭也是历代帝王不能比的。我朝有规矩，任何人不准铺张，皇帝本人也力作表率，你没看，皇帝是轻装简行吗？

尚树蛋说：这个勤俭天子也真够可以，连朝服也没穿，皇冠也没戴，竟然戴了个大草帽！

蛋说：那不是草帽，叫大栽帽，又叫席帽，我朝挺时兴这个，有身份的人才戴呢！

尚树蛋说：什么身份，不就是个草帽吗？我们尚庄人都戴，用麦秸秆或高粱秆皮子编的，我在家常戴。好了，咱不研究这个了，你说，皇帝不在金銮殿待着，跑大街上得瑟个啥？

蛋说：高祖皇帝这是微服私访，所以才轻装简从。我们皇上喜欢微行，经常突然驾临大臣家，访问政事，闹得大臣们下朝以后还不敢脱衣冠。皇帝还经常乔装成老百姓，到民间去查访政情民情，不像古来皇帝那样微行是为了躲避大臣的目光去寻欢作乐。

尚树蛋哼了一声，说：未必。

蛋见尚树蛋面带怀疑之色，道：老爷不必疑问，高祖皇帝喜微服是出了名的，在朝臣中几乎是无人不晓，传为美谈。这一点也遍传国中，家喻户晓，天下百姓都盛赞高祖皇帝是体察民情，亲民爱民，是个古来少有的好皇帝，一代功高莫名的明君圣主……

尚树蛋做了一个篮球场上裁判叫暂停的动作：打住！你们这些宫廷的奴才们就会溜须拍马，别拍不好叫马踢了。

我跟你说穿了吧，皇帝的所谓微行，都是给人看的，做样子的，"微行"到哪去都是官员们事先安排好的，走什么路线、见什么人，也都是定好的，连说什么话都向被接见的人嘱咐过，如若不然，出了差错，叫皇帝去了不该去的地方、见了不该见的人影响了官员的政绩咋办？这个我最知底细，我从来不相信什么微行。说穿了，微行实际上是"显行"，都是扯淡的事。我问你一句，皇帝微行去尚庄吗？

蛋诡秘地一笑，道：这可是头等秘密，小人不知。

尚树蛋说：什么头等秘密，俺去问问！

蛋忙上前阻拦，慌张地向前指了指。

3

他大声说出三个字：用阴谋！

在二人前面不远的地方有一个骑马人。蛋胆怯地小声说：别吭声，那就是高祖皇帝！

尚树蛋毫未理会蛋的话，径直走到骑马人跟前，大声道：你就是那个杯酒释兵权的赵匡胤吗？

那人一愣，正待发问，尚树蛋厉声道：你小子这一招儿可真损啊，那么多开国大臣拼死拼活地帮你打了天下，你用一杯酒就把人家的大权夺了，虽然给了点土地，给了几间房，但一点权都没了，就跟软禁差不多。

那骑马人侧过脸来，很吃惊地问：你是……

尚树蛋说：老爷就是尚庄爷儿们尚树蛋，大名尚书袋，人称宋史专家，你那点事我都一清二楚。

赵匡胤拱了拱手，说：原来是尚先生啊，真是贵人不露相，请恕我有眼无珠！

尚树蛋说：你不是要去微服私访吗？

赵匡胤说：啥事都没见你重要。你大老远地来了，先接待你吧，咱找地方坐坐！

尚树蛋哼了一声：行吧！

一所宅院。尚树蛋和赵匡胤走了进去，到厅堂里坐下来。尚树蛋一看，这地方好静啊，一个人都看不到，一点声也没有，随员们不知什么时候都不见了踪影。

尚树蛋问：你那些随从都哪去了？

赵匡胤说：他们都挺知趣的，先走了。

尚树蛋也不见了蛋。便喊了声：蛋！

没人应声。

尚树蛋说：这是什么地方啊，也不是金銮殿啊！还怪怪的，好瘆得慌！

赵匡胤道：这是朕的私宅，朝官都不知道，连太监都不知道，朝中也没人来过，我有时来这里休息。

尚树蛋想：原来大宋皇帝也有这样的秘密的私人会所啊，这里倒是干什么都方便，公安部门都查不到。怨不得赵匡胤爱微行，到这地方微行干啥都行。

坐定之后，赵匡胤说：看得出，尚先生满身书卷气，像个读书人，一定是满腹经纶，那你就和朕说说怎么治国吧！

尚树蛋说：实话跟你说，俺不是读书人，为这挨了俺爹几十年的奚落，可我虽然没读几年书，但比大学生强多了。我不是吹呀，我现在读的书，研究的东西是博士甚至是博士后学习的东西，不谦虚地说，什么博士、博士后，他们的学问也未必有我大。他们不就是做一篇论文吗？尽管是长篇大论，洋洋洒洒，但言之无物，讲不清什么实际问题。

赵匡胤道：先生口气这么大，想必是个做大学问之人，敢问先生做的是哪门学问？

尚树蛋道：我做的学问实际上就是你们这个朝代，研究你们北宋王朝的政治、经济、文化、市井民俗，无所不及。要不人们怎么叫我宋史专家呢？我最大的研究项目是你们朝代的一幅著名画作《清明上河图》，是大画家张择端画的，但你不知道，他画这画时你早死了。我跟你谈这张图等于对鬼弹琴，就别费我口舌了，还是谈你关心的治国之道吧。你让我说真话还是说假话？

赵匡胤说：先生真幽默，当然是真话了。

尚树蛋声音挺大地说出三个字：用阴谋！

赵匡胤大吃一惊：你这话是怎么说的？

尚树蛋说：当明白人不说假话，其实你比我清楚，不用阴谋你能得天下吗？你们大宋不就是用阴谋得来的吗？

赵匡胤道：先生这是从何说来，我们大宋天下就是真刀真枪打下来的！我历来反对搞阴谋诡计！

尚树蛋不屑地一笑，说：赵点检，你就别装了，你那点事谁不知道？你别忘了，我是堂堂的宋史专家！给你揭穿了吧，要不是陈桥驿你搞了个黄袍加身的阴谋，你能当上皇帝？你居心险恶地制造了一个谣言，欺骗年仅7岁的后周皇帝柴宗训说，契丹和北汉将合兵南下，打算进攻中原，应该赶快派兵抵抗。你还造了一道"神符"，说是"点检作天子"，点检是不就是你吗？你不就是殿前都点检吗？你的狼子野心真是昭然若揭！可叹啊，你这个阴谋后周幼主和文臣们都茫然不觉！

赵匡胤辩解道：这不是我造的谣，不信你问问范质和王溥去？

尚树蛋道：这两个后周重臣，柴宗训白信任他们了，对这么大的事根本没核实，就匆匆派兵北上抵御，竟然还让你带兵，这不是正好给你创造了个机会吗？

赵匡胤道：我这是奉命出征。

尚树蛋道：得了吧，你的野心，开封的老百姓都知道，你出兵那天，就传遍了"当立点检为天子"的消息！刚出爱景门，你手下的一个号称懂天文的小校叫苗训的，还装模作样地说"日下复有一日"，这更是不打自招了，日下之日是谁，这不是明摆着吗？

赵匡胤道：我不认识苗训。

尚树蛋道：你不认识苗训，但一定认识赵光义，他是你弟弟，还有赵普，你的谋士。你也一定对陈桥驿这个地方不陌生，大军在那里休息时，你鼓动兵士们造反，指使他们两人把黄袍披在你身上，说是大军无主，要立你作天子，你先是假惺惺地推让一回，接着便心安理得地接受了。你还哭哭啼啼地说是让别人逼的，你本不愿当皇帝，是他们非得让你当。你这不是演戏吗？我没听说过当皇帝这么好的事还用人逼，我可以肯定地说，天底下没有人不愿当皇帝的。当皇帝多好啊，君临天下，号令八方，锦衣玉食，嫔妃成群，荣华富贵无人能比，随心所欲，无所不能。历代多少次农民暴动，多少次血流成河不都是为了皇权吗？多少人一次次地斗来斗去，你死我活地拼争和厮杀，不也都是为了这个皇权吗？所以我说，老赵你就别装了，你的底细我知道。别说当皇帝，就是我们尚庄村长这么个小官还都抢着当呢，都得经过民主选举才成。你为了夺取皇权可说是费尽心机！你真是个没良心的，人家周世宗柴荣待你不薄，临死前让你当殿前都点检，相当于把最高军事大权交给了你，这是多大的信任啊！当时柴荣他儿子才7岁，你33岁，他的意思很明显，就是托孤给你，这是千斤重托，海一样深的厚望，他是希望你担当起保护他儿子继承大统，让他的柴家天下得以永继，可你不仅辜负了柴荣的重托，反而欺负人家孤儿寡母夺取了天下，真是没良心啊，你不仅没良心，连做人都不够格，乘人之危，落井下石，这叫什么？一点道德都不讲，更别说义气了。你简直就是天底下最大的盗贼，偷人家皇权！柴荣地下有知，一定会恨死你！当初在京巡检的韩通一把刀宰了你就好了！

赵匡胤很委屈地说：陈桥兵变，究竟是不是我的过错，后人尽管评说，我于心无愧。给你讲个事吧，我刚即位3年的时候，我令人刻了一块石碑，七八尺高，立在太庙寝殿的夹室里，用销金的黄幔覆盖着，锁得很严，每年四享或新天子继位参拜太庙之后都要来恭读此碑，跪着默诵。你猜石碑上写的啥？

尚树蛋说：这是你们皇家的事，我哪知道？

赵匡胤说：这碑叫"誓碑"，上有三行小字，第一行是"不准加刑于柴氏子孙"；第二行是"不得杀士大夫和上书言事人"；第三行是"子孙有逾此誓言，天必殛之"。你说，我是忘恩负义没良心吗？当时天下人也都说我是欺孤儿寡母得天下，这真是冤枉了我。其实我是顺应天意，顺乎民心。出征那天就有人看到太阳下面还有一个太阳，这不是天在昭示吗？人心所向也是明显的，在陈桥驿，兵士们都吵吵，当今天子年幼无知，不如让点检当天子，然后再北伐。得了天意又顺了民心，我这不是顺理成章吗？

尚树蛋道：扯淡！阴谋家都用这一套来掩饰，什么天意民心，实际上就是你的心、你的意。我问你，当初你想不想当皇帝？

赵匡胤低声说：在后周，我功高莫名，权高位重，朝中无人能比。殿前都点检你知道是个什么官吗？那叫一个禁军统帅，王朝支柱！

尚树蛋道：难怪说功高盖主终是祸患，因为功高盖主便难免滋生野心，你巧施计谋，得以黄袍加身，也使小小的陈桥驿名声大震，成了野心和阴谋的代名词，你赵匡胤也因此和这个阴谋驿站联系起来。要不我说得天下要用阴谋呢，守天下也得用阴谋。

赵匡胤道：此话怎讲？

尚树蛋道：这事你也最清楚。陈桥兵变后，你对参与其事的将领们大加嘉奖，让这些老将统帅禁军，以为这样才放心，但不久你又担心了，担心什么？担心他们也像你一样，来个"黄袍加身"。于是在赵普的挑唆下，你居心叵测地搞了一个杀机四伏的酒会，就像当年项羽搞的鸿门宴。但你没搞项庄舞剑，而是让人请来石守信等功勋旧部开怀畅饮，待这些老将酒兴正浓的时候，你不怀好意地假惺惺地说，皇帝这个差事不好干，整天晚上睡不着觉，不如当节度使时好。老将们问你为什么睡不着觉，你就阴阳怪气地说，怕人算计我这个皇位呗！这一下把老将们吓慌了，赶忙离席跪地，说是绝对不敢有此异心。你就说，我是信任你们，咱哥儿们这么多年了，你们的忠心我还不知道吗？我是担心你们的部下硬推你，像当年你们硬推我一样，如果他们硬是把黄袍披在你身上，你就不能自主了。老将们都是见多识广的，谁听不懂你说的话？所以都哭求你别杀他们，给个出路。你终于道出正题：老将军们，依我看，你们不如放下军权，离开京城，到外地养老去吧。我可以多给你们一些钱，让你们多买些良田，盖点好房子，再弄些个美女，舒舒服服过日子去吧！你们可以不必申报财产，不会有人查你们。这帮老将都明白你的意思，想到皇帝这是不要咱了，还对咱有疑心，干脆就坡下驴吧。第二天就都推说有病，把权交了。

赵匡胤道：我没有亏待他们，说话算数。我都让他们出镇地方节度使，还履行了通婚的诺言。我的两个女儿分别嫁给石守信和王审琦的儿子，我守寡的妹妹嫁给了高怀德，我三弟娶了张令铎的女儿。你说，这还不够意思吗？

尚树蛋说：你让老将们得了实惠，倒是还有点哥儿们意思，可他们的兵权收了，财产也收了，赏罚刑权一切都收了，人家出生入死地跟你打天下，结果闹了个一场空。这点待遇算啥？谁光贪恋这点玩意儿？你这招儿给我使还行，我的房子旧，没钱盖新的，也没媳妇，你干脆照顾照顾我得了，给我一个女人就行，不像你那样要求那么高，三宫六院的。至于权力，我啥权也不要。要权干啥？没事找事儿！

赵匡胤笑道：我说尚树蛋啊尚树蛋，你也太不自量力了，你一个尚庄小民哪能跟他们比呢？人家是开国大臣，你是什么？满脑袋高粱花子！

尚树蛋听到赵匡胤这样笑话他，脸上觉得火辣辣地，嘴边涌来好多强有力的话，想像手榴弹一样甩向赵匡胤，可他还是控制住了，心想：人家赵匡胤毕竟是皇帝，别折了人家面子，先忍了吧，小不忍则乱大谋！

这时又听赵匡胤道：我知道对这件事大家都有些议论，认为我使小心眼儿，其实我跟你实说吧，当皇帝的，不玩点心眼儿还行？像你这样傻咧咧的，别说当皇帝，连个尚庄村长也当不了！

赵匡胤这句话捅到尚树蛋的痛处。他终于忍不住了，大吼道：赵匡胤你别欺人太甚！你还真拿自己当成万人之上的皇帝了？那是在你们宋朝！在尚庄人面前你是什么，一个死鬼！鬼还比人高贵吗？俺是没心眼儿，小时候俺爹总叫俺书呆子，但也轮不到你这个死鬼看不起呀，要逞威风，回你们宋朝去吧，但宋朝早叫你那些不争气的子孙败坏尽了！

赵匡胤经尚树蛋这一顿骂，顿时像个霜打的茄子，耷拉着脑袋。尚树蛋暗喜：难怪说鬼怕骂，什么皇帝老子，就是欠骂，再惹我，我饶不了他！

尚树蛋觉得自己是胜利了，又用训斥的口吻说：我就是看不起你们这些玩心眼儿、心术不正的人，你心术大大的不正！

这话刚出口，尚树蛋又觉得用词不当了，怎么用了"大大的"这个词，这不成了万人恨的日本鬼子了么？

赵匡胤好像没听懂这个词儿，若无其事地把头转向一边。

话题又回到杯酒释兵权。尚树蛋一脸严肃地问：你一个堂堂的大宋天子，为什么办这么龌龊的事？这种事一般人都干不出来，太缺德了！

赵匡胤羞愧地说：那我就跟你交个实底儿吧。说实在的，我对不起那些老臣，他们帮我打了天下，理应分些权力给他们，和他们共享开国成果，可是……

尚树蛋追问：可是什么，别吞吞吐吐的！

赵匡胤难堪地说：我……我之所以让他们交了权，是为了防止武人乱政，铲除强兵悍将犯上作乱的根源，保我大宋王朝长治久安……这种事我亲身经历过，不得不防！

尚树蛋道：啊，你到底说实话了。你这一杯酒的力量挺大，也管用，不管时人和后人怎么说，也不管那几个人怎么想，你的目的还是达到了，你还是用这个损招儿把国家大权稳住了。可你知道不，后来不少人也学会了你这一招儿，招来不少骂名。我们尚庄村长就是学你这样干的。他想独揽大权，有一天就在县里一个饭店摆了一桌饭，买了两瓶衡水老白干，请两个副村长喝酒。酒过三巡，对两个副村长说，你们两个岁数比我大，在村里当干部的时间比我长得多，你们当村长的时候我还是个小孩子，是你们把我扶上马的，现在又送了我一程，你们太辛苦了，该享享清福了，村里的工作就让我这个小字辈的就多干点吧，你们在后面给我押后阵就行。再说了，咱们村要大发展，你们和上头缺少沟通，你们路数不熟，乡里也有这个看法，你们看……

两个副村长听出了点意思，又喝了人家的酒，就张不开嘴了，连说，你干吧，大胆干吧，我们给你当后盾。就这么着，尚庄的大权就都归于他一个人之手了。赵匡胤啊赵匡胤，你真是后继有人啊！

赵匡胤说：你别胡扯，我一个大宋皇帝怎能和一个小小的尚庄村长相提并论，真是羞杀我也！

尚树蛋道：你这皇帝挺高贵，手段也挺高明，我无意贬低你，我主要想说的是，你这高招儿也有不少弊端。你猜忌和抑制武将，钳制士兵，使武将们都明哲保身，不思进取，唯恐违犯了你们赵家的家法，闹得都不痛快。这样一来，将领们都得过且过，部队战斗力大大削弱了，以至于后来在和西夏和女真的战事中几乎没有优势。你太注重京师的布防了，禁军20万，一半驻京城，这样倒是强化了京师的保卫，但边防却空虚了。这个后果你没看到，可你的后人却吃够了苦头。

赵匡胤说：这个我倒是没料到，但不管怎么说，我是为后代着想，是为了赵家的事业长久传下去。其实，智者千虑，不可能一点闪失都不会有，利和弊都是互相依存的，不必求全责备。

尚树蛋道：算你能狡辩，当皇帝的嘴大，说啥是啥。但这一点你得承认，就是因为你立的这条家规造就了软弱的宋朝，坑了你们有宋一代。你太注重防内乱了，太怕你的政敌或潜在的对手和你争权了，把精力都放在了这上面，而对外患却轻视了，结果，缺少了防范外敌的准备和足够的力量，使国家最终毁于外患。你知道研究者怎么评你们宋朝的吗？弱宋！这俩字真是说到点子上了！

赵匡胤道：我承认，我确实是轻视了抵御外敌，忽视了加强武备，防范外敌，思想起来我后悔莫及！但我的初衷是强宋而不是弱宋！

尚树蛋道：你当政时或许还没到这个地步，你的政策的问题还没显示出来，这个严重后果是你的后代来承担的，你是开国之君嘛。但无论怎么说杯酒释兵权是个损招，史家们贬多褒少，这不仅是个学术问题，还是一个事关国家强弱的大政问题。但从另一方面说，这事也表明了你的驭臣下之术还算有一套的。你对北周旧臣的处理也很高明。有一天，你看见宫妃抱着周世宗那个小儿子，赵普主张杀了这小孩崽子，斩草除根，以免留下后患，你不但没杀，还让潘美收养了他，改名潘维吉，你真够宽容的了。要是别的帝王早把这小崽子摔死了。在你的庇护下这孩子还真挺争气，长大后当了刺史，竟然不亚于王子，你对这小子挺够意思，功德无量啊！你对后周旧臣也挺宽容，注重保护他们。你对后周原有的官员全部利用了，重臣权相还加官。像范质、王溥、魏仁浦三位老臣，你都让他们官居原位，而且加授新职。他们都是前朝重臣，当然都是你的旧敌，特别是范质，当初他后悔不该让你出征，让你捡了个空，竟悔恨地把王溥的手指咬出血来。这样的人要是遇上别的君主，早把他碎尸万段了，你高就高明在连这样的敌人你都能重用，他们能不感激涕零，忠心效力吗？高啊，实在是高！

尚树蛋说完这话时觉得好像是拾人牙慧，啊，他想起来了，是电影《地道战》里有个人说的，觉得学人家说话有失专家的面子，便不由得拍了一下自己的脑门。

这个动作被赵匡胤看到了，问：怎么了尚先生？有蚊子吗？

尚树蛋道：扯淡！春天哪来的蚊子，我是拍拍脑袋想个事。

4

一袭白裙轻轻飘来……

一个女人的声音从内屋传来：原来是皇上来了，怎么也不通知一声？

这时候，尚树蛋看到赵匡胤脸上现出慌乱的神色，心想，深屋里怎么有个女人说话？这里头一定有猫腻！但他硬装出挺平静的样子，像是没听见。赵匡胤也在装，跟没事儿人似的。可两个人都没想到，这时候一个美人冷不防闪了进来。这人就像一道闪电，一下子把两个人照了个通透，整个厅堂也变得通亮，连犄角旮旯都是亮堂堂的。尚树蛋细看那人，修长身材，细腰肥臀，双乳高耸，莲步轻盈，好像脚一离地就会飞起来。再看那副长相，V形脸，高鼻梁，小嘴巴，白面孔，红嘴唇，五官标准得几乎无可挑剔。一双大眼睛忽闪忽闪地像会说话，睫毛长而黑，把那双眼睛衬托得又黑又亮。尚树蛋判断，这女人绝不是粘的假睫毛，假睫毛没这么自然。

尚树蛋从来没见过这么美的人，眼珠都不转了，人也像傻了一样。他今天真是开了眼，在尚庄哪见过这样的美人？尚庄那帮村姑们哪及人家一个角？就是在画报上看到的明星们的照片也根本没法和人家比，尚树蛋怔怔地想，我要是有这么个媳妇，天天给她洗裤衩、洗袜子都行。

尚树蛋正在自发愣，赵匡胤突然哼了一声，尚树蛋这才缓过神来，霎时想明白了：这是人家皇帝的女人，别胡思乱想了，就说：老赵你们去办事吧，我也溜达溜达。

赵匡胤随即同那女人走进一间小屋，尚树蛋则走出厅堂，进了院子。

一个挺阔气的大宅子。起脊的门楼，高高的围墙，三进院落，建筑考究，气派非凡。会客的厅堂挺大，他方才就是在这厅堂里坐过。第一进的院子里有一座小假山，正好对着大门口，像个影壁似的。尚树蛋走到这座由太湖石堆的假山旁，欣赏起来。这些太湖石块块奇异通透，像是经过精挑细选弄来的，尚树蛋想，这些石头真够漂亮的，每一块都是国宝级的，还是皇家啊，连石头都这么高贵！

看到这石头，尚树蛋不禁想起一件伤心事。那是在"文化大革命"的年代，有天夜里，忽听闷闷的一声巨响，把他和爹娘都惊醒了。爹披上衣服往外跑，被娘一把拉住，又急着对书袋说，快挡住你爹，不然要出大事的！那时，书袋还小，没力气挡住爹，就死死地抱住爹的腿，这才算把爹拦住了。天亮后他们出门一看，爹一下子晕了过去。书袋和娘惊得"啊……啊"直叫。原来，是他家门前那块上马石被炸碎了。这上马石连同那块进士匾是他家家世的标志，这上马石据说只有大户人家才有，因为一般人家没马骑。原来还有一块下马石，都是为了上下马方便设置的。尚树蛋家门前这两块石头不知存在了多少年，反正从他记事时起就爬上爬下地在这儿玩。大平原上没石头，这两块大石头自然就成了孩子们的稀罕物，那块下马石是大炼钢铁时被砸开建高炉了，因为要做建筑材料用，砸的块还稍大点，可这块上马石怎么被炸得这么碎！他们不知道惹着了谁，怎么下此狠手！爹是暴脾气。爱生气，这以后便得了病，不久便一病不起了。没过多久娘也去世了。一块石头两条命，尚树蛋深深地记在心里，石头联结着他的爱恨情仇。说实在的，尚树蛋是爱石的，因为石头上有他童年的记忆和祖上的荣耀，他也恨石，因为他爹娘的死便与石头有关。

尚树蛋正遐思冥想，忽然发现假山上一块太湖石窟窿里，有一个小木牌，用一朵打蔫了的芙蓉花盖着，仔细一看，小木牌上有一行不易发现的小字，写的是：亡夫孟昶之灵位。

尚树蛋大吃一惊：孟昶，这不是后蜀国君吗？难道这小美人就是孟昶爱妃花蕊夫人？怨不得这么美的人脸上没笑容呢！

尚树蛋正纳闷，忽见一袭白裙轻轻飘来，落下来后才看清：就是方才见到的那个女人！

尚树蛋吓了一跳，战战兢兢地问：你是花蕊夫人吧？

女人道：小女子正是。先生怎么知道的？

尚树蛋挺了挺身子说：实话告诉你吧，我是宋史专家，对你们后蜀的情况并不陌生。我看见木牌上写着亡夫孟昶，所以我断定是你。

花蕊夫人问：怎么，你知道我们后蜀那些事？

尚树蛋故作谦虚地说：略知一二。你们后蜀是个偏据西南的小国，是后唐西川节度使孟知祥所建，首府设在成都。我去过成都，那可是个好地方啊。山好水好人更好，女人长得很精致秀气，就像你这样的，看来一个地方的人古今都差不了多少。现在的成都休闲风气挺重，人们喜欢闲聊喝茶打麻将，麻将桌就摆在街边上，不少人一天一大泡在那儿。所以，有人说成都是座闲城。我曾在成都做了很多访查，打听你们后蜀的情况，但没人能说出一二。我还刻意地寻找你们后蜀有名的地方，诸如皇城的承乾殿、玉华殿、摩诃池等地方更是一点影也没有了，现在的成都只是继承了你们的一点闲散的风气。说到这个闲字，我倒想多说几句，不客气地说，正是这个"闲"字，把你的国家坑了！

花蕊夫人大吃一惊道：先生怎么这么了解我们后蜀？

尚树蛋故作谦虚道：我是研究宋史的，你们后蜀的历史只是捎带着看了看。我记得清楚，后蜀的前身是前蜀，由西川节度使、蜀王王建所建。前蜀传了二主，存在了19年，后蜀也是传了两代。前后蜀的开国之主还算可以，但他们的继承人就不争气了，都是败家子。像后蜀主你夫孟昶就是一个不恤政务、奢纵无度的昏王。花蕊夫人，我这样说可能刺激了你，但实际上就是这么回事，你别在意。

花蕊夫人道：这一点我知道。夫君不知治国，只贪图保境偏安，也太注重玩乐享受了。他常带我们后宫嫔妃到摩诃池泛舟娱乐，我也不大赞成。

尚树蛋道：还经常游浣花溪吧！花船数里，载歌载舞，有井之处都人士女倾城游观，孟昶站在龙舟之上。人望之如神仙。孟昶得意地说，"曲水金殿锁千门，都不及此啊！"大臣也献媚赋诗"千里水中分岛屿，数里花外凤楼台"，孟昶连说好诗好诗，给予赏赐。又经常与百官盛宴芳林园，赏红栀花，据说是你老家青城山进献的三粒种子种植而成的，青城山的红栀子花很好看，我去过青城山，亲眼见过此花，这么好看的花藏在深山人未识还真有点可惜了，但进献到成都，给了那个昏王就更是鲜花插在了牛粪上，更是白瞎了。哎，我说花蕊夫人，说到这儿我不由得想起了你，你的命运怎么和这红栀子花一样呢，你不也是本为青城山下一农女，在天子选良家子备后宫时被选入宫的吗？这在当时来说，你可能觉得很荣耀的，可不久竟随那昏君一起遭了殃。

花蕊夫人道：哎！女人就是这个命，嫁鸡随鸡，嫁狗随狗，嫁到皇家就随皇家的命呗！

尚树蛋道：说起来这女人也挺可怜的，一生的命运随着一过门就定下来了。我给你讲个笑话，我们尚庄前些年出了这么档子荒唐事，村里有个老光棍儿叫驴马蛋子的，花蕊夫人你别笑，我们村的人名就是没文化，怎么难听怎么叫，说是好养活。驴马蛋子40岁了还没娶上媳妇，他娘就托人介绍了个外村的，交上彩礼后驴马蛋子就急着娶过来，女方也同意了。那时娶媳妇有这么个规矩，新媳妇要在天亮前送到男方家，所以驴马蛋子天不亮时就在门口迎着，冒着寒风想着美事。花轿进了驴马蛋子也乐开了花，心想这一回该尝尝女人味了。但令他大为吃惊的是，花轿还没太近门槛，就听跑来一个人大声喊：错了错了，送错了！快抬走！人家二狗子那里还等着呢！驴马蛋子急了，到嘴的肥肉怎么让别人给叼走呢?便上前大声骂:去你妈个蛋,什么送错,该不是把你娘送来了吧。那人也急着争辩:驴马蛋子我没工夫跟你骂,一会儿你就知道。果不其然,不大工夫果然又抬来一个轿子,那个领轿的认识驴马蛋子,劝道,你们都别争了,是送错了,蛋子哥对不起,快迎新娘进新房吧!驴马蛋子这才停止了争辩,但心里却一直说晦气。驴马蛋子确实挺晦气,那女人一进门看他家这个穷样一下子就心凉了,回门以后再也没回来,叫人捎话说,说媒的说话太不着调,我们闺女不能嫁给这么个要饭的人家。驴马蛋子也急了,说是女方太欺负人,要去法庭告他们,并索要彩礼钱。这一下女方家害怕了,彩礼钱也为女子的弟弟娶媳妇花了,便改变主意说,那就算了吧,嫁谁不是一辈子呢,是个男人就行了。那女的就成了驴马蛋子的媳妇,受穷受苦地跟着他,哎,女人就信命吧。

花蕊夫人面有怒色:尚树蛋先生你怎么满口胡说,我夫孟昶乃一国之君,怎么能和一个驴马蛋子相提并论?再说我是千金之身怎么能与一个乡间妇人等同,我说先生你是太无礼了!

尚树蛋道:事不同理同,我是说这个理,夫人别恼。尚庄小民驴马蛋子确实不能跟后蜀国君相提并论,但我说,你夫孟昶也不配叫这么有文气的名,也是个蛋,就叫浑蛋吧,把一个国家都毁了还不是个浑蛋吗?

花蕊夫人说:随便你叫吧,反正国亡了,家也没了。

尚树蛋道:我不是冤枉人,孟昶确实是一个昏庸至极的浑蛋!他引以为得意的是你们国家土地肥沃、物产丰富,有"天府之国"之称,可他不知经营,到头来这天府之国却成了他人的囊中之物,自己也成了俘虏。咳!真是个浑蛋啊!

花蕊夫人道:尚先生你实话实说,我不在意。提起这事我心里也不好受。我对孟昶是又爱又恨。他对我很恩爱,但却不知珍惜手中掌管的国家大权,时刻警惕外敌来侵。刚才你也说了,夫君不仅不派兵守城,还在城墙上栽植芙蓉花，供人们观赏。九月盛开时，满城花香，望之如云锦，夫君欢喜异常，赞不绝口。城墙是防备敌人的，哪能当花盆啊？

尚树蛋道：孟昶此举可谓前无古人，他发明了城墙的新用途，但他这项发明却没得什么发明奖，倒是给后人留下笑柄。这样的城墙自然挡不住敌人的进攻，当孟昶醉心于花墙中时，敌人不费吹灰之力地打进城来，顷刻间后蜀被宋朝灭了。

花蕊夫人道：我悔不该没劝阻夫君，说起来真让人痛心啊！

尚树蛋道：你一个女人，也怨不得你。再说，那孟昶也是不听人劝的。宋朝想吞并后蜀是蓄意已久，赵匡胤的部队太强大了，你们后蜀军基本上是不可阻挡。为了统一中国，赵匡胤实行先南后北战略，先是来了个"掏心战"，合并了荆湖之地，接着就准备进攻后蜀了。

花蕊夫人道：是啊。宋朝曾派人秘密到后蜀侦查情况，了解山川形势、人心向背，可是对宋朝的间谍行为，我夫君却一无所知。据说，当时成都城中盛传着两句诗："烦暑郁蒸无处避，凉风清冷几时来。"这诗不知是谁写的，赵匡胤以为是后蜀的老百姓的心里话，意思是后蜀百姓都盼着大宋的兵马前来，盼着大宋的"凉风清冷"驱散后蜀的"烦暑"。这纯属牵强附会，也可能是赵匡胤阴谋制造的攻蜀借口。

尚树蛋道：这话真保不住让你说着了。赵匡胤是个阴谋家，他专门会搞阴谋诡计，为了达到自己的目的，专门会制造借口。跟你说吧花蕊夫人，我是研究历史的，一部历史不就是阴谋家的历史吗？我们人与人间相处时，不能玩阴谋、使花招，但夺取政权、治理国家非得用阴谋和花招不成。你说历史上哪个有成就的国君不是阴谋家？秦始皇是，唐太宗也是。玄武门政变是谁搞的？实际上是李世民搞的，是他设了个圈套，让李建成、元吉钻进去，借李渊的刀杀了他们，实现了他政变夺权的目的，就此以平叛之名当了皇帝。我说花蕊夫人啊，历史这潭浑水太深了，你久在深宫，任务就是伺候皇帝，让你研究这些难为你了，其实你也大可不必知道这些。

花蕊夫人反驳道：如此说来你也把我当成那些不闻国事、一门心思取悦君王的后宫粉黛？

尚树蛋觉得唐突了，说：你和她们不同，是我错怪你了，你还是很有头脑的，也很关心国家兴亡。

花蕊夫人这才面有喜色，说：先生夸奖了。你说得对，赵匡胤是阴谋家，他早就想攻灭我国，经过多次秘密打探之后，他感到民心可用，就开始了他的雄心勃勃的计划。他是想一举攻下我国，就组织陆路水路两路大军，派王全斌率领，几乎是倾全力攻打我国。你知道，我们后蜀历来是不武备，无论是国力和军力都不是宋军的对手。我夫孟昶本打算联络北汉，请他们出兵相助，但透露了风声，联络北汉的"蜡丸书"叫宋军截获了，请求北汉相助的事也就泡了汤。这样一来，宋军几乎是长驱直入，仅用了66天就把后蜀给灭了，66天啊，可叹！可叹！

尚树蛋道：说起来，你们后蜀军也实在是不堪一击，还净出洋相。你儿子太子玄哲太丢人了，他率领驰援剑门的兵马竟然还带着姬妾和伶人，军中旗帜也都缠着蜀帛，花花绿绿的，玄哲的战车也是锦绣装饰，根本不像去作战，倒像是旅游，招摇过市，给人们留下笑谈，这样一行人也叫部队吗？能打仗吗？简直是开玩笑！自不待言，这支后蜀军转瞬间就被打得落花流水，给世人留下笑谈。

花蕊夫人怒道：休要提他，他哪会领兵？

尚树蛋道：我知道他不是你生的，你也不屑于叫他儿子。是啊，这样的废物就知道声色犬马，奢侈享乐，国家交给他们哪有不亡之理？就像我们村里人常说的，富不过二代，到第二代肯定就不行了。富二代、官二代，这样的例子多了去了，能赶上他爹的很少。况且，他爹就不行。他就更完了。只是他这支披红戴绿的部队，这简直是战争史上的奇闻！真是丢尽了你们老孟家的脸！

花蕊夫人道：先生你说错了，我不姓孟！

尚树蛋道：对对对，你们不是一家。他家还有一人，也是个丢人现眼的主。这人虽不姓孟，但和玄哲之流是一路货！他叫李昊，宋军兵临城下时，孟昶投降，叫李昊写了降表。这个李昊好像专会干这个，前蜀被后唐灭亡时也是他写的降表，他可以称作写降表专业户了，当时他家大门上就被人贴上了"世修降表李家"的字条。这个李昊也是你们后蜀的人才呀！

花蕊夫人道：什么人才，可耻到了极点！咳，就是因为有了这么多这样的人，后蜀才亡了。后蜀亡后，我夫孟昶和我婆母李氏以及嫔妃一起被押往宋都汴梁。赵匡胤给我夫君及后蜀降臣都封官赐宅，赏赐珍宝，还称婆母李氏为国母，像是挺仁慈似的，但我夫孟昶被赐官后没几天就死了，接着，婆母也绝食而死，我被贼人赵匡胤霸占侍寝，册立为妃。

尚树蛋愤愤地说：赵匡胤破人国，杀人母，夺人妻，还假惺惺地装得很仁慈，真不地道！我要当面问问他，他怎么这么无耻？

尚树蛋又问：对赵匡胤这样的人你怎么还跟他秘密地在这里干那个事？

花蕊夫人说：什么这个那个的，你想哪去了？我是想在拷问赵匡胤这个浑蛋。

尚树蛋道：拷问？拷问什么？

花蕊夫人说：他霸占了我，还不明不白地要了我的命，我要问问他，是谁杀死了我，我死得不明不白。

尚树蛋说：这么说来，你不是在这个秘密宅院里等他？

花蕊夫人说：以前是。他把我掠进京后，把我秘密地藏在这里，不让我见人，他经常是鬼一样地摸进来，把我作践一顿，然后就贼一样地溜出去。赵匡胤是个典型的伪君子，当面是人，背后是鬼，表面上仁慈大度，实际上阴险狡诈，我恨死了他！我夫孟昶是软弱无能到了极点，但人家宽厚仁义，为君为夫都是堂堂正正的人！

尚树蛋很义气地说：说实在的，我很佩服你，花蕊夫人，你是女人中的豪杰！当初宋军兵临城下时，你就跟那些软骨头的大臣们不一样，你力主抗宋，还愤然咏出"君王城上竖降旗，妾在深宫那得知？十四万人齐解甲，更无一个是男儿"的诗句。你这点骨气，没人能有！你被掠入宋宫后，赵匡胤兄弟俩不安好心，都想占有你，你虽被迫从命，但你不过是表面应付，你一个小女子，又是被俘虏的，你能怎样？但你仍然是心怀故国，怀念和忠于你夫孟昶，孟昶暴死后，你每天在他的画像前焚香膜拜，虔诚供奉，掩人耳目，谎称是传说中张仙像。直到现在，你被软禁在这个地方，仍然一如既往地思念着夫君，难得呀，真是难得呀！我尚树蛋也是个讲义气的人，这么着吧，我现在就把那个赵匡胤叫出来，当面问清是谁给你下的毒手，让你在九泉之下也心里明白！

花蕊夫人很感动，说：谢谢尚先生了，我没想到在小小的尚庄，还有这么仗义的人，请容小女子一拜！

尚树蛋忙扶住她，说：这我可担当不起，我一个庄稼人，哪能受得了贵妃娘娘的拜谢！

当尚树蛋用手去扶花蕊夫人的那一刹那，有一种奇异的很舒服的感觉：好软的胳膊啊！这感觉他从来没体验过，心想，这难道就是所谓的女人味？光棍太可怜了，一辈子也尝不到女人味，我这真是偏得了，尝到了，应该说是感觉到了女人味，等我回尚庄这回该有吹的了！

但尚树蛋这点满足感很快就消失了。他觉得太龌龊，不够意思。于是自责取代了自豪，他狠狠地打了自己一个嘴巴子，怒气冲冲地向厅内喊：赵匡胤，你给我滚出来！

赵匡胤应声出现在尚树蛋面前。他整了整衣冠，怯生生地问：尚先生，你叫我吗？

尚树蛋厉声问：赵匡胤，我问你，是不是你杀死了花蕊夫人？要如实跟老子说！

赵匡胤道：说实话，花蕊夫人的死真和我没关，你想想，我爱还爱不够呢，怎忍心杀她？

尚树蛋问：那是谁杀的？宫里人敢吗？大臣们敢吗？

赵匡胤说：这么着吧，我跟你回忆一下那一天的情况，咱从头理一理，你自己判断。那天我们几个人去宴猎，就是一边饮酒，一边打猎。那天天气极好，大家的心情也极好，可是大家兴致正浓，突然听到一声惨叫，只见花蕊夫人倒在地上，背后中了一箭，正中后心，可以说是一箭毙命，好端端一个美人，就这样死了，真是太可惜了。

尚树蛋道：你这个伪君子，少来这一套！当初孟昶暴死时，你又是废朝五日，又是素服发丧，其实，你这全是欲盖弥彰，因为，孟昶死时才47岁，他平时保养很好，没什么病，但到你们东京后没几天就死了，这不是怪事吗？极有可能是让你毒死的！你这明显是杀人夫，夺人妻！孟昶死后，他母亲悲痛万分，也绝食而死。之后，你还令人写了一篇措辞哀婉的册文，煞是悲伤。这不明摆着是猫哭耗子假慈悲吗？这花蕊夫人的死也一定与你有关！我问你，当时那个宴猎都有谁在场？

赵匡胤说：我弟赵光义，还有几个内侍。

尚树蛋说：好了，你这一说事情就清楚了，就是你们哥儿俩的事！也有可能是你那个弟弟干的，因为他对花蕊夫人垂涎已久，但花蕊夫人又被你强立为妃，赵光义争风吃醋，下毒手把自己没得到的毁了，也是有可能的。

赵匡胤说：先生能秉公判断，为我开脱，我太感谢了。

尚树蛋说：你先别感谢。我还听说过一种说法，花蕊夫人是你赐死的。你叫一个小宫女在花蕊夫人的水杯里放了毒药。今天我暂时就不跟你对质了，省得你难堪。但你得记住，就是你们哥儿俩害死了花蕊夫人！

赵匡胤一时语塞。

这时，尚树蛋发现不见了花蕊夫人，有一只通身雪白的银狐趴在假山后面，正闪着泪光看着他，又点点头。尚树蛋也向它点了点头，暗想，这银狐怎么像通人性似的，到底是怎么回事？那银狐却不作多停留，悄悄地走到那个放着孟昶灵位小木牌的石缝前，衔起木牌，叼走了。

5

我想知道我是怎么没的。

这一切，赵匡胤似乎都没留心，只是怔怔地瞅着厅堂。尚树蛋问：老赵你干什么呢？

赵匡胤若有所思地说：我想起了那天凌晨的事。我想知道我是怎么没的。

尚树蛋问：哪天凌晨？

赵匡胤说：开宝九年十月二十日凌晨。前一天晚上下了场大雪，天挺凉的，我就想喝点酒，我平时并不贪酒，因为古来因酒误国的事太多了，我时常告诫自己，不能贪杯，以免误事。但那天突然想喝酒，一个人喝又没意思，就令人叫了光义来，我们两个对饮。可喝着喝着我就有点头晕，接着就睡了过去，什么都不知道了。

尚树蛋说：告诉你吧，就是在次日，也就是二十日四更天，便在宫中传出你暴死的消息。

赵匡胤"啊"的一声，愣在那里。

尚树蛋道：别发愣了，还是想知道你是怎么死是吧，我暂不想下结论，史学界也没个明确的结论，史学家们都是治学严谨的，没有如实的证据，就不下结论，叫"姑且存疑"。这是史学研究的常态，历史上存疑的事太多了，所以才有了永无休止的学术争论。但作为当事人，我觉得你心里最清楚，你可能不愿意或不想把这层窗户纸捅透，那就不强求了，咱也姑且存疑吧。

赵匡胤像是确有难言之隐，没有吭声。

尚树蛋道：你死得太突然，继承人还没来得及确定，这可就麻烦了。别的朝代，皇位继承人打早就定好了，可你这样突然离世，麻烦就大了。

赵匡胤着急地问：后来发生了什么？

尚树蛋道：说出来吓死你，你最看重的那皇位丢了！

赵匡胤道：谁夺去了？

尚树蛋道：你猜呢？我想你懂得。你有两个儿子，德昭26岁，德芳18岁，按理说，继承人应该从这两个儿子中出。但你还有两个兄弟，这就麻烦了，是传弟还是传子，成了两难选择。可你还没来得及选择就归天了，把这个大难题留给了别人。你那天暴卒后，宋皇后令内侍王继恩去召你儿子赵德芳来，但你不会想到，你平时看重的那个王继恩是个势利眼，他见你弟弟晋王赵光义有势力，竟然违抗皇后之命，不去召德芳，而是径直去了晋王府，把你的死讯告诉了赵光义，还给他出主意，催促他事不宜迟，当机立断。赵光义心领神会，就和王继恩等人直奔你的寝殿。这时宋皇后正在那里哭，见王继恩召来的不是赵德芳而是赵光义，一下子傻眼了，知道事情已发生变故，还是识点时务吧，就改口说，老弟，我们母子的身家性命就交给你了。赵光义一边假惺惺地抹了抹眼泪，一边说，别害怕，咱们同保富贵吧。

赵匡胤道：这帮人，太不够意思了。特别是那个奸佞王继恩，我平时待他不薄，他竟然这么快就见风使舵地背叛了我，小人！无耻的小人！我恨不得把他碎尸万段！看来真是知人知面难知心啊！

尚树蛋道：你才明白过来呀，你的臣下们哪有几个真正忠于你的？他们都是当面一套，背后一套，都是势利小人、两面人！你恨也没用，臣下们都是见风使舵的，历朝历代都这样，你咬碎钢牙也没用，你无能为力。你们皇家也是从来就没有亲情,皇亲国戚、太子公主,看起来是亲密的一群,但一遇到利益攸关的时候,亲情就都抛一边了,甚至代之以兵戎相见、你死我活。你弟弟赵光义就是个毒蛇心肠的家伙!他轻而易举地夺得了国家大权,硬是名正言顺地顶替了你。我跟你说,你这个弟弟太不地道了,他跟宋皇后说要和她母子长保富贵,纯粹是扯淡!仅仅是在他取得皇位三年后,你儿子德昭就被逼死,紧接着,你年仅23岁的儿子德芳也在睡梦中死去,跟你是一样的死法。你们爷儿三个的死都和你弟弟有关,赵光义诡计多端,心狠手辣,坏事没少干。

赵匡胤大怒道:这个披着人皮的狼!这个窃国大盗!我错看他了。

尚树蛋道:咱还是说说你是怎么死的吧。你死前的情况有一个小内侍看得很清楚,那天你们哥俩在一起饮酒时,他在烛影下看到赵光义站起身像是很谦让的样子,你们喝完酒,他见你手持柱斧击打地面,连说:好做!好做!接着你就入寝了。应该说,这小内侍是你死因的唯一见证人,但第二天他就莫名其妙地失踪了。他不能不失踪,知道了这个天大的秘密,他还能活吗?从此,这事便死无对证,成了千古之谜,人们称作是"烛影斧声"之谜。我说过,你们大宋朝谜案多,实际上,谜案也不谜,用不着侦查,更不需要开棺验尸和查验痕迹什么的,也不需要DNA鉴定,事实是明摆着的,你想想看,二十日凌晨你刚咽气,赵光义就宣布继位了,这么急不可耐,说明个啥?

赵匡胤顿悟道:我想起来了,我当时觉得那酒有点不对味,该不是下了毒药吧?

尚树蛋道:这事大概让你猜着了。后来人大多是这个看法。这种事并不稀奇,自古以来为了争夺皇权,像这种兄弟相杀的事多了去了,你们前朝唐王朝李世民兄弟不就是例证吗?历史就是这么回事,皇权争夺是最大的一件事,胜者王侯败者贼,谁夺了皇权谁就是皇帝,谁夺不到则必死无疑,历史就是成功者的历史,你也大可不必抱怨。不过我得问你一下,那个"柱斧"是啥?"好做"又是啥意思?我在尚庄说书讲这一段时,有人问我,我也说不清楚,正好你是当事人，你就说说吧！

赵匡胤说；"柱斧"其实有两种，一种是武人用的，是铜铁做的；另一种是文房用具，也叫玉斧，水晶做的，我用的就是这种，这不能做凶器，别认为是光义用斧子劈了我。至于"好做"，我是说你做的好事。因为我当时已感到不对劲，酒里像是有猫腻。

尚树蛋说：这我就明白了，这个历史之谜也就基本清楚了。你这个弟弟不是个东西，他惯用这手段，孟昶是让他毒死的，南唐后主李煜也是被他在酒里下了毒，作为哥哥的你，也没逃过他的毒手。你们这也是窝里斗，为皇位而斗，为利益而斗。胜负成了定局，争斗也就完了，其实，你们大可不必为皇位争斗，你母亲早就给你们安排好了，还嘱咐一个大臣记录在案，用匣子装好，秘藏起来，记录的内容，你弟弟继位后才揭晓。

赵匡胤说：这我就不知道了。

尚树蛋说：你是不知道，但搞历史的人都知道。史书上叫金匮藏书。就是用匣子藏了个书信。写的啥？没人知道，你娘不让打开，金匮被权臣赵普管着，是第一号国家机密。后来在赵光义时才打开，但具体写了些啥，没有记载。这也许是史家故弄玄虚，也许是写史的人也不知道，故意留个悬念。其实好多历史之谜是写史的人造成的。行了，不说这些了，反正是你身后的事，你不知道，也没必要知道，去你个蛋的吧！

赵匡胤道：感谢先生帮我解答了一生的谜团，谢谢，谢谢！

说完，赶忙鞋底抹油——溜了。几乎在同时，好长时间不见踪影的蛋突然出现在尚树蛋面前，问：老爷，你叫我吗？

尚树蛋迎向蛋，说：我忘了你叫蛋了，顺口溜出了这么个字，你就应声来了。看来你还挺听招呼的，这很好。以后就得是这样，随叫随到。我问你，这么长时间你滚哪去了？

蛋说：禀老爷，皇帝召见你，我不好打扰。再说，那也不是我去的地方，那是禁地，我去找死啊！我倒是可以陪你逛逛汴梁城，只要你愿意。

尚树蛋点点头：行吧，老爷我还没来过汴梁呢。

说到这儿，刚才那座大宅院不见了踪影，面前是一处普通的民宅。这座普通民宅的对面，是一座很堂皇阔绰的宅子，很高的门楼，很深的院落，正门屋檐上有一块大匾额，上写：赵太丞家。旁边有四块招牌，分别写着："赵太丞祖传国医"、"太医局丞专医肠胃病"、"治酒所伤真方集香丸"、"五劳七伤一味除"。宅子厅堂里有一位抱着孩子的妇女正等待求医，两边两排长凳，中间一把交椅空着，看来那个赵太丞还没出来。

尚树蛋猜出了这是什么地方，问：这是个诊所吧？

蛋说：这可不是一般的诊所。我朝重医，医药行业发达，人们也非常注重保健。国家有太医局，归太常寺管辖，太医局一把手称太医局令，下设太医局丞若干人，并带领生徒数百人。太医局丞人数很少，地位也高，这赵太丞便是这种高级医官。这位太丞与皇帝同姓，所以他的诊所、药铺这么阔绰。

尚树蛋说：怪不得呢，我说怎么这么牛？病人都在那里等着了，医生还不出来！

蛋说：别着急，这是赵太丞家，著名的国医，我们汴梁虽然国医很多，但这赵太丞是最出名的，一般不轻易给人看病，架子老大了。可你说怪不怪，人家这么牛，偏有很多人挖门盗洞地找人家看。其实，在我看来，大可不必这样偏找高端，汴梁城看病的地方有的是！汴京是名医集中的地方，道路两边的药店很多，买药看病都很方便，汴京因而被称作"病福"之地，有点小毛病，在地摊上买点草药吃就行了。找名医、去大医院麻烦，挂号也得托人找关系，还得送红包，普通百姓想送还找不着门呢！我看这妇人也不过是普通人，像她这样的能挂上号就不错了，一般人很难到这里看病，这是汴梁城最著名的赵太丞家啊！

尚树蛋说：原来你们大宋朝也挺黑啊，我倒要看看，这个赵太丞是个啥模样！蛋，你去给我叫出来！

蛋怯懦地说：老爷，小人可没这能耐，我平时连这个大门都没进过。

尚树蛋说：没关系，你就说我尚树蛋叫他，我刚刚见过了赵匡胤，把他好顿训，我就不相信，他敢不理我！

蛋说：那好吧。

蛋于是就走进了那个大门。这当儿，尚树蛋突然注意到这抱孩子的小妇人，觉得挺面熟：这不是尚庄的丑妮儿吗？她怎么到这儿来了？

那妇人也回过头来，发现了尚树蛋，惊讶地叫了声：叔！

按辈数，丑妮儿是应该叫他叔的，在尚庄也这么叫。其实尚树蛋并不比丑妮儿大多少，只是辈数比她大。这丑妮儿并不丑，人挺白，眼睛大又亮，虽不怎么美，但绝对不丑。可为什么叫丑妮儿呢，原来，尚庄的人们给孩子起名都是越难听越好，女孩有的则干脆叫丑儿，为的是好养活。男孩叫什么狗剩儿、大蛆之类很多，连狗都不吃，人都腻歪得慌，不就好养活吗？尚书袋这名还不错，挺文的，但人们偏给叫成了"蛋"，恐怕也是受了这个习惯的影响。此刻，尚树蛋并不觉得他和丑妮儿的名不好听，树蛋咋了，树蛋能训皇帝，岂不比皇帝还高贵？这样想着，尚树蛋觉得大可不必为名字自惭形秽，便脱口叫了声：丑妮儿！你干啥呢？

丑妮儿说：给小二看病。

尚树蛋说：怎么，你又生第二胎了？

丑妮儿说：可不是。这个小二属于超生，还让村里罚了两万块钱呢！我女婿在外面打工，一年才挣了三万多，这一下叫人家罚掉一半！

尚树蛋一时语塞。暗想，这尚庄人也确实是没法说，要那么多孩子干什么？还都愿意要男孩，男孩更麻烦，在孩子小时候就得操持着给儿子盖房子，一个农民，盖个房子容易吗？尚庄人一辈子都是让这个房子牵着走，几个儿子盖几处房子，给儿子盖完还得给孙子盖，不盖房就娶不了媳妇，人家女的要嫁人，先得看看房子咋样，装修了没，家具全不全，要是儿子盖不起房，你这个老人当得就算不合格，在村里见人都抬不起头来。尚庄男孩子还都是早早地就操办结婚找媳妇，没房子人家闺女不跟，就得盖。一般人家都是得盖两代人的房子，这是一个极大的负担！尚树蛋便是吃够了没房子娶不了媳妇的苦，爹妈死得早，没能力给他盖新房，所以到现在他还是光棍儿。尚树蛋一想起这事便顿生投错了胎的感觉，但这也是没办法的事，儿子哪能选择爹娘？这时候尚树蛋并没有一点自卑感，心想，光棍儿咋的，光棍儿不用给儿子盖房子，一个人吃饱了，全家不饿！你像这个丑妮儿，多累呀！被罚了钱不说，孩子有个灾啊病的，多操心啊！不过这丑妮儿还挺有能耐的，能到杨太丞家来看病。便说，丑妮儿啊丑妮儿，你还真行，咋能进这个大门给孩子看病？

丑妮儿说：什么行不行的，现在办事，一是要有钱，二是脸皮厚，有钱就行，啥事架不住多上钱。脸皮再厚点，一次一次地找，拒之门外再用头给撞开，门只要留个缝就闪进去，一屁股坐下不起来，不管人家愿不愿听都赖着把事讲完，然后立马就扔下钱拍屁股走人，对方肯定会推托，不要不要，但你别理他，低着头只管走你的，只要人家不把钱给你扔出来，事情就十有八九成了。

听罢丑妮这番话，尚树蛋大吃一惊，睁圆了眼睛说：丑妮啊丑妮，你长出息了啊，你这一套大道理是从哪里学来的，谁教给你的？高，实在是高！

尚树蛋不觉间又用上了这个老词儿。

丑妮儿不以为然地一笑：树蛋哥你可能看书看呆了，这点道理，还用教吗，还用跟谁学吗，现实就是这么回事，谁都懂，就是不懂，办一次事也就学会了，实践会告诉你该怎么做，实践出真知嘛！

尚树蛋又是大吃了一惊，道：丑妮儿真有你的，几天不见你就出息成这样了，佩服，佩服！

丑妮儿道：树蛋哥你别磕碜我了，我算什么，你这宋史专家学问大了，谁能比得了？

听了这话，尚树蛋觉得又有了面子，谦虚地说：共同进步，共同进步……

旋即又说：咱不说别的了，给孩子看病得花多少钱？

丑妮儿说：在这看病可不比一般诊所，汴梁人有个说法提着一提笼，莫见赵太丞。

尚树蛋问：什么意思？

丑妮儿说：就是说，提着一提笼东西在这不好使，得拿硬通货来，只有钱才好使。

尚树蛋问：挂号花了多少钱？

丑妮儿伸出五个指头：五千！

尚树蛋惊得直吐舌头：丑妮儿啊丑妮儿，你家日子不过了？这不把你女婿山药打工挣的那点钱都扔进去了吗？

丑妮儿说：没办法呀，能眼看着孩子的病不治吗？

尚树蛋说：那看病的钱呢？

丑妮儿说：借了点，以后还吧。

尚树蛋愣了愣神儿，说：丑妮儿啊丑妮儿你别着急，我把钱给你要回来！

丑妮儿有点怀疑：蛋叔你有这么大能耐？

尚树蛋说：你可别把你蛋叔看瘪了，你蛋叔能耐大去了，这么说吧，老子在这汴梁城横逛！哪个敢跟老子较劲？我要让那个赵太丞把你那血汗钱如数还你，还得白给你儿子看病，丑妮儿啊丑妮儿你就瞧好吧！

6

他能干什么，挨揍呗！

尚树蛋随即喊道：蛋！我叫你找的人找来没有？

蛋应声来到，后面还跟着一个四十多岁的男人。尚树蛋介绍说，这就是赵太丞。

尚树蛋不屑地说：你就是传说中那个挺牛逼的赵太丞啊？

那男人说：本人是赵太丞，但我不牛逼，都是人们瞎传的。为百姓服务嘛，牛什么牛？

尚树蛋说：你别谦虚了，你不是一般的牛，怎么挂个号还要那么多钱？告诉你吧，这丑妮儿是我侄女，找你看病是瞧得起你，你要了人家多少钱如数还给人家！还得好好给这孩子看病，这是我侄女的孩子，你还得白给看，一分钱不给！

这话说得太硬了，蛋在一旁直出冷汗，生怕那赵太丞会大发雷霆。但奇怪的是，赵太丞不仅没恼，还客气地说：尚先生，别生气，我照办就是了。

说罢，吩咐下人取来5000块钱，还给了丑妮儿。又给那孩子试了试体温，看了看舌苔，对丑妮儿说：这孩子是上感风寒，消化不太好，我给他开服药，你回去给他煎服了就行了，药别喝多了，孩子小。

丑妮儿问：多少钱？

赵太丞道：钱什么钱？你叔不是说了吗，白看！咱这就认识了，有事再来！

丑妮儿好惊奇地看了看尚树蛋，心想，俺叔啥时候长的这么大能耐？又向赵太丞说：那就谢谢了！

尚树蛋说：谢什么谢！

赵太丞说：对，不谢，不谢，为百姓服务嘛！

尚树蛋问丑妮儿：你女婿山药在哪打工？

丑妮儿说：他能干什么？挨揍呗！

尚树蛋一惊：你说什么？挨揍？

丑妮儿说：可不是，就是挨揍！他们的公司就叫挨揍公司，这是一个特殊的公司，公司员工每天的工作就是挨揍。因为听说城里人压力大，婚姻有压力，住房有压力，工作有压力，整天压得不行，又没办法解除压力，就找地方出气，有的砸墙，有的摔东西，但还是觉得出不来气，就打人。但打人总是不行的，没人让你打，弄不好你反倒挨打。在这种情况下，有聪明人就悟出了一个生财之道：找人挨打，让那些人出气。于是就办挨揍公司，招聘员工，我女婿就去了。

尚树蛋说：这是个什么工作，成天挨揍，还不落下残疾啊？

丑妮儿说：这倒不会，公司对顾客有要求，打可以，但不能打坏，打坏了员工自己负责，打残了赔款，打死人偿命。

尚树蛋说：有保证还行。公司给上保险吗？

丑妮儿说：上倒是上。但顾客也有办法，他们十分注意不留外伤，打一个小时连一块伤的地方都没有，但被打的人却疼得够呛，这是俺女婿说的。

尚树蛋问：他们是咋打的，怎么会这样？

丑妮儿说：打人的人坏着呢！他们用布包着块石头蛋子，打人贼疼，还不会留下伤。

尚树蛋愤愤地说：真他妈不是人，怎么想出这么个损招儿！这公司也作孽，想赚钱都想疯了,这叫什么公司嘛,简直是害人公司!公安局知道了,肯定会把他们给封了!说不定会判他们刑,老百姓能那么任人打吗?

丑妮儿说:蛋叔,可不是,他回到家里就喊这疼那疼的,他再回来我就不让他去了,内伤比外伤还厉害,要是真被打坏了,这日子就没法过了。我于是就劝他辞职,为了挣点钱别把命搭上。

尚树蛋说:对,咱不干了,辞职!

这时,丑妮儿身后闪出一个人,竟然是山药!尚树蛋问:你来了,辞职了吗?

山药说:辞了。

尚树蛋问:那就是说现在不挨揍了?

山药说:倒是不挨揍了,挨训!

尚树蛋一愣:挨谁的训?

山药胆怯地瞅了瞅丑妮儿:你这个侄女自打生了小二以后脾气老大了,天天训人,往死里训你!训的你鼻青脸肿,没处躲没处藏!

尚树蛋前问丑妮儿:是真的吗?

丑妮说:你听他的呢!他一个老爷们一点能耐也没有,自打辞职回家,整天像个游魂似的瞎逛,再不就是钻在耗子洞里和几个人偷着玩牌,把挣来的那点钱都输了,小二看病都拿不出钱来,都是跟人借的。蛋叔你说说,这样的男人有什么出息?我看,实在不行还得让他回公司挨揍去!这好歹这也是个经济来源。

尚树蛋说:先别,这不是个活儿,打坏了怎么办?

丑妮儿恨恨地说:打死拉倒!

尚树蛋说:那可不行,你愿意当寡妇啊?

丑妮儿说:要不咋办?

尚树蛋说:我给你想想办法。

尚树蛋对赵太丞说:方才你也听到了,丑妮儿家挣点钱多不容易!帮人帮到底，你们是大家业，给我侄子找个活儿，一定要安排好。

赵太丞说：没问题，我一定给他找个位置。

又说：听说他干过挨揍的活儿，挺憋屈的，我给他安排个不憋屈的活儿，让他当个保安队长吧，能管三四个人。那几个保安听话，他要想出出气可以揍他们，随便揍，也像他们公司那样，揍不死就行。你看咋样？

尚树蛋说：这还差不多。

山药乐得直蹦高：这下可翻身了！

丑妮儿瞪了他一眼：看把你美的！不过你下手可别太狠了，小心出人命！摊上官司咱可就别过了！

山药直点头：那是那是，我有准。

尚树蛋对丑妮儿说：你回去吧，以后有什么事可以来找赵太丞。

赵太丞说：尽管来找，咱这就算熟悉了。熟人好办事嘛！

赵太丞又向尚树蛋鞠了个躬，欲起身离开。

这时，山药又闪出身来说：感谢二位一片好心，可我现在又想起丑妮儿训我的话，男人是为家生的，男人不为家，一摊臭。好歹我也是个男人，我得立业管家。所以我想出去闯荡闯荡，为这个家做一回好男人！

赵太丞大喜，连呼：好样的，好样的！这样的有志气男儿堪称将才也，假若在疆场上横刀立马，可为大将军也！

尚树蛋瞋了他一眼：赵太丞你别瞎忽悠，什么大将军，他就是一个既挨揍又挨训的尚庄爷们。来点真格的吧，他要创业你能帮他什么？

山药抢着说：蛋哥你别老麻烦人家赵太丞了，我暂时也没什么创业计划，给我找一个暂栖身的地方，容我点时间出去找找就行。

赵太丞说：不就是个住的地方吗？好说好说！咱家这宅子挺大，就是住个百儿八十口子都没问题，我先给你安排个地方休息，等安排好了，请你过去。

山药说：感谢感谢！

尚树蛋阻止道：谢什么谢，不是说了吗？不谢，不谢！这时候，尚树蛋发现这个赵太丞不到四十多岁的光景，心想，这人能耐不小啊，这么年轻就当了太丞，肯定有什么来头，便问：当朝皇帝姓赵，你也姓赵，你是皇族吧？

赵太丞说：我不是皇族，我父亲是赵普！赵太丞说这话时腰板挺得很直，说话声音也提高了一度。

尚树蛋想：原来大宋朝也讲究这个啊，前些时候，网上就屡屡爆料，有些交通肇事的、酒驾的、强奸少女的，还有很多干其他坏事的，当他们被交警或公安局的抓到之后，往往就是理直气壮地说：我爸是某某官员，某某名人，仿佛有这么个官儿爸名人爸，就有条件任性，就可以免罪，就可以胡作非为。尚树蛋对这样的人特别愤愤不平，心想，我们祖宗是进士我都没任性呢，你们任啥性？

同样的原因，他对这个赵普儿子赵太丞也颇为不屑，气不打一处来，说：你父亲是赵普咋的，赵普不是归赵匡胤管吗？赵匡胤方才都让我训了一顿，我还怕赵普吗？你马上去叫他，就说我要叫他！

赵太丞说：怎么称呼您？

蛋说：这是皇帝召见的贵客，你就称呼赵老爷吧！

赵太丞忙赔不是：下官有眼不识泰山，我这就去通报。不过老爷得先稍候，我家老爷正在休息，这几天身体不大舒服。

尚树蛋说：好吧。想来你爹岁数也不小了，等就等会儿吧。

7

学堂里传出诵读声："天子重英豪，文章教尔曹……"

大约抽根烟的工夫，赵普老头颤颤巍巍地来到厅堂。尚树蛋似曾相识，先打招呼：你就是那个"半部论语治天下"的赵普吗？

赵普施礼道：老朽正是。

尚树蛋说：听说你和赵匡胤是同学。祖籍相邻，关系很不一般，是吗？

赵普说：是，我们像兄弟。在一起共事多年。

尚树蛋说：我记得当初你们同为周世宗柴荣的部下，赵匡胤当通州节度使时你任推官，赵匡胤移镇宋州时，你为掌书记，人称赵书记，连赵匡胤他母亲也这样称呼你，你们确实是关系好。可以这么说吧，你成就了赵匡胤的帝业。陈桥兵变赵匡胤黄袍加身，得助于你的谋划，后来，你又帮助赵匡胤策划了"杯酒释兵权"的把戏，用丰田美宅赎买了功臣宿将的兵权，继而又献策，把地方节度使的兵权也收归了中央，加强了中央集权。

赵普惊道：这些你都知道？

尚树蛋一笑：宋史专家嘛，这点事不是小菜一碟？关于你俩的关系，最值得一提的还是那个飘着雪花的秋夜，赵匡胤踏雪来访，你们俩围近炉火而坐，一边吃着烧烤，一边聊天。赵匡胤道出了他心中的担心事，说是当今天下，列国环绕，一榻之外都是他人之家，睡觉都睡不安稳。你看出赵匡胤是想统一全国，就问他想咋办，他说想攻打北汉太原，你说，这个主意不好，太原强大，恐怕一时半晌难攻下，即便攻下了，宋朝就成了独挡边患的一道墙，因为太原正好挡着西北两个方向。赵普你的功绩就是非常英明地提出了先南后北、先易后难的策略，即先削平了南方诸国再收拾实力稍强的北汉。这个统一大略确实很英明，我在尚庄说书时给人讲起这一段时很佩服你，说你确实是个多谋善断的谋臣。后来，赵匡胤确实照你说的做了，而且取得了成功。他合并荆湖，扫平后蜀，降服南汉，虽说用兵北汉暂未成功，也为后来最后统一全国打下基础。总之还真是挺不错的。

赵普说：先生过奖了，这都是我应该做的。

尚树蛋说：你别来这种虚悬套了。什么应该做的，要是没利益在，你绝对不做。赵普啊赵普，你知道我最佩服你的是什么吗？

赵普晃了晃头。

尚树蛋说出两个字：读书。

赵普笑了：我可不是读书人啊！刚上学时，正赶上兵荒马乱的，觉得读书没啥意思，书越读越迂腐，打天下还得靠计谋，靠枪杆子，于是一部《论语》学了一半就不念了。就是凭着这点书底子，我帮高祖皇帝打天下，建立了功业。人们说我"半部论语治天下"大概就是指的这事。但我心里知道，咱是没有多少学问，不配你夸奖。

尚树蛋说：我不是夸你这个，我是说你这"后发力"还是挺值得赞许的。

赵普说：什么后发力？

尚树蛋说：就是你后来还挺给力呗！你也知道你那半部论语在打天下时还凑合，可坐天下时就显得少了点。赵匡胤大概也这么认为，他不是常劝你读书吗？你还真挺有志气，这以后发奋读书，每天下班回家后，把自己关在屋子里，一门心思地读书，有时读到天亮。你这一点还挺好，不会打麻将，歌厅舞厅也很少去，不仅夜晚点灯熬油地读书，白天也常是手不释卷，皇帝常在大臣面前夸你，对你也越来越信任，事无大小，都和你研究决定。你终于因为有了文化，提高了决断能力，大臣们称你是决断如流。你也给大臣们树立了个样板，让他们看到当官以后政务再忙也有读书时间，只要读，时间总会有的，你当了宰相才读书而且读出了名堂，也给赵匡胤很大启发，他决定：任命宰相必须是读书人，这以后就成了惯例，没文化不能当官。你们宋朝文官治国、举国崇文也就从此开始了。

赵普道：这不能都归功于我。

尚树蛋道：当然。你是谋臣，决策还得皇帝。你们这个皇帝，靠武力征服了天下，应该说他是崇尚武力的，那个兵荒马乱的年代也是一个迷信武力的时代，那时读书人不吃香，被轻慢地唤作"措大"、"醋大"，连文人们用的毛笔都被戏称为"毛锥子"。等到他得了天下，这情况就变了，他非常重视读书人，把一向不被重视的读书人捧得很高，官位专为有学问的人留着，又大修文庙，兴办学校，使世风大变，读书致仕成为许多人的追求，学堂里每天都会传出这样的诵读声："天子重英豪，文章教尔曹，万般皆下品，唯有读书高。"你知道吗，"万般皆下品，唯有读书高"这两句诗我们都知道，很长时间来几乎成了名言。赵匡胤还召人在崇政殿说书讲学，增长知识。文人们只要有学问，都给官做。你听说过许琼的事没？

赵普道：听说过，朝臣们都知道。那年许琼99岁，他75岁的儿子为他乞官，皇帝在便殿接见了他，看他竟然对少年时所学的书历历在目，思路清晰，对答如流，就送给了他一个小礼物，给了他一个县令的官儿做，这事当时在朝中传为美谈。

尚树蛋说：是啊。你们太祖皇帝也爱好藏书，建了好几个皇家藏书馆，把东征西讨得来的藏书都送到京师图书馆，藏书至数万卷。还组织人编书，什么《五代史》、《五代会要》、《宋刑统》之类，都是他组织编的吧？

赵普说：尚先生你对我朝的事还真知道不少。

尚树蛋道：何止是不少？我是大尚庄的宋史专家，你以为我就是个老农啊？现在对老农，也不能戴着有色眼镜看了，老农的地位提高了，因为生活好了。在我们尚庄，种地不但不交地租，还给补助，这种事在你们宋朝肯定没有。你们对老农是穷极盘剥，苛捐杂税繁多，致使民不聊生，饿殍遍野。我们尚庄可比你们强多了，刚才说种地给补贴，只是提高老农地位的一件事，我们尚庄的老人还发工资呢！当然这叫退休金不叫工资，可我们尚庄人喜欢"工资"这个提法，说是尚庄人可以和发工资的城里人相提并论了。我有一个老姐姐80多岁了，那天她收到钱后就说，现在社会多好啊，可惜没时间活了。这话经典不？你们宋朝的读书人能说出这么经典的话吗？你们的作家们也编不出这么个词儿吧！

赵普连说有意思有意思，高，实在是高，我们宋朝读书人有的是，还真是编不出这样的话来。

尚树蛋说：这老姐姐的话还让记者录了下来呢，又拍了片子，说是在电视上《走基层》节目里播出，到那时，不仅我这老大姐出了名，我们尚庄也就名扬全国了！

赵普说：厉害，厉害！

尚树蛋说：回过头来再说你们崇文的事吧。你们崇文这没错，推动了文化昌盛，赵匡胤提出的"乱世用武，治世用文"也有一定道理，但治理国家得文武并用，不能偏废，你们宋朝就犯了这个毛病，光重文不重武了，结果在造就了一个文化王朝的同时也造就了一个软弱的王朝，皇帝和朝官们都读书习文舞文弄墨去了，忽视了增强国家军事力量，满朝文武都不习武了，结果，国家的军力减弱了，边缘那些小国都来欺负你们，叫你们穷于应付，屡屡败军损将，最后还亡了国，连皇帝都成了俘虏。当然，你不是皇帝，跟你说也没用，你管不了那么多事，我跟你们皇帝说好了。

赵普道：先生要找皇帝吗？我们隔壁就有一位。

尚树蛋问：哪一个？

赵普说：太宗皇帝呀！

尚树蛋说：赵光义吗？行，去串个门儿。

又喊：蛋，带路！

蛋应声前来，恭立在尚树蛋面前。

8

别瞎诈唬了，快叫赵三来！

挨着赵太丞宅的是一座更大的豪宅大院。屋宇高耸，院落深邃，高大门楼檐下有个斗拱，门前有三级台阶的上马石。敞开的红漆大门很气派，门板上有辅首，门槛很高，开门时先卸下来。石质门磴，门的一侧有围墙。围墙下有一道水沟，水沟边有护栏。从外面可以看到室内前厅卷起的珠帘，内有高大的屏风，屏前正中放着一把大围椅，墙屏前有石案。大门口有三个门卫样的角色正坐在门外的石磴上，懒散地闲聊着。

尚树蛋说：这是什么门卫，简直是混饭吃的，怎么不管事？

蛋说：你别看他们大大咧咧的，其实眼睛管事着呢！你没看他们正斜眼瞅着门右边要进门的人吗，等他要进的时候，就该阻拦了。果然那人刚要进门，却停住了脚步，向门卫望了望，像是在打招呼，意思像是说：可以进去吗？几个门卫瞥了他一眼，那眼光很毒，像是说：干什么，这也是你进的地方吗？那人很知趣，转身退了回来。

尚树蛋说：看来你还是知道底细的，到底是本地人。蛋得意地一笑。

不一会儿又有一个人走来，左肩上挎着一个大包裹，右手提着一捆东西，呆头呆脑、笨手笨脚的样子。他在这大门口停下来，转头向左望着，像是等待着什么人，又像是在这繁华热闹、纵横交错的街市中迷失了方向，在等着询问来人。

尚树蛋说：这是个外地人吧，要不就是个乡下人，怎么像我们尚庄人这么土？还大包小裹的？

蛋说：不是，这是去上坟。他手里提的是冥币，肩上背的是纸马，都是上坟用的。我忘告诉你了，今天是清明节，每年在这一天都要上坟祭祖，祭祀时都要带一些纸马冥币，采集一些鲜花野菜，烹制一些熟食祭品，去坟上祭祀。往坟上添点土，烧点纸钱，表明对死者的怀念和感恩之情。对祖先的祭祀，有凝聚同族、激励后代、确立祖孙地位的的作用。一般说来，皇上每年大祭一次列祖列宗，至于一般的官员只能祭祀到自己的高祖，老百姓只能祭祀到祖父这一代，不允许再往上追祭。地位越高，越有权势的，祭祀越有名目。皇帝贵族们以"世守其祀"为荣耀，以自己家族历史悠久为荣耀，老百姓不允许有远祖，也不能祭祀远祖。

尚树蛋说：上个坟还有这么多名堂啊！活人有高低贵贱之分，阴间也这样啊，我看这纯粹是你们宋朝的瞎规定，专门欺负老百姓的，我就不信这一套，我是老百姓，今天我也去上坟，偏要给他破个例，就祭祀我们远祖，我们远祖是进士，咋的，不让祭啊？

蛋见尚树蛋动了怒，忙劝阻道：老爷息怒，谁也管不着你，你愿咋的咋的，你就是大爷，千万别生气！你要给先祖上坟，一会儿咱去纸马铺买点纸马、买点冥币，风风光光地给你先祖上个坟，你看如何？

尚树蛋说：行，你还挺会察颜观色、见机行事的，够个秘书的料，等我给你推荐一下，当我们村成子的秘书吧！

蛋问：成子是谁？他也有秘书吗？

尚树蛋说：当然。成子不是村官，是个大老板！他联络了好几个投资者开了个大公司，你知道这公司有多大，说出来把你吓死！两千多亩地大的地盘，员工 200 多人，办公的地方是一座四层大楼，不光有本科生，还有研究生、博士生呢！

蛋吐了吐舌头说：这么大呀，快赶上我们东京汴梁了！

尚树蛋说：当然。你们汴梁城有两千亩地吗？有硕士、博士吗？成子那公司种树、种菜，好多个蔬菜大棚，老大一片树苗，都是商品树。就是城里绿化用地景观树。树种多了去了，好多农民职工侍弄，还上化肥呢，长得可好了。都是速生的，两年就见钱。这些树都往城里卖，专门有推销员，销路可好了！老多城市绿化栽的树都是从成子公司买的树。我看你们汴梁街边上的这些柳树就像从我们尚庄买来的。

蛋摇摇头说：大概不是吧。我们汴梁城这柳树高大粗壮，有年头了。我们汴梁城历史上至少有三次大规模栽种柳树：第一次是在隋炀帝开运河、疏通通济渠的时候，那时河堤两边栽柳，"隋堤烟柳"是当时汴梁一景；第二次是在后周世宗时，大规模兴修东京外城，拓宽道路，城内街宽 500 步的，路两边都栽了树，其中大部分是柳树；第三次是在本朝，皇帝陛下下诏栽植榆柳，加固堤防。所以，我觉得，这柳树苗不像是从你们尚庄买的，要是在尚庄买的，没这么大。你看那树干多粗壮，那是一次次截枝截断的，不让它长高是为了固堤。你再看那枝条一根根都挺细，像树毛子似的，这是截枝后刚长出来的。因为年头多了，总截枝，这里的柳树才形成了现在这么个短粗胖，树身粗壮，树冠嫩小，枝条细弱，四面斜出，形状独特。

听了蛋这一番似乎有理有据的话，尚树蛋觉得无可反驳，但不说点什么又没面子，就用手指了指西面那棵垂柳。那垂柳显然没截枝过，栽植时间不长。说：你看那棵垂柳肯定是在我们尚庄买的，成子公司的树苗就是这一种，叫金钱柳。这树长得可快了，像这棵树，也就两年吧，两年就长绦垂地了，你说长得多快！我教给你一首诗吧，是唐朝贺知章写的《咏柳》："碧绿妆成一树高，万条垂下绿丝绦。不知细叶谁裁出，二月春风似剪刀。"现在春风初起，柳枝吐绿了,这垂柳长得多好,一看就是来自我们尚庄,不像你们汴梁这些短粗胖!我们尚庄的树苗远近闻名,质量信得过,等着跟你们朝廷管这事的人说说,再买树苗到我们尚庄去,我和成子熟,能帮你们讲讲价,保证又便宜又好!

蛋很佩服地说:老爷有学问,不仅懂树木栽植的事,还会背唐诗呢,长见识!长见识!

尚树蛋得意地说:你就走一路学一路吧,咱两人行就有你师,用不着像孔夫子说的三人行必有我师!

蛋说:老爷,老师,在下钦佩,钦佩!

二人说着说着聚到了那大宅院门口,三个悠闲的门吏呼地站起身来,一拥而上挡住他们,厉声说:呔!你们上哪去?找谁?

尚树蛋说:别狗仗人势,凶啥?我找赵三!

门吏吃惊地问:你说什么?赵……赵……

尚树蛋说:赵三!没听清啊?

门吏说:这里没有叫赵三的,你到城外村子里去找吧!

尚树蛋说:就光村子里有叫赵三的啊,你们这大院里就有,别啰唆了,快给我去叫赵三!

门吏说:这里没有赵三,只有我们皇帝陛下。

尚树蛋说:不就是赵光义吗?他排行老三,就叫赵三嘛!

门吏大惊失色,大喊:你这狂徒,竟敢这般无礼……

另一门吏说:这不是犯上作乱吗?

又一门吏助威:把他抓起来!

尚树蛋不仅不怕,反倒来了精神,大喊:你们敢!狗仗人势吗?别瞎诈唬,快叫赵三来!

这时候,只见大宅内走出一个50来岁的男人,喝止门吏:吵什么?

门吏回头一望,是皇帝赵光义,马上惊慌地跪下来赔礼道:不知皇帝陛下驾到，请恕罪！

　　赵光义怒斥：没有教养的奴才，这位是贵人，也是贵客，不得无礼，快给贵客赔不是！

　　尚树蛋说：算了，算了，就当听了两声狗叫，让他们滚吧！

9

咱是两股道上跑的车，各走各的路。

门吏乖乖地退下去之后，尚树蛋说：我叫你赵三你不反感吧？恐怕你们大宋朝还没人敢这么叫你。

赵三说：这是我的小名，宋朝没人知道，你这样叫我感到还挺亲切的。

尚树蛋说：别客气了赵三！我还是叫你大名赵光义吧，怎么说你也是皇上，赵三这个名在我们尚庄叫还行。你是天生龙种，你不能叫这么低俗的名。听说你刚下生时就有红光上腾如火，闾里间有异响。这真是不一般啊！但我实话告诉你吧赵三，这么玄乎的传说你千万不要信，这都是无德史官和献媚臣子编造出来的谎言。你想想，这能是真事吗，孩子刚生下来就红光满屋，升腾如火，这可能吗？要是这样，消防队该来了。你们那时候没有消防队，那就只能看着大火把屋子烧光。我猜想，这故事也可能就是你编造出来的。你们这些当皇帝的都把自己当成真龙天子，是真龙转世，一出生就和别人不一样，你们骗了别人，也是自欺欺人，谁信你们这一套啊，但封建史官就这样写在书上了，咱姑且就信一次，反正不是什么原则问题。据说你的童年也挺艰难的，当时正逢战乱，你娘带着你哥俩逃难时，一条扁担上挑着两个筐，两个筐里装着你和你哥赵匡胤，一个老道士看到了，说了句"两个天子上担挑"。这话还真让他说着了，你们哥儿俩后来都当了天子。说起来，你哥得感谢你，你哥陈桥兵变黄袍加身还多亏了你，这出戏你是前台主角，所以你哥当皇帝后对你特重用，任命你为殿前都虞侯，出兵讨伐时让你当大内都检点，可以说是信任至极，他有什么大事都跟你商量，你俩可说是"上殿亲兄弟"，只是在定都问题上有点分歧，你知道吗？

赵光义道：我心里清楚。我建议大哥定都汴梁，大哥却坚持迁都洛阳，原因是我当过开封府尹，按惯例，皇族担任开封府尹的，就预示着将来可能继承皇位，大哥对我有点疑心。当然，后来还是定都开封府汴梁城了。这表明大哥终究还是不怀疑我的。

尚树蛋道：你哥确实对你不错，你母亲杜太后对你更疼爱，你每次外出，杜太后总是要你跟赵普在一起，跟他学习处世之道，也可以提高你的地位，因为赵普是你哥倚重的大臣。特别是那个著名的"金匮之盟"，足见老太后的良苦用心。她引后周主少国疑为教训，让你哥把皇位传给你，你再传给你弟弟廷美，廷美再传你哥的儿子德昭，说是国有长君，是社稷之幸。这些话，让赵普记了下来，藏在金匮之中，作为传国成规。这个著名的"金匮之盟"搞得神乎其神，谁也不知道真相，于是有人就做起了文章，弄得真假难辨，也成了你搞阴谋、夺皇权的依据。

赵光义说：尚先生你说错了，我没搞阴谋。这"金匮之盟"是老太太约定的，子孙们都不能改的。再说，金匮的钥匙是老臣赵普管着的，谁也不能打开。

尚树蛋道：这可不是，我知道的只有"三传"之说，就是让你哥把皇位传给你，你再传给你弟弟廷美，廷美再传你哥的儿子德昭，这是原装的。但你当皇帝后，你让赵普打开了金匮，却变成了"单传"，就是光传给你的子孙。从"三传"到"独传"，这里肯定有猫腻，你肯定在这里捣了鬼！

赵光义道：我没这个胆量，还有赵普呢，他也不敢违背老太太的指令。

尚树蛋道：趋利避害是人的天性，识时务者为俊杰。赵普也知道讨好你，所以就迎你所好改了嘛！赵普是开国元老，又是"金匮之盟"的唯一记录者，他最权威，他说一，谁敢说二？你们的手段高啊，这样一改，你接替皇位就名正言顺了。

赵光义大叫：先生冤煞我也！

尚树蛋道：你也不用喊冤，后来的事证明一点也没冤枉你。是你恢复了一度失势的赵普的相位，流放了压在赵普头上的宰相卢多逊，你借机兴大狱，搞掉了你幼弟廷美，铺平了你传位于亲子的道路，哎，不说这些了，反正你们这些当皇帝的都得玩点权术，耍点阴谋，你是野心加阴谋。不过，你还是建立了点功业的。攻灭北汉就是你的功劳。

10

烛影斧声中就有你的声音。

一提到攻灭北汉,赵光义顿时来了谈兴,心怀叵测地说:我哥哥占据了荆湘,平定了巴蜀,就是没打下北汉。这恐怕是他一生的遗憾。明君难当啊,再贤明的君主,也会招来世人的非议。就说打北汉这件事吧,按理说战场上形势多变,胜败也无常,没有常胜将军,谁也不敢说自己是战无不胜的。楚霸王项羽号称是万人敌,身经七十二战无不胜者,可最后还是落了个四面楚歌,乌江自刎。当皇帝也一样。自古以来,明君圣主不计其数,不少皇帝也是功高莫名,身前身后广受赞誉,但没有一个是没有异议的,就是同一件事,也是评价不一。就说前朝明君唐太宗李世民吧,功业无人能比,天下人齐呼"天可汗",但他做的几乎所有的事情,也是众说不一。就说远征高丽的时事吧,他的本意是建立功业扬威海外,但当时就有大臣反对,说是皇帝好大喜功,后人也评价说太宗皇帝征高丽是得不偿失,因为天寒地冻,军队给养无法保障,部队损失很大,很多军士冻饿而死,太宗皇帝也在后撤中染病,后来竟薨于长安,一代雄主就此退出舞台。我哥哥尽管功业辉煌,但白玉也有微瑕,攻打北汉的失利就是让雄心壮志的哥哥壮志难酬啊!

尚树蛋道:你们大宋王朝的开创者确实是一个挺了不起的君王,还挺务正业的,不像一些皇帝那样纵情声色,贻误国事,当然,我这是总体来说,其实你们这些当皇帝的都没好东西，对老百姓极尽盘剥，对自己则是穷奢至极，都是欲餐天下美色，都想占有全天下的财富，就是你们所说的"天下奉一人"或者你们当帝王的吹捧为真理的古老信条"普天之下莫非王土，率土之滨，莫非王臣"，平心而论，你们有一个好的吗？当然了，也实事求是地说，你们哥俩还算是不太好色，后宫嫔妃不多，也没有太多的风流事，只是一个花蕊夫人弄得你们有点丢人。一个后蜀蜀王的妃子，说得再明白点，就是一个叫别人玩腻了的女人，一个二手货，一个流落异乡的女俘，你们两个全宋朝最有权势的人，竟然为了她争风吃醋，竟至动了杀机，宁可杀死她也不让对方得到。你说这是多大的丑事啊，说出来都让天下人笑话！莫说是天下人会笑你们这两个大男人没出息，就是我们尚庄光棍也看不起你们。你们富有天下，想要什么女人没有啊，为这么一个女人争得出人命，你说，值得吗？我们尚庄光棍找不到女人也没无耻到你们这样！

尚树蛋越说越来气，真恨不得上前踢赵光义一脚，他刚抬起脚时忽然注意到，赵光义脸色很难看，好像有些无地自容。尚树蛋道：赵三你也别过于难堪，你那点事我都知道，反正你现在已经当皇帝了，你的敌人都死了，你不用怕任何人了，也没有什么可掩饰的了，也不必藏着掖着了，你就大着胆子直说吧，我问你，是不是你杀死了花蕊夫人？

赵光义一阵脸红，嗫嚅着说：既然尚先生把这事洞若观火地看透了，我……我也就……没啥隐瞒的了……今天就直说了吧，省得你们研究宋史的引经据典穷追细索地费脑筋，也省的你们这些宋史专家无尽无休无结论地去争论了，我就跟你说……花蕊夫人……是我杀的！

赵光义这段话说得很费劲，特别是这后一句话，像是鼓足了好大的勇气。

尚树蛋感到很痛快，他终于解决了这个被史学家争论已久的难题。他很有成就感，觉得自己像陈景润解决了世界性难题哥德巴赫猜想一样伟大，他甚至飘飘然地觉得自己这个宋史专家简直可以当院士了，带博士生了。别看这个问题不大，但足以震惊史学界，因为这个难题几十年来都没有解决，无论是教科书还是专著没有人能正面回答出这个问题，都是语焉不详地一语带过，也没有谁钻这个牛角尖，认为不是什么重大问题，值不得深研究。尚树蛋觉得，他这回算是找到了一个冷门题目，搞研究关键是找冷门，他觉得这个冷门问题可说是独一无二的，因为他掌握的是第一手材料，是当事人的口述，而且是独家，只有他一人听到，请问，天底下还有比这还权威的材料吗？

想到这里，尚树蛋信心满满，兴高采烈。不过，他还是觉得把这个材料深挖一下，挖掘得更详细些，因为这样的机会不会再有，搞研究就得注意找机会，找到了就不要轻易放手。于是，他又进一步追问道：我说赵三，你能不能再说详细点，这样，我说书时好更丰富些，比如你是怎么杀的她，在什么时机，用的什么武器，尸体是怎么处理的？

赵三面有难色，看得出，他不愿细讲。看到赵三为难，尚树蛋说，我知道这不是什么光彩事，你羞于出口，这么地吧，你光讲两个细节就行。

赵三苦笑道：你们这些搞学问的人就是爱穷追不舍，没办法，满足你的要求吧。

尚树蛋道：多谢。我不能让你白讲，将来我要把今天的记录录入正史，让专家们都知道。

赵三道：那感情好。是这么个经过，那天我和大哥及几个随员在郊外宴猎，我看到一只野鸡从眼前飞过，我下意识地抬手一箭，那野鸡应声而落。我的一个随从马上跑上前去，捡起那只野鸡，朝我扬了扬，向我献功说，晋王好箭法，真是百发百中！这时候为我哥侍酒的花蕊夫人孩子似的跑上前去，张扬地说，君王你看这鸡的羽毛多好啊，太美了，我想拔几根插在瓶子里，多好看啊！我哥说，这好办，回宫后，我马上让下人给你办！

当时，我深受刺激。心想，这野鸡是我射下的，成了你们的礼物还不说，还拿我的猎物向你显示，真是岂有此理！这不是明摆着欺负人吗，一个亡国之妃，还敢这样放肆，对本王无礼！于是，羡慕嫉妒恨一起涌向心头，一时冲动地向花蕊夫人射去一箭，我当时并不想一箭把她射死，却没想到这一箭射得这么准，正中后心，那女子还没叫出声来就一命呜呼了！

尚树蛋听罢禁不住拍起巴掌来，道：好，你这一箭射得好，你讲得好，有故事，有细节，好！好！等我回尚庄说书就有讲的了，也一定会生动了，我更高兴的是，我把这个历史之谜破解，这是多大的贡献啊！赵三你有功，你的其他过错可以抵消了！

尚树蛋突然觉得，赵三对他的表演并不感兴趣，而是把头歪在一旁，嘟囔着说：尚先生你光注意搜集这些让我不便启齿的事了，你打断了我讲的正事，难道不想听听吗？

尚树蛋这才想起自己在赵三讲话时很不礼貌地插上了这么一段，便有些抱歉地说：对不起赵三，那你再接回你刚才的话茬，你讲到哪了？

赵三嘟囔着说：攻打北汉之战……

尚树蛋大喊：好！好！说吧，赵三！那一会儿你讲到，北汉是你打下来的，你接着说吧，你是怎么打下来的？

赵三抖了抖精神说：我哥壮志未酬，这块硬骨头确实是我啃下来的，这是真事，是信史，是经得起考证的，这事我很有成就感，是经得起考证的，不信，你打听一下史学界。

尚树蛋道：这就好，历史研究就是要告诉人们曾经发生过的真实的东西，真实就好。

赵三道：我对历史负责，我绝不说假话，我现在是皇帝了，说啥是啥，人们不敢不信。但我没必要说假话，说假话心里亏得慌。我说句大话吧，其实也算不上什么大话，我这人不吹牛，我真的看不起北汉。北汉其实没什么实力，只是以太原为中心，占据了一块很小的地方，出产的东西很少，国势不强。他之所以四处为虐，是凭借着很强大的外援，就是契丹人，多年来它就是靠契丹人的保护和扶持才得以立足。不过，因为北汉与宋朝毗连，又与契丹关系不一般，所以对我们威胁还是很大的，我哥刚刚开始统一大略时就先考虑打北汉，但没成功。后来赵普进谏说，先拣弱的打吧，北汉背后有契丹，契丹不好对付。就这么着，我哥就先搁置了北汉，挑弱的打，开始统一南方。

尚树蛋说：如你所说，北汉的背后有个契丹就是辽军。你哥打了两次都没打下来，第一次机会挺好，趁北汉内部权力之争发兵进击，但辽军的及时救援帮了北汉大忙，你哥腹背受敌，无功而返。第二次是多路出兵，你哥亲自指挥，又用了水攻，用汾河水灌了太原城，但辽军却兵分两路，一路援太原，另一路攻宋，这一招儿挺厉害，宋军损失惨重，激战数十日都未能攻破太原，只好下令退兵。打北汉不成表明你们宋朝那时还不具备消灭北汉的实力，你哥这才放弃了攻打北汉的意图，按照"先南后北"的战略，先统一南方。

赵光义说：是啊，我哥带着遗憾走了。

尚树蛋说：他更遗憾的是不明不白地死了，"烛影斧声"是个谜，这个谜底也许只有你才能解开。你哥哥的死大概也与你有关，"烛影斧声"中就有你的声音。

赵光义说：先生别触动我的痛处了，世人都对我有疑心，我浑身是嘴也说不清了。

尚树蛋说：说不清就别说了，姑且存疑。平心而论，你对你哥的统一意愿完成的还是不错的。你最终消灭了北汉，军功还是大大的。

说到这里，尚树蛋又觉得用了个日本鬼子的臭词，便停下来，吐了口唾沫。接着说：你刚一继位就要完成你哥的未竟事业，还是个英明之举。

赵光义说：统一天下是我们赵宋王朝的一块心病，心病不除，睡不着觉。我是决心完成大宋统一天下的夙愿的。我吸取了失利于辽军救援的教训，先派兵去燕、蓟二州阻击入援北汉的辽军，然后精密筹划了作战方案，组织各路兵马发起进攻。这一次可说是全线出击，声势浩大，把太原城团团围住，层层封锁，猛烈进攻，又发动舆论攻势，使得北汉刘继元君臣人心惶惶，终于开城投降。其实，北汉并没有什么了不起的力量，他就是仰仗着辽军，我把它救援的路堵死了，它就没办法了。

尚树蛋说：灭了北汉，你们赵宋就基本上完成了统一大业，结束了五代十国分裂的局面，你的功劳不小，所以你挺得意，还作《平晋诗》，将《平晋诗》刻石于寺中，真是大有克复天下之志。

赵光义说：我是有这个想法，英明天子要建功立业嘛！

尚树蛋说：你先别得意得太早，你面前还有个幽云十六州呢，那是契丹人辽国的地盘，也是一块硬骨头！

赵光义说：可不是，挺难啃的。我原本以为我军是乘胜进击，兵锋正劲，一统天下已万事俱备，幽云十六州当不在话下，所以在没有充分准备的情况下就仓促出兵了，由我亲自领兵，兵将奋勇效力，初战可以说是势如破竹，涿州举城投降，随即我又挺进幽州，但还是不敌辽军，结果，损兵折将，失利于幽州城下。

尚树蛋说：幽州城外的高粱河之战，你一定刻骨铭心、扼腕叹息吧，那一战，你们宋军损失了两万人，你也身负重伤，连马都不能骑了，臣子们只好找来一辆驴车，把你扶上去，逃了出来。当时将领们找不到你，以为你死了，就准备拥立你侄子德昭继位，后来找到了你，这才作罢。真险啊，这一战，你的皇位差点丢了！说到这里，我对你真不敢恭维了，这事根本和人家德昭没什么关系，你怎么记恨在心，算后账呢？

赵光义说：德昭之死是自杀，与我无关。

尚树蛋说：你就别遮掩了。从高粱河回到汴梁后，德昭为平灭北汉的将士们请赏，这本来是很正常的事，可你对高粱河之战耿耿于怀，又记得那个拥立的提议，于是把一腔怒火都发泄到你侄子身上，阴阳怪气地对他说，等你当了皇帝再说吧！这不是明摆着兴师问罪吗？

赵光义道：你想多了，不过是开个玩笑。

尚树蛋道：你说的轻松，这玩笑谁能担当得起呢？特别是又有"拥立"之事在先，这话不是太敏感了吗？不是明摆着说他有野心吗？这是天大的事，这人还能活吗？听了这话，谁能不怕呢？所以，他就吓得非同小可，当天就自刎而死了，可惜了这个德昭啊！

赵光义说：那是他小心眼儿，疑虑太多，斥责他几句何至于寻短见？像个妇人似的！

尚树蛋道：这可不是一般的训斥两句，你是皇帝呀，别说训斥，你一个脸色别人都受不了！

赵光义道：咳，皇家的事说不清楚。

尚树蛋道：是说不清楚，后人也难考证清楚，要不怎么那么多谜团呢？反正事实是明摆着，结果是清楚的，德昭死后，德昭的弟弟德芳也不明不白地死了，你幼弟廷美也被你流放了，这样你传位儿子的障碍也就扫除干净了，以后连续几世都是你这一支单传。哎，皇位呀，真不是个好东西，弄得父子相残，兄弟相杀，兄不兄，父不父，子不子！哪像我们当老农的，整天就是跟地置气，在地里刨啊，铲啊，锄啊，有什么气都撒出来了，用不着跟人钩心斗角你抢我夺。尚庄村长那点小权虽然也有争夺，但比你们争夺皇位差多了，更不用流血杀人，顶多是在村民大会上拉点选票。我看你们皇家也不是什么好地方，吃穿再好也是像在刀山上，说不定哪把刀子就要你命。唉，跟你说这个干什么，你们费尽心机，血肉厮杀，不就是为的这个皇权吗？我们尚庄人有尚庄人的追求，你们老赵家有老赵家的追求，咱是两股道上跑的车，各走各的路，各享各的福，各受各的罪。不说这些了，还回到高粱河吧。这一仗你们大宋算是跌了大跟斗了，以后再也打不起这样的仗，你们的国策也随之改变，原来不被你们瞧得起的辽国成了你们赵宋的心腹之患，打打和和一直折腾了好多年。

赵光义道：是啊，这一仗下来，我们宋朝好不容易强大起来的军队遭到重大损失，几乎是丧失了元气，我深感到宋、辽两国势均力敌，夺取幽云绝不是轻而易举的事。斟酌国力，再不敢贸然用兵了，高粱河之败成了我永远的痛。

尚树蛋：是啊。此后你们赵宋开始转为守势。但你没有从这场败仗上吸取教训，加强国力军力，防备外敌，反而把你侄子德昭险些被人推举继位的事当作心病，开始注重防内，全力加强了对军队的控制，防止内乱的发生，而对边防的守备却减弱了，宋军的战斗力不但没加强，反倒削弱了。在外敌面前，再也抖不起威风。

赵光义狡辩道：先生差矣，我大宋绝不是抖不起威风，而是威风八面！不过是没再进行大规模讨伐而已。

尚树蛋一声冷笑。

聘请你为翰林院客座教授，薪水从优！

远处，传来唱戏的锣鼓声。尚树蛋听得出，好像是杨家将的鼓点。

尚树蛋问：你们宋朝也演杨家的戏吗？

赵光义问：你也知道杨家将吗？

尚树蛋来了精神：当然知道，杨家将我咋不知道？我在尚庄说书，杨家将的故事没少讲。杨家三代英烈，除了杨业、杨延玉、杨延昭，就是杨六郎了，还有杨文广，在我们尚庄都差不多尽人皆知了，在宋朝也是天下闻名吧！

赵光义道：他们是我们大宋难得的名将，深得天下人爱戴。杨业原来叫杨重贵，少时效力于北汉，被北汉主赐名刘继业，此后看到我大宋强盛一时，有统一天下之势，便力主举国降宋，但并未背叛北汉，后来我攻克了北汉，北汉主刘继元都投降了，他作为一员大将却仍在苦战，后来我派人去劝降，他才大哭了一场后投了大宋。这人忠心可嘉啊！他归宋后，我念他忠心报国，又颇英武善战，让他恢复原姓，赐名杨业。

尚树蛋说：我在尚庄讲杨家将演义，都说是杨继业。

赵光义说：演绎嘛，也是可以的。他还有一个名字，叫杨无敌。这是人们送给他的美称。因为这人太能打仗了，战场上骁勇无比，敌人闻风丧胆，敌兵一见"杨"字大旗，就避战退走，他镇守边关八年，辽军始终不敢侵入一步，真是不可多得的猛将啊！

尚树蛋说：这个杨无敌后来却遇到了大敌，这个大敌不是辽将，而是你们宋朝大臣。那年你派三路军攻辽，其中西路军以潘美为主将，杨业为副将，开始时各路宋军进攻顺利，西路军很快夺取了辽国的四个州，但随着主力北路军的失利，你令各路军班师回朝，又叮嘱西路军将四州百姓迁回中原，当时辽国军队已开始反击，杨业认为不可与辽军决战，应全力迁移四州百姓，但潘美却不以为然，并嘲笑杨业畏敌，主张和辽兵决战。杨业无奈，只得冒险出击，临行前他和潘美约定，由潘美在要道部署强弩接应，但潘美在得知杨业败退的消息后却带领所部撤退，杨业在鏖战之后来到潘美与他约定的地点，竟不见宋军的踪影，在悲愤与绝望中杨业率部下转身再战，结果落入辽兵重围，受伤几十处，左右死伤殆尽，结果被辽军所擒，绝食而死。他的长子杨延玉也在此战中力战身亡。可叹啊，杨业父子就这样死于你的爱臣之手，你说，究竟是谁之过？

赵光义道：杨业父子之死究竟谁之过，有许多说法。潘美在民间叫潘仁美，对他颇有微词。其实他也有不少长处，这事咱以后再唠。

尚树蛋道：那就还说杨家将吧。杨家将确实是你们老赵家的功臣，这一门英烈千古称颂。杨继业是杨家将第一代，第二代是他的第二个儿子杨延昭，就是我们民间说书的杨六郎。杨六郎骁勇善战，杨继业很喜欢他，说是像自己。杨六郎打仗确实像他父亲一样英勇，每次作战都是身先士卒，功劳与部下分享。有一次在作战中手臂中利箭，仍坚持不下战场，就连辽军都很敬重他。杨六郎为保卫边疆奋战了20多年，可以说是个大功臣、大英雄。

赵光义道：他是死在岗位上的，那年才57岁。真是太可惜了呀！

尚树蛋道：这个岁数在我们尚庄还算中年，他是英年早逝。我们尚庄80岁以上的有的是，90多的还有好几个呢！我们村的老鸢儿，92岁了，还整天放羊，不是你们宋朝那种小羊，是百八十斤重的短尾绵羊，一个92岁的老头放十来只百八十斤的大羊，你说体力咋样？还能骑自行车赶集呢！总之是现在生活好了，人们的寿命也长了，不像你们宋朝那样，"人生七十古来稀"，我们是七十正当年。你羡慕吧！别看你们当皇帝的整天遍吃天下美味，其实不一定比我们尚庄人吃得好。我们吃的东西没污染，是绿色食品，你们吃的东西，是下面进贡的，都是上过化肥打过药的，看着好看，其实有毒，你们没有食品安检，吃了有毒的你们也不知道，还自以为是最好的呢！杨六郎可以肯定地说不是吃伪劣食品死的，他是因常年在边关战场累死的，你们当政的绝不能埋没了人家。还有杨六郎的第三个儿子杨文广，也是为保卫边关奋斗了终生，总之，杨家将三代英烈，忠心报国，功高莫名，你们理应天下旌表！

赵光义说：当然，当然。为了表彰抗辽英雄杨家将，我下令赐钱五百万，在开封城内西北隅天波门的金水河旁建一府邸，取名"清风无佞天波滴水楼"，又称"无佞府"，意在表彰杨家将世代忠良、清正刚直，不巧言献媚的品格，还亲笔写了"天波杨府"的匾额，下旨凡经过天波杨府的官员，文官下轿，武官下马，后来改建为"孝严寺"，作为杨家供奉祖先的家庙。

尚树蛋道：这一点你做得还不错，也给后代留下了一份精神财富，人们都十分景仰这一家抗辽民族英雄，特别是一想起你们积弱的宋朝最终还是被外敌灭亡的时候，更是怀念这些为报国杀敌血战疆场的将领们！我在尚庄给乡亲们讲《杨家将演义》时，我很动情，乡亲们也很动情，都被杨家将的英勇事迹所感染。赵三我不是吹呀，别看我是一个土老帽儿，我讲故事的能力可强了，有机会我到你们宋朝给大臣们讲讲，不要报酬，管饭就行！

赵光义道：尚先生是谦虚了，你是真人不露相啊！等把你请到翰林院去讲学，聘请你为翰林院客座教授，薪水从优！

尚树蛋说：行，就这么定了。到时候你叫这个蛋去尚庄请我就行。

说到这里，他喊了一声：蛋！

蛋没了影。尚树蛋用眼一瞟，原来蛋跑到一个井沿上卖单儿去了。

12

这才像咱尚庄爷们!

赵太丞家旁边有一口水井,井口是用青条石铺的,呈田字形,可以四个人同时打水,各不耽误。井口有三个小伙子在打水,一个已经打好,正弯腰用扁担钩去钩,一个把扁担挂在柳树上,正准备把水桶放到井里去,另一人则正把打满的水往上提。尚树蛋觉得这井挺特殊的,在尚庄从来没见过,就问蛋:你们宋朝的水井口怎么是方的?

蛋说:我们汴京水源倒是挺丰富,沟渠也多,但黄河水太浑,有的地方井水太涩,我们叫苦水,不能吃。这口井水是甜水,井深,水质好,所以人们都到这里来挑水。挑水的人多,井口就弄成了方的,可以四个人同时打水。挑水工是我们汴梁的一个佣工工种,有的富人家或缺少男劳力的就雇人挑水,根据远近给钱,价钱不等。富人为了争挑水工,往往给两倍的钱,富人家用水多。

在这当儿,尚树蛋忽觉那个正往井里放水桶的人有点面熟,便大喊了一声:条子!

那人停下手,回过头,吃惊地说:是树蛋叔呀,怎么在这儿碰上了?

尚树蛋说:我还问你呢,你来打工来了,当挑水工啊,给谁家挑水,一月能挣多少钱?

山药说：咳，也挣不多少，我现在这一家给双倍钱还可以。

尚树蛋问：哪家？

山药说：老潘家。

尚树蛋顿时瞪大了眼睛：你再说一遍，姓什么？

山药说：主人姓潘，挺有钱的。

尚树蛋急了：你再说一遍，姓什么？

山药胆怯地说：姓潘，咋的了？

尚树蛋说：咋的了？我揍你！

山药说：树蛋叔你咋要打人呢？

尚树蛋说：打你是轻的！你不知道潘美吗？大奸臣！就是他设圈套害死了大英雄杨继业父子！难道你没听过我说书说到过这一段？

山药说：树蛋叔你别急，我主人不是潘美，人家给钱多。

尚树蛋训斥道：我知道不是潘美，姓潘就不行，一听这个潘字我就恶心。快，快，你赶快给我把这工作辞了？咱尚庄人不能这样没骨气！

山药说：得，树蛋叔，我听你的，咱不伺候这个猴了！但又有些迟疑地说：好不容易找了这么个活，能挣碗饭吃了，丢了这个饭碗，上哪吃饭呢？

这时忽有一人上前说：山药你怎么这么没志气，离开这就得饿死吗？我就不信这么大个汴梁城养不活咱们，此处不养爷，自有养爷处。山药，咱再去找！

山药挺直了身子，把扁担往地上一扔，吩咐道：条子你说的对，咱另找活去！

尚树蛋听到这番对话喜不自禁地大声喊：好，有种！这才像咱尚庄爷们！我支持你们，你们就大着胆子放开找，有困难找我！但你们记住人穷不能丢了气节，丢了志气，咱要挣钱，但不挣亏心钱，不挣丧良心的钱，不挣憋屈钱，你们给我记住了，在这个地方，你们干什么事我都知道，你们别给尚庄人丢脸，别给我尚树蛋丢脸，否则，我饶不了你们！

二人道：树蛋哥我们记住了，你放心吧，我们会时刻记着你，记住尚庄！

山药、条子刚走，又有两个给潘家挑水的人扔下来扁担，同声说：对，哪儿还找不了个饭碗呢？省得叫人家骂！

这时尚树蛋听到了像是哐当一声扔东西的声音，这声音很厚重也很有气势，因为井台是石板垒的，所以那东西扔在井台上的声音很大，像是一起扔了好几个东西，所以响声又成倍地被扩大了。这声音使尚树蛋很高兴，一种扬眉吐气的高兴，他忍不住大喊了一声：好！这一个好字拉了很长，大有从心坎上吐出的畅快淋漓的感觉。

尚树蛋能不高兴吗，那摔在井台子上的东西是几条挑水的扁担，这摔扁担的声音分明带着尚庄人气势夺人的豪气，带着尚庄人不屈从权势的正义和霸道，所以尚树蛋这一声好特别有力度、有分量，以至于叫完好之后尚树蛋仍觉意犹未尽，又再次大喊了一声尚树蛋：这才像咱尚庄爷儿们！

然而，这几个人似乎并没有听见尚树蛋的赞许，而是前后簇拥着唱唱咧咧地走了。

水井的斜对面是一家店铺，屋檐下挂着一块招牌，上写一个"解"字，尚树蛋忽觉内急，对蛋说，那里有个厕所，我去解个手。

还没等蛋回答，尚树蛋已径直前去，一位小伙计迎了上来，问：请问先生要办理什么运输业务？

尚树蛋不假思索地说：办什么业务，老子内急，就是想解个手！

那小伙计哈哈大笑起来，说：先生你走错地方了，这不是厕所，这是代办运输业务的店栈。

尚树蛋觉得这声音好熟，抬头看是山药，怒斥：你小子怎么又到这里来了，这种给人掀门帘子的小活能挣几个钱啊，能养活老婆孩子吗，一个大男人光满足这点小钱不行，眼光要放远点！

山药红着脸说：树蛋叔你说得轻巧，大钱那么好赚啊？

尚树蛋耻笑道：没出息！要是都像你这么想，也就是混个老婆孩子热炕头，恐怕炕头也烧不热乎！首先要敢想，听见没？说到这，尚树蛋把山药拉到一边，训斥似的说：山药你还年轻，你干事业一定要敢想，敢想才能敢干！

山药不解地问：树蛋叔，咱一个种地的，想的再好有什么用呢？我也知道这世上挣大钱的人有的是，地方多的是，机会多的是，可咱能碰上吗？就是有这样的机会，上天能给咱吗？就是给你了，你也干不了！

听到这话，尚树蛋气得够呛，大喊：浑蛋！没出息的东西，真丢你娘的脸，你说出这话我都替你寒碜得慌！山药我跟你说。人得有志气，敢想敢干往前奔，连想都不敢想你还能干成什么事？山药你一定要有个目标，别整天稀里糊涂混日子，一定要混出个模样来给丑妮看看，挺大个老爷们成天叫女人训叫什么事？山药你走心了没有，丑妮为什么训你，还不是看不起你，觉得你没能耐？我说山药你一定要长能耐，要有志气，你一定要让丑妮看得起，要让身边的人看得起，首先要在这个店铺里挺直了腰杆。你一定要有个奋斗目标，下次要看到你，你若是还干这种掀帘子的活儿，我打你嘴巴子！

山药说：蛋叔你说得对，挺鼓舞人的。可这个工作都是好不容易才找到的，还能上什么高杆呀？再说我们这单位官职都有人了，我能把人家赶走啊？

尚树蛋大喜道：这话叫你说着了，就是要把他们赶走，你来当头头！官场就是角斗场，就是你争我夺，明白吗，山药？

山药似懂非懂：我……是听明白了，可是怎么才能让人家下来我上去啊？

尚树蛋怒斥：没用的东西，还想干这干那呢，你既没关系，又不会找关系，你干什么干？算了，你自己想办法吧，干不好就等着挨丑妮训吧！

内急难忍，尚树蛋打了个冷战，以至于自语道：跟他扯什么淡，快找地方尿尿吧！但同时又觉得自己走错了地方，觉得很不好意思，便难堪地摸了摸头。多亏蛋前来打圆场，尚树蛋才平静下来。

蛋对那小伙计说：这是我家尚老爷，皇帝请来的贵客，临时内急，想找个地方解个手。

小伙计马上换上了笑脸,说:请随我来!

等尚树蛋解完手,出门一看,怪自己真是唐突了,他看见客栈门口有两个人正从一头驴身上卸下一包东西,大概来是代办运输业务的,暗怨自己:怎么这么没文化呢?在尚庄说书时不也讲过这个细节吗?"解"字就是"解库"的意思,相当于北方人的当铺,一个"解"字和一个"当"字差不多,这事本想再和蛋解释一下,免得叫蛋笑话,转念一想,别解释了,省得越抹越黑。于是,尚树蛋又梗了梗脖子,没事人儿一样了。又转换话题说:前面那是干什么呢,我怎么看着像说书的地方呢?

蛋说:老爷说得对,是个说书棚,那个有胡子的老者就是说书人杨十,这一代挺有名,人称"耸动九重三寸舌,贯穿千古五车书"。

尚树蛋说:这么厉害呀!咱上前一眼,听两句。

这个说书棚地方不大,但人多,挺拥挤,以说书老者为中心,围得密密实实,尚树蛋费了好大劲才挤了进去。

说书人杨十正讲杨家将,说的是"寇准背靴"那一段:

话说这老寇准几天来一直心神不宁,因为关于杨六郎的事众说纷纭,莫衷一是,他想,杨家是大宋功臣,不能这么不明不白的,得弄个水落石出。于是,他就想亲自前往杨府打探个究竟。为了防止杨家人察觉,他将官靴脱下来背在肩上,蹑手蹑脚地进了天波杨府……

说书人刚说出这么个悬念,尚树蛋就拉了蛋一下衣襟,小声说:走!

蛋说:老爷,再听会儿呗!

尚树蛋抬高了声音说:走!

出了说书棚,蛋不解地问:您怎么不听了?

尚树蛋说:这就是你们大宋的名家呀,照我差远了。我在尚庄说书,这一段说得绘声绘色,寇准是悄悄进杨府的,你得把寇准的心理、背靴的动作、走路的声音,好好渲染一下,这样轻描淡写的还有什么意思?说书关键有三步,一是吃书，就是把书吃透；二是进书，就是走进书中的人物；三是吐书，就是把你吃进去的书经过消化后再吐出来……

蛋说：老爷真有学问，俺听不懂。宫里也有说书的，等把你介绍到宫里去说书得了。

尚树蛋说：这倒行。不过得请我才行，上赶着不是买卖。佣金可多可少，但得拿着当回事，不管怎么说，老子是进士的后代。

蛋应和着：那是，老爷是个有面子的人。

13

出家人也爱财。

出了说书棚,尚树蛋看到街上来了几个僧人。一个是行脚僧,脚蹬芒鞋,身着禅衣,背着一个大背篓,背篓内有长棍、斗笠等。腰间挂着盛水的葫芦,手中拿着两块铁板,一边走,一边敲打。另一位身穿缁衣,面带微笑,正在和一位老人交谈。

尚树蛋问:他们谈什么呢?

蛋说:像是谈生意。

尚树蛋问:什么生意?

蛋说:挣钱的生意呗!现在出家人也爱财了,不管到谁家去做佛事都得收钱。明码实价,无利不起早。

尚树蛋说:他们这是去哪儿,你去打听一下。

蛋说:行。

过了一会儿,蛋回来了,说:是宫里的事。皇帝的儿子疯了,还有一个儿子死了,你说这皇帝怎么这么倒霉?亏得他还有儿子,要不连继承人都没了。因为皇宫里接连出事,有大臣就说可能是冲撞了什么,皇帝就下诏请僧人去宫中做佛事,消祸免灾。

尚树蛋说：哪个皇帝？赵光义吗？

蛋说：正是。

尚树蛋说：你给我把他叫来，我有事问他！

尚树蛋身后忽然传来一个声音：尚先生，你找我吗？

尚树蛋回头一看，正是赵光义。便直截了当地问：听说你儿子疯了，怎么回事？

赵光义道：是这么回事，我有九个儿子，长子元佐自幼机智聪慧，长相似我，我很喜欢他，立为太子。那年他皇叔廷美似有不轨之心，他替廷美说话，叫我训斥了几句，结果竟然疯了。左右侍者稍有过错，就用刀剑砍杀，仆吏从门前走过，他躲在暗处用箭射人。还放火烧了东宫。另一个儿子元僖性情温和孝顺，沉默寡言，也突然死了，他才27岁呀！我虽然还有几个儿子，我怕还有什么不测，就想做做佛事，消消灾。

尚树蛋道：你们皇家净这些乱糟事！是非之地，是非之地呀！怨不得有的皇家子哀叹后悔生在帝王家！你这两个继承人都没了，准备让谁来接班？

赵光义道：这还真是个头疼的事。我的意愿是让三儿子寿王赵恒接，但有人暗中串联，王继恩与李皇后同谋想立发疯的元佐，双方产生争论，真是乱套啊！

尚树蛋道：说起这事，我看你也不用着急，也不必做什么佛事，有两个人就行。一个是宰相吕端，另一个是宰相寇准。吕端不爱和人计较小事，但大事从来不糊涂；寇准遇事沉着冷静，果敢坚定，有智有谋。你回宫去求这两个真神仙吧，准成！

赵光义点头称是。

不多时飘然而来，向尚树蛋千恩万谢：尚先生真是神机妙算啊，就在我箭疮发作，病入膏肓之时，吕端坚决主张赵恒当皇帝，阻止了王继恩的阴谋。寇准，也耐心说服我，打消了我的顾虑，保证了赵恒的继承人位置，在我驾崩时在我灵前继了位。这样我在九泉之下也就放心了,我们大宋王朝可以延续了!说完,便像一阵风似的没有了踪影。

蛋说:皇上呢?

尚树蛋也说:皇上呢?

风在刮,像说话:谢谢先生,我去也!

尚树蛋不在意地说:不谢不谢,谁求不着谁呢?

尚树蛋发现说书棚对面一个糕点铺前有些人在议论着什么,一边议论着,一边向四周看看,像是很神秘的样子。尚树蛋说:他们在说什么呢?

蛋说:我去看看。说着悄悄地走进人群,回来说:他们在说有人造反的事呢!

尚树蛋问:谁造反?不想活了?

蛋说:是蜀地青州人王小波和李顺,姐夫和小舅子,折腾了好几年才平定下去。

尚树蛋说:这俩人挺胆大的,咱过去听听去。

二人凑近人群。只听中间一位年长点的说道:听说死了好几万人,都是跟着造反的茶农。青州那地方产茶,茶商和官府勾结,贱价强购,茶贩茶农深受欺压,又赶上大旱,官府赋敛又急,老百姓没法活了,很多人就四处逃亡。这时青城人王小波和他的妻弟李顺就像当年陈胜王一样揭竿而起了,这下子衣食无着的农民就呼的一下子起来了,队伍很快发展到几万人,并在西川打了个大胜仗,打死了西川的一个大官,震惊了朝廷。可在这一战中,王小波也中了一箭,不多日便因伤重死了。

一人问:接下来呢?

那人说:接下来就是他小舅子李顺接着干了呗,大伙推举他为首领。这李顺比他姐夫还能干,队伍扩大到几十万人,把成都都打下来了,还在成都建立了大蜀国,还铸钱币、设府衙,李顺自称大蜀王,竟然要和大宋朝分庭抗礼……

凑热闹的人发出震惊声。

那人又说：这下子可使朝廷震惊不小，急忙派大军围攻成都。李顺的队伍毕竟还是势单力薄，哪能抵得住官府的围攻？最终，成都失陷了，三万人战死，十多名首领被俘砍了头，啊，真是惨啊……

蛋凑到近前问：这事是朝廷秘密，你怎么知道的？

那人道：没有不透风的墙。我一个亲戚是茶商，前些天从蜀地来，在青州这事不是秘密。

众人议论纷纷，唏嘘不止：官府惹不起啊！这日子还是对付着过吧……

人们正七嘴八舌地说着，忽听背后有人喊：得了得了，闹哄一会儿得了，快各干各的去吧，别耽误我的生意！你们再不走我可报官了！

一听说报官，众人呼的一下子散了。

14

有关人士证明，猪肉上没有鼻涕痕迹。

　　一声吆喝声引起尚树蛋的注意，他觉得听这声音好熟，近前一看，原来是尚二肥和他儿子小黑子在卖肉呢。二肥在尚庄开了一个肉铺，有时候赶集去邻村卖肉，买卖还不错。他这肉铺先前名声不太好，因为二肥为了多牟利，往肉里注水，后来叫买主发现了，人们就都不买它的肉。另外，他儿子小黑子挺埋汰，整天鼻涕拉嗒地，人说都流到肉上面了。这名声的转变源于他老婆凤仙。凤仙人长得挺好，还能说会道，特别能拉关系套近乎，跟村长关系不错。在一次村民大会上，村长给二肥正了名，说是注水的事确有其事，但只有一次，就叫人看到了，以后对他进行了教育，再没有注过，而且，现在都是头一天现杀的猪第二天卖，都是经过检疫检验的，肉皮上都盖着紫色印章，并拿出证明给大家看，村里人这才服了。再加上尚庄仅有这么一家卖肉的，所以一来二去人们就把注水的事抛在脑后了。至于小黑子流鼻涕的事，说是鼻炎闹的，去医院治了，治好了，有关人士也证明，肉上没有鼻涕的痕迹，卖肉时没有鼻涕流下来。这样，二肥的肉铺便有了存在的理由，而且越干越大，每年不少挣。但令尚树蛋想不到的是，二肥的肉铺怎么能开到东京汴梁城了呢？于是尚树蛋和二肥一交谈就提出了这个问题。

二肥说：树蛋你一向是消息灵通，知书达理，怎么还不知道做大做强这个词呢？

尚树蛋说：这么说来你二肥是要把你的肉铺扩大规模了？

二肥点点头，从那个小板凳上站起身来，听着他的大胖身子说：不扩大规模咋挣钱啊？你没见咱尚庄人再不是靠种地吃饭了，一个比着一个地想招儿挣钱吗？有的在村里开厂子，什么袜子厂、绣花厂、制衣厂、塑料厂，各显其能，还有的把厂子开到汴梁来，不都是想多挣点钱吗？我这次带着小黑子来汴梁摆摊，也是想把我的肉铺扩大，先让小黑子练练手，我在后面给他撑腰，将来让他独立撑个门面，在汴梁办个分店，再给他找个媳妇，买套房子，安个家。大兄弟，你说我这打算咋样？

尚树蛋说：二肥哥挺有雄心啊，还真没看出来，你一个卖肉的有这么大腰劲，有眼光，有魄力，有能耐！

尚树蛋一连用了这三个"有"字，让二肥很得意，喜滋滋地说：咱当老人的，就得为孩子们想啊，过日子就是过的孩子们的日子嘛！

尚树蛋听了这话觉得有点刺激，转换话题对正在切肉的小黑子说：大侄子你好好干，看你爹给你规划得多好？你别辜负了你爹这点心！

小黑子说：谢谢蛋叔，等我娶媳妇时我请你来喝喜酒啊！

一听这话，尚树蛋心里更不是滋味了，心里骂：他妈的，我还没媳妇呢，你这小兔崽子就要请我喝喜酒了，这不是埋汰人吗？

他恨得直咬牙，表面上却装出挺高兴的样子说：你爷儿俩好好干吧，恭喜你们发财！我到前面溜达溜达去！

尚树蛋发现，这时自己正处在十字街口。这地方好热闹啊！回头看是一个糕点铺，顾客盈门。糕点铺对面有匹帛铺，绫罗、绸缎、布匹，林林总总，品种繁多。街上行人穿梭，络绎不绝。有挑担叫卖炊饼的，有摆摊卖馒头的，有个双套驴车拉着两大木桶酒，赶车人边走边叫卖，有个流动小贩头顶一个蒸笼，右手提个支架，正找地方摆摊，还有修车的，有闲逛的，人来人往，熙熙攘攘。

有一家香药铺，门前竖着的店招牌上写着：刘家上色沉檀樟香。蛋说，上色是上等的意思，檀香是天竺国运来的高级香料，只有宫里人和富人们才买得起，老百姓是不能问津的。

有一个街头流动食品小贩在路边找到了地方放下了手中的支架，将头上顶着的托盘放在支架上，高声叫卖：卤鸡！新出锅的尚庄卤煮鸡！百年品牌，独特配料，老汤卤煮，快来买啊！

一听"尚庄"二字，尚树蛋"激灵"一下，想：怎么这么多尚庄人？真是观念变了，人们都开放了，不光守着那块土刨食吃了，都想到城里挣外快了，行！行！尚庄卤鸡，名品牌，我怎么没听说过？我只吃过尚庄人卖的卤鸡，不就是卤鸡吗？什么独特配料，老汤卤煮？是谁这么口气大？待俺去问问他。但当他近前一看想好的话却说不出来了，是老赖家的小冒儿！便问：你怎么卖起卤鸡来了？你娘知道吗？你这卤鸡是从哪趸的？怎么吹乎得那么玄乎？

小冒儿先是一愣，继而说道：咳，现在人们都在想招儿挣钱，我老大不小了，也得闯一闯。我想到我家的卤鸡不错，临近村子的人反响挺好，但还没人开发，尚庄卤鸡还没走出去，所以我就想开个头，到汴梁来试试，已经卖了几只了，顾客说味道还不错。

尚树蛋想：这小子还有点心计，看来还没准能行！就说：小冒儿你卖卤鸡可以，但你得记住了，一定要注重质量，得讲信誉，重诚信，绝对不能卖死鸡，在配料上不能掺杂使假，什么牡丹红、亚硝酸钠之类的有毒添加物绝对不能用，别丢了咱尚庄人的脸！

小冒儿说：你就放心吧蛋哥，我不会昧良心的！我是在尚庄生、尚庄长的，尚庄就是最大的品牌，这个品牌千金难买，我得用命来维护！

尚树蛋说：你这样想是对的，关键是要落实在行动上！

小冒儿说：蛋哥你就别操心了，俺娘也是这样嘱咐俺的，俺不会砸了咱尚庄的牌子！

尚树蛋说：这就好，你要卖出信誉来我给你往宫里推荐推荐，宫里需求量大，要找到这么个买主，你就不用摆摊儿了！

小冒儿兴高采烈地说：那敢情好，那就发大财了，挣了钱咱哥俩在汴梁开一个卤鸡公司，就以你的名字命名，挣了钱咱哥俩对半分！

尚树蛋说：你先好好摆摊儿吧，那是后话！

小冒儿兴致未减：蛋哥，办公司的事可就等你信儿了！

尚树蛋想：这小子给个棒槌还当真了，办什么公司，找哪地方申请去？但大话说出来了只好说：行，你等我信儿吧！

好长时间被撂在一边的蛋这时插上话题：老爷，看来你们村还真挺开放的，在这汴梁城讨生计的不少。你看那边客店很多，说不定也有你们尚庄人！

尚树蛋向大街南侧看去，还真是有好几家客栈、邸店，规模不等，有的还挺气派。蛋说：汴京是各地商旅汇聚的地方，客店很多。有皇家办的，建屋上万间，能容纳几万人，收入给后宫嫔妃们作脂粉钱。朝中官员们也开客店，都看着开店来钱。也有民间办的，数量也不少。

15

急了我揍你，你信不信？

尚树蛋一抬头看到有一家写着"久住王员外家"的客栈，规模不小，院落很大，庭院很深，阁楼上一间敞着窗户的房间内，可见一个年轻人在读书。尚树蛋问：王员外是个什么人，开的这家店还不小呢！

蛋说：王员外是汴梁城一位富人，挺有背景，这客店挺有名，每年都有不少进京赶考的人前来入住。你看阁楼里的这人就是进京赶考的举子，正用功呢！

尚树蛋嗯了一声。他不由得想起了他的那个考中了进士的先祖，他是够荣耀的，可是有多难谁能知道呢！尽管书中自有黄金屋，书中自有颜如玉，可是要得到这黄金屋、颜如玉得付出多少辛苦啊！有道是：宝剑锋从磨砺出，梅花香自苦寒来，真是至理名言啊！又不禁感叹自己幼时家境贫寒，中途辍学，别说进京赶考，连高中还没念过呢！在自叹自卑之后又安慰自己，现在混到这份上也行啊，我还能受皇帝接见呢，还能在东京汴梁横逛呢，这绝对是尚庄独一份，没人能比得了，岂止是尚庄，邻近村子都没有，甚至可以光宗耀祖，连进士先祖都会感叹青出于蓝胜于蓝，这难道不是很值得自豪的吗？想到这里，尚树蛋底气大增，他挺直了身子，仰了仰头。

蛋又向他介绍说：每年科考时节，汴梁城举子云集，因为博取功名，是改变命运的绝好机会，所以有很多读书人都是用毕生精力投身科考，一旦得中，就会一步登天，鲤鱼跳龙门。我朝有一个乞丐状元你没听说过吧？

尚树蛋说：是吕蒙正吗？

蛋说：就是他。吕蒙正少时家贫，不得已要饭为生。他曾到一间寺庙读书，净去僧人中混饭吃。寺中规矩：吃饭时敲钟为号，吕蒙正一听到钟声就去混饭吃。一来二去让寺里的和尚发现了，就想了个办法，专门治他这个白吃饭的，将饭前钟改为饭后钟，等吕蒙正听到钟声来了，人家早吃完饭了，吕蒙正的吃饭路也就被堵死了。但这吕蒙正却是有志气的，不能混饭了就沿街乞讨，在特别艰苦的情况下仍坚持苦读书，终于考中进士，被皇帝钦点为状元。当了状元后，变化翻天覆地，可以说是一步登天！工资也有了，房子也有了，还娶了一个美人当老婆。这美人叫刘翠萍，是个相府小姐，刘小姐在汴梁抛绣球招亲时没看中富家公子，却将绣球抛给了正在行乞路过此地的吕蒙正，相爷感到是丢了他刘家的脸，一个千金小姐怎么能嫁给一个要饭的呢？一怒之下将他两个赶出家门。这刘小姐还真挺执着，就和吕蒙正住在破窑中，毫无怨言，吕蒙正中了状元后，这刘小姐也苦尽甜来，老丈人也赔礼道歉地认了这个女婿。人啊，真是眼皮子薄，势利眼的真多，这样的人怎么就绝不了种呢？

尚树蛋说：是啊，鼠目寸光、势利眼的人有的是。我看这吕蒙正就不该认这个老丈人，一朝权在手，好好治治这个老刘头！

蛋说：人家吕蒙正可不是小肚鸡肠的人，宽宏大量得很，要不怎能后来当上宰相呢！听说他当大官后不但没对他混饭吃的那个寺院打击报复，还厚赠了那个寺院好多礼物，感谢这个寺院的赐饭之恩。真是宰相肚里能撑船啊！

尚树蛋点头称是：大人有大胸怀，有大胸怀才有大作为。哎，对了，赵光义死了以后，赵恒接班没有？

蛋小声说：你是说真宗皇帝吗？同时用手向前面一指。

一个骑驴的人在前面走过。

蛋说：小声点，前面那个骑驴的便是。

尚树蛋大声说：不就是赵光义家那个三小子赵恒吗？我去会会他！

这声音很大，惊得蛋直吐舌头。这声音也被前面那骑驴人听到了，他回过头来说：谁叫我？

尚树蛋说：你的恩人！记住了赵小三，你能当上皇帝，多亏了我，要不哪能轮到你？你大哥疯了，你二哥死了，但究竟立谁为皇帝还有很大争议，你娘在大臣的鼓动下要立你疯哥，你爹拿不定主意，是我让他去找吕端和寇准，他照办了，你这才得了个灵前继位的机会，才有了今天的耀武扬威，你说，我是你的恩人不是？

赵恒一听这话，赶忙翻身下驴，拱手道：不知恩人在此，谢谢恩人！

尚树蛋道：当皇帝了就真是不一样了，你看这前呼后拥的，还两乘轿子，带两个妃子啊，又挑着这么多东西，干啥去呀？

赵恒说：俺上坟去呢，不是到清明了吗？给俺爹、俺爷爷、俺太爷上坟，烧两张纸，送点冥币，表表心意呗！

尚树蛋点点头：行，还有点孝心，你爹没看错人，吕端、寇准也没白费心，我的主意也算没落空。

二人正说到这儿，只听十字街北街上传来一阵喧嚣声，抬眼望去，只见北街突然闯来两辆四套空粮车，拉车的骡子可能是受了惊，不听使唤地狂奔而来，驾车的仆人一只手拉着车闸，另一只手挥着鞭子，拼命地拉住缰绳，大声吆喝骡子；车后有一个妇人，惊得张大了嘴，瞪大了眼睛。这情景把迎面走来的一主二仆都吓呆了，主人骑的一匹棕色的驴子嘶嘶长鸣，抬起前蹄，险些把骑驴人掀下来；挑担的另一个仆人则停下了脚步，放下了担子，静待事情发展，琢磨对策；还有一个老人领着一个小孩，像是他孙子，吓得不知所措；街边上有一个串街小贩，一手提着个支架，头顶一块木板，木板上是准备卖的糕点，他更是慌得了不得，拼命地往街边上靠；还有一个推独轮车的，车上装满杂物，他也不由得停下车子，躲避这惊车。街上好多人禁不住失声大叫：惊车了！惊车了！快躲开！

　　人们赶紧躲避，慌不择路。眼看着车祸就要发生，驾车人急中生智，腾地跳下车来，手里拉紧了缰绳，身子几乎蹲在地上，以增加惊车的阻力，车后板擦在地上，嚓嚓地响。终于，车子停了下来，一场虚惊过后，十字街又恢复平静。人们不约而同地惊叹：好险啊！

　　尚树蛋静观着这一切，问蛋：这车是干啥的，这么牛？到闹市区也不知道注意点。

　　蛋说：是往城里送粮的，刚在仓库里卸了车，这是回虹桥码头装粮去。这车都是官府雇的，所以比较牛，横冲直撞的，人们都躲着他们。

　　尚树蛋说：怨不得呢，官府雇的呀！真是主大奴大啊！可我看他们也不过就是普通人，给官府干完活，还是老百姓，不比谁多只眼。

　　蛋说：老爷说得对，沾官府点光算什么，我是皇帝身边的人不还是听老爷您使唤吗？

　　尚树蛋美滋滋地一笑：说得对！说得对！

16

他妈太没人性，就狠心把这一家毁了？

尚树蛋忽然发现赵恒还等着他问话呢，忙说：赵恒你看，我们光顾看那惊车了，竟把你冷落了。好，我们还是说说正事吧，你说说这段时间当皇帝的体会，感觉怎样？

赵恒摇了摇头说：难啊！不当家不知柴米贵呀！

尚树蛋说：咋个难法？

赵恒说：概括四个字吧：内忧外困呗。北方辽国的入侵不断，这个问题我爷爷没解决，我爹也没解决，留给我了。当年，我爹曾想趁辽国萧太后当政的时候，向辽国的孤儿寡母进攻，企图一战而胜。没想到这萧太后绝非寻常之辈，胆略不逊须眉，竟把我宋军打得大败。我爹死后，辽国也如法炮制，趁我刚刚继位就频频向宋发兵入侵，经过多次试探，竟发兵20万南下，直取潭州，直逼东京。辽军的大举南下，边臣的频频告急，使我深感形势的严峻，为此，我决定亲率大军南下，毕其功于一日，永远解除北方的威胁。

尚树蛋说：你是想的太简单了吧，那北方辽国经女中豪杰萧太后的十年治理，国力大振，早已不是当年周世宗时的那个辽国，你的雄心恐怕不好落实吧！

赵恒说：先生说得对，这事绝非易事，首先在大臣中就难通过。当时，除了寇准等少数几个大臣外，其他重臣都不同意我亲征，加之我也决心不坚定，亲征的事就搁置了下来。

尚树蛋说：你们宋朝不想打了，但那辽国不会罢休吧？

赵恒说：可不是，不久，辽国发兵三路，向我大宋发起了进攻，先后打败了我威鲁军和顺安军,并与辽顺宗、萧太后的先锋军会合于望都，准备继续南侵。

尚树蛋说：这下子，你们大宋朝该慌了神儿吧！

赵恒说：可不是，当我和辅臣再度讨论亲征时，大臣们都现出畏惧情绪，并为了一己之私利，提出了迁都的打算。有的提出迁往金陵，有的提出迁往成都，我看得出，持这主张的人都是因为他们家在那，都有自己的打算，都想借国家有难捞取自己的利益。后来还是老寇准出面阻止，迁都之议这才作罢。

尚树蛋说：看来关键时刻还得老臣支撑局面。寇准行吧，我没给你选错人。

赵恒说：有寇准给我撑了腰，我才打定了亲征的主意。当时，辽军已从三面包围了潭州，我急令守将埋伏劲弩，扼守要害，加强防御，射杀了辽军统帅，使辽军士气大损。但辽军并未放弃进攻，准备绕过潭州，直指汴梁。这时，我开始了亲征，直接到达了潭州北城，大大鼓舞了我军士气。辽国萧太后震惊不小，她看到不可能一举灭宋，便有意求和。和辽国打了这么多年仗，我也厌倦了，于是同意与辽国议和。

尚树蛋说：你们怎么商定的？

赵恒说：用钱换和平呗！我们签订了个协议，大宋朝每年向辽国交银10万两、帛20万匹，并商定沿州边军，各自守御边界，不得入侵对方，宋辽两方也不得擅自增筑城池，改修河道，侵占对方领土。就这样，我们双方各自退兵了，自此好多年没有战事。

尚树蛋道：我听说，这个所谓的澶渊之盟把你乐得够呛，还写什么歪诗来庆祝？

赵恒说：是有这么档子事。罢兵休战，百姓不再有战事之苦，将士不再有鞍马之劳，国无战事，乐享太平，这难道不值得庆贺吗？

尚树蛋道：可你知道这代价有多大吗？且不说你们大宋朝威风扫地，还得年年向辽国进贡，你不觉得耻辱吗？再说，你们这是在有利的条件下屈辱求和的，当时，萧太后已经打不下去了，所以她先提出了休战，可笑的是你竟同意了，还提出给人家进贡，以银帛作为交换条件，你说说，这还不把辽国乐死？这一来，辽国成了胜利者，扬眉吐气了，你们宋朝却成了战败者，明明是胜利在握，还得给辽国低三下四地送礼。咳，真是磕碜死人了！当然，这一来倒是停战了，此后百余年无战事，可是你们宋朝的军队的战斗力却因此一蹶不振，而辽国每年获得这么多银帛，增强了他们的国力，更重要的是辽国更加自负，更加看不起你们宋朝，你们宋朝的积贫积弱和外敌的不断强大，也终于导致了你们宋朝的灭亡。罪孽啊！

赵恒不言语了，羞愧地低下头。

这时，尚树蛋忽听前面的轿子里传来一个女子的嘤嘤哭声，便问：谁在哭呢？

赵恒侧着耳朵听了听，说：可能是刚买进宫的小宫女，她想家，总是这样哭。我是让她陪妃子上坟呢，你说她现在就哭上了，这不是给人添丧气吗？看我怎么治她！又叫了声：内侍！给我把那个不识好歹的臭丫头小曼拎下轿来！

尚树蛋说：你说什么？叫小曼？哪村的？

赵恒摇了摇头，说：不知道，谁知是哪村的。

尚树蛋说：叫他下来我看看！

赵恒不敢不从，赶快派人把那个叫小曼的请下轿来。

当这个小曼下轿的那一刹那，尚树蛋惊得大叫了一声：还真是小曼吗？你怎么到了这里？你爹娘找你好苦啊！

小曼被这突如其来的情景惊呆了，张着嘴说不出话来。赵恒问：怎么回事？

尚树蛋说：你还问我呢，这是我侄女！赵恒啊赵恒，这是我侄女！

赵恒噤了口：这……这是怎么回事？

尚树蛋说：怎么回事，我操你妈！

赵恒说：尚先生，你怎么爆粗口呢？

尚树蛋气的直喘粗气：爆粗口？爆粗口是轻的，气急了我揍你，你信不信？

赵恒胆怯地说：我信，我信……

尚树蛋说：你说你们这当皇帝的，一个人三宫六院地娶，一天换一个轮着幸，你就不嫌累呀？怨不得你们这些当皇帝的都是短命鬼，四五十岁，或者更早就玩完了，你们是自己作的！再说，你们占有那么多女人，你知道毁坏了多少个家庭？就说我侄女小曼吧，其实她不是俺亲侄女，是俺后邻大勒得家的，我给大勒得叫哥。大勒得的这个小曼啊，那才叫命根子呢！从小到大都是像宝贝似的托着，凉了怕冻着，热了怕烫着，可就是这么一个宝贝闺女，去年春天放学回来，突然就失踪了，大勒得两口子急得哭天喊地，茶饭无心，要死要活，后来有人出主意报了案，公安局也立案了，可就是查不出来，有人又出主意得送钱，大勒得哥一个庄稼人哪来的钱啊，卖房子卖地也不值个钱啊！没招儿，就等着吧，等来等去，大勒得嫂病了，住了两个月院钱花了不少，也没治好，现在还在家躺着呢，整天睁着个眼，说是一睁眼就看到她闺女。大勒得哥呢，整天神魂颠倒地，也不知道干活，承包地也荒了，两只羊也卖了，你说这一家子，这还能过吗？我操你娘的赵恒你他妈太没人性，你就能狠下心把这一家毁了吗？这你还叫人吗？

赵恒羞惭地说：尚先生你别生气，其实这事我真不知道，都是掖庭局办的，听说是没花多少钱买来的，我看模样还不错就留下了。这事也怪我，不能全怪下人！我是应该仔细打听一下的。

尚树蛋说：怎么也怪你，是都怪你！你要不是刚即位就下令全国广选美女，能有这个悲剧发生吗？好了，别的就不说了，自古以来你们当皇帝的就是这个熊样，一个比一个缺德。我问你个实际问题吧，我这个侄女你想怎么办？

赵恒说：马上放出，让她回家！

尚树蛋说：汴梁到尚庄你知道有多远吗？这么个小姑娘她身无分文，两眼墨黑，叫她怎么回家？半道上再出点差错怎么办？

赵恒说：那就发给她银两，再派两个兵士护送。

尚树蛋问：这么远，走着吗？

赵恒说：当然得用车，用马拉车还是人抬轿？

尚树蛋说：算你小子会说话，那就用人抬轿吧！

赵恒一听尚树蛋要来真格的，愣了一下低语道：这么远道路人抬着可够累的……

尚树蛋瞪着眼睛问：怎么，要反悔吗？

赵恒忙说：不……不……不，我说话算数……用轿抬，八抬大轿……

尚树蛋说：这还差不多。还有一点，得亲手把小曼交给她爹娘，再让她爹娘打个收条，按上手印，回来交给我，我验证是真的到家了才算完事。

赵恒连说：好……好……好，难怪我爹说尚先生惹不起，这回是真算碰上茬子了。我一定照办，请先生放心。

尚树蛋说：那就这么办吧。不过赵恒你记住了，以后不许随心所欲地满天卜地广选美女，你知道你这样做毁了多少家庭，葬送了多少人的青春。我知道你权力大，无所不能，你把天下的美女都幸个遍，也没人敢管你，但是，你要知道你的后宫充塞，就会造成无数个家庭的空虚，造成无数个家庭后继无人，也就是说，满足了你一个人的欲望，也就等于毁了无数个家庭。赵恒啊赵恒，你说你们当皇帝的多贪心啊，要那么多的女人你能用得了吗，就是一天换一个，有百八十个还不够啊，要那么多干什么啊。我知道你们这些当皇帝的都爱虚荣，你图的是新鲜感，但新鲜都是相对的，是暂时的，换几个人后就不新鲜了，女人不管是羞花闭月，还是沉鱼落雁，不都是那么回事吗？

说到这里，尚树蛋觉得有点好笑：自己连一个女人都没尝过，你咋就知道是一个样？你还敢在尽餐天下美色的皇帝面前说这话？

旋即又安慰自己说：你这是在训皇帝呢，跟他比什么呢？

这时尚树蛋看到赵恒还在侧着耳朵倾听着，样子还挺认真，于是又装出一副教师爷的架势继续说：赵恒你别拿我这话不当事，你要记到骨子里。因为你不要把继承来的这皇权不当回事，不要以为当上了皇帝就是享乐，就是随心所欲，你要记住你的责任，因为你要治理国家，要让老百姓过上好日子，如果你忘记了自己的责任，只顾自己享乐，那么你们老宋家的江山也就快完蛋了，你也就成了败家子了，你祖辈们费的那么多心力也就白搭了。从历史上看亲近女色，奢侈无度，是亡国之源，前朝皇帝唐太宗有句名言，大概是这么说的，贪图享乐而不知节制，就好比自啖其肉，肉尽身亡。所以，你一定要记住前贤的经验之谈，别把你祖辈打下的江山败坏掉了。还是那个唐太宗说的对呀，创业难，守业更难啊。这句话很经典，直到今天人们还经常念叨，你要永远记在心上！

说到这里，尚树蛋又觉得自己是狗拿耗子多管闲事了，老宋家的江山你操的哪份心呢，帮他出什么守江山的主意呢，真是吃饱了撑得！还是说说小曼的事吧，这才是正格的！

随即就唤小曼：曼儿，别哭了，今天我给你做主，你回家吧，和你爹娘团聚去吧，再也不用在这儿受人气了。

随即，小曼被扶上一乘八抬大轿，由两个兵士护卫着，缓缓走去。临行，小曼频频招手：谢谢蛋叔！

尚树蛋说：谢什么谢，前后邻住着！

小曼是否顺利到家，没有回音。后来尚树蛋回到尚庄见到了小曼一家，他们根本没提汴梁的事，说是小曼是前些天公安局从云南山沟里解救出来的，她被人贩子卖给了一个半大老头子。小曼回家后她娘的病就好了。她爹也不再神魂颠倒了。奇怪的是这一家人连个谢字都没提，根本也没说在汴梁相遇的事。这叫尚树蛋很寒心，可对这事他自己也迷迷糊糊、似是而非的，所以也不能责怪什么。当然，这是后话。

17

什么他妈海参，这不是面疙瘩吗？

光棍有光棍的志气，本人从来不近女色。

街对面，是一间叫做"正店"的大客店。建筑豪华，颇具规模，仅门前的彩楼就有三层，高大气派，店门两侧的红绿杈子及葫芦形的栀子灯把个大门彩楼装点得煞是好看。杈子里面竖放着长方形招牌，可见"正店"、"孙记"、"香醪"几字。大门右边挂着的一面酒旗上写着"孙羊店"几字，像是经营羊肉的。尚树蛋对这一切都很好奇，向蛋问这问那。

蛋很热心地向他介绍：眼前这是个酒楼。我们汴京的酒楼有正店和脚店之分，正店是大酒楼，规模大，顾客多，现在汴京的正店就有好几十家呢！正店里每天都有不少客人入住，这里是自己酿酒，不仅供自己店里的客人饮用，还外卖。你没看见"香醪"的招牌吗？那就是这家的酒品牌。这家正店的主人姓孙，是外戚家的，女儿是皇妃，有势力，有财力，也有人气。他家的酒生产量很大，但交税不多，这样的正店逃税的很多，税务机关也不敢强收。你看，临近那一栋三开间的街面房子就是税务机关，孙记正店连理都不理它，税务机关干没招儿。

尚树蛋说：好，一会儿咱去看看那税务局。

尚树蛋抬眼望去，忽见正店南北天井楼上都是小房间，装饰得很别致，临窗都有女人对着镜子梳妆，或临窗观望。尚树蛋一见这么多浓妆艳抹的女人就觉得不是什么好地方，就问蛋：楼上那些女人是干什么的？

蛋说：妓女呗，等客呢！到晚上更多，每天晚上这里都是灯火辉煌，酒令声声，狎客如云，热闹极了。汴梁妓女多得是，几乎每一间客店都有，什么层次、什么价钱的都有，狎客什么身份的都有，上至达官贵人，下至平民百姓，都能在这种地方看到他们的踪迹。

蛋又看了一下四周，小声说：别看那些官员们表面上像个人似的，晚上换件衣服出来，啥事都干！

尚树蛋说：怨不得管不了呢，原来管的人不干净！我在尚庄听说，离尚庄不远的城市里，现在这情况少多了。主要是上边三令五申，下达了好几条硬性规定，说是高压线，不论谁要是碰上了高压线，就叫他丢人丢官。这样的场所还有监控录像，一举一动都在监控之中，一旦犯了事，把你的不雅录像拿出来，铁证如山，想赖账都不行。前不久我们县有个张科长就摊上事了，他喝了点酒，趁着酒兴跟人去了一家洗头房，花了50块钱找了个小姐，当他得意扬扬地回家后公安局就来通知他了，让他到局子里去一趟。张科长懵里懵懂地到了公安局，公安人员啥也没说就让他看了一段录像，这一看，张科长顿时就蒙了。你知道那录像里有啥？竟是张科长和小姐干那事的镜头，真切得很，张科长的一举一动都明睁眼露的，不承认也没招，不要问第二句话你就得低头。现在这玩意太先进了，破案全靠这玩意。人证物证俱全，马上就可以给你办成铁案。我说蛋，你知道什么叫监控录像吗？

蛋困惑地晃了晃脑袋。

尚树蛋说：我忘了，你们汴梁城没有这玩意儿，那就不跟你说这个了，怎么说你也不会明白，咱不是一个朝代的人。还是说你们朝代的事吧。你知道玉清昭应宫吧？

蛋说：当然知道。这是皇帝为了纪念缔结了澶渊之盟后迎来天下太平而建立的。这个宫里藏着祥瑞天书，供奉着玉皇、圣祖、太祖、太宗的塑像神主，工程大去了，7年多才建成，花了好几十万两银子，再加上每年给辽国的30万两赔款，你说老百姓能受得了吗？

尚树蛋说：是啊，你们大宋朝老百姓遭老罪了！哪像我们尚庄，现在什么税都不拿，种地国家还给钱，就是买点菜，吃粮也没问题，每家的粮食都吃不了。要是再做点小买卖什么的，零花钱就有了。

这时，忽听前面有人喊：尚先生！尚先生！

尚树蛋抬头看，是赵恒的随从。就问：啥事？

那随从道：皇上想请你吃饭，正在遇仙楼酒店里等着呢！

尚树蛋迟疑了一下说：行吧。

蛋在一旁说：老爷你去吧，皇帝请你吃饭，我去不方便。我先在这附近溜达着，你吃完饭喊我一声就行了，我立马就到。说完就消失在尚树蛋的视野里。

随从说：那咱们走吧！

尚树蛋"嗯"了一声。

赵恒要请尚树蛋吃饭的遇仙楼酒店原来是孙记正店的一个分店。建筑一样地豪华气派，富丽堂皇，彩楼绣旗，珠帘绣额，金装玉砌。进了大门，是一条约长百步的主廊，两边有楼房相对，围绕南北天井的，是许多小房间，酒令声、嬉闹声、欢笑声时而传来，气氛浓烈。彩楼底下，挂着好几只用红绿绸纱制成的口袋一样的东西，尚树蛋问这叫什么，随从说这叫栀子灯，这是个记号，表明这里有妓女，凡是门口设有红杈子绯绿帘贴金红纱栀子灯的，都是有妓女的酒楼。据说这是后周时留下来的习俗，后周太祖郭威曾游幸汴梁，到酒楼潘楼玩乐过，潘楼为迎接他，门口挂了栀子灯，这以后竟成习俗，沿袭下来。现在的酒店挂这东西，一来为了好看，二来也为那些狎客们提供暗号。正说着，像是从天上飘来了一群仙女，齐整整地排成一排，一张张笑脸相迎，躬身而拜，齐呼：欢迎光临！

尚树蛋说：怎么到这地方来了，我虽然光棍一根，但光棍有光棍的志气，本人从来不近女色。你到尚庄打听打听,尚庄的女人们老子看都不看她们一眼！把我领到这里来，不是要毁了我一世清白吗？

那随从说：客人不必多虑，有主人给你做主呢，你怕啥？再说，干不干那事，你自己说了算，不会强求你，客人只管放心，请随我登山！

尚树蛋道：你说什么，那里有山？

随从道：登山就是上楼，可以登一山、二山、三山，登山的酒客都不是喝闷酒，都有女子陪伴助兴，皇上说今天让你享受享受！

尚树蛋急着说：使不得，使不得，这不是把我毁了吗？

随从道：皇上好意，您就别推辞了！

尚树蛋说：那好吧，客随主便，脚正不怕鞋歪。

尚树蛋进得门来，早有一个穿长袍的小生笑脸相迎，接着就是两个打扮入时的年轻女郎躬身而拜：先生您好，欢迎光临！

到了一个小房间，门前也一边一个站着两个美女，赔着笑脸，用纤手往屋里一指：先生请！

尚树蛋从来没见到过这种阵势，觉得那些美女直晃眼，美得不敢直视。他深深地吐了一口气，努力镇定了一下情绪，目不斜视地大步走了进去。

在这个不太大的雅间内，装饰无比豪华，满屋子都是红木家具，地上铺着提花羊毛地毯，两个做工精细的太师椅中间是一个方桌，方桌上面摆着一套茶具，热腾腾地刚倒满水，散发出阵阵茶香。靠墙一个多层文物架上，摆满了青铜器、瓷器、金银器等器物，令人目不暇接。另一面靠墙处是一个大条案，上面摆着根雕、玉雕、木雕等几件工艺品。条案前也是一张八仙桌，桌上是各种果品。另一面墙靠着的是一张卧榻，大概是供吃累了休息用的。尚树蛋还发现，这间房子四周都围着白纱帷帐，窗户都挡着，外面看不到里面，里面可以看到外面。尚树蛋想：这地方隐秘舒适，豪华富丽，想必是皇帝常来的地方，是他的一个点儿。这地方可以尽情地吃喝玩乐，太监和大臣们没法监督，想干什么就干什么，美酒管够喝，美女成群地伺候着，只要你愿意，随叫随到。好地方，好地方啊，赵恒这小子真会享受！

赵恒正在房间里躬候着。见尚树蛋来了，非常客气地说：我早就从我爷爷、我爹那里听说过先生的大名，先人们说，先生一向对我赵家的事业很关心，都听过你不少指点，获益匪浅。为报先生大德，今天略备小酌，请先生尽兴！

尚树蛋道：难得你这片苦心，我就不推辞了，坐，咱随便坐！

二人刚落座，店伙计已将酒菜奉上。报菜名时报得很快，尚树蛋也听不懂他说了些什么，因为他不仅没吃过，也没听说过。只有两个菜他听得还差不多，一个是绯红酱肘，另一个是碧海双珍。不管是什么酱肘，尚树蛋觉得肘子总是吃过的，起码过年杀了猪后吃过。尚树蛋爱吃肉，尽管他不养猪，但过年时亲戚邻居们大都会送点肉给他。报菜名的店伙计说碧海双珍是海参和鲍鱼。尚树蛋听说过海参鲍鱼是海里的东西，有营养，挺珍贵，接着就馋得慌了，他也没等赵恒让，就用筷子先夹了一块海参，想尝尝鲜。可他刚吃到嘴里就吐出来了，骂道：什么他妈海参，这不是面疙瘩吗？

伙计赶忙解释说：这就是面做的，是仿照海参鲍鱼的形状和味道，足可以假乱真，是我店的招牌菜！

尚树蛋道：什么招牌菜，就是变着法子骗人嘛！你们汴梁城也弄虚作假呀？就不怕查你们吗？

伙计难堪地一笑。

赵恒不高兴了，呵斥道：快把这道菜撤下去！没看见客人不满意吗？

伙计赶紧照办。接着又介绍酒：这是我店特制的仙醪，不外卖，唐代诗人元稹有诗云："闻君新酒熟，况值菊花秋"；还有天之美禄酒，是取自唐代诗人权德舆的诗句"美禄与贤人，相逢最可亲"。我店多美酒，除这仙醪外，还有玉液、流霞、琼液、眉寿等。总之，我店是店好、酒好、人更好，客官需要什么只管吩咐！

尚树蛋道：汴梁人真会做买卖，喝个酒还这么多名堂！可我不会喝酒，再好的酒我也喝不出味儿来！

赵恒道：哪里哪里，先生走南闯北的，哪能不会喝酒？再说，没酒不成席，咋的也得走两杯！

尚树蛋无奈，只好说：那就走吧！

一杯香醪刚沾嘴边，尚树蛋便觉得香气扑鼻，又品了一小口，味道好极了。尚树蛋从来没喝过这样的酒，在尚庄只是喝过高粱烧，又苦又辣，正因为这，他才没学会喝酒。现在尝到了这香醪，却后悔起自己不会喝酒来。心想，我要是会喝酒多好，这么好的酒管够喝，一定喝它个够儿，回尚庄也有吹的。但肚子不做主，就是喝不进去。尚树蛋于是说：这酒劲儿大，咱慢慢喝，边喝边唠！

赵恒说：行，听你的，反正没啥事。

尚树蛋忽然想起玉清昭应宫那份天书，就问赵恒天书是咋回事。

赵恒说：是这么回事，澶渊之盟后，国人都以为天下太平了，应该封禅泰山，以镇服四海，夸示外国。有的大臣说天降神瑞，圣人都是因神瑞出现而封禅泰山。那天我还真的做了个梦，梦见一个身穿绛衣的神人对我说：你要在正殿内举行一个为期一个月的黄道场，天上就会降下天书给你。我大概是想天书想疯了，才做了这么个梦。我把这梦讲给了大臣们听，大臣都以为是好兆头，让我赶快照办，我就在朝元殿做黄道场以求神人保佑。数日后，皇城司来报，说是看到左承天门南面鸱尾挂着一条长约二丈的黄帛，像是挂着书卷，隐约可见字迹。我想，这大概就是所说的天书吧。于是带领群臣前往承天门跪迎天书，顶礼膜拜，并令人启封天书，见那上面写的是："赵受命，兴于宋，付于恒，居于器，守于正，世七百，九九定。"这真是好兆头啊，我高兴极了。

尚树蛋道：这天书你不觉得奇怪吗？还"付于恒"，"恒"是你的名，这不是明摆着有人恭维你讨好吗？上天知道你叫赵恒吗？这肯定是哪个奸佞搞的名堂！

赵恒道：我并不那么认为。我坚定那是天书，于是就视为天大的祥瑞，将天书藏在金匮中，派专使祭告天地社稷宗庙，改元大中祥符，大赦天下，并在群臣的请求下，准备封禅泰山。经过充分准备，大中祥符元年正月初四，我就带领朝官，由大队兵士护驾，到泰山封禅去了。

尚树蛋道：你们当皇帝的，都把封禅大典视为盛事，秦始皇是这样，汉武帝是这样，唐太宗也是这样，但唐太宗还算明智，在魏征等人的劝阻下没有成行。你们为什么这样热衷封禅？因为你们自以为功高莫名，想向上天报告功成，昭示天下太平，可你知道，你们去泰山千乘万骑，花费有多大？那叫八百多万贯啊！你又西祀汾阴，又花费一百二十多万贯，而修建玉清昭应宫等建筑，花费更是以亿万计，据说，你们那时财政入钱才一万三千五百余万两，银五十余万两，财政入不敷出的现象已很严重。所谓"东封西祀"给老百姓带来多大的负担啊！百姓还要担负沉重的劳役，光是给你们修路就让百姓们苦不堪言！

赵恒道：咳，我后来也知道折腾得有点厉害了。其实，这主要是因为几个大臣总唆使我。

尚树蛋道：你说的是丁谓、王旦这帮奸臣吧？他们不就是为了讨好你吗？他们的主张就是碰到你的心坎上。修建玉清昭应宫藏"天书"就是丁谓给你出的主意。他还对你说，如果朝臣有异议，就说是为国家祈福，为皇嗣祈福。你儿子少，又都幼小，还体弱多病，你整天为继承人问题忧心忡忡，丁谓的话自然是正中下怀。丁谓真不是个东西，他专门给你出坏主意，也是碰上了你这么个昏君，你们君臣配合得可真是好啊！玉清昭应宫是多大的工程啊！比得上秦朝阿房宫和汉朝建章宫！

赵恒道：只可惜听说后来失火烧了，大火整整烧了一夜，烧得只剩下两座小殿。也可惜了那"天书"，大概也毁于大火了。

尚树蛋道：说起这事来还得感激你的皇后刘氏，她知道你喜欢这玩意儿，令人把那"天书"给你陪葬了，你在永定陵里没看到吗？

赵恒顿悟：似乎有这么件陪葬品，我得赶快回去看看去，先生失陪了！

18

酒朝廷必然带来个醉天下。

尚树蛋道：你先别忙着走，你不是特别喜欢饮酒吗？来，这么好的酒别浪费了，尽管喝吧，我看你究竟能喝多少？

赵恒有些不好意思：不能喝，不能喝了……

尚树蛋道：别装了，在宫里谁不知你酒量大？朝臣们都甘拜下风，你经常在宫中豪饮，还召大臣、近臣在内宫聚饮，终日无休。据说你为了取乐，还搞什么饮酒比赛，较量谁能喝酒。有个叫李万回的翰林侍读，以善饮称雄，你非常赏识，把他召进宫中，给予赏赐。这可是个名副其实的酒官啊！还有个武官，喝起酒来比打仗勇武，一顿可喝下一斗酒；还有个大臣饮酒至数斗不乱。你们大宋朝廷饮酒成风，而且代代相传。你大爷爷赵匡胤时有个叫曹翰的，连饮数斗还神志清醒，被你爷爷誉为"智勇无双"；你爹赵光义时，有个侍读学士李仲容，平时记性很差，但喝起酒来却长记性，越是喝醉了，记性越好，越能对答如流，你爹因此惊为奇才，自愧弗如。你们大宋朝人饮酒真是前无古人啊，酒量都是超一流水平！有位号称"酒坛大将"的张安道，与同僚斗酒，不以喝多少盏而论，而是以时间计，比喝了多少天；还有从早喝到晚，酒坛子都喝见底了，还没喝够，但一时买不到酒了，恰好买到了一坛子醋，就把这醋倒在酒坛子里，和剩下的酒掺在一起喝，喝到第二天早晨，酒和醋都喝光了；还有许多"酒怪"，以喝酒方式怪异著称，癖好奇特，有的披头散发，赤着脚戴着枷锁喝，像囚犯似的，叫"囚饮"；有的坐在树杈子上喝，像鸟儿似的，叫"巢饮"；还有的把草捆子扎在身上，伸着脖子喝酒，喝完再把脖子缩进草捆内，像缩脖子乌龟似的，叫"鳖饮"，真是花样百出，争奇斗胜。你们大宋朝虽然缺少骁勇善战的武将，外敌入侵时无将可用，无兵可派，经常叫蛮夷小国欺负，可比起喝酒来确实人才辈出，朝野上下，官府民间，能喝善饮的比比皆是，出奇制胜者层出不穷，真个是百官皆善酒，四海酒客多。酒店人如潮，街头卧酒鬼啊。这都是你们这些当皇帝的引导的，酒朝廷必然带来个醉天下。这是你们大宋朝的一大景观，有特点啊！

赵恒有点不好意思，连说：喝多了，喝多了，不好意思，不好意思……

尚树蛋说：那别不好意思，你们当皇帝的，爱喝酒的多得是，"酒皇帝"数不胜数，殷纣王不是搞什么酒池肉林吗，隋炀帝也是整天泡在酒里，销魂在女人堆里，你也是整天宴饮无度，常在醉中，政务也荒怠了，好多事情你都懒得过问，完全丧失了你对国家的责任，你哪配一国之主啊？

赵恒红着脸说：愧为人主，愧为人主……

尚树蛋说：实事求是地说，你在继位之初，还是比较励精图治的，进取精神比较强，可到了后期，你的锐气大减，精神懈怠，暮气沉重，你以崇儒尚文自命，号称要"文治天下"，但随着天灾人祸的屡屡出现，天下大治终于成了一个看似美好的愿望。

赵恒：我提倡儒学、倡导佛教有错吗？

尚树蛋说：你当然可以有你的信仰。但是，上行下效，上有所好，下有所奉。你就是一个导向，直接引导你们宋朝的思想走向。你亲自撰写《文宣王传》，称孔子是"人伦之表"，儒学是"帝道之纲"，说"三纲五常"的伦理道德是历代帝王的"师范"，还亲自撰写《崇儒术论》，刻石立于国子监，崇孔子后裔，可谓登峰造极。你对道教的倡导，也是极尽吹捧，在全国各地大建所谓圣祖殿，各地动用大量人力物力建造道观佛寺，几次下诏剃度僧尼，致使全国僧尼人数剧增至四十多万，成为你们整个宋朝僧侣最多，佛学最盛的一个时期。

赵恒道：后来我也觉得是有些过了。

尚树蛋道：平心而论，你在文学上的贡献还是有一些的。你挺爱读书，也藏了不少书，组织人编了一些对后世很有价值的书，如《册府元龟》、《四库韵对》、《续通典》等，又校勘了《三国志》、《晋书》、《唐书》、《文苑英华》，这些书你们下了不少功夫，还是难能可贵的。你好吟咏，诗文也不错。还很重视史学，编了一些《历代君臣事迹》、《历代帝王集》等史书，字也写得很好，只是你太不谦虚了，你把你的诗文集和书画墨迹收藏起来，建什么天章阁，说是取"为章于天"之意，这牛吹得也太大了吧？

赵恒说：不敢，不敢，请先生恕我唐突。

尚树蛋说：赵恒你是个迷信狂，你晚年患病后就更迷信了，不断幸谒道观，求神拜佛，军国大事，则流于应付。说起来你这病来得也挺怪，竟是你坐在便殿时，看见有一群蝗虫飞过，遮天蔽日，你就被吓坏了，以为不是好兆头，忧心忡忡，提心吊胆，竟然吓得大病一场，这真是太可笑了，一些小小蝗虫你都怕成这样，要是敌人来了，该吓成啥样？你这个蠢皇帝，还声称爱民呢，怎么不知道灭蝗呢！

尚树蛋说到这里，忽见赵恒起身要走，尚树蛋伸手去拉他，赵恒竟嘻嘻一笑，说：改日再听先生教诲吧，我去也！

说罢竟化作一缕青烟，升腾而去。

尚树蛋急着喊：赵恒——赵恒——！

赵恒却不闻回音，那青烟顷刻消失。

19

那女人又冲着他哧哧地笑。

尚树蛋又到了走廊里，寂静的走廊内，响起了尚树蛋那破锣般的声音。

一女服务员闻声前来，微笑着说：客官请不要大声喧哗，别打扰别的客人！

尚树蛋不听，心想，赵恒这小子太不够哥儿们，鞋底抹油溜了，这一桌子菜谁埋单啊，我哪来的这多钱啊？把我那三间破房子卖了也不够这一桌菜啊！不行，我一定得把他找到！

这样想着，他不顾那女服务员劝阻，推开了临近一个房间的门。就在门被推开的一刹那，尚树蛋一下子愣住了，禁不住惊呼：鸡爪子，老秋家的，大白妞，你们怎么在这里？

屋里那两人也惊慌不已，异口同声地说：是树蛋？真算是躲不开了，到哪儿都能遇到尚庄人！

尚树蛋说：你们躲什么呀躲？跑了和尚还跑了庙吗？

尚树蛋这话说的太露骨也太不留情面了，但当时他确实不是故意的。尚树蛋是个讲究哥儿们义气的人，更知道骂人不揭短，打人别打脸的道理。可那么刺激人的话怎就一下子溜达出来了呢？

说起来，鸡爪子也算是尚树蛋的同行，是个老资格光棍儿。鸡爪子还是尚树蛋给他起的外号呢，尚树蛋总觉得这外号很贴切，堪称他的得意创作。鸡爪子，你看他那两只手，干干巴巴多像鸡爪子啊！尚庄人起外号从不详细论证，引经据典，只要顺口，只要有第二个人叫，一准儿会传开。这鸡爪子就传得很快，以致没出一月就得到认同。鸡爪子，可不就是个鸡爪子吗！尚树蛋有学问，佩服。尚庄人这么说。

  鸡爪子出了名不只是因为这个外号取得好，顺口好叫，还因为他不是个纯光棍儿，他不像别的光棍儿比如他尚树蛋这样守得住光棍儿的清白和寂寞，他总想沾点腥，占点便宜，体验一下有媳妇的滋味。于是便和寡妇老秋家的也叫大白妞的好上了，老秋家的算什么东西，纯粹一个破鞋！仗着她男人老秋死了，她是个寡妇没男人管，总是前村后邻地撩骚，拉着不少男人。偏有鸡爪子这个到厕所也闻不到臭味的下三滥，也和大白妞勾搭上了，尽管他们偷偷摸摸地像做贼似的，但没有不透风的墙，再说尚庄专门有那么一些私家侦探，对这种风流韵事特敏感，谁要是沾上了都逃不过他们的眼睛。于是，这事儿很快在尚庄传开，村里人像是得了传染病似的都知道了，鸡爪子他们两个整天躲在家里不敢见人，并苦思冥想地出外打工，离开尚庄，想不到的是在这里还是没逃过尚庄人的眼睛。尚树蛋心里琢磨着，难怪说搞破鞋是贼心贼胆贼事，他们跑到这地方来还真不容易找到，可是鸡爪子啊鸡爪子，你们怎么跑到大宋朝的汴梁城来丢人来了！这不是让古往今来的人都知道了？

  为了不使这两个野鸡太难堪，尚树蛋没和他们搭讪，扭头就要走。鸡爪子却叫住了他：是树蛋大兄弟啊，进来喝一杯呀！

  大白妞也说：树蛋老弟这可是好酒啊，你在尚庄喝不到这样的酒！

  尚树蛋用鼻子哼了一声，心想：我才不凑你们这粪堆呢，老子有的是酒！

  尚树蛋气呼呼地扭头便走，回到了他的房间。赵恒还没回来，他气上加气，自斟自酌地喝起了闷酒，一杯又一杯。和谁赌气呢？是和赵恒？和鸡爪子？都是。他恨赵恒，一个当皇帝的怎么这么不讲义气，请人家喝酒，自己半道溜了，把客人撂这了,这叫什么人呢?皇家的钱匣子里还缺这点钱吗?

他也恨鸡爪子,你他妈搞破鞋就搞呗,还馋人,跑到汴梁馋我。不就是个大白妞吗,有什么稀罕的,大白妞就是个女人就是了,看她那个长相,半老徐娘像个老母猪似的,白给我都不要,等我娶了漂亮媳妇给你们看看,非得给咱尚庄光棍儿们争口气不可!

这样想着,尚树蛋又生起自己的气来。他狠狠地往地上吐了口唾沫,骂道:真他妈不要脸,还漂亮媳妇呢,不漂亮的你有吗?

尚树蛋正喝着生气酒,恍惚间有个小女子来到跟前,尚树蛋抬头看,就是在走廊里见到的那位。这时他才仔细看了看那小女子,只见她头戴珠翠朵玉头冠,身穿销金衫裙,一身青楼靓女的诱人打扮。再看那长相,好漂亮的脸蛋儿啊!白白的,嫩嫩的,跟尚庄的女人们相比,简直就是两个颜色。脸型也比尚庄女人俊俏得多,是时尚的V形脸,像韩国明星似的。再看人家那身条,婀婀娜娜的,像风摆柳,像花摇身,该凸起的凸起,该纤细的纤细,标准的三围。尚树蛋情不自禁地向那女子的胸部瞅了一眼,这一瞅可不得了了,心里直突突,眼也好像花了,逼得他又使劲地瞅了两眼。好圆润的曲线啊,像两个精粉大馒头,像两个深州大蜜桃,不,又都不像,馒头、蜜桃哪能跟这双奶子相比?简直是没法形容的美。尚树蛋没词了,情不自禁地就去用手摸了一下,刹那间就像触了电一样,全身"酥"的一下,脑袋直发晕。忽然,尚树蛋也不知哪里来了股勇气,一下子抱住了那女子,那女子竟不反抗,顺势往尚树蛋怀里一偎,还冲着他哧哧地笑。尚树蛋哪见过这阵势,整个人都蒙了,飘飘然如在九里雾中。这时那女子又冲着他哧哧地笑,并用手向外面一指。尚树蛋直发慌,心想,是去那种叫"小阁子"的包间吗?他以前在书里见到过,汴梁城大酒楼有许多高级"小阁子",就是类似今天的叫雅间的小包间,是狎妓的地方,是个高档去处,狎客都是达官贵人和腰缠丰厚的上流酒客,是所谓闾里所言"小阁子向钱开,囊中钱少莫进来",他这么个土包子也能进这地方吗?那女子似乎看出他的犹豫，又哧哧一笑，轻声娇嗔道：傻样！尚树蛋听罢乐开了花，心想，有门儿！电影里女人爱男人时都说男人傻样。傻样不是骂人，是爱的意思！我尚树蛋这么一个农村光棍儿，跟人家城里那种宅男小鲜肉没法比，难道有女人会爱我？那女子见尚树蛋迟疑，又微笑着点了点头，手指头还一直指向房间外。

　　这一下尚树蛋坚信不疑了，抱起那女子就走了出去。那女子的手指一直指着，尚树蛋就循着她手指的方向走。

　　接着就来到一个很秘密的房间，房间内寂无声息，四周用白纱帷帐遮着，中间是一张很大的锦榻，和尚树蛋睡过的那种又硬又脏的被褥简直是天上地下。锦榻已经翻开了一个角，散发着丝丝幽香。尚树蛋再一次确定了屋内没人之后，一下子就把那女子的衣裙剥了下来，把那女子赤裸裸地放在榻上，然后用整个身子、全部力气压了上去，接着就是从未体验过的舒服感涌遍了全身……

　　不知过了多少时候，尚树蛋看到那女子正坐在他身边哧哧地笑。不知怎么，尚树蛋看她这一笑心里直发毛，激灵一下猛地坐了起来，然后像被人攥的贼一样冲出门外……

20

轿子里有一个露出了半张脸的女人。

尚树蛋依稀觉得自己做了一件不光彩的事,又是一件绝顶快活的事,脸上一阵发烫。可一想到还要见蛋,又挺直了身子,大着声音喊了声:蛋——

蛋随即出现在他面前:老爷,你叫我?

尚树蛋装着生气的样子骂:你他妈死到哪儿去了?

蛋赔着笑脸道:奴才一直在这附近候着呢,随时等着老爷召唤。又眯着眼睛问:老爷这一夜很快活吧?

尚树蛋道:别他妈啰唆了,快陪老爷溜达去!

蛋说:上哪去遛,还召见皇帝吗?我看我们大宋朝谁也没有老爷你牛,想召见谁就召见谁,想训谁就训谁。你还要召见皇帝吧,你看前面就是一位!

尚树蛋问:哪一位?

蛋说:就是坐轿的那位,那不是刚刚露出了半张脸!

尚树蛋向着蛋手指的方向看去,前面确实有一乘轿子,轿子内确实有一个露出了半张脸的女人。尚树蛋问:怎么是女人,武则天吗?

蛋说:不是武则天,和武则天差不多,只不过没有皇帝的名号,也没改朝换代,但实际上也是武则天。

尚树蛋道：像武则天那样统御天下吗？

蛋说：差不多吧。她原是真宗皇帝的妃子，姓刘，叫刘娥，益州华阳人，出身微贱，是个孤女，不得已十来岁就嫁给了一个姓龚的银匠，龚银匠为了生计，整天带着她走街串巷打造银器，这刘娥就整天摇着拨浪鼓跟随他招徕顾客，一路串到京城汴梁，以此为生。那时皇帝还当着襄王，有一天他做了个梦，梦见娶了个俊美又多才慧的蜀地女子，他以为这是天在暗示他的婚姻，就下令襄王府给事一个叫张耆的到处打探，寻找这么个蜀地女子，于是就碰到了龚银匠。

尚树蛋道：碰巧了。那龚银匠要时来运转了。

蛋说：你说的对，但这是后话。此时的龚银匠却是贫困潦倒，正为没法养活刘娥发愁。一见宫里来选人，就乐不得地答应把刘氏送进宫去，这时刘娥才15岁，真宗皇帝一见她就喜欢上了，宠幸襄王府。可真宗皇帝他父亲就是太宗皇帝知道了，很是不满，说是怎么把个二婚头子召进宫来，又是出身贫寒微贱，祖上八辈连个县官都没有，这不辱没了皇家血统吗？于是老皇帝坚决不同意，还下令把刘娥赶出了襄王府，但真宗皇帝割舍不得，就把刘娥寄放在张耆家，二人偷着在张耆家见面，直到十年以后，老皇帝死了，这才把刘娥召进宫来，真宗皇帝把她晋封为德妃。你说真宗这当皇帝的，找什么样的女了找不到，偏得找这么一个别人不要的剩货，你说怪也不怪？

尚树蛋听蛋说完这一番话，大惊失色，说：我说蛋你他妈真是吃了豹子胆了，敢对皇帝皇后直呼其名，还敢议论皇帝家事，你是不是活腻歪了？

蛋没有惊慌，反倒哈哈大笑起来，笑得尚树蛋浑身发冷，特别是他那双眼睛，简直就是闪动的鬼火，蛋那张脸也像是变了形，怪怪地扭曲着，随着他那诡异的笑声变得好像是另一个人了。

蛋笑了一阵子后终于停止了笑，神秘地说：我说尚树蛋啊尚树蛋，你知道我是谁吗？

尚树蛋蒙了，瞪着眼睛道：你不就是蛋吗？

蛋说：我说尚树蛋啊，这么长时间你一直当我的老爷，我当你的奴才，你动不动就训我、骂我，其实我不理你就是了，忍气吞声地不跟你一样罢了。你在尚庄总让人看不起，伸不开腰身，我看你怪可怜的，有意让你当一回老爷过过瘾，舒一口积郁的恶气，可你千万不要以为你自己真的就是老爷了，我真的就是你的奴才了，我明白告诉你吧，其实我是你祖宗的祖宗！

尚树蛋一下子昏了头，磕巴着说：怎么，你说什么蛋，你……你是我祖宗的祖宗？

蛋说：说出来吓死你！我比你大九百岁，难道不是你祖宗的祖宗吗？

尚树蛋直摇头：我不信，不信……

蛋说：实话告诉你吧尚树蛋，我是徽宗朝的内侍，靖康元年十二月，强敌金兵入侵，将软弱无能的钦宗皇帝召到金营，要将他扣为人质，并向随从官员索要大量金银，说是不如数交出来就不放人，被囚禁的钦宗只好屈辱地答应了金人的要求，把皇家的家底都给了人家，这还不算，金人还把徽宗钦宗都贬为庶人，另立一个叫张邦昌的人为中原皇帝，扶植他建立了伪楚政权，宋朝官员也纷纷变节投降，有的还认贼作父，帮助金人掠挟徽宗钦宗两个皇帝北去，督促皇室、皇亲三千多人投降了金人，这些卖国贼呀，软骨头！北宋王朝就这样灭亡了，据说两个皇帝到了北国，就是当了囚徒，都软禁起来，后来都死在了北国，连个坟墓都找不到，真惨哪！这个事件叫靖康之耻，后来的人们为雪此耻辱牺牲了很多性命，当时的人们也有很多有气节的，誓死不降金人，我就是其中一个。我虽然位卑职低，只是一个小小的内侍，但我宁死不当亡国奴，宁死不南迁，就在两个皇帝和宫妃内侍们被掠北去那天，我抱石跳汴河自尽了。死后灵魂不散，飘到天外。因为念念不忘故国，就整天在汴梁城上空盘旋，寻找着逝去的记忆。那天听说尚庄有个尚树蛋精通宋史，就假称皇帝有召，去了你们尚庄。

尚树蛋说：真看不出来你这么有骨气，佩服，佩服！

蛋说：不光佩服，你还得感谢！

尚树蛋莫名其妙：怎么？

蛋说：你自打来到汴京，可以说是天马行空，想见谁就见谁，想训谁就训谁，你说，这是谁在帮你？

尚树蛋问：谁？

蛋厉声道：我，你祖宗的祖宗！我刚才说了，我是游荡在汴梁上空的魂灵，这里是一个魂灵的世界，云彩下边才是你们这些凡人的世界。在汴梁天上，人多得很，帝王将相，才子佳人，达官显贵，平民百姓，熙熙攘攘，飘来荡去，热闹非凡，丝毫不逊色于你们喧嚣的人间。在天上，魂灵们没有高低贵贱之分，原来在凡世的种种身份已化为乌有，皇帝和平民都一样，都是一缕飘乎的魂灵，谁也不比谁高，谁也不必仰视谁，大家都是平等的，见面直呼其名，用不着称官职，是平等的世界。但天上比起人间还是寂寞了些，有的在天上待得难受了，就下凡投个胎，在人世间再混一回。你看这汴梁城街上的诸色人等，别看他们打扮平平，但啥人都有，遍地是帝王将相，富商大贾，只不过你们不认识看不出来就是了，但我认识，不管他们是什么打扮，现在是干什么的，我一眼就能看出他们的前世今生，所以你找谁我都能给你找来，你要干什么我都能满足你。要不是我，你能这么事事遂愿，手到擒来，一切都那么现成吗？

尚树蛋大悟：原来如此，这样说来还真得谢你。

蛋说：话既然说到这儿了，我也就实话实说了，我说你光谢我还不行，咱得改改称谓。这一向你是小人得志，得瑟大劲儿了，也把我训苦了，我早就受够了你。从现在开始，咱得换个个儿，你再也不能把我当奴才了。

尚树蛋说：我叫你老爷？

蛋说：那倒不必。尽管我比你大九百岁，可以当你的祖宗的祖宗，但我还是可以和你平起平坐，只是你要放尊重些。今后，你得尊敬地叫我胡宫。知道吗，胡宫就是对宫里人的称呼，听见没，你再想干什么得求我，就尊敬地求我，叫我胡宫！

尚树蛋说；好，好，胡宫，我记下就是了。以后我要是对你不尊，你打我嘴巴子。说着就打了一下自己的左脸，又把右脸伸给了胡宫。

胡宫笑了，说：咳，你们尚庄人太实在，说打还真打呀，我不打你，留着那半边脸你自己打吧。

尚树蛋说：那咱就再接着说说那个刘娥的事？说这话时，尚树蛋的口气大变，完全是一种商量和乞求的口吻。

胡宫得意的一笑，说：好，那咱就再唠十块钱的。

21

啥事都别做绝了，留点后手。

胡宫接着说：刘娥得宠后，进封德妃，在宫中地位上升很快。但总觉得自己出身微贱是回事，说话都底气不足。有个近臣猜出她的心思，就给她编了个履历，记载她祖籍太原，父亲和祖上都是五代时高级将领，是将门之后。为了壮大宗族的势力，又把朝中一些刘姓官员拉到自己身边，说是同族同宗。这些官员当然也乐意沾这个光，纷纷依附，就这么着，刘德妃就组织起一个很大的外戚势力集团。但朝中有的人臣很看不惯，说刘德妃并不是太原破落户，甚至有人亮出了她出身微贱的老底儿，正因如此，当皇帝想立刘德妃为皇后时，遇到了不小的阻力，但真宗皇帝却非常执着，力排众议，立刘德妃为皇后。这真宗皇帝真可谓爱情坚贞，硬是把这么一个再婚女子扶上了皇后的高位！当然，这是在仁宗继位以后的事。

尚树蛋说：我听说真宗皇帝对刘德妃也有不如意的地方，就是不能生孩子。这可是个愁事，你知道，宫中的女人们都是母以子贵，能不能生龙子，至关着她们的命运。说来也巧，刘氏的侍女中有个李姓小女子，生的美丽白净，真宗很喜欢她，刘德妃就让李氏侍寝，竟然怀了孕，刘德妃觉得是个好机会，就在李氏把孩子生下来后自己就抱走了，让杨淑妃养着，让他叫刘德妃为大娘娘，叫杨淑妃为小娘娘。这段历史后来被文人编成戏剧,就是挺有名的《狸猫换太子》,前些年尚庄有个京剧班,经常演这出戏,是保留剧目。

胡宫问:现在还演吗?

尚树蛋说:演,演得可欢呢。忽然又记起什么:现在大概停下来了,缺角了。

胡宫问:一出戏的角色齐全,缺角不成戏。不过缺个跑龙套的还没事。缺什么角?

尚树蛋说:这可是个不可缺少的角色,就是生了龙种的李氏!你说这个李氏是谁演的?是小曼!你们的皇帝把小曼征召入宫了,这戏还演什么演?

胡宫说:这倒是。那小曼不是给送回家了吗?

尚树蛋说:这一回,尚庄人又可以看上狸猫换太子了。

胡宫说:你们尚庄人还真得挺爱看戏呀!我要告诉你一句,戏是戏,戏不是事实。戏里的情节都被演绎过了,不能信。其实刘氏并不像戏里演的那么丑恶,她对李氏还是挺人性化的。李氏死后,刘氏开始想把她按普通宫人的规格安葬了,后来一个大臣劝她,别这样,人家是皇帝的生母,得按皇后的规格安葬,不然等日后皇帝知道了真相,你们刘家就要遭殃了。刘氏听了这大臣的话,按皇后的规格安葬了李氏,下敛时给她穿上了皇后的衣服,还灌上了水银,大礼下葬于洪福院。

尚树蛋说:这还算明智。

胡宫说:你说得对。这样做使刘氏免了一劫。李姓宫人给真宗皇帝生的男孩就是后来的仁宗皇帝。真宗薨逝后仁宗即位,刘德妃就当上了皇太后。因为仁宗年幼,刘德妃就垂帘听政辅佐仁宗皇帝,穿的礼服,出入的礼仪都和皇帝一样,朝政都是她说了算,就像武则天一样。但刘皇后不想当武则天,尽管有的大臣献媚地让她效仿武则天建刘氏七庙,她都没同意,说是她不能做对不起祖宗的事。临死时,她口不能言,还瞪着眼睛看着仁宗皇帝,拉着自己的衮冕示意给她换一身衣服,表示她不能穿着这套衣服去见先帝。仁宗照办了,给她换上了皇后的衣服，刘皇后这才闭上了眼睛。

尚树蛋说：看来刘皇后还是很有自知之明的。史书上称她为一代贤后。这女人挺有能耐的，垂帘听政后主掌朝政，干了不少好事，她创设谏院，鼓励朝臣们提意见；澄清吏治，严惩贪官污吏；重视水利，堵塞了危害九年的黄河滑州决口；发行了叫交子的纸币，提出了流天下、通有无的主张；又完善了科举制度，新设了考试科目，扩大了取士名额，开创了武试；她还兴办州学，成为宋代州学的先声。她力倡节俭，反对奢华，特别是对炫耀政绩的事很反感，坚决拒绝收受各地官员的奉献，因为她知道，地方官给他送的礼，实际上是盘剥百姓来的，他们给朝廷上礼是为了献媚讨好。这实际上是真宗赵恒给惯出来的毛病。赵恒时各地争献"天书"，巧立名目献媚皇帝，好大喜功搞西祀东封，花费巨大，带坏了政风，也带坏了一批官员。刘太后那时虽很受宠，但他对赵恒这一套也不太感冒，只是没法参政议政，就把一片谏言藏在了心里。等赵恒死了，他当了听政的皇太后，就把天书的事做了个了结，一是不再接受官员们献天书，二是把赵恒时当作宝贝的"天书"放在赵恒棺材里埋了。刘太后这一招儿挺高明，表面上是对赵恒的敬重，把他喜欢的东西随葬了，实际上是把这种装神弄鬼的荒唐事给埋葬了。

胡宫说：刘太后确实是个贤人，朝中多获好评。朝臣说她称制时内外肃然，纪纲具举，朝政无大阙失，这话是不为过的。用你们尚庄的话说，就是女强人吧？

尚树蛋说：女强人是城里人说的有能耐的女人，我们尚庄把有能耐的女人叫女村长。因为在尚庄人的眼里，村长是最高职称，最有能耐的人才能当村长。这刘太后当个女村长没问题。我看这人行，不仅能干，而且很大度，这表现在他对李氏的处理上。李氏是仁宗赵祯的亲娘，刘太后等于是夺人之子，她明知道李氏会恨他，但她没有像以前后宫争斗那样，把李氏置于死地，或者像汉代吕后对待戚夫人那样，把人家戚夫人作践成"人彘"，活活不成，死死不了。刘氏还算仁义，没把李氏咋的，只是让她去给真宗皇帝去守陵。可巧这李氏也是识事理的，忍气吞声地在真宗的陵墓旁待着，连哼都不哼一声，这样就避免了争斗，也便保全了自己，落了个全身而终。

胡宫说：行，你尚树蛋知道的还真不少，是这么回事。后来仁宗皇帝当政后知道了自己的真实身份，又有人告诉他，他生母李氏死于非命，仁宗皇帝对刘太后很不满，一面到洪福院开棺验尸，一面派人包围了刘家宅邸，准备严加处理这桩积案。可仁宗皇帝打开棺木一看，生母是按皇后规格下葬的，穿着皇后衣服，面容栩栩如生，才如梦初醒，解除了对刘家的包围。刘太后多亏当年厚葬了李氏，使刘家免除了一场灾祸，高明啊！

尚树蛋说：啥事都是这样，别做绝了，留点后手，不然后悔莫及。总体说来，刘太后做得不错，当个村长绰绰有余。仁宗赵祯也算仗义，没小肚鸡肠地把刘家治个欺君之罪，没忘记刘氏的养育之恩，当了皇帝后没亏待刘家，从这一点说算个爷儿。

胡宫说：你看问题挺准，不愧是尚庄著名宋史专家。尚树蛋神气十足地说：算你有眼力，那你就学着点吧！

胡宫说：那是，那是，走一路学一路，行万里路，等于读了万卷书嘛！说完又觉得不对味了，翻脸道：我说尚树蛋啊，说你胖你还喘上了，咱俩应该谁向谁学啊？

尚树蛋也缓过神儿来，说：对不起，对不起，冒犯，冒犯！

胡宫说：行了，下次注意就是了。

22

整天醉醺醺的，哪有力量打仗啊？

二人继续前行，不远处有个像个木器店的店铺，店门内摆着两排八个大木桶，一个店员在后排坐着，看着一个壮汉在试弓。

尚树蛋问胡宫：你说那店铺里摆着的那些大桶是干什么的？是卖的吗？

胡宫说：这不是木器店，那木桶是装酒的。汴梁实行酒专卖，酒曲由国家垄断，每年官府把酒曲卖给一些大酒店，这些大酒店叫正店，他们买到国家卖给的酒曲，就有了制酒、卖酒的权利，他们再把做的酒卖给脚店，就是小酒店，汴梁的大小酒店数以千计，但正店就70多家。汴梁每年生产酒曲200万斤上下，酒曲也叫酒药子，一斤酒曲可酿酒20斤至60斤，200斤酒曲可酿酒8000斤，这数量够惊人的吧！

尚树蛋惊得只伸舌头：你们汴梁人太能喝酒了，酿这么多酒得多少粮食啊？

胡宫说：听说每年就得消耗糯米30多万石，我知道光宫廷内的酒坊就得消耗30万石呢！

尚树蛋道：怨不得你们宋朝打不了仗，叫金人给灭了，你们都是酒徒，整天醉醺醺的，哪有力量打仗啊？这风气都是让宫廷给带坏的，罪魁祸首是皇帝，你们整天喝呀喝呀，喝坏了风气喝坏了胃，喝得老婆背靠背，喝得军队往后退！

胡宫说：你这是冲我来的吗？

尚树蛋说：不敢不敢，我哪敢说你呢？

胡宫说：这样说还差不多，我是不沾酒的，多么好的酒我连碰都不碰一下。

尚树蛋说：这我信，从你那誓死不降金人的骨气就可以看出来，只是大宋朝像你这样的人太少了，要不怎么亡国了呢！

胡宫说：酒是好东西，但不可贪，贪酒必坏事，贪酒必致祸。殷纣王的江山就是让酒泡倒的，我们大宋朝在酒里泡了160多年，最后也是亡了。哎，要不说玩物丧志呢！

尚树蛋说：是啊。可你们宋朝发展了酒文化，从这方面说还是可圈可点的。汴梁盛产美酒，汴梁多佳酿，五湖四海香。这是汴梁城的流行语。汴梁的美酒名目繁多，有丰乐楼的"眉寿"，欣乐楼的"仙醪"，仁和楼的"琼浆"、千春楼的"仙醇"、银王店的"延寿"、朱宅园子正店的"瑶光"，等等，数都数不完，昨天在孙家正店算是开了眼界了。不仅是美酒，连酒器都极尽豪华，酒盏、饮器都是用白银打造。听说客人上门，只要两人对饮，都要送上一套餐具，至少要用100两银子。酒店内人来人往，经常有酒器丢失的情况，有一个酒店失窃，白银酒器丢失数百两！我说这真是作呀！你们大宋朝民富国弱，奢靡之风严重，王朝上下都穷讲究，可就是不注重加强国防力量，这是个教训啊！

胡宫听着尚树蛋讲着，都有点不自在，转移话题道：老爷昨夜在孙记正店是过了酒瘾的吧？

尚树蛋说：别提这个，还说这个店吧。你说几个大木桶倒是装酒的，是店里往外批发酒用的，那怎么还像是卖弓呢，是卖酒兼卖弓？

胡宫道：这好说，咱到跟前看看。

随之，二人走进了这家店面，原来坐在店堂右边的那个店员站起身来，问：先生想卖酒吗？咱家好酒有的是。并指着那大木桶说：这是"和旨"，这是"玉咧"，这是"琼酥"，本店好酒多，价格也合理，先生可随意选来！

胡宫说：我们不买酒，我家老爷是皇帝请来的贵客，什么酒喝不到？老爷是随便出来看看。

店员一听这话吓的非同小可，连说：小人有眼不识泰山，请恕罪！请恕罪！

胡宫说：好了，好了，做你的买卖吧，我们还有事！

店员笑脸相送：老爷走好！

走出这间店面时尚树蛋对蛋说：你说得对，木桶是装酒的。可这弓是怎么回事呢？

说话间店内那个拉弓的汉子走了出来，冲着尚树蛋喊：树蛋哥！

尚树蛋一回头，大惊道：三孬，怎么是你？你在店里背着个脸，我硬是没看出来！

三孬说：在店里试弓时，我倒是听出来像是你的声音，可没敢认，这么大个汴梁城长得像的多了，我怕认错人。

尚树蛋说：没事儿，我也是没认出来。

尚树蛋道：三孬你怎么来这里买弓，干啥用啊？

三孬说：咱一个庄稼人哪有钱买弓啊？给人家来取弓的，人家事先买好的，放在这，我顺便试试。

尚树蛋问：谁家？

三孬说：种世衡将军家。

胡宫说：种世衡将军是本朝名将种放的后人，种世衡将军先前在武功任知县，以清正廉洁闻名官场，当时党项人时常派骑兵侵扰边地，种世衡将军在武功县训练青壮年数千人，有力地抵御了党项人的入侵，受到朝廷的奖赏，特地给他在汴梁建了一处大宅子，宅子后面是一个练兵场，种世衡将军也在这里训练青年人，训练好后就派往武功御敌。

三孬说：我就是应招前来的，我们整天在后院练射。

尚树蛋说：三孬你挺忠义啊，从尚庄跑这么远来练武来了。好……好……

好，还真没看出来你有这么点骨气，够咱尚庄爷儿们！不过我得嘱咐你一下，你在尚庄总爱打架，在这儿学了武可不能出去打架呀！学武要用在正地方！

三孬说：当然，当然，种将军家有家规，练武不出门，出门即迎敌。谁要是在家外跟老百姓耍霸道，一律家法从事。所以，凡在种将军家练武的年轻人出了种家门都是谦谦君子，没人惹是生非。

尚树蛋问：你也练射吗？

三孬说：练，只是初学，我就有个傻劲，弓拉得满，但箭法不太准。

尚树蛋说：好好练，学好了去打党项人去。

尚树蛋随后又问胡宫：党项人现在还经常入侵边地吗？

胡宫说：种将军不愧是名将，在武功御敌很有战绩，深受负责西北事务的范仲淹先生赏识，后来调到环庆、麟延一带负责边防，也是恪尽职守，抵御党项，很有成效。他用离间计离间了李元昊和他的两员大将的关系，用李元昊的刀杀掉了这两员大将，使其实力大损。种将军治军严明，身先士卒，很得士卒拥戴，因此，士卒与敌作战，都奋不顾身，英勇无比，多次击退来犯的党项人，化解了我朝北边的威胁，堪称一代名将。

尚树蛋于是嘱咐三孬：你得好好向种将军学习，好好练本领，现在世界上很不太平，东海、南海的岛屿之争很厉害，有的国家总向咱挑衅，找咱麻烦，硬说咱们的岛屿是他们的，试图登岛宣示所谓"主权"。咱们国家当然不能答应，海监船、军舰也加强了巡逻，两国的船只擦肩而过，说不定什么时候会擦枪走火，如果真的发生了战事，你可得上前线啊，给咱尚庄爷儿们拿个功回来，到时候，我让村长给你娘送喜报！

三孬说：那敢情好，先谢谢树蛋哥！

23

借套房娶媳妇，娶到家再说。

　　尚树蛋见三孬说得这样轻松，就说：三孬我不是跟你说着玩的，你也别太不当真。不知你关心不关心国家大事，关不关心边疆安全，我是天天看电视，天天听着东海、南海的动静。现在真的是很紧张，一个火星就能引发一场大战。国家的态度也很强硬，不是我们的一分不要，是我们的寸土不让。咱们尚庄爷儿们虽不是军人，但也得随时准备听从国家召唤，随时准备上阵杀敌。打仗这个词儿你理解吗？那是枪林弹雨，那是流血牺牲，一个枪子打过来，嘣的一声小命就没了。现在打仗是高科技，精确打击、定点清除，都是用计算机、用雷达，不用通常意义的瞄准，计算好了，一按电钮炮弹就打出去了，而且百发百中，死生就在不知不觉间。所以，你现在一是要下力气练习武艺，还要学点高科技知识和现代战法，增强现代战争技能，把自己锻炼成能适应、能打赢现代战争的人才，在未来高科技战争中为国立功。

　　尚树蛋觉得他这段话讲得很精彩，连他自己都感到很自豪。他似乎是在电视里、书本上看到过的，不知不觉地就从嘴里溜出来了。

　　但他看到三孬却听得很不认真，东张西望心不在焉。尚树蛋很生气，喝问：三孬，我讲的这些你听到了吗？

三孬小声说：听到了。

听懂了吗？

听……听不懂。三孬的回答很勉强。

尚树蛋大怒：我说三孬，你小子怎么这么没出息，一点爱国心都没有？你练武干什么？不准备打仗练武功有什么用，光准备表演给人看啊？

三孬有些委屈：树蛋哥你别生气，我知道练武是准备打仗，但你不是告诉我去跟种将军去打西夏吗？

一听这话，尚树蛋恍然大悟。方才这一番话讲到哪去了！怎么风马牛不相及呢？冷兵器战争和现代高科技战争根本就是两码子事，刀枪剑戟练得再好，一颗子弹就完了。咳，我怎么说穿帮了，在大宋汴梁城给人家上的哪门子现代战争课？

尚树蛋忽觉有点不好意思，下意识地抓了抓脑袋，改换话题道：我说三孬，你那媳妇说成了没有？

尚树蛋这一问，三孬也感到转弯太快，喉咙像是一下子被卡住了，好半天没说出话来。

原来，三孬也是个光棍儿，只不过年龄稍小，光棍儿还未定型，还是有人给提亲。前些时候就有人给三孬提了门亲事，女方是邻村吴家庄的，两人见过面。为了这第一次见面，三孬和他的父母都费了不少心思。首先是房子。三孬家没有新房子，可人家嫁闺女的大都要看看男方家有没有新房子。这新房子一般来说还得是第三代的，所谓第三代就是当前最时兴的那种两厅六居室的。尚庄人说，至今他们村房子的演变已历三代，第一代是土坯房或外面包了一层砖的那种，叫作外面砖；第二代是平顶砖结构，平顶抹土，砖墙，一般是三间居室；第三代就是现在这种砖混结构，混凝土构架，砖墙，水泥抹顶，两居室，两厅，室内上下水，单卫或两卫。三孬家现在是住的第二代房子，这房子前几年还说得过去，但这两年，人们都疯了似的盖房子，一家比一家讲究，一家比一家盖得好，这第二代房子就逐渐被淘汰了，特别是有儿子或孙子的人家，冲在了盖第三代房的前列。三孬家也想冲，可三孬他爹两年前得了半身不遂，挣不了钱了，甚至干不了活了，这盖房子的事也就"半身不遂"了。但三孬要娶媳妇，娶媳妇要有第三代房子，这是硬道理，房子问题解决不了，娶媳妇问题基本上就是没戏了。这事难坏了三孬他娘，她一个妇道人家有啥能力盖第三代房啊？后来还是有个亲戚给她出了个主意，我们有套房刚盖好，就先借给你们用吧，等三孬把媳妇娶到家再还我。三孬和他娘都觉得这主意不错，这事就这么定下来。相亲那天，女方先来看房子，三孬他娘把女方领到了这个新房前，指指画画一番，女方家也说好好好，可女方家突然问了一句：你们盖这么大的房子花了多少钱？三孬娘哪里知道，一下子蒙了，多亏身旁那亲戚马上接上来给解了围：十六万！女方家迟疑了一下，当时没吱声，但这次相亲却无果而终，再后来就泥牛入海无消息了。原来女方家那次看房子时产生了疑问，接着就来了个暗访，弄清了真相，女方娘就说：娶媳妇还借房子，不嫌丢人啊，我们不能把闺女嫁给这样人家，跟他们受穷去呀！

　　三孬娶媳妇的事就这样没了下文。三孬是个要面子的人，脾气也倔，出了这事就觉得没法在村里待了，就跟他娘说，娘啊娘，我出去打工去，挣钱盖房子，盖好了房子再娶媳妇。我因为娶媳妇的事给娘丢了脸，我得给娘争这口气！他娘问她去哪儿打工，三孬没说去哪，只是说一定要混出个样来再回家，不然没脸见尚庄人，没脸见娘。三孬没跟尚树蛋讲这么细，没提因为房子婚事告吹的事。

　　尚树蛋知道三孬一定是有难言之隐，也便不再追问，只是随便说了句：好啊三孬，你小子挺能闯荡，跑到东京汴梁来了，既然找到了个打工的地方你就好好干吧，现在找工作不容易，你找到这个工作要珍惜。你知道现在找工作是个啥形势，连大学生、研究生就业都是个社会难题了，有的单位招人强调学位到了极致，本科生不要，只要硕士生和博士生，竞争非常激烈。你才是个初中生，需要初中生的用人单位几乎没有，清洁工可能要，但这工作也不好找，前一段看到报上说，某城招清洁工，还有60多名大学生报名呢，说是这工作稳定，待遇高，所以我说你现在有个工作了就别挑肥拣瘦了，况且我看拉弓练武这事挺适合你的，你小子身体棒，有力气。如果有可能，争取到种将军队伍里锻炼锻炼，说不定将来能出将入相呢！

三夯说：谢谢树蛋哥鼓励，出将入相不敢想，弄个伍长干干，管几个人就不错了。

尚树蛋说：三夯你得长志气，咱尚庄人都有志气，你看哥哥我，在大宋朝京城汴梁横逛，一个个地召见大宋朝的帝王将相，牛不牛？

三夯伸出大拇指：牛，树蛋哥你真牛，够爷们儿！

尚树蛋说：你也得牛点，虽然是给人家打工，也别低三下四的，要挺起腰杆儿，说话硬气点，办事咔嚓点，别让人家瞧不起！

三夯说：树蛋哥说得对，向你学习，你是咱尚庄爷儿们的榜样！

尚树蛋说：三夯你有这个想法和志向我觉得还是不错的，但还是得跟你强调一下，你在外打工不仅是你一个人的事，是代表咱整个尚庄，代表咱尚庄的风貌，所以一举一动你要严格要求自己，别给咱尚庄丢脸。比方说，你要讲究点，义气点，别抠抠搜搜、蝇营狗苟的，啥事干在前面，别光想着占便宜。吃点亏不要紧，吃亏是福，这是老人们说的。

尚树蛋使用了"老人们说的"这个词，他觉得很有力度，因为在他的记忆中，"老人们说的"都是经典和名言，饱含着人生经验，具有天然的权威性。

在一座高大的城门楼下临街北面，是一栋三开间的街面房子。胡宫说，这是一个税务机关。

尚树蛋说：你们大宋朝也有税务局呀？也有国税局和地税局吗？

胡宫说：不收税这么大个国家拿什么养活？你们有国税局和地税局，大宋朝的税收也分为两种，其中一种是过税，就是过路税。商人运送货物到京师，一般都要通行证，在出发地点由当地的税务机关在通行证明上依次填写好货物名称、等级、数量和应税、减税、免税等情况，填写清楚了的交税 20 钱，没有通行证的交税 75 钱，这叫过税。住税是指开店营业的交易税。汴梁每个城门都要设监门管，负责督促税管征税，不许偷漏，过城门交税是我们大宋朝的一贯制度，你看税官们正忙着呢！

尚树蛋往里面一看，只见屋中央一个穿官服的人正在据案办公，他背后是一个板壁，上面写着《商税则例》的文书，密密麻麻很多条，看上去十分详细。税官所据的桌子旁边，有一个税吏正弯腰曲臂，与税务官商量着事情。敞厅右边房中放着一杆大秤和秤砣，很显然是称货物用的。左边房中另有一名税吏也在办公，门前放着一堆打着包的货物。一人手拿纸笔，一边登记，一边计算。旁边像是一位货主手指货物对税吏诉说，税吏在和他争辩，因为人声嘈杂，也不知道他们在说什么，还有一个人帮腔。

胡宫说：那是在为货物争吵呢。在这里，货主和税吏经常争吵，货物重了轻了，收税多了少了，争执是免不了的。很大程度上是税吏的横征暴敛，对货主蛮横挑剔，货主其实是很不容易的，大老远地贩货来，路上辛苦不说，得经过多少道关口啊！官府的苛捐杂税也多，老百姓，难哪！

尚树蛋说：胡宫你还挺知民心的，你们朝廷里不这样认为吧！

胡宫说：有的朝官也是挺为民着想的，其实是为大宋的存亡担忧。因为每年这收税惹出过不少麻烦，有时竟引起反抗和暴动，老百姓揭竿而起，聚众山林，和朝廷作对，税务局被抢、被烧的事时有发生，对于这种事，那些有良知的朝官怎不忧心忡忡？

尚树蛋说：恐怕事不关己高高挂起看热闹的人不在少数。你看那位？

说到这儿，尚树蛋用手指了指税务局对面一个看热闹的人，那人正倒背着手，漫不经心地看着下面这一幕。

胡宫道：这不关他的事，他不就看热闹？你们不是有句话，看热闹不怕乱子大吗？这人是在对西夏的战事中战死的，心存怨怒，所以才这个样子。

尚树蛋道：我说胡宫，你们大宋号称强盛，怎么对付不了一个小小的西夏？

胡宫道：说来话长，原因也一下子说不清楚，你是宋史专家，你应该知道。

尚树蛋道：当然是知道一些。西夏不就是党项人建立的一个割据政权吗？党项首领叫李继迁，经常侵犯宋朝边境，宋廷虽多次出兵，但始终没有把他消灭。赵恒继位后对李继迁采取妥协退让政策，封他官职，但李继迁并没有停止侵掠，还攻陷了灵州，并设置官职。他死后他儿子李德明继承了他的职位，向宋朝称臣，被宋封为西平王。李德明在位三十年，每年向宋朝进贡，宋朝也给他一些赏赐，基本上相安无事。到他儿子李元昊时就不一样了，他不再想向宋朝称臣纳贡，而是脱离了宋朝，建立了西夏，并带兵犯边，成为宋朝心腹之患。战争持续多年，遗憾的是你们堂堂大宋久战久败，硬是没办法制服它。

胡宫说：是啊，大宋之大仅人多地大而已，但战斗力太小了，军中缺少精兵强将，残兵败将倒是不少。刚才咱们说的那一位，就是一位败将，他叫任福。

尚树蛋道：啊，是任福啊，我知道他，不就是让一群鸽子打败了的那个任福吗？好水川一战，李元昊刚一交战就假装西逃，引诱任福猛追，李元昊则在好水川集中了十万大军设下埋伏，令人把一百多只鸽子装在泥盒子里，布置在宋军的必经之路旁。任福到来后，令人打开泥盒，一百多只鸽子飞上宋军上空，李元昊见到空中的鸽子，令伏兵一齐杀出，根据鸽子飞起的位置发起猛烈的进攻，宋军被打的落花流水，任福身中十余箭，战死沙场。

胡宫道：这个鸽子之战是宋与西夏的战争中一次大败仗，损失太惨了，也够可笑的了，这次惨败是因为任福不听指挥，盲目追击，中了西夏的奸计，任福罪不容诛，即便不战死也得杀头，可以这么说吧，这一战是他的耻辱，是他作为将领无能，他岂不是又气又愧、怨恨交加？他把这种情绪和心态带到这里，他能对这里的一切有热情吗？

尚树蛋道：是啊，可以理解。还是那句话，你们大宋的军力太弱了，良将太少了。

胡宫很惭愧，无言以对。为避免尴尬，把话题又拉回税务局。尚树蛋看税务局里缴税的货主衣着打扮有点新奇，便问：这货主都是哪儿的，好像不是你们大宋朝人！

胡宫说：西夏人、党项人还有更远的交趾国的。宋与这些地方虽战事不断，但民间商业往来还没被阻隔，好像国家是一回事，买卖人做买卖是另一回事。

尚树蛋说：是啊，商人重利，往往不关心国事。爱国的商人很少。战国时晋国商人弦高在贩卖牛皮的路上遇到秦国大军正去攻打晋国，用巧计劝退了秦军，留下爱国美名。不过，像弦高这样的爱国商人太少了。

胡宫似有同感，点了点头。

尚树蛋道：说到爱国，还得是军人，军人是用鲜血和生命爱国，是用生命保卫国家，所以我说，军人是最爱国的。前面说的那个任福虽然是败军之将，但也是爱国的，起码他搭上了性命是为了国家嘛！当然了，要是能打胜仗更好了。在你们宋军中有个叫狄青的将领就很有名吧？

胡宫说：你想见他吗？我给你找找！

尚树蛋直纳闷：有那么容易？

胡宫无所谓地一笑：容易。我不是跟你说了吗，这汴梁城内帝王将相有的是，我随叫随到！

一个骑马人迎面走来，胡宫主动上前打招呼：狄将军进城啊？

骑马人道：进城闲逛。我们军人都是因战争而生的，没了仗打，就成闲人喽！

骑马人忽然发现了尚树蛋，就问：来客人了？

胡宫说：是个贵客，皇帝召见的。

骑马人翻身下了马，拱手道：原来是贵客呀，欢迎欢迎！我咋没听你说过？

胡宫道：啊，他还没到咱们队伍里来呢。

尚树蛋身上一阵发冷。因为他猛然记起，这胡宫都900岁了，他早已是鬼魂世界中的人了，难道我要入他们这个世界了？他在自己的手臂上使劲掐了一下，感觉到了疼，这才放心了。便主动自我介绍：我是尚庄人，叫尚树蛋。

狄青"啊、啊"了两声，似乎不知道尚庄在哪州哪府，尚树蛋是何等人士。

对于狄青这一脸漠然，尚树蛋并不在意，他一本正经地问：早知道将军是大宋名将，说你平生大战20多次，打仗时常戴青铜面具，看上去恍若鬼神，西夏人常被吓得望风而逃。我们教科书上有一篇课文就是"狄青夜袭昆仑关"，说你英勇善战，用兵如神，请问，你是怎么夺取昆仑关的？

狄青顿时来了精神，昂首挺胸起来，神气活现地说：昆仑关并非雄关险隘，西夏也非强敌，区区小胜，不足道也！

胡宫趁机恭维：狄将军一向很低调，在我们那里功高而不骄是出了名的，从太祖皇帝到徽宗皇帝都认可他，大家都仰慕他的为人！名士而不以名士自居，这才是真名士！

狄青道：过奖了，过奖了。我不过一介武夫，名什么士，范老范仲淹那才叫名士，是他教导我"为将不知古今之事，不过是一介匹夫"，从此我才开始读书学文化，才知道了一些治国平天下的道理。更重要的是皇上的器重，当初我在西北军中脸上被刺了字，成为抹不去的耻辱，可皇帝陛下却不以门第资格论人，破格任命我为大将，我怎能不奋勇作战报效国家？

尚树蛋道：你思想认识水平挺高。思想是统率一切的，怨不得你能打胜仗呢！

狄青道：谢谢先生鼓励。

尚树蛋说：昆仑关是怎样一道关，和昆仑山有联系吗？

狄青晃了晃头：和昆仑山是两码子事。和函谷关、山海关等雄关更是不可相提并论，就是一道关口罢了。在广西，守卫此关的是一个名叫侬智高的广西土著豪强。先前他受到了交趾国的进攻，请求宋朝支援，宋朝没答应他，他就一怒之下自立为王，建立了所谓"南天国"，公然与朝廷对抗，还发兵攻陷了邕州，继而又进围广州，皇帝派附近兵马去围剿，但天下承平日久，将弱兵疲，根本打不了仗，交战即败，对侬智高徒叹奈何。侬智高更加不把我大宋放在眼里，得寸进尺提出以当节度使为条件和宋朝讲和，这时我刚刚被任命为枢密副使，就上书请求前往平定侬智高，获得了朝廷允许。当时，交趾国表示愿意出兵帮助宋朝平叛，我坚决反对，我堂堂大宋王朝，怎能求助于蛮夷小国？

尚树蛋说：将军说得对。交趾国算什么东西，向他借兵不是屈尊了吗？交趾国本来就对宋朝存有野心，让他们来帮大宋平叛，这不是引狼入室吗？我看你们宋朝有骨气的人还是有的啊，可怎么最后还叫金人给灭了呢？

狄青说：这是后事，我管不了那么多。反正我把这侬智高平了就算完成任务了。说起来这一仗也不是那么好打的，主要是那些地方军不好管，他们各自为战，不听指挥，妄自行动，险些坏了大事。后来我当众杀了一个不听号令的，这才算镇住了。紧接着，我命令全军安营扎寨，全军休息10天过上元节，并放出风去，麻痹敌人，等敌人放松了警惕，我就趁雨夜悄悄开到昆仑关附近。

尚树蛋说：将军这是突袭，这一招儿历来很见效。

狄青说：对。突袭贵在虚虚实实，虚实不定。以虚掩实，实而似虚，虚而似实，声东击西。我号令全军休息，实则是备战，等敌人放松了戒备，我则突然一击，并布置好兵力，两翼夹击，还有一路在后面堵截。我的主要兵力是我带领的异族骑兵，我训导多年，久经沙场，英勇善战，一战就打败了侬智高。侬智高也是太轻敌了，因为他曾打败过宋军，以为此宋军同于彼宋军，岂不知我的异族骑兵是无敌于天下的！

尚树蛋说：事情怕就怕认真二字。你打了一个有准备之仗，而侬智高放松了准备，所以，你突然一击，大胜无疑。

狄青说：破了昆仑关，我又乘胜追击，侬智高逃到了大理国，后来死在那里，这次平叛就宣告成功了。

尚树蛋说：听说后来朝廷还向大理国索要侬智高的首级，割下来献于京师，你说这扯啥淡呢，人死了来能耐了，当初叫人家打得大败，能耐哪去了？

狄青慌张地说：勿议论朝政，勿议论朝政……

尚树蛋道：你这大将军原来这么怕朝廷啊！

这时尚树蛋发现狄青突然不见了踪影，大喊：狄大将军！狄大将军！

24

你是我老爷爷、太爷爷、祖爷爷、滴里嘟噜爷爷。

胡宫近前道：我说树蛋你别喊了，喊他也回不来，我不是跟你说了，咱们不是一界的，你是人，我们是魂，不是有魂飞魄散这个词儿吗？魂说飞就飞了，只是你们人飞不了，你们是凡胎啊！

尚树蛋说：那咱们继续往前走。

胡宫说：好吧。

正街上有一支骆驼队正在穿过城门，这城门挺拔宏丽，气魄非凡，高大的城墙有几十级台阶，城上建楼，也有十几级台阶，城楼屋檐有多层斗拱，正面五开间，中间一间大门紧闭着，两边各有长方形花格窗子，都紧闭着，只有侧面三开间的中门开着，远远望去可以看到里面有一面鼓放在鼓架子上，像是报警用的鼓楼，尚树蛋记得，古时一般城市都有钟鼓楼，他想这也许是鼓楼吧。

胡宫告诉他，这不是鼓楼，是城门。汴梁城有多座城门，有的是水门，跨河而建，有铁裹窗门，晚上像闸一样放下来，垂下水面，两岸各有门通人行道，出拐子门。有的是陆路城门，这座城门就是陆路通行的门，是汴梁城的西门，是交通要道。汴梁有多座桥。有的桥建在穿城而过的汴河上，汴河上有三座木结构的拱桥，分别是虹桥、上土桥、下土桥，城门外城有桥十二座，内城有桥十二座。

尚树蛋说：我研究宋史多年，其间也对汴梁古都进行过研究，但还是搞不太清楚，今天听你这一讲，算是有了些感性的了解。看起来没白让你带路，你这个向导还是挺合格的。

胡宫说：我说尚树蛋啊尚树蛋，一会儿不修理你你就不知自己是干啥的了。你忘了，我是你祖宗的祖宗吗，这就是说你是我孙子的孙子，是滴里嘟噜拉孙儿！

尚树蛋大悟，愧疚地说：你是我的老爷爷、太爷爷、祖爷爷、滴里嘟噜爷爷，我说错了，不该叫你向导，你只不过干个向导的活儿罢了。

胡宫笑道：那不还是向导吗？好狡黠的尚树蛋！

也罢，谁叫我不远万里地去召你呢！

尚树蛋道：你说什么，不远万里？尚庄到汴梁有万里远吗？

胡宫又是一笑，笑得尚树蛋身上直发冷：我说尚树蛋啊尚树蛋，我不是告诉你了吗，我们是两界人，一个阴界，一个阳界，这两界是天地之隔，你说有多远？万里之遥都说少了！

尚树蛋嘿嘿一笑：可不是，我忘了，老鼻子远了，到了你们那一界就……

尚树蛋没说出那个"死"字，他不愿意说出来，他不愿意死，他还没娶媳妇呢！他还没享够人间的欢乐呢，阴界虽然有那么多帝王将相，才子佳人，但都飘飘忽忽地无定所，没意思。

尚树蛋想的是他心之所思，是真的。他想有个家。这么多年出来进去都是他一个人，一个人吃饱了全家不饿，灶王爷绑在大腿上，冷屋小炕孤苦伶仃，太没有家的温暖了。想着想着，禁不住哼唱起一首歌：我想有个家，一个不需要很大的地方，在我疲倦的时候，我会想到它……

胡宫说：唱什么呢？尚树蛋，鬼哭狼嚎的？旋即又觉得说了个讳字，便改口说：吱哇乱叫的！

尚树蛋心中暗笑，说：原来你们也忌讳这个"鬼"字啊，有什么可忌讳的，鬼就是鬼嘛，其实鬼和人没啥大区别，人之于鬼叫人，鬼之于人叫鬼，相对而言罢了。人和鬼各有其存在的理由，只不过人在比较现实的现实中生存，鬼在比较虚无的境况中存在，都没啥可自卑的，存在就是真理，人和鬼都完全可以挺直腰身说：我是人！或者，我是鬼！不必自惭形秽，不必无地自容！人早晚要变成鬼，鬼的前世也都是人，从根本上说，我们都是同类，你有过当人时的高贵，也有过现在做鬼的卑微，我虽然是尚庄爷儿们，以后也会变成尚庄的鬼，还不如你这宫廷的鬼呢。所以我说，你们鬼就应该大大方方地说鬼话，别硬装着说人话，因为说也说不像，倒别扭。什么吱哇乱叫，这是明显的用词不当嘛，吱哇乱叫是叫，不能用来形容唱，只有用鬼哭狼嚎形容唱比较正确，说明唱得不好听。你说对吗，鬼！

在尚树蛋说这番话时胡宫一直耷拉着脑袋，像是受训，原先的趾高气扬的架势已荡然无存，他觉得尚树蛋说得对，谁比谁高明啊，谁也不必自卑，又埋怨起自己来：有什么牛的，你不就是一个鬼吗？顶多是一个在鬼界比较高贵的宫廷鬼，其实对人而言都是一样的鬼，无所谓高低贵贱之分。还硬冲人家的祖宗的祖宗呢，越老的鬼越狰狞，越让人怕和恨，干脆老老实实地做鬼得了。

想到这里，胡宫惭愧地对尚树蛋说：你说得对，想不到你能出此高论，先前我错了，我不该对你称长辈，我就是个鬼，你就是个人，咱谁也别看不起谁，你说得对，从某种程度上说，咱都是同类，我的前世也是人，你也早晚会变成鬼，咱俩就平等相待吧，就以兄弟相称，从今后你就叫我老胡，我呢，就叫你老蛋，你看咋样？

尚树蛋说：倒是可以平等相待，但你不能叫我老蛋，容易产生误解，乍一听，人家还以为是京剧里的"老旦"呢！不恰当，不好听！

胡宫很为难：那怎么称呼你呢？

尚树蛋想了想说：那就叫我尚爷儿们吧！

胡宫说：你想占我便宜？让我叫你爷？

尚树蛋说：你一个鬼，我占你便宜干啥？你爷爷不还是鬼吗？有啥高贵的吗？爷儿们是男性的称谓，不是爷爷的意思，你这鬼真是听不懂人话，不可同日而语！

胡宫又不懂了：什么叫同日而语？

尚树蛋说：就是在一起说话嘛！

胡宫说：那好吧，我和你同日而语，咱俩在一起说话，和你说话沾点人气，对我有好处，说不定还能托生成人，我高兴。行，就叫你树蛋吧，你就叫我老胡，把宫字去了，这样亲切些。

尚树蛋说：好，就这么定了，老胡，咱走着！

这时，尚树蛋看到在走出城门的骆驼队大都驮载着很多东西，像是都有几百斤重。尚树蛋第一次见到这么大的骆驼队，也第一次见到这么高大、这么有力气的骆驼，他心里暗自琢磨，这骆驼真有劲啊，比尚庄的马牛驴都有劲，还是养骆驼合适，等回家也养两头骆驼。但又一想，不行，这骆驼一定特能吃，一天得喂多少东西啊，不上算！

他对一个牵骆驼的人也很感新奇。那人长相挺特别，颧骨突出，眼窝深陷，高翘的鼻梁，厚重的嘴唇，络腮胡子，个子也比较高大。因为这人长相特别，所以在人群中很突出。他纳闷地问老胡：这是哪里的人，干什么的？

老胡说：这是胡人，做买卖的胡人。汴梁城是<u>丝绸之路</u>必经之地，<u>丝绸之路</u>上经常有经商的胡人来往，骆驼是他们重要的交通工具，他们的驼队驮载着珍稀物品如香料、药材、金银器、玻璃器皿、珍禽异兽等，他们从遥远的地方来到中原，进行贸易，和中原人互通有无，还是很受欢迎的。长安城东西门两市和汴梁城南北两市是胡商集中的地方，平时这汴梁街上经常碰到胡人，他们说话咱听不懂，但人还挺客气。今天咱就看到这么一个，也算让你长见识了。

老胡说：走着！

25

鬼剃头就不长头发了，这可不行。

　　城楼登道大门旁有个理发店。这理发店很简易，只搭了个凉棚。凉棚下一个理发工正给一个顾客刮脸修面。

　　老胡说：这个修面刮脸的人在汴梁很有名，你们叫理发工，我们叫剃工或镊工，用刀剃头或用镊子夹头发？这人叫乔用，四十多岁，没有家室，只有一个七岁的小女孩，他就是靠修面刮脸挣的这点钱生活，虽然收入低微，但过得挺乐呵，有点钱就买酒喝，喝得兴起就又唱又跳，簪花跳舞吹长笛，无忧无虑的，没看见他发愁的时候。他常对人说：要那么多钱干什么，够吃够喝得了！你说人家这日子，衣食自给就满足了，不求什么挣大钱，这不也是挺好吗？所以我说无论是鬼界人界，满足就好，你看这剃工，剃一个头才几个钱，每天不过挣几十钱，但很满足、很乐呵，你说这不是知足者常乐吗？

　　尚树蛋道：阴阳两界都一样，都有这样知足的人，不管咋样，知足就好，知足常乐，就怕不知足，就怕贪得无厌，一门心思挣大钱，当大官，成富翁，得一望十，得十望百，得百望千，得千望万，永无休止，你说累也不累？普通人还好，自己能付辛苦，苦扒苦拽地挣点辛苦钱，不管挣多少是自己挣的，付出和所得成正比，这也算罢了，就是那些想挣大钱却又不想出力的，这就得琢磨歪门邪道了，或者弄虚作假，坑蒙拐骗，或者是有点权力的，就贪污受贿，成百万、成千万地贪，贪的钱没地方放了，就投资买房子，成十成百套房地买，所以就有了房哥、房姐、房大爷、房祖宗之类，钱实在太多了，就裹挟巨款去外国，在那里当个下等公民，靠那点钱提心吊胆地过日子。我说这人啊，真是可怜啊，要那么多钱有啥用，花又花不了，放都没地方放，最后犯了事叫法院给连窝端了，还得蹲监狱，轻则几年、十几年，重则无期、死罪，你说这些人是想不开吧！钱是有用，没钱不行，但花钱要有道，不能花来头不当的钱。俗话说，喝凉酒、花赃钱早晚是病。就是你把钱存到外国了，但跑了和尚跑不了庙，一引渡就把你引渡回来了。你还能比国家能耐呀，你还能逃过老百姓的眼睛呀，现在人肉搜索多厉害，连照片上戴块表都能搜出是什么表，你有几块表，几块表多少钱，进而搜出你的身份，再继续搜，竟搜出一个贪官来！你说这人啊，戴那么多名表干啥，贪那么多钱干啥？最后落了个因钱致祸，多不值得呀！这是想不开！

胡宫说：尚爷儿们你说的对，你真是看得开呀。我老胡跟你看法一样，人在人界都想不开，到了鬼界就都想开了。人到了鬼界，原来在人界的一切就全没了，什么高官厚禄，什么华屋美宅，什么金钱美女，都归零了，连人都成了一缕鬼魂，飘飘忽忽地连个定所都没有，你说前世的这一切有啥用？你的身份再高贵有啥用？我不是跟你说了吗，就在这汴梁街上，帝王将相有的是，想见谁就见谁，都跟咱一样，谁也没啥牛的。尚爷儿们啊，我说你也想开点吧，你其实也挺好的，一个人独来独往，无牵挂，无累赘，一个人吃饱了全家不饿，谁也不用惦记，不用为婴儿的掺假奶粉发愁，不用为孩子的升学就业犯难，不用为孙子的房子费尽心思地筹集钱。你多好啊尚爷儿们，你知足吧！

尚树蛋道：老胡你这是饱汉子不知饿汉子饥呀，你没当过光棍不知道光棍的苦楚。说到这儿，尚树蛋又觉得说错了话，心想，人家是内侍，内侍就是太监，那是纯光棍儿，是不可改变的光棍儿，你这不是揭人家短吗？想到这里，忙改变话题：走，老胡，跟我理个发去，我该理发了！

二人走进那间理发店。那个剃工乔用正给一个人修面，他转过头来很礼貌地问：先生修面呀？先坐下等等。

尚树蛋说：不修面，就是理个发。

胡宫说：一个样的，汴梁就叫修面。

尚树蛋说：那就修吧！

尚树蛋刚坐下，忽然又起来了。因为他忽然想到了尚庄的二秃子。二秃子头上有两块秃疮，没长头发，据说是鬼剃头。想到他的时候尚树蛋警觉了，鬼剃头就不长头发了，这可不行。起身后他不容分说就往棚子外走，乔用一愣，道：先生怎么刚来就走啊？

胡宫也说：你怎么走啊？怕花钱吗？你知道在这汴梁城是不用你花钱的。

那个正修面的人也说：忙什么，既然来了。就修修嘛，这乔用师傅手艺不错。

尚树蛋一听这声音好熟，仔细看那人头上有块皮没长头发，恍然大悟：这不是二秃子吗？二秃子没了好几年了，他怎么到这来了？尚树蛋好生害怕：这不是遇到鬼了吗？

尚树蛋很快又平静下来，心想：这奇什么怪，这汴梁城不就是一个鬼世界吗？这一路走来见到的不都是鬼吗？

这时二秃子转过脸来，和尚树蛋正好闹了个对脸，尚树蛋觉得身上立时起满了鸡皮疙瘩，他口吃地说：你……你是二秃子？

二秃子说：行啊树蛋，你还没忘记我，不错，够义气。先前在尚庄时我就觉得你不错，看来我还真没看错人。

因为看到二秃子还是生前那样子，并不狰狞，尚树蛋这才镇定下来，道：秃哥你在这边过得还好吗？二秃子比尚树蛋大二十来岁，尚树蛋叫他秃哥。

二秃子说：还行。树蛋你的品质不错，不势利眼，不随风倒，不像咱村有些人像棵墙头草一样，哪边风硬往哪边倒，咱们离开这么多年了，你还记得你这个秃哥，不赖，好人啊！

尚树蛋虽然知道他是鬼，是二十多年的鬼，但听了这番夸奖他的话还是觉得心里挺高兴的，于是渐渐地靠近了他，和他唠起嗑来。

二秃子是尚树蛋近邻老茂才家的二小子，原来有一个挺文化的名，叫志章，老茂才给他起这个名是想让他这一生致力于道德文章，争取有些建树。老茂才虽然没什么文化，可他喜欢有文化的人，虽然不会写文章，但喜欢会写文章的人。长辈人都是这样，总想把自己没做到的事，寄托在孩子身上，尚树蛋自己的原名不就是叫尚书袋吗？所以，尚树蛋很理解老茂才的心理，那种和他爹一样望子成龙的心理。

志章后来被叫成了非常俗的二秃子，是因为在他十来岁时有个小伙伴在他头顶上发现有一块鸡蛋大小的地方不长头发，于是就有个嘎小子说，志章被鬼剃头了，成了二秃子了，当时人们都相信有鬼剃头，都认为二秃子被鬼剃头了，所以鬼剃头这个名叫着叫着就叫开了，和尚树蛋一样外号代替了真名。这种事在尚庄并不稀奇，或者说是个普遍情况，男孩子没有没外号的，外号都比真名叫得响，甚至记住了外号忘记了真名，有的直到死人们也不知道他的大名叫什么。尚志章就是这样的。他死时爹娘早死了，人们不知道他的大名叫志章，以至于他亲戚的后人在给他立碑时，不知道在石碑上写什么名，没办法就写了个"尚二"。

这个到死也没留下大名的二秃子命挺苦的，一直是光棍，一辈子连个提亲的也没遇到，原因是他家里太穷了。他爹死得早，是他娘苦扒苦拽地把他拉扯大。家里原来是三间"外面砖"房子，就是土坯房外面贴了一层砖。但就是这样的房子他家也慢慢住不起了，没钱买粮食买菜了，他娘就说，儿啊，咱得吃饭啊，要不就拆间房卖了吧。二秃子说，娘啊娘，俺还想娶个媳妇，给你留个后。三间房拆了一间更没人跟了。他娘说，儿啊，娘怎不想让你娶媳妇呢，我也知道半个房子娶不了媳妇，可有什么办法呢，咱娘俩得活命啊！那年头正是困难时期，没粮食吃，买粮食挺贵，买粮食得用钱。二秃子知道这个道理，所以权衡了一阵子后还是听从了他娘的话，把房子拆了一间。三间房拆了一间后是个啥模样？一间有房顶的房他和她娘住，一间有房顶少了一面墙的中间屋作外屋、当厨房加仓库。拆掉的那一间没了房顶，房梁和檩条、椽子都卖了，外墙的砖也拆下来卖了，那被拆了外墙砖的墙像是被扒了皮的鸡，使这个穷困的家显得更加寒酸破旧。当然，二秃子这就更娶不了媳妇了，更没人提亲了，有人背地里笑话他们：这要是有个媳妇可咋住啊，娘仨住一铺炕，老娘在一边，媳妇在中间！当然，谁也不愿意当这样的在母子中间住的媳妇，但时光却无情地流淌着，不知不觉间，二秃子二十了，三十了，眼看着就过了娶媳妇的年龄，二秃子就这样和他娘艰难度日。他们后来的谋生的办法是卖开水。二秃子在那个没有外墙的外屋搭了一个大灶台，能放十来把白铁水壶。这灶台的一头是个大风箱，二秃子就这样整天呼答呼答地拉风箱，一壶水一壶水地卖。那时村子里缺烧的，人们为了省柴火，不少人常来花二分钱打壶水，吃块饼子嚼根咸菜条子就算是一顿饭。这二分钱、二分钱地积攒，就够二秃子娘俩生活了，他和娘都感到很知足。但没过多久家里发生了变故，二秃子他娘死了，二秃子没钱给娘买棺材就把那间外屋挑了顶，用拆下来的两根檩条给娘作了个棺材。娘下葬那天，二秃子是用一辆木轮小车推着他娘的棺材到坟地的。因为没钱，也没办丧事，自己吱扭吱扭地把娘的棺材推到坟地，自己用锹挖了个坑，把娘埋了。那坟坑挖得很深，他一边挖一边叨咕：娘啊娘，儿子没能耐，就把这坟坑给你挖深点吧，深点暖和！

  二秃子是个孝子，没了娘以后他天天想娘，水也没心思烧了，很快地，烧水的锅台就塌了，水壶也没了，开水铺黄了。二秃子没有了生计，整天到处游逛成了个流浪汉，到哪儿在哪要一口，活得不像个人。虽然不像个人，但他还是个人，还有人的七情六欲，这其中之一就是对女人的欲望。他时常会偷偷地看女人一眼，那目光中闪烁着性的饥渴。有一天他碰到了一个让他不得不多看两眼的女人，多看了两眼之后就产生了一个莫名其妙的念头，这个念头产生之后他就觉得自己被关进了大队部，就是一顿顿暴打打得他死去活来。然后就是挂了个大牌子游街和没完没了地批斗，罪名是耍流氓，摸人家新媳妇。他后来才知道这新媳妇是万万不能摸的，因为这是村长的儿媳妇，谁敢动皇上家的女人，这不是不想活了吗？但二秃子却到底也没承认他摸过人家，因为他一点感觉也没有，要是摸了人家能没感觉吗？所以，他至死不认罪，说，你们打死我把，反正我没摸！

于是就被认定是拒不认罪的坏分子，成了村里批斗会上的常客，牌子上标明的是：顽固不化的坏分子。反复批斗毁灭了他所有的尊严后他就不想活了，于是在一天夜里拿着一瓶敌敌畏到了他娘坟前，跪下来说：娘啊娘，他们打得我实在受不了了，还是在娘身边安全，儿子去找你了！说完就把一瓶敌敌畏仰脖灌下去了。那一年，他才三十四岁。

一晃，尚树蛋也到了这个年龄。尚树蛋一想起这件事就挺难受的。他小时候就常跟他在一起玩过，尽管他不是同龄人。二秃子愿意跟小孩玩，所以尚树蛋一直把他当大哥哥。他很同情二秃子的遭遇，成年后也怕当个像二秃子这样可悲的光棍。值得庆幸的是，尚树蛋后来有人提了亲，避免了成为二秃子的命运。特别是一想到在汴梁城的荣光，更有了一种优越感。想到这里他平添了高人一等的信心，对二秃子说：秃哥，我没忘记你，现在我在汴梁城挺吃得开，办啥事好办，你有啥难处尽管跟我说！

二秃子很感激，说：树蛋有你这句话就行了，我没有什么事麻烦你，你好好活着吧，还是人间好，别着急上这儿来！

这时那个修面的乔用不高兴了，训斥道：你还他妈修不修了，怎么老动弹？

二秃子不服气地站起来，反唇相讥：你骂谁？你不就是会修个面吗，有什么牛的？老子不修了！上辈子受气，这辈子我不受气！

尚树蛋在一边打气说：秃哥你说得对，咱不受这个气！走，我领你另找个地方！

二秃子说：对。树蛋你够哥们，走，咱走！

在尚树蛋和二秃子四目相对时，尚树蛋发现他头上的那块秃皮非常醒目，而且不断地扩大、扩大，很快地扩大到整个头皮，一下子全秃了，真正成了秃子。秃子还在变化，脸上的肉在变化，变少、变没、变得脸上没有了肉，成了骷髅……尚树蛋吓出一身冷汗，禁不住大叫一声：鬼，鬼——

这时胡宫突然出现在他面前，说：叫我吗？怎么还这么叫，不够意思，不知道这是犯讳？

与此同时，理发店、乔用、二秃子都没了影儿。想起刚才那一幕，尚树蛋好后怕，战战兢兢地说：咱……咱上城门楼上看看去！

26

政久有弊，弊而不救，祸乱必至。

　　胡宫只好跟着他，去登城门楼。理发店的棚子紧挨着上城门的台阶。二人拾级而上，登了几十级才到了城门楼上。尚树蛋说真高啊，胡宫也说真高啊，我在汴梁待这么多年还从来没上过城门楼呢。尚树蛋说我更没上过，这么高的城门快接到天了吧，我还是头一次见过呢，可开了眼了，你往下看看，下面那街上的人就像小人国的似的，你再看那税务局那些人，快跟蚂蚁差不多了。胡宫也直吐舌头：这还是借你的光了，要不我哪能登这个城楼呢！

　　尚树蛋趴着城门楼边沿往下看，正店前高大的彩楼欢门，街上密密麻麻、来来往往的行人，车马，轿子，行脚僧，骑马人，卖小吃的摊主，肩挑手提的小贩，串街走巷的游商，依稀可见的"孙好手馒头"、"曹婆婆肉饼"、"鹿家包子"等各种店铺的招牌，飘动的川字形酒帘，推着满车货物的脚夫，各色人等，各种景象，尽收眼底。好像是在欣赏一幅风景画，尚树蛋感到十分惬意。尚庄是一马平川的大平原，没有什么登高处，现在尚树蛋第一次有了居高临下的感觉，他禁不住哼出了范仲淹《岳阳楼记》几句话：登斯楼也，则有心旷神怡，宠辱偕忘，把酒临风，其喜洋洋者矣！

　　尚树蛋很尽兴，感觉非常好，这时只听城门楼上有人说：谁在吟咏我的文章啊?

胡宫对尚树蛋小声说:是参知政事范仲淹先生!

尚树蛋道:原来是大宋朝的著名的思想家、改革家、文学家呀,久仰,久仰!

胡宫趁势向楼上人介绍:这位是尚庄爷儿们尚树蛋先生!

范仲淹好像没听清楚:什么蛋?

胡宫说:你就别管什么蛋了,这么远来了,你还不接见一下呀?

范仲淹道:好,好,欢迎,欢迎,到楼上喝杯茶!

二人随范仲淹上了楼,只见这楼上是一个茶坊,地方不大,装饰却很高雅,不很富丽堂皇,但很有文气,倒像是一个文人雅集之处。屋里只有两张桌子,一张桌子上摆着茶具,一个伙计在伺候着。伙计笑脸相迎:欢迎几位光临!又介绍道:我们茶坊叫三上坊,店面虽小,却是上等档次,又高高在上地建在这城门楼上,到这里来的则是像范参知政事一样的上等贵客,所以,我店是店小名气大,百余年来,我这三上茶坊就是靠这"三上"优势,独一无二地高居于汴梁城中!

范仲淹瞪了他一眼,说:少啰唆,快上茶!

伙计又道:好,上茶。上茶前先报茶,这是我"三上茶坊"的规矩,且听我徐徐道来。茶为人用,为时久远,古人云,"茗饮,与盐铁均"。我朝上下人等饮茶已成生活之必需,茶叶的采撷越发精细,制作越发精良,煮茶也越发讲究。我这三上茶坊,所用茶都是来自特殊的产地,有独特制作工艺,独特的冲泡方法,可以说是"三特"。我三上坊有白叶茶、细叶茶、腊茶、小团茶等名茶七大类,还有京铤、石乳等高级茶叶。来自产茶圣地福建建州的建州茶是专门进献给宫廷的,圣上都喜饮此茶,我朝也略备小许,请问客官,阁下点什么茶?

尚树蛋平时只喝过花茶末,一块钱一两的,伙计报的这些茶别说喝了,都是头一次听说过。所以,他有些发蒙,连说:你们点,你们点……

胡宫道：客随主便，范参政随便点一品吧。

范仲淹道：那就点一品稽茶吧。

伙计说：有，有，请稍等，请稍等。说罢转身备茶去了。

这时候，尚树蛋又想起了那篇著名的《岳阳楼记》，问道：范参政，论官职，你比我大，论年龄，你更比我大，这么着吧，咱啥也不论了，就叫你老范吧，我一直是这么称呼你们汴梁人，你不介意吧。老范，我知道你这一生挺坎坷的，刚出生不久父亲就死了，你母亲孤苦无援改嫁给一个姓朱的山东人，你随继父姓改名住说，在继父家长大，在寺院中读的书。因你甘于清苦，刻苦攻读，加之天资聪慧，26岁就考中了进士，进入仕途，并成为一名博学多才、能诗擅文的学者。你先是当地方官，为官清廉，在百姓中口碑好，朝野闻名。这一点很值得肯定，有句话说，金杯银杯不如老百姓口碑，这话很有道理。当官就得给老百姓办事，不给老百姓办事，光顾往自己兜里搂，总不知满足，非得把自己搂倒完事，你说这样的官算什么官啊！你很清廉这很好，因为你清廉就敢于反对不清廉的官员，成为反贪勇士，这就很好。也正因为你清廉，也就无所忌讳，敢提意见，敢向朝廷谏言。后来你被调任为京官，很可能是上面人事部门看重了你的清廉。但成也萧何败也萧何，你是成也清廉败也清廉。因为你太清廉了就看不惯不清廉的人和不清廉的事，就反对和抨击这些人和事，可这样一来，麻烦来了，那些不清廉的官员反对你，把你往死里整，整得你丢了官，遭了贬，曾经是三起三落，那些支持你的人说你"光荣"，你自嘲为"三光"。你知道"三光"是啥意思吗，我说老范，"三光"是日本鬼子侵略中国时实行的"三光"政策，就是灭绝人性的杀光、抢光、烧光，这些狗日的鬼子简直是魔鬼，你也说自己是"三光"，这又像老胡那样说鬼话了！

尚树蛋说完自己先笑了起来。胡宫说：我说尚树蛋你严肃点好不好，哪能拿政治问题开玩笑呢，说正经的！

尚树蛋也觉得，和人家大名鼎鼎的范仲淹初次见面不该这样造次，就说：

还是叫你范大人吧，我是个土包子，说话粗野土气，大人不见小人怪。再说你这个人吧，还是很难得的，你提出的新政主张非常不错，那篇旨在整顿吏治的《答手诏条陈十事》很有见地，可谓说到了点子上。核心内容是要改变以往官员按固定年限升迁的制度，对官员进行严格考核，按政绩的优劣分别升降；改变恩荫官员冗滥的状况，对官员恩荫子弟为官要严加限制；对地方官的委派，要由中书省和枢密院负责严格选择；改善科举制度，改变专以辞赋取进士、以墨文取进诸科进士的办法，以吸收有经世致用的人才补充官僚队伍。你这十条建议都是切中时弊的嘛！

范仲淹说：当时我们大宋朝建国已经80年了，纲纪制度经日削月侵已经大坏，到了不可不更张以救的程度，我以为，历代之政久皆有弊，弊而不救，祸乱必至，所以我提出了这些建议。可喜的是，这些建议得到一些同辈的支持。

尚树蛋道：你说的是那几个"朋党"吧？

范仲淹道："朋党"一说是吕夷简之辈对我等变革图新大臣的诬陷。他们说我和欧阳修等同人是结成朋党，祸乱国家，其实，真正祸乱国家的是他们。他们因循守旧，结党营私，陷害忠良，是坏天下的祸首。欧阳修曾作《朋党论》力陈己见……

范仲淹说到，忽听一个声音从门外传来：哪位又谈朋党啊？

范仲淹一抬头，大喜道：是欧阳兄，久违久违，快来，快来坐！

欧阳修入座，也不客气，自斟了一杯茶喝了一大口说：还真是渴了，好茶，好茶！诸位谈得好热闹啊，我是不是打扰了？

尚树蛋说：哪里哪里，我们正谈你的《朋党论》呢！

欧阳修有些纳闷：这位先生是……

胡宫忙接上来介绍：是尚树蛋先生，尚庄著名宋史专家，应皇帝陛下之召前来做客的！

欧阳修道：是高客呀，失敬失敬！

范仲淹道：此君识见高远，出语不凡，政见多同于我辈，知音啊！

店伙计正端上茶来，见此情景说：今天真个是高朋满座，实令敝店蓬荜增辉啊！我店素来是谈笑皆鸿儒，往来无白丁，实至名归！高客临敝店，敝店奉名茶，好极，好极！

胡宫对伙计说：你去忙吧，我们在这里叙叙旧。

店伙计应诺，退了出去。

27

你想到了吗，一个光棍汉独守空房是啥滋味？

　　面对两位名人，尚树蛋一时觉得有点局促，迟疑了一会才找到话题，有些尴尬地说：欧阳先生这一向可好？我和范仲淹先生正议论你的《朋党论》呢，写得真好。

　　欧阳修道：怎么，你读过拙著？有何见教？在下愿洗耳恭听。

　　尚树蛋道："见教"这个词儿太重了，先生鼎鼎大名，我本一介草民，哪能承受得了？我对先生只有敬仰和钦佩。欧阳先生的《朋党论》我倒是拜读过的。先生反对用"朋党"的罪名堵塞言路，认为朋党之说古已有之，君子小人都有朋，应该退小人之"伪朋"，用君子之"真朋"，力倡改革弊政，革新朝政，甚至直接指出吕夷简任宰相期间是坏了天下。这看法很正确，很大胆，很犀利。

　　范仲淹接上来说道：欧阳先生之勇气令人钦佩，堪称志同道合的真朋！

　　尚树蛋道：欧阳先生是范先生新政改革的积极支持者，相知已久，你俩可谓同样的贫寒出身，同样的坎坷经历，同样的疾恶如仇、耿直敢言的性格，你俩是"真朋"，恰恰应了那句话：物以类聚，人以群分。欧阳先生也是幼年丧父，你父虽为军事推官，但你四岁时你父就死了，是二叔收留了你们孤儿寡母，是你出身名门、知书达理的母亲用芦荻作笔、沙盘当纸给了你启蒙教育，这就是所谓后人引为美谈的"欧母画荻"。

欧阳修道：是啊，母恩如山，终生难忘。

尚树蛋道："欧母画荻"的故事我小时候就听我们村老官儿讲过，老官儿你知道吗？那可是一个名人，名副其实的尚庄名人，很有学问，天南地北、古今中外的事他知道不少，会讲故事，我小时候知道的好多知识和故事都是从他那里听来的。他肚子里装着好多书，什么《三国》、《水浒》、《大八义》、《小八义》、《五鼠闹东京》都会讲，他能连续不断地讲下去，一部书能讲一两个月。他还会讲名人轶事，二十四史上的东西知道老多了，你娘用芦荻教你写字的故事我就是从老官儿那儿听说的。他说书和讲故事的地方是在他家门口的土台上，土台下是一片临街的空地，每年夏天天一擦黑，尚庄的男女老少就拿着个小凳子汇聚到这里，黑压压地一大片，鸦雀无声地听老官儿说书，听得可来劲了。我小时候可崇拜他了，我从小就崇拜名人。欧阳先生，你知道人们为什么给他叫老官吗？

欧阳修一脸茫然，连连晃头。

尚树蛋道：我告诉你吧，其实老官儿不是官，他活了六十多岁也没沾过官儿的边儿。我听说是这么回事，老官儿的祖上曾出过一位当官的，在山西当县官，他在尚庄有座宅院，一色青砖大瓦房，三进院落，挺气派的。那官员平时在山西，很少回尚庄，这宅院基本上就是空着，有人给他看家护院，墙头上还支着洋炮呢，老尚庄人都把这地方叫官宅。这位官员死了以后，这官宅就渐渐没落了，荒芜了，后人不断分家，分来分去连块砖也没了，到了老官儿这一代，只剩下一块地基。老官儿在官宅的一部分地基上盖了三间土坯房，他在这里住了几十年。虽然官儿没了，官宅没了，但村里人还是叫这地方为官宅，给他叫老官儿。你说怪不怪，这也许就是习惯势力吧？

欧阳修似乎听不懂尚树蛋在叨咕什么，只是出于礼貌没有打断他，机械地频频点头。

尚树蛋见这么大个文豪也愿意听他讲，更来了情绪，继续讲道：老官儿很自豪村里人这么叫他，自己也常常端着个架子，走路晃晃的，说话拿腔作调的，像是真的当过官似的。据说，老官儿年轻时曾在京城一家布匹铺里当过伙计，后来不知怎的辞了工作回乡了。他对这段经历引以为豪，可能像是当过官一样。他说书时经常流露出一些，得意之情溢于言表。有些人常笑话人家，拿他取乐，说，一个老农充什么官呢，不就跟咱一个熊样吗？我很看不起这样的人，笑话人不如人嘛，你说呢，欧阳先生？

欧阳修连说了三个对：对，对，对……

尚树蛋觉得欧阳修说这话时有点勉强，听着不太对劲儿，心想：原来人家欧阳修没听呀，我白说了。但转念一琢磨，也对，人家欧阳先生哪知道这些事啊，他比我大好几百岁呢，差老多代了，于是他觉得太荒唐了，这不是白菜地里耍镰刀，棵捞散（嗑唠散）了吗？

想到这里，他马上言归正传：你看我说着说着就跑偏了，还说你吧。你还是个孝子，你不忘你娘苦心培养，教你成才，这很好。我们尚庄现在也特别提倡孝道，每年都搞"晾被"活动，就是把家里老人的被子在村里广场上晾晒，看看谁家老人的被子既好又干净。这实际上是比谁孝顺，谁家老人的被了脏破，都不敢拿出来晾晒。

还说你吧，你算是没辜负你母亲，母慈子孝嘛。你尽孝和报答母亲的方式比我们村的人高多了，你是用努力读书、争取出人头地的实际行动来报答母爱。小时候你们母子生活很艰苦，但你不为生活所困，从不懈怠。你聪明颖慧，记忆力特强，把时间都放在博览群书上。你读了很多书，积累了很多知识，你在孩童时文笔就很好，文章老成，品味很高，被称为奇才。你从小就倾心于韩愈古文，但为了摆脱贫困，赡养家母，你还是把精力和目标定在科举考试上。但时运不济，你在科举考试中接连受挫，这对你打击很大。后来有个叫胥偃的官员知道了你，他很欣赏你的努力和才华，保举你参加了国子监入学考试。你还真行，没辜负人家的期望，一举取得了头名。这以后，你又参加了礼部考试，又一次夺得第一，成为这一榜的"省元"。接着又得中进士，实现了自己的理想。真是有志者事竟成啊！

欧阳修道：努力和成功相伴，耕耘和收获共生，自古已然，这也是天助我也。

尚树蛋道：你的仕途也是不错的，起初官居伊洛，那里自古以来就是个文人墨客游玩流连的地方，你在那里结识了梅尧臣，成为至交。以你们为代表的洛邑文人集团成为你们大宋诗文革新的骨干，这是很有意义的事。

欧阳修道：先生抬举我了，这都是大家努力的结果。

范仲淹插话道：欧阳修先生特别讲义气。当初朝政积弊日久，腐败严重，官僚机构臃肿，行政效率低下，百姓负担严重，国家财政入不敷出。看到这种情况，我心急如焚，忧国忧民之心日重，于是上书朝廷，提出了一些改革弊政的主张。我曾上书《百官图》，抨击宰相吕夷简之流任用亲信、卖官鬻爵之事，被吕夷简指责为离间君臣、引用朋党，我因此被罢免权知开封府职事。余靖、尹洙等朝臣为我鸣不平，为我申辩，甚至表示以我为朋党为幸。

尚树蛋道：范仲淹先生此话不虚。说心里话，我历来十分景仰欧阳修先生。除了政治勇气，我更崇敬他的文学造诣，欧阳先生可以说是学者型政治家，他对大宋朝的文学发展作出了开创性贡献，不仅提出了系统的理论，而且对诗、词、文、赋都很有研究，创作了大量的、堪称典范的作品，人们都公认欧阳先生是文坛宗师，这评价可够高的了！

欧阳修道：这些评价我倒不怎么在意，我在意的是"六一居士"这个号。你看，我有一万卷藏书，一千卷金石遗文，有琴一张，棋一局，常置酒一壶，我这一翁置于这五物之间岂不乐乎？

尚树蛋道：这确实是一个挺不错的境界，我也很欣赏。你这个六一居士实际上也成了你文学成就的代名词。你的诗词称六一体，有自己独特的风格，感情很细腻，很善于表达人物的内心世界。我背过一些，记得一句：泪眼问花花不语，乱红飞过秋千去。挺伤感的。

欧阳修道：这是那首《蝶恋花》，是写深闺思妇孤寂落寞情怀的，没想到你也感兴趣。

尚树蛋道：是这思妇的伤春情感使我产生了共鸣。常言道，饱汉子不知饿汉子饥。你可能想不到，一个光棍汉独守空房是啥滋味。你怎么不写写光棍汉的苦恼呢？光棍汉和思妇的处境都差不多，都是孤身一人，情感无以寄托，苦闷和孤独的处境都是一样的。欧阳先生你再写一篇光棍汉的苦闷得了，让天下人也了解一下我们这个群体。扯远了，这个话题有点跑偏了，咱再接着说说你的诗词文赋吧，你的《秋声赋》、《醉翁亭记》都是典范，当年我上中学时都会背，朗朗上口。你的文章提倡通俗流畅的表达，反对浮华艰涩的文风，对宋代文风改革贡献很大，被人称作"文章冠天下"，称你为唐宋八大家之一，古文运动的领袖，这是很大的荣誉。你还编写了两部史学著作，一部是和人合编的《新唐书》，另一部是《新五代史》，为后人研究历史提供了宝贵资料。你的书法独成一家，号称欧体，欧体书法被后人争相临摹学习，很受推崇。你还参与编写了一部目录学大书，叫《崇文总目》。你的多方面成就令人景仰，不愧是后代学人的榜样。当年你娘拿荻草秆在地上教你写字，没白用功夫。我不是恭维你，我说的都是实在话。其实，我更喜欢你的散文，特别是政论性散文。要让我来评价，你可以称作学者型政治家，你的《朋党论》着实不错，真朋、假朋论述很精彩，给了吕夷简那厮狠狠一击！

欧阳修道：谢谢尚先生夸奖！

两人正谈着，一个声音从外面传来：几位谈到好热闹啊，你们看本人是不是你们的真朋？

胡宫说：两位先生请看，谁来了？

范仲淹、欧阳修慌忙起身拜迎：是陛下呀，陛下万岁！

尚树蛋道：什么陛下陛上的，都是一界的嘛，同一界无高低贵贱，你不就是赵祯吗？不是也和几位一样是一缕幽魂吗？老赵，你就别端着个架子君临天下了，你要愿意和我们品茗闲聊，你就坐下，要是不肯屈尊，你就回你的金銮殿吧！

赵祯道：先生好面生，口气还这么大，寡人从未见过！

尚树蛋道：赵祯你是没见过，你是鬼，我是人，阴阳相隔，你怎么见过？你不一定知道我，可我知道你，别说是你，你爹，你爷爷，你老爷爷，我都知道，我是尚庄著名的宋史专家，专门研究你们大宋朝的！你是赵恒的儿子，对吧？

赵祯平静了一下，放缓了口气说：看来先生对我家很熟，赵恒是我爹。

尚树蛋道：你爹有五个儿子，都先后夭折了，你是你爹的侍儿李氏所生，被刘皇后抱入宫中，作为自己的儿子。你这个后娘挺霸道，垂帘听政让你当了儿皇帝，直到30岁才即皇位。

赵祯道：看来你真是个专家，对我的家世这么熟悉。

尚树蛋道：那是。我刚刚和胡宫议论过你后娘，这个女人不简单，你爹死时你才11岁，根本处理不了朝政，还多亏了这个垂帘听政的女人，要不是她，你这一朝还不知是个啥模样。但也正是因为这个女人的庇护，你缺少了艰苦的锻炼和处理国事的经历，因此导致了你的软弱无能和不擅理政。庆历新政应该说是你的得意之笔，但这个新政太短命了，前后仅一年。你刚才说你是不是真朋，这得两方面看，从你采纳了范仲淹、欧阳修等人的新政建议并颁发推行这方面来说，你可以归为"真朋"；但当那帮贪官污吏和高官贵勋因利益受损害，发难毁谤新政时，你对新政开始忧虑动摇了，加上这时京东等地发生了兵变起义和蝗旱之灾，你把这些变故和新政联系起来，便失去了推行新政的信心，最后竟决意牺牲革新派，妥协守旧派，各项正在实施的新政先后罢行，从这一点说，你又是"假朋"。范仲淹先生提出的新政在守旧派的反对声中，因为你的动摇和妥协宣告失败，范仲淹先生一再被贬官，其他革新派也先后被撤职、贬官、罢黜，范仲淹先生在由青州改官颍州途中病死，可惜呀！

赵祯道：我也觉得对不起范先生，愧对了他图强报国的一片忠心，所以诏赠其兵部尚书。谥曰文政，还亲自题了碑额，曰"褒贤之碑"，这也是一种补偿吧？

尚树蛋道：你这样做倒是表明了你的一点悔意，也能够使范仲淹先生得到一点身后之名，但也仅仅是如此而已。曾经轰轰烈烈的新政宣告失败了，像范仲淹先生、欧阳修先生这样的饱富才学又锐意进取的人士被贬斥了，你曾经赞同和支持的新政被罢废了，而那些守旧官僚则扬眉吐气，再次主掌朝政，一切又恢复原样，这是你赵祯和你们大宋朝的悲哀。也许你没想到，你虽然可以使用行政手段将范先生和欧阳先生二位贤良贬斥，但你却抹不掉他们的冲天才气。他们的身后名以及对后世的贡献，远胜于你们这些当皇帝的！后世人们也许不知道你这个赵祯，但连小孩子都知道范仲淹、欧阳修，都熟悉他们的一些诗文，甚至背诵如流。一代宗师欧阳修先生诗词文赋俱佳，誉满文坛，其代表作《秋声赋》标志着宋代文赋的成熟，后人学子世代学习，我上中学时就学过这篇课文，欧阳先生借对秋声秋景的描绘渲染，抒发了伤秋叹老的情怀，很有特色。而范仲淹先生的《岳阳楼记》更是千古流传。范先生被你的朝廷三次贬官，但他仍心怀天下，忧国忧民，应好友滕子京之约，登上了重修的岳阳楼，写下了这篇传诵不衰的名篇，我上学时也能背诵，我给你背几句："不以物喜，不以己悲，居庙堂之高则忧其民，处江湖之远则忧其君，是进亦忧，退亦忧，然则何时而乐耶？其必曰：先天下之忧而忧，后天下之乐而乐乎！"你听听，这是何等忧国爱民的情怀啊！后人在范仲淹先生的旧宅旁建造了范文正公祠，门前一大石碑上就是刻的"先忧后乐"四个大字，天平山麓范先生祖坟旁还建有忠烈庙，有清朝乾隆皇帝御笔"高义园"的题碑，后人对范先生的景仰如此之深，你作为范先生的君主何地自容？你惭愧不？

这时，忽听范仲淹长叹道：噫！微斯人，吾谁与归！尚先生知音啊！

尚树蛋道：我是太为你们惋惜了，你们生不逢时，碰上了这么个昏庸皇帝，空抛了一片忠心,你们要是早生三百年,赶上唐太宗李世民当皇帝,你与欧阳先生直言敢谏,深明治道,一定会大有作为!

这时忽听身旁一声长叹,赵祯忽地没有了踪影。

胡宫说:尚先生说话太不留情面了,你说话这么尖刻,皇帝还能在这儿待住吗?

尚树蛋说:他走了也好,咱们喝茶说话更方便。又喊茶坊伙计:来,上茶!另换一品新的,桌子上的都凉了!

茶坊伙计马上换了一道新茶,并给二人斟上一杯。胡宫道:树蛋先生对汴梁的茶坊印象咋样?

尚树蛋道:总体觉得还行,像这一间就不错,可以会会友,聊聊天。

胡宫道:这个茶坊还是很高雅的,可以说是谈笑皆鸿儒,往来无白丁。汴梁的茶坊很多,朱雀门外东西两教坊、潘楼十字大街等地都是茶坊集中的地方,大多茶坊生意清淡,没多少人去,常客都是闲人,到茶坊消磨时光的,一壶茶喝一天,茶坊能挣几个钱?伙计白搭了时间陪着,坊主还得给伙计开工资。有的茶坊为了生意兴隆,吸引茶客,常准备一些果子、点心之类,供茶客们食用。还有专供谈生意的地方,让客人边喝茶边谈生意,提供一个宽松和谐的环境。还有的为了追求利润,雇佣了一些歌妓舞女之类。还有些是变相妓院,辟有包房,有妓女从事卖淫活动,这样的茶坊倒是生意兴隆,但被世人所不齿,官府睁一只眼闭一只眼,明着是不允许,认为有伤风化,实际上是放任自流。

尚树蛋道:你说的这种现象和人间的一些娱乐和服务场所太像了,挂羊头卖狗肉。我在网上经常看到某城某地打黄扫非的消息,许多洗头房、洗脚房之类,都是暗地里从事卖淫嫖娼活动,名义上是洗头洗脚,洗着洗着就洗到别处去了。还有些宾馆也是,名义上是请客人来住宿,但那些陪宿的女人一进房间,这宾馆就变味了。国家三令五申扫黄,并且来真格的,真抓真判刑,但就是管不了,妓女嫖客一批批地抓,问题洗脚房、洗头房、宾馆一批批地关停,但过了一阵子，又恢复原样了。看来人世鬼世一个样，该整不了的还是整不了。

胡宫道：这种事有是有，但也别太夸大，以偏概全，多数还是好的。不过，像这间高雅的茶坊还不多。

尚树蛋道：我说老胡你的思想境界还挺高哪，看问题挺讲究全面性。

胡宫道：全面不敢说，但我就认个实事求是，咱不能瞎说。

尚树蛋道：没想到你觉悟这么高，向你学习。并对茶坊伙计说：老胡夸你们呢，也是变相给你们做广告，你怎么感谢人家老胡？

没人应声。尚树蛋突然发现自己好像是自言自语，再一看四周，空空如也，茶坊也没了，伙计也没了，只剩下一个破旧城楼，两只乌鸦在屋檐上叫：啊——啊——

尚树蛋觉得瘆得慌，对胡宫说：咱还是下去吧，此处不可久留！

胡宫说：好，那咱就下去！

28

藏獒再凶，把它锁在笼子里，看它还有啥能耐！

城门下，一支骆驼队正在缓缓出城，尚树蛋看到，为首的一位骑在骆驼上，头戴毡帽，骆驼脖子上系着铜铃，尚树蛋觉得这人有些不同，便问：这是商人还是官员？怎么既像官又像商？

胡宫道：你的眼力还真不错，他们是回纥国前来进贡的使臣，同时又兼经商。你们阳界叫假公济私或公款出国旅游，就是和这差不多，国家提供骆驼当交通工具，又有外出补助，当捎带着自己做点买卖挣点钱，也可以理解。黄宗羲不是说过么，人各自私也，人各自利也。古往今来，人界鬼界，都是这么回事！

尚树蛋道：难怪说私心难除，根深蒂固啊！来什么运动都是先拿私字开刀，批私斗私，狠斗私字一闪念，但就是这一闪念斗不倒也除不掉。就说那些个贪官吧，他也知道贪污受贿早晚是病，他也不愿身败名裂蹲笆篱子，但很难拒绝钱色诱惑，一次顶过去了，两次顶过去了，第三次就难说。给一万不要，给两万不要，十万百万你要还是不要，你就得掂量掂量了，就得看看上司和周边的同事要没要，如果别人要了你不要，这不是找病吗？不是成心要暴露别人吗？众人皆醉你独醒能行吗？你还想不想当这个官了？只有同流合污，随波逐流，才是生存之道。所以啊，私字就像心里的一条虫，面对诱惑，总是耐不住寂寞的，憋着憋着就拱出来了，拱出来就把人祸害了。

胡宫直叹气：人界鬼界一个样啊，要不贪官污吏怎么除不净呢，就是枪毙了变成鬼，在鬼界还是个贪官，你说咋办？

尚树蛋道：难事。就像我们庄稼人种的小葱，割了一茬还长一茬，只有连根都刨出来，扔在太阳底下暴晒，才能绝根。但只要扔在地上一沾土，它还会长出来，栽不死的葱嘛！用除草剂行，那东西洒在田里，连草都不长。但葱沾了除草剂人就不能吃了，因为人们喜欢生吃葱，有的名人尽管有的是钱，还是爱吃大葱蘸大酱。

胡宫说：照你这样说，这贪腐就没法反了。

尚树蛋道：也有办法。贪是因为有权，有权才能贪，没权贪啥？就像我这样的，就管着我那三间小房，抽旱烟都得自己买，我上哪贪去？所以只要管住权就能制住贪。就像伤人的藏獒，它再凶，给它锁在笼子里，不让它出来，看它还有啥能耐？

胡宫说：有见地。你说得很明白，人界鬼界，都讲得清楚，可你自己怎么弄不明白，三十多岁了连个媳妇也混不上？

这句话说到了尚树蛋的软肋。他就是这么个人，可以口若悬河地谈人论鬼，指点江山，帝王将相、高官显贵都可以被他指指点点，摆弄得服服帖帖，但一落实到他本身就啥能耐也没有了。他经常为此感到自卑，但又没办法。只好自我解嘲：人各有其志，人各有其能，是所谓金无足赤，人无完人嘛，我要是什么都能，我不成神仙了？那这么大个世界还有别人的吗？这样想着，自卑的叹息也就咽回去了。

少顷，胡宫对尚树蛋说：咱走着吧，你看骆驼队都没影儿了。

尚树蛋应了声：走着。忽然又问：我说老胡啊，你说赵祯这个皇帝当的咋样？

胡宫说：我看最好的概括就是他的庙号"仁宗"的"仁"字。赵祯之前，没有一个帝王能做到"仁"或冠以"仁"字，但用这个"仁"字评价赵祯我看挺恰当。仁宗之"仁"首先表现在他对刘皇后的态度上。刘氏是赵祯的养母，他的亲娘是李氏，这你是知道的，当他得知真相后，没对刘氏怎么样，这就挺仁义，要是别的皇帝，还不灭了刘氏九族？

尚树蛋道：京剧《狸猫换太子》，就是这么编的。说是刘妃与内侍郭槐合谋，以剥皮狸猫调换了李宸妃所生的婴儿，然后说李宸妃生下了妖孽，李宸妃随即被打入冷宫。赵恒死后，李妃的生子赵祯继位，包拯奉命受理李妃冤案并为其平反，迎双目失明的李妃还朝，皇太后畏罪自杀。这个剧不是实情，但反映了一种情绪，一种愤然不平的情绪，应该说，这剧是站在赵祯一方说话的，甚至有替他出主意的味道，意思是怎么不报亲母的仇，把刘氏灭掉？但赵祯还是很大度的，他不计刘氏之恶，而是念刘氏养育和辅政之恩，这就很难得呀！

胡宫道：赵祯这样做也与范仲淹有关。当时，有人指斥刘太后垂帘听政，流言纷纷，曾被刘太后贬斥的范仲淹上书劝谏说，太后保佑陛下十余年，应该掩其小过而全其大德。仁宗皇帝感到说得很对，诏告大臣从此不要对此事妄加评论，这事才被压下了。

尚树蛋道：赵祯做了皇帝后，不事奢华，还能约束自己，这也是他仁的表现。更大的仁政表现在他纳谏和用人上。因为他善于纳谏，营造了一个清明的环境，就是这样的环境成就了直言敢谏、铁面无私的包拯。我们称包拯为"包青天"、"包黑子"，是说他铁面无私，六亲不认，敢于秉公办案，正直清明，为民做主，有很多戏剧是演包青天的，人们都愿看。据说包拯死后还成了你们阴间的判官。

胡宫说：这我倒是没听说过。

尚树蛋道：包青天出现在赵祯一朝，说明这个皇帝还是容得下这样的人。赵祯之仁更体现在他的用人上。赵祯一朝出了不少人才，有晏殊、富弼、韩琦、文彦博、曾公亮等相继为相。范仲淹、欧阳修也得到重用。另外，唐宋八大家中，光是赵祯一朝就占了六家，即苏洵、苏轼、苏辙、欧阳修、曾巩、王安石。王安石是在赵祯晚年得到重用的，后来王安石又继续了变法之事，可见赵祯对变法革新还是不死心的。赵祯一朝还出了种世衡、狄青这样的国家栋梁、守边名将，还有柳永这样的怪才。听说柳永这人在歌妓中很有人缘，死后出殡时汴梁城名妓都来为他送葬，半城缟素，一片哀声。总之吧，赵祯这个皇帝还算是一个有点作为的皇帝。比较宽厚仁义，但性格比较文弱温厚，一生充满悲剧色彩。在他30岁执政之前，一直生活在刘太后的阴影下，守业而已，他没有曾祖赵匡胤和祖父赵光义的武功谋略，在对西夏的对峙中没多少建树，但这人还是能够知人善任的，提拔重用了一大批贤臣名士，因而在他一朝名士辈出，也保持了国家的稳定太平。

胡宫道：我觉得仁宗皇帝还有可圈点之处，就是他发扬了对读书人宽容的传统，不兴文字狱，因而像范仲淹、欧阳修这样的人虽屡遭贬斥，但没论罪或处死，铸成大错。他还首次把《论语》、《孟子》、《大学》、《中庸》组合在一起成为一门功课供学生学习，开创了"四书"的先河，但这时候宋王朝的重文轻武问题也就越发严重了。

尚树蛋道：赵祯这人还算做了点事，但在庆历新政这件事上确实表现得不咋样，甚至可用昏庸无能来概括。是他亲自下诏废置了他曾经提倡和支持的新政，罢免了新政的主要倡导者范仲淹的参知政事职务，老范是以"先忧后乐"闻名，但实际上他的仕途经历是"先乐后忧"，最后这位直谏不屈、忧国忧民的仁人志士范仲淹还是忧愤而死。怎么说这个赵祯呢，功过对半分？不好界定。无论怎么说，庆历新政是用他的手扼杀的，唯一值得肯定的是新政直接引发了士大夫的议政风气，以后王安石进行的熙宁变法可以溯源于此。

胡宫说：评说历史是历史学家的事，咱就不动脑筋了，愿咋咋的吧，咱们闲人就做闲人事，闲逛去！

尚树蛋道：说得对。

胡宫和尚树蛋从城楼一侧的台阶下来以后觉得落差很大，像是从空中落到地上。这情景使尚树蛋又想到范仲淹。他说，你说这人就是这样，在位时的业绩和辉煌人们往往不会记得，当年范先生当兴化县令时筑堤修海堰，使农田和盐场生产得到保障，主持应天府学，教授生徒；镇守延州时防备西夏；任开封知府时剔除弊政；等等。但我印象最深的还是那只属于他的那四个字：先忧后乐。这几个字的分量堪比他人生的分量，而这几个字正是他被贬官后的杰作。

　　胡宫深有感触：有道理。

29

我摸过人家，能撒手不管吗？

胡宫忽然发现了什么，用手指了一下城门边：你看那人干啥呢？像小偷，贼眉鼠眼地乱撒摸。

尚树蛋往城门边一瞅，大惊道：那不是喇嘛四吗？

一个人正背向尚树蛋往城里窥视着，尚树蛋大喊了一声：喇嘛四！

这一声唤把那人吓得一激灵，猛地回过头来：是树蛋哥呀，挺长时间没见了！

尚树蛋说：可不是。你小子跑这儿干啥来了？

喇嘛四说：这你知道，找俺嫂子呗，倒老霉了，摊上这么一个嫂子，管也不是，不管也不是。

尚树蛋道：其实这完全在你。你可以管。因为你是他小叔子；你也可以不管，因为人家还有儿子而且有两个儿子，儿子养老妈，天经地义，责无旁贷，你这当小叔子的完全不必把责任担在自己身上，适当照看一下就行了。

喇嘛四说：这倒是。可你知道，老嫂子那两个儿子就是我那两个侄子都是没出息、不争气的，自己的饭碗都成问题，怎么管他娘？他们一没能力，二没实力，这娘三个只好就自顾自了。他们那个娘又是精神不好，整天往外跑，经常要出动好多人到处找她，这事让村里都头疼，我是他身边唯一的亲人，我不管能行吗？叫人家笑话！

尚树蛋说：这我知道，你嫂子的事你处理得不错，村里人背地里都夸你。说到这，尚树蛋诡秘的一笑说：其实你小子也有自己的小算盘啊！

喇嘛四说：树蛋哥你别揭老底，我这点事你了如指掌。在你眼里，我就是个玻璃人，你一看就透。

尚树蛋说：你哥是个啥人啊，你这点事还能瞒过我？

喇嘛四说：是啊，当明白人不说假话，那就实话告诉你吧，我早就不想了，因为她连碰都不叫我碰，一碰就要喊叫，就要拼命，他又不是什么金枝玉叶，还有那么两个不争气的儿子，还得给他们盖房子娶媳妇，累死我啊？

尚树蛋道：她不是过继给了你一个儿子吗？

喇嘛四道：那倒是，这两年我不就是给他忙活房子了吗？累苦了我！

尚树蛋道：苦是苦了点，但捡个儿子也该知足了。

喇嘛四说：是啊，不管怎么说有后了。

喇嘛四的这点事在尚庄差不多已是尽人皆知。关于他和他嫂子、他哥喇嘛二和他嫂子的故事早已成为人们茶余饭后的谈资。

喇嘛四哥儿四个。依次叫大喇嘛、二喇嘛、三喇嘛、四喇嘛或者把数字放后面。当初他们的爹给他们起这个名字时不是因为他们信奉喇嘛教，而是因为尚庄人把磕碜、脏叫喇嘛。这四个孩子小时候都挺脏的，整天鼻涕邋邋的，衣袖子上抹的都是鼻涕渣，长大了不抹鼻涕了，但小名却留下来，大名却被遗忘了。这四个喇嘛就是老大还有点出息，年轻时考了个工作，很早就离开尚庄到外面工作了，老三也不在尚庄，在别村找了个媳妇，是个倒插门，也不在尚庄，在尚庄的就是老二和老四。喇嘛四寻找的那个嫂子便是二嫂子。这个二嫂子比他哥年轻十多岁，人也比他二哥长得好，但她的出身不好。所谓出身不好就是穷，比喇嘛二家还穷。这个二嫂子叫山妹子，这个名字在她们那个地方叫的人很多，女孩子们很多都叫这个名。山妹子家在云南，云南叫彩云之南，那个旅游的地方，可山丫的家虽在云南，却不是什么旅游的地方，而是云南一个穷山沟，山穷水也穷，没有旅游价值，所以山妹子家穷得不行，穷到那里的女子都往外跑，都以为外面的世界很精彩，到外面去找对象，但跑出来后就都无奈了。他们多半是被拐卖（说好听话是介绍对象）到山沟外面去的，但到了外面就后悔了，因为外面的世界并不像她们想象的那么精彩，甚至是还不如他们家乡。可世上没有后悔药，后悔不行，因为家里拿了人家的钱，被买来后就生米做成了熟饭。有的后悔了想跑回家，可没钱买车票，有的还被看起来，甚至是锁起来，想跑都跑不了，没办法就将就吧，一天两天一年两年地过起日子来，慢慢地就成为事实，就说起了尚庄话，成了尚庄人。

喇嘛四他嫂子山妹子就属于这一种。说起来这两口子生活得还算和谐，买（应该说是娶）过来时没打没骂没关着锁着，山妹子也没要死要活地往外跑，特别是以旺盛的生育能力一口气生了两个儿子后，就彻底地塌下心来。这主要是因为喇嘛二对他这个媳妇好，有什么好吃的都先给媳妇吃，对着媳妇端着捧着的当回事，这样，虽然在年龄上和长相上不如意，可能够叫人心里暖暖的，这是山妹子最满足的地方。因为山妹子家里穷不说，父亲脾气还特别不好，动不动就打骂她和弟弟们，山妹子在家得不到温暖，所以到尚庄一遇到喇嘛二的温暖就很惬意，山妹子稍有不悦的是喇嘛二给她改了名。喇嘛二说，我们村女的没有叫这个的，如果别人都这么叫，就像是占便宜似的，叫的人就都是你哥了。我们村管女孩子叫丫头，不叫妹子，干脆你就改名叫丫头吧，你那名的三个字也不都扔掉，留一个山字，就叫山丫吧。山妹子答应了，心想，不过就是个名吗，叫什么都行，就这么着，山丫就叫起来了。喇嘛二虽然没多少能耐，但在村里也有个差事：每天骑个摩托到处跑，推销张庆袜子厂的袜子，也能挣点钱，就这么着，这个家还算过得去，那时候家里还有点生气。可好景不长，六年前喇嘛二突然生了病，是癌症，在县医院住院花了不少钱也不见好转，喇嘛二就对他媳妇山丫说，别治了，这病治不好，就别浪费钱了，他媳妇点点头，但仍于心不忍，还是东借西借地往医院送。不知怎么喇嘛二知道了，心想，这不是白浪费钱吗？我死了还要给家里拉一大堆账吗？这样，他就下定决心不治了。有一天夜里，他趁医务人员不在，把吊瓶和插在身上的管子都拔了，拒绝了一切治疗。无须说，喇嘛二的病一落千丈，几天就病入膏肓。临死时喇嘛二拉着她四弟喇嘛四说：老四啊，我不行了……我这老婆孩子就交给你了……

喇嘛二说这番话时挺凄惨、挺绝望也很深情，喇嘛四感动得了不得，后来就担负起了他哥的嘱托，照顾起了这孤儿寡母。先前不过是帮着干点活，送点吃的什么的，后来的照顾就不那么容易了，不容易就是喇嘛四觉得他一看见这个年龄比他还小的嫂子心里就有一种异样的感觉，痒痒的像是蠢蠢欲动。后来有一次他真的动了，是动了嫂子的手，轻轻地然后是渐渐重了些地由摸到捏。这下子可不得了，他嫂子山丫腾地一下站起身来，照着喇嘛四的脸就是一巴掌，好响好重的一巴掌。这一巴掌把喇嘛四打醒了，干嘎巴嘴说不出话，像偷食狗一样。跑出去后回头说了这么一句话：嫂子你……你忘恩负义啊……

山丫急了：忘恩负义？你对得起你哥吗？原来你照顾我们娘儿仨是有你自己的打算啊，我告诉你吧，我们虽然穷了点，但人穷志不穷！我还得告诉你，我们娘儿仨不用你照顾了，以后你不许登我这个门儿！

喇嘛四立时傻眼了。以后就真的不敢登这个门。他嫂子家的门是个栅栏门，里面上了锁，一天到晚锁着。喇嘛四叫不开，别人也叫不开。人们从栅栏门外看到她带着孩子玩，后来看到孩子大了，看到她两个儿子先后走出了栅栏门，再后来她也出了这个栅栏门，锁头从里面挪到外面。简陋的房子空了，一家三口人都先后走了。上哪去了呢？大儿子去城里当了保安，二儿子去城里卖苦力，据说是在建筑队当小工。山丫也去了城里，据说是捡破烂儿。娘三个一去三年，后来山丫回来了，两个孩子没回来。山丫回来时很惨，人变得傻乎乎的，疯癫癫的，头发乱七八糟，衣服破旧肮脏。她不和人说话，谁也不理。听她的邻居、唯一能和她交流的老翠说，山丫精神受了刺激，一年前疯癫了。这三年在城里居无定所，经常露宿室外，什么桥洞子、水泥管子都住过。饥一顿饱一顿的多受冻馁之苦。有一天晚上她在桥洞子里遭到了一个陌生人的强暴。那人脏得很，力气出奇地大，她根本反抗不得。这以后她就精神不正常了。想儿子，东奔西跑地找；想喇嘛二，哭天号地地叫。她就是不想喇嘛四。他恨喇嘛四。那天喇嘛四从城里把她找回来并送上两个大馒头、一碗玉米粥时她毫无感激之情，甚至吃完喝完把碗都摔了，还嘿嘿地笑。喇嘛四气得够呛，发誓再不管她。但他的誓言数日后就没有了力量。他终于又得管了，而且是必须管。这缘由是因为喇嘛四想过继他哥的一个儿子，因为他是个光棍儿没结过婚也就没有儿子，喇嘛四不想没儿子，不想没后代。他哥的一个儿子同意当他的儿子，但村里说过继儿子也可以，可喇嘛四必须答应三个条件：一是必须立个字据，走正常手续；二是得给这个过继儿子盖房子，准备给过继儿子娶媳妇；三是得把过继儿子的娘就是他嫂子的生活管起来，不能再让她跑了，疯疯癫癫地给尚庄人丢脸。对于这三个条件喇嘛四觉得基本上可以接受，特别是盖房子给过继儿子，尽管花费较大，喇嘛四没怎么为难，他一直在盖房班干活，这些年有些积蓄，加之他有盖房子的手艺，以为并不难。他是这样想的，过日子不就是过的孩子的日子吗？挣多少钱都是为了孩子，现在有了这两个孩子不管怎么说是他哥的骨血，是他们老尚家的根，为了这个儿子，值得。他有点不情愿的是照顾他嫂子。她现在这个疯疯癫癫的样子，咋照顾法？再说她也不让近前啊。可村里有规定，不照顾这个嫂子就不能过继给儿子。就这么着，喇嘛四半情愿半不情愿地接受了这个任务，也就接纳了这个儿子。

尚树蛋问喇嘛四：你到这汴梁城就是找你嫂子吗？

喇嘛四说：可不是，找了好几天了，连个影儿都没找到。这么大个城上哪找去呀？跟你说实话吧树蛋哥，我真是不想找了，可觉得要是不找了对不起我哥，对不起我那过继儿子。更重要的是我心里不安。这你是知道的，我摸过人家,尽管不是因为我摸她才疯了,但毕竟我有摸过她的前科,是我首先刺激了她,我原谅不了自己呀!人家都这个样子了,我能撒手不管吗?那还叫人吗?

尚树蛋向他竖起大拇指:行,喇嘛四你还真行,够咱尚庄的爷儿们!就冲你这一点,我认你这个老弟!这么着吧,看你这么够意思,我也帮你找找,你给我留个手机号,有难处给我发个短信就行。我也托付你点事,在汴梁我遇到了咱村的几个熟人,有丑妮儿、山药两口子,卖肉的二肥和他儿子,给人家挑水的条子、卖卤鸡的小冒儿、鸡爪子和破鞋,老秋家的就是大白妞、给种世衡家打工的三孬,还有老末、尚三,总之凡是在汴梁城中的尚庄人能联系上的,你都想法和他们联系上,记下他们的手机号,有啥事好联系,咱一个村的到哪儿都亲,现在大家到汴梁来了,两眼墨黑,万一遇到个什么事不遭难吗?跟你说吧兄弟,我在这汴梁城里挺横,办啥事差不多都没问题。

说到这里,尚树蛋瞅了一下胡宫:老胡,没问题吧?

胡宫说:没问题,当然没问题。

尚树蛋对喇嘛四说:你嫂子山丫是咱们联系的主要对象。她从尚庄跑出来了是咱尚庄的重大事件,咱挖地三尺都要把她找到,这涉及咱村的荣誉问题,涉及每个村民的脸面问题。咱这么大个村丢了个人还找不到对得起咱们乡领导吗?对得起县领导吗?对得起咱全体尚庄人民吗?记住了喇嘛四,有事你只管给你大哥我打个电话,咱们在汴梁的这些人多联系,你就当个联络员,把这些人都联系起来,建个关系网,这关系网的核心就是我,我们要在汴梁城建立起尚庄的信息中心,你现在就去筹备去!

喇嘛四惊得直吐舌头:树蛋哥你啥时候长的能耐?要是年初你就这么厉害,你肯定就当选为村长了。树蛋哥你放心,不管你在尚庄是不是村长,在汴梁你就是村长,我就是你的通讯员,你有我的电话,有事叫我一声就行,尚庄人有啥事我也及时向你汇报,你就是咱尚庄的信息中心的中心,有什么信息都集中到你这儿!

尚树蛋说：行，你先联系上别人吧。

说完这话，尚树蛋觉得自己变得高大无比，仿佛他就是汴梁城的尚村长了。

正在这时，一阵吵闹声从前面传来。尚树蛋问胡宫：老胡你看看前面干什么呢？胡宫屁颠屁颠地跑了过去，又迈着稳重的步子一步一步地走了回来，向尚树蛋报告：没什么，是两个老娘儿们在打架呢！围着一群人看热闹。

尚树蛋道：看来汴梁也和尚庄一样，大家都爱看热闹，爱围观，这成了一种生活乐趣。看热闹是看别人的热闹，乱子越大越有看头。看来什么地方都是这样，看热闹不怕乱子大啊！

胡宫说：树蛋你说的不对，汴梁城不像你说的那样，特别是女人，还都挺守妇德，几乎没有在街上大吵大闹的。我看这两个女人不是汴梁人，从装束和口音上看，像你们尚庄人。

尚树蛋一听急了：什么，你说什么？我们尚庄人就这么没教养吗？别给你点好脸，你就得瑟上了，竟敢污蔑我们尚庄人！

胡宫道：树蛋你别急，不信你上前看看就知道了。

尚树蛋说：行。眼见为实。

对面路边围着一群人。尚树蛋听声音好熟，上前一看大吃一惊：二女，怎么是你？

那个被唤作二女的停下了厮打，对树蛋说：真是巧了，是树蛋。你怎么不早点来，帮我除除害！

尚树蛋一愣：除什么害！

二女说：你还不知道吗，是我家那个死东西找的小三！这女人太不要脸了，净想方设法勾引我男人，我那个死男人也是闻着点骚味就上，前两年还有点藏掖，现在什么都不顾了，干脆就明着来，真是一点脸都不要了。这不是，让我抓着了，从尚庄一直追到这里，我一路追，一路打，也把那小贱人打毁了，正好你来了，帮我把她……

二女正说着，忽然大吃一惊道：哎呀，光顾跟你说话了，让那小骚货跑了，哎，白追这么远……哎，你这个树蛋是来救她的吧，要不怎么赶这么巧？

尚树蛋说：我说二女你别埋汰我了，我再没能耐也不会捡人家剩的啊。我知道你家老臭不咋的，有了点钱就不知道北了，还找起小三来了，这事哪是咱尚庄人干的。这段时间二女你受了不少冤枉气，我支持你打小三，小三太可气了。小三依仗的就是年轻和容貌，这就是几年的事，花开能有几日红，再美再年轻也有老的时候，再美的女人老了也不美了，小三终究会变成老三、丑三，搅和了别人的家庭，迟早也会被别人抛弃。二女你也不要太生气了，气大伤身，也解决不了什么问题，气出病来只能是自己受罪，所以我说二女你就到此为止吧，反正打也打了，闹也闹了，该收兵就收兵吧……

二女突然打断了尚树蛋的话，气呼呼地说：树蛋你怎么开始说的还挺受听，可说着说着就滚下道了，最后就不着边了。得了得了，你忙你的吧，我还得找那骚货算账去！

尚树蛋忙拉住她：二女你别误解我，我是为你好，我是跟你想办法。咱商量商量看，怎么能把这事办好，办得有成效，要不，你这么东冲西杀地跑，有啥结果呀，汴梁城这么大，小三就是离开你三步远，你就找不到了。再说，这人山人海的，你一个人上哪找去呀？

二女为难地说：那谁能帮忙我？

尚树蛋说：这汴梁城里有不少咱尚庄人，可以和他们联系联系。我有他们的联系电话，等我有时间用短信发给你。

二女大喜道：树蛋你还真有办法，我也是这么想，我在尚庄时就想办一个公司，一个专打小三的公司，不光打我们家的，也承揽业务，据我所知，现在小三太多了，男人有点能耐有点钱的都找小三，似乎有小三才有派。女人有点姿色的也争当小三，小三挣钱啊，和男人干那事，十分八分地就完事了，自己也不搭啥，提上裤子钱就到手了。高工资，高乐趣，谁不愿干！男人找小三不怕花钱，小三找男人就是图的男人的钱。男人喜欢小三，原配最恨小三，男人找小三不怕花钱，原配抓小三也不怕花钱，小三挣男人的钱，我挣原配的钱，我做过市场调查，原配在这方面真舍得花钱，所以这个公司肯定绝对有市场、有干头、有钱挣！

尚树蛋道：好，我支持你，这活儿行，出了气还挣了钱，可以干。不过你要注意了，别把人往死里打，打死人不行，打伤了也不行。另外，刚才说了，单枪匹马不行，得有点规模才能成气候。

二女道：我也正想着这个问题，单枪匹马是不行，得有人，人多力量大。我想成立个公司。

尚树蛋道：抓小三也能成立公司？这可是个新鲜事，二女你真敢想。

二女说：光想不行，得说干就干。我想回去后就着手干。人不是问题，我也就联系了不少人。就是公司的名没考虑好。对了，树蛋你在咱村是个文化人，你给俺公司起个名吧！

尚树蛋说：是应该有个名，可叫什么好呢，除小三公司？不行，杀气太重，小三虽然恨人但还不够死罪。我看叫文一点，叫兴二吧！

二女问：什么意思？

尚树蛋道：没文化了吧，打小三为啥？保护原配嘛，保护原配不就是兴二吗？

二女高兴地直蹦高：哎呀妈呀，这名太好了。可又一想，说：树蛋这个二字不太好，有点二虎吧唧的感觉。

树蛋想了想，说：那就不叫二了，叫……援兴公司吧，"援"是原配的意思，原配兴旺，小三就不打自垮了。

二女又一阵大笑：好，这个好！就叫这个了。树蛋你真有水平，不愧是尚庄的大才子！

树蛋说：尚庄没公司，你这公司就是咱尚庄的第一家公司了。你这个头开得好，说不定能带动一批！

二女说：那咱就是领头羊了，到时候论功行赏咱可是第一功！

说着，甩着一条马尾辫，叽叽嘎嘎地走了，边走边说：树蛋咱再联系啊！

30

鸡爪子是鸡身上长的，鸡爪子叫凤爪，
那鸡当然就是凤了。

和二女讨论完开公司的事，尚树蛋也想到在汴梁城开个公司，开个真正干事的公司。干什么呢，就卖卤煮鸡，开个卤煮鸡公司。卤煮鸡是尚庄的品牌，味道好，名气大，制作方法独特，村民们很喜欢家乡的卤煮鸡，节庆宴饮、请客送礼都少不了这道美食，尚庄有专门做这个的人家，因是传了几代的老字号，十里八村的都有些名声。一提起尚庄的卤煮鸡都用一个"老"字概括：都说是老汤，老字号，老手艺，连城里也认这个，在城里工作的人回家探亲，走时往往都要带两只。他想，这么好的东西这些年来之所以没走出去，就是因为没宣传出去。尚庄封闭，尚庄人保守，不思进取，不知道做买卖，没有赚钱的意识。这也是尚庄人穷的根本原因。尚庄人太老实，太本分，连在集市上卖东西都不知道怎么赚钱，认为乡里乡亲的，应该以诚对诚，别琢磨着占人家便宜。尚树蛋十分了解尚庄人这个性格，他自己也是这个性格。现在，他突然像是换了一个人，觉得，老实本分不应是当代尚庄人的性格，当代尚庄人应该学习做买卖，学会赚钱，甚至不要那么老实本分，要精明一些，甚至可以狡猾一些，学会赚人钱，学会在一买一卖脱贫致富。

这样想了一番后尚树蛋觉得，自己变得开放起来，什么都想干什么都有能干。不知哪里来的勇气，他突然想到要办个公司，办个经营卤煮鸡的公司。是啊，连二女打小三这样的事也想办公司，自己这是正经事就不能办公司吗？他信心满满地认定，肯定能行，他一定要而且一定能把尚庄这个品牌打出去。激情所致，他又趁热打铁地琢磨起公司的名字。这公司叫什么名呢，就叫凤来公司。对！就叫凤来公司。尚庄人给鸡爪子叫凤爪，鸡爪子是鸡身上东西的，鸡爪子叫凤爪，那鸡当然就是凤了。凤来、凤来，既恰当又贴切又上口、好听。尚树蛋想到这，觉得自己太有才了，怎么张口就起出这么好的名呢？谁有这本事呢？

　　恰在这时，喇嘛四来找尚树蛋汇报工作，说是先前尚树蛋交给他的筹备信息公司的事他有些想法，想跟尚树蛋汇报一下。尚树蛋没让他汇报，说，咱不筹备信息公司了，省掉信息收集这个程序，直接办公司！咱现在就马上运作一下，着手办个大公司！

　　喇嘛四伸了伸舌头：办公司？你不是开玩笑吧？

　　尚树蛋说：以我现在的身份，吐口唾沫就是个钉，这正经事还能开玩笑吗？

　　喇嘛四道：办公司可不是闹着玩的，要有地址，要申办各种手续，麻烦透了，得过好多道关，哪一关都得找关系走后门，请客送礼托人情，哪一道关口不叫油[1]也过不去，我听城里一个亲戚说，他们申办了一个公司费老劲了，开张两个月了，打点出去的钱还没收回来呢。

　　尚树蛋笑了笑：喇嘛四啊喇嘛四，我说你这人怎么这么笨呢，你亲戚是谁我是谁，能比吗？你别忘了我现在的身份，大宋朝的高客，帝王将相我随便指使随便训斥，可说是汴梁城的王中之王，你说还有啥事办不到？所以你就听我指挥，啥也别担心！这事我都不用惊动谁，你就放宽心吧。

---

［1］　叫油，方言，指打点。

喇嘛四点头道：那就好，那就好。

尚树蛋又对喇嘛四说：干什么事情咱得讲究个效率，要抓住机遇，时间就是金钱嘛，一万年太久只争朝夕嘛，咱说干就干！你翻翻你的电话号码本，先把我跟你说的人都叫来！

喇嘛四说：树蛋哥你办事真利索，有魄力！好，我马上联系他们！

他随手从兜里拿出一个小破本子，说：正好，自从我嫂子走失后，我就抄了个电话本，把咱村人的电话都记下来了，为的是联系方便，这不是，用上了。

在喇嘛四打电话联系人的过程中，尚树蛋跟胡宫说出了自己要办公司的想法，胡宫连说好好好，你尚树蛋挺有开拓意识，到汴梁城办公司了。

尚树蛋说：老胡你光夸我不行，你得动点真格的，给办点实事。

胡宫说：办什么事你只管说！

尚树蛋道：你是这儿坐地户，又是宫里人，有的是门道儿，那你就给找个地方吧！办公司总得有个工作地点啊！

胡宫说：这行，咱慢慢在这汴梁街上转悠，你看上哪一间店面你就吱声，现成！

尚树蛋说：要是私人的房子已经派上了用场，还行吗？

胡宫说：你是什么人，我是什么人，还办不了这点事？

尚树蛋说：那就好，这个店就成了一半了。你现在就去给我找房子，我现在就召集人。

不长时间，喇嘛四回来说：树蛋哥，真顺当，我都接通了电话，让他们火速到东角子门城门口集合，这地方目标大，都能找到。

大约一刻钟的工夫，众人都先后到齐。丑妮儿、山药两口子、二肥和儿子小冒儿、条子、鸡爪子、老秋家的、三孬、尚三等。大家寒暄了一阵互道问候之后，尚树蛋说：召集大家来是有个事情商量。我比你们来这儿早点，我看你们找活儿挺难的，还受人白眼，甚至像山药一样靠挨打挣点钱，我心里太难受了，咱尚庄人比别人低多少？一点都不低！我们不能让人瞧不起，不能在汴梁城丢人现眼，咱们得争口气，咱自己办公司，再不给别人打工了！咱有的是力气为什么给别人卖力气？咱们都有能耐为什么为别人效劳？这不公平！

二肥说：咱有啥能耐呀，不给人家打工咋办？

尚树蛋道：我说二肥呀二肥，你那出息哪去了？你不是还要在汴梁开肉铺吗？怎么一较真儿就尿裤子了？我跟你说，我要让你挺起腰杆，我要让你长能耐！

二肥疑惑地说：长什么能耐？

尚树蛋说：一会儿你就知道了。我再接着说说我的打算。我想开一家公司，我是当然的公司老总，诸位就是本公司的第一批员工。

众人说：我们能干什么呀，咱又不懂技术，光有一把傻力气。

尚树蛋笑道：我要的就是你们这一把子傻力气。高科技值钱，卖力气也值钱！现在不是前些年了，给体力活的叫卖苦力或臭苦力，出力不挣钱，挣钱不出力。现在变了，力气活儿值钱了，因为人们都想着不出苦力挣大钱，力气活没人干了，力工越来越难找了。大学毕业生虽然一堆一堆的，但都想找个公务员、白领之类的工作，都不愿出力气，他们也没力气，娇生惯养的只知道享受，只想着挣大钱，就是不想吃苦。挣大钱那么容易啊，简直就是异想天开！比较他们，咱就有优势了，咱的优势就是力气，就是不怕苦，就是什么罪都能受！我还得说山药，在挨打公司整天靠挨打挣点钱，每天叫人家打得浑身青一块紫一块的，这样的苦都能吃还有吃不了的苦吗？所以我说咱们的优势不是高科技、能管理，吃苦受累出大力就是咱们的优势，这个优势是城里人不具备的！

尚树蛋这番话像演讲，讲得慷慨激昂，唾沫星子四溅，但二肥他们却没怎么听进去，觉得他是说胡话。尚树蛋似乎觉察到了这一点，便放大了声音道：我说乡亲们呐，你们听我说得在理不？

众人中挺大一部分声音说：有道理，说得对！

也有人小声嘀咕：办啥公司呢？

尚树蛋道：咱一不靠引进外资，二不靠高科技，咱就靠咱这两只手，靠咱村的名牌！

众人疑惑地说：什么名牌？咱村还有名牌吗？

尚树蛋对小冒儿说：小冒儿你说说，咱村有啥名牌？

小冒想了想，说：要说名牌我怕说大话，我家祖辈传下来的卤煮鸡够不够名牌？

尚树蛋哈哈一笑：小冒儿你真聪明，尚庄的名牌就是你家的卤煮鸡嘛！你们的卤煮鸡就是咱尚庄的名牌儿嘛！东西绝对好，就是宣传不够。咱尚庄人太老实，不会包装和造势，不会忽悠。这忽悠可是太厉害了，可以这么说，买卖做得怎样，关键是忽悠得怎样。有个小品不是写这种忽悠的吗，好人可以忽悠瘸了，瘸子可以忽悠瘫了。相同的做法，一般的东西可以忽悠成精品，地沟油可以忽悠成进口油；咱庄稼地里拔棵菜，可以忽悠成纯天然无污染绿色食品；一瓶凉水，一毛钱不值，就说是深山老林里的山泉水，一下子就卖到两元钱；小西红柿晒干了再染上颜色就叫枸杞枣，身价陡增好几倍。咱这尚庄烧鸡难道就不能包装一下？我想好了，完全可以。货好不如名号，我想好了一个漂亮名，就叫凤来卤煮鸡！咱不是把鸡爪子叫凤爪吗？鸡爪子叫凤爪就说明鸡也可以叫凤，尚庄卤煮鸡叫凤来卤煮鸡顺理成章！这名够响亮的吧？咱就这么定了，咱这公司就叫凤来烧鸡有限公司，主打品牌就是小冒儿经营的卤煮鸡，咱再弄个好看的包装，多弄几种，有多个档次，有现煮现卖的原味鸡，有锡纸包装的真空鸡，有豪华版的礼品鸡。总之是有多个样式，适应多种层次需要，每一种要做的像样儿，要节约成本提高效益，每一种都要做出特色。比如豪华版礼品鸡，功夫要下在包装上，要把美观豪华放在首位，精工设计，着重体现豪华二字，外包装要比鸡本身值钱，烧鸡可以是最次的，不臭就行，因为是送礼用的，收礼的一般都不吃这鸡，就看看包装而已。现煮现卖的原味鸡要好好弄，因为买这鸡的都是拿到家里现吃的，牌子响不响主要看这种鸡。总之，这里头学问很大，公司开张后咱再慢慢探讨吧！

众人听罢大惊道：原来树蛋还是个生意人呢，这番话讲的真内行！看来这个公司行，我们听你的，那就分分活儿吧，我们都干什么？

尚树蛋道：既然大伙儿信得着，我就说一下公司的人员安排：我自告奋勇当公司老总，你们没意见吧。

众人说：没意见，你就分配工作吧！

尚树蛋说：好，那我就分配一下。小冒儿家几辈人都是卖卤鸡的，独特的制作手艺是家传的，咱这公司得打他的牌子，可以让他当个副总兼技术总监，咱公事公办。二肥的卖肉行当和卖卤鸡相近，正好他也琢磨着在汴梁开分号呢，就让他干副总监；又问山药：你现在找到满意的工作没有？

山药不好意思地说：不好找，咱没啥手艺，除了种地不会干啥，赵太丞倒是说了，不要着急，找不到合适的就回他那去干保安，可咱不好意思白吃饭，白拿人家的钱。

尚树蛋说：既然这样我看就别找了，到咱公司干吧。山药以前干过挨打的工作，经历的磨难多，脸皮厚，不怕苦，我看就当推销员吧。干推销这活儿得有个韧劲儿，不怕挫折，能缠磨，有不成功不罢休的精神；丑妮儿主要任务是带她那俩孩子，推销卤煮鸡的事给山药搭把手就行了。

鸡爪子和大白妞负责进货，反正你们俩愿意往外跑，那就随便跑吧，吃住行全报销。你们可以尽情地玩，尽情地乐，愿意到哪到哪，不出汴梁就行，愿意咋干咋干，不弄出孩子来就行，有了孩子在汴梁城没法上户口，大人也没法安家，因为你们在尚庄都有家。这些话有些开玩笑的成分，说正经的吧，你们玩是玩，但必须把推销当回事，根据你们的工作效益定工资，实行弹性工资；至于三孬，你体力好，在老种家又学了武，就当个保卫队长吧。咱这公司不大，也得强调安全，你可以雇几个保安，你当保安队长。喇嘛四主要是找你嫂子，但公司的活儿可以照样安排。你可以着手办个养鸡场,建成了你就是场长。公司干起来以后,需要大量的活鸡,光靠到外村收鸡不行,供不上,也没保障,要是进了瘟鸡就更麻烦了,砸了牌子不说,弄不好还得蹲笆篱子。喇嘛四同时还得当我的通讯员,有啥事及时和我沟通。好了,今天就先开这么一个预备会,先把人员初步定个位,开张后咱再一步步来。

大家说:好啊,树蛋想得真周到,干喽!

"干喽"是尚庄土话,意思是"干的来","能干"。这话尚树蛋愿意听,他心里挺痛快,说:既然大家没意见,我就宣布一下:尚庄凤来卤煮鸡有限公司今天成立了!好,会议就开到这里。

31

我给你提供个地方,你们敢用吗?

  尚庄的一群人是在汴梁内城的东角子门集合的,也是从东角子门解散的,他们来也匆匆去也匆匆,来也无踪去也无影,就像这凤来公司,忽忽悠悠地就成立了,人员也初具规模,连尚树蛋本人都觉得挺神奇,在这么大个汴梁城说成立个公司就成立个公司,这得有多大能耐呀!

  想到这里,尚树蛋很有成就感,心里高兴就禁不住哼起京剧来:御街上来了我讨饭的人呐——

  胡宫说:你这是唱的哪一出呢,丧气!

  尚树蛋说:这是跟电视里学来的,是一出黑老包的戏,叫《打龙袍》,这句唱词是李国太唱的,前些时候电视台举办过少年儿童的京剧比赛,有个小孩的唱段里有这么一句,我跟着学会了。

  胡宫说:还恬美呢,一个大人跟小孩学会这么一句还挺得意似的。不过,这一句还真叫你唱着了,你看前面就有个讨饭的人。

  尚树蛋举目望去,只见城门口护城河桥的挡路中间,有个乞丐正坐在地上向行人乞讨。他是个残疾人,像是腿断了。尚树蛋好奇地说:这个要饭的,真会找地方,怎么到这儿要饭来了?

胡宫道：这你还看不出来，这里过的人多嘛。

二人于是谈起了这护城河桥。胡宫告诉他，汴梁的城墙是土筑的，外面砌砖。筑城时就地挖坑取土，城筑好后城外就自然形成了一条河，这河都保留了下来，起到了保护城墙的作用，堪称天然屏障。敌人攻城得先渡河，这就增加了攻城的难度，使守城的兵士能更有力地进行防御，所以叫护城河。城门口护城河上的桥就叫护城河桥。有的是固定的，有的可以吊起来，称吊桥。这座桥就是固定的，可供通行，还是人们观风景的地方呢！

尚树蛋看到这座木板搭的护城河桥正对着城门，很平坦，进出城的人们都从这桥上通过，桥两边有栏杆，很多人趴着栏杆看热闹。但人们只是看热闹，没有人回过头来看看这乞丐。

尚树蛋说：你们汴梁人没有怜悯心，行善的人太少了。

胡宫说：也不是，你看前面不是有人在施舍吗？

尚树蛋看到，在城乡居民来来往往的街衢上有几个乞丐。行人有挑担的，有路过的毫无给点小钱的意思。有两个孩子，十来岁光景，趴在地上无助地向人们伸着小手，几个人任凭乞儿怎么乞求，无动于衷，只是装作没听见的样子，好在有个人有点善心，伸出手给了乞儿一文钱。还有一个乞丐是老妪，有一个过路老者掏出几个铜钱来给了她。

尚树蛋道：你们大宋朝不是挺富有吗，怎么这么多乞丐？

胡宫道：这有什么稀奇？哪朝哪代没乞丐？我们大宋朝是挺富有，但那是表面现象，就像这大街上，熙熙攘攘地挺热闹，挺繁荣，国家像是也很强盛，但内里却是很让人担忧的，可以说是积贫严重，"三冗"成灾。哪三冗呢，就是冗官、冗兵、冗费。从刘太后垂帘听政到真宗皇帝亲政的几十年中，朝廷因循守旧风气严重，官僚机构臃肿，许多机构是有官无职事，人浮于事。科举考试被录取的官员数额巨大，那些科考中名列前茅的人，很快就可升为高官，一般官员只要没什么大差错，三年都可升迁一官。级别较高的官员，都有"恩荫"

子孙亲属为官的特权，级别较低的官员也可以每三年授一子为官，甚至刚出生的小儿都列入官员名册中，这就造成了官员队伍极大地膨胀，仅一个州官员的人数几十年间就增加了五倍以上。听说真宗景德和大中祥符年间文武官员总数近万人，有的一个职位三个人担当。当官就是享乐，当官的多，奢侈享乐的就多，有个大臣就直言不讳地讲，好官不过是多得钱。这话可以说是贪官们的内心表白。为了穷奢极欲地享受，他们贪赃枉法，不择手段地去积聚财富并大搞商业投机，官员中十人九贪，奢侈腐败严重。这些都是朝廷内熟悉情况的鬼友说的，绝对权威。

尚树蛋道：你们鬼界也有鬼友啊？

胡宫道：人界有人友，鬼界当然也有鬼友了！在人界，交友都讲门当户对，身份级别差不多，或者相互都有所求。鬼界不，大家都是一样，都是一缕孤魂，在世间时的身份地位已不存在，所以相处都是平等的，对前世的议论也毫无避讳，什么都可以谈。

尚树蛋道：怨不得你知道这么多。

胡宫道：前面我说的是冗官，我再跟你说说冗兵。冗兵的情况也很严重。大宋朝从太祖时起开始实行募兵养兵政策，雇佣兵人数很多，在灾荒年招募饥民为兵，因而兵员与年俱增。仁宗皇帝时因对西夏战争，军队总数激增至120多万。虽然兵员这么多，但大宋朝的传统都是对武将严密防范，将不专兵，因而，部队纪律松懈，号令不明，平时也缺乏训练，军人素质低下。兵们站不成行，走不成列，根本没个当兵的样子。骑兵徒有其名，披甲上马都不熟练，射出的箭没有力量，一二十步就落地了，你说这还能杀伤敌人吗？将与兵的配合也成问题，打仗时官兵不能照应，号令不能相通，一遇到敌人就败逃。说起来军队中兵员倒是很多，但都不干正事，整天在街市之上游戏打闹，以卖弄技巧和刺绣作画为业，穿衣服和行为举止也都不像军队的样子。军队是干什么的，不就是为了打仗吗，可当兵的都不想打仗，这么多兵却打不了仗，这就是所说的"冗兵"。

尚树蛋道：兵不在多，而在精，古今同理。

胡宫接着说：再说冗费。因为军队人数多，官员多，自然就带来巨大的财政支出。再加上朝廷大兴土木，修建寺观，以及无休止的郊祀、皇宫数千人的奢靡开支等，冗费的情况就十分严重，财政出现大量亏空，出现严重的财政危机和积贫情况。加之边患迭起，边境接连受到外患的困扰，朝廷穷于应付，堂堂大宋却对小小的西夏无可奈何，你说怪也不怪？

尚树蛋道：我研究过古往今来的战争，在我看来，谁能打赢战争不在于兵员多少，而在于兵员的强弱，在具体战役上则取决于谋略的运用。当年晋楚城濮之战、秦晋崤之战不都是如孙子所说的兵行诡道吗？以少胜多的战例更多，前秦王苻坚在淝水之战前以兵力众多自诩，号称投鞭断流，可结果却被西晋打了个落花流水，几十万大军化为乌有。你刚才讲到你们宋朝的军队竟然是些街溜子和绣花作画之徒，骑马射箭都不行，这还能打仗吗？不能打仗算什么军队？难怪你们连个西夏都对付不了，这都是如你所说的"三冗"的结果。大宋朝官员腐败，军队无能，国家软弱贫穷，在这种情况下，百姓哪有好日子过？尽管哪个朝代都有乞讨者，但你们大宋朝恐怕要更严重些。你看这繁华的大街上，竟然频频见到这么多乞讨人，这不是你们大宋朝的悲哀吗？

这时，恰好有一个乞丐拄着一根木棍走上前来，还拉了尚树蛋一下衣襟，尚树蛋以为他是来要钱，生气地说：怎么还动手了，要饭你还拽人家衣服，给人弄脏了衣服你赔得起吗？

谁知，那人不仅没生气，还笑嘻嘻地说：我说树蛋你怎么六亲不认了？说着，就摘掉了破帽子，直面着尚树蛋：树蛋你看我是谁？

尚树蛋恍然大悟：老骚叔，怎么是你？

那人道：怎么不能是我？汴梁这么大就兴你来不兴我来啊？我来汴梁后就听说你混得不错，接触的都是大官名人，我没去找你，怕给你丢磕碜。

这个老骚叔是尚树蛋的一个远亲，平时没什么过往，也很少串门，但尚树蛋是尚庄的消息灵通人士，谁家的大事小情差不多都知道，所以，对老骚家的事还是知道个差不多的。老骚名叫尚春良，是村里有名的福贵人家，是"福"不是"富"，就是儿孙多，现在老骚都有第四代了。尚庄以多子多孙为福，所以村里人都称呼他们为福贵人家。但老骚家却福而不富，反而是越来越穷。这都是叫子孙多闹的。尚庄习俗，儿子娶媳妇都得盖新房，老骚有四个儿子，他这一辈苦扒苦拽地给四个儿子盖了四套房子，娶了四房媳妇，可四房媳妇又生了四个儿子，老骚还得给这四个孙子盖四套房子，要不孙子怎么娶媳妇呢？孙子娶不了媳妇也就不会有重孙子，没有重孙子不就断了后吗？于是，他又开始为孙子张罗着盖房子娶媳妇了。但老骚毕竟老了，干不动了，也不能像年轻人那样出外打工挣钱，只能种着点地。但光靠种地能盖房啊，那叫四套房啊，就是一套房也够呛啊！因此当别人说他有福时，他总是晃着脑袋说，什么大福啊，就是一个遭罪啊，谁遭罪谁知道。前年，老骚的大孙子媳妇又给他生了个重孙子，胖乎乎的大小子，老骚稀罕得没法，整天抱着，甚至把重孙子脱光了放在自己裤裆里，搂在自己的胸口前。这种抱孩子的方法是老一辈尚庄人抱孩子的方法，为的是孩子不冷，但也有一个问题，就是孩子拉屎尿尿经常会拉尿在大人裤子里。现在，很少尚庄人这样抱孩子了，但老骚这一辈还有人沿袭着这样的方法，说是这样好养活。老骚就是。他整天这样抱着他的重孙子，裤子被重孙子尿得骚气熏人，他也因此有了"老骚"这么个外号，老骚不以为然，还觉得很自豪。是啊，这是重孙子，是俺家的宝贝，你们有吗？

重孙子渐渐离开了他的怀抱，会走了，会跑了，上学了不用他抱了，老骚又琢磨起下一步的事来：操持着给重孙子盖房子、娶媳妇。可老骚不得不认识到一个严重的事实：他确实老了，再也没能力盖房子了，至于给重孙子娶媳妇的事他管不了了。

但是，管不了是管不了的事，但不能不管，不管就是不负责任，就是失职，他老骚不能干这样的事。可这么挣钱盖房子呢，他想来想去想到这样一个没办法的办法：当乞丐要饭去！他听说过有人靠在城里要饭挣了一些钱，甚至盖起了小楼房，也想到了乞丐致富这一招，于是就来到了汴梁。

包括尚树蛋在内的尚庄人大都不赞成老骚的这种活法。人这一辈子不容易，干什么这样难为自己呢？儿孙自有儿孙福，一辈子管不了两辈子的事，你还要管三辈子、四辈子的事啊，有能耐、有钱行，你啥也没有干吗和自己过不去呢？你受罪去吧，活该！

基于这样的认识，尚树蛋见到老骚时没搭理他，还气呼呼地说：老骚你怎么到东京汴梁来要饭了，你丢人都丢到汴梁来了？你这是给谁看呢，不知情地以为是家里人虐待你，村里不照顾你，你这不是给尚庄抹黑吗！我奉劝你一句老骚，你赶快离开这里回家吧，不然的话，我叫人把你老底揭出来，叫你无地容身！

老骚想不到尚树蛋这样无情，连说：好、好、好，我走！我走！

尚树蛋望着他的背影又补了一句：别让我再见到你！

这一切胡宫都看在眼里，他还头一次见到尚树蛋这么不讲老乡情面，所以，很是诧异，问尚树蛋：这一路，你一直是好人一个，净帮你的乡亲做事，这人是怎么了，他是你的仇人吗？

尚树蛋说：老胡你别错怪我，我在尚庄没仇人，我是嫌他给我们尚庄丢人。我看不起他，除了他，我谁都愿意帮。对了，你不是要帮我们公司找房子吗？

胡宫说：急吗？

尚树蛋道：是啊，这你是答应了的，有困难吗？

胡宫道：我说过，小事一桩。只是不知你们有没有胆量用。

尚树蛋道：你这是说的哪里话，这与胆量有啥关系？办公司不就是做买卖吗？

胡宫道：我要给你找的地方是我们经常聚会的一个会所，大体上和你们人界的会所一样。这会所的产权归我所有，我说了算。

尚树蛋说：那敢情好。你们鬼界也有会所呀，我们的会所多得很，一个比一个奢华讲究，一个比一个秘密隐蔽。

胡宫道：你说秘密隐蔽我有点不懂。这种地方还要秘密隐蔽吗？

尚树蛋道：难怪说人鬼两界，各行其道，人界这会所的用途看来也和你们鬼界不大相同。你们鬼界的会所可以公开和张扬，我们人界的会所却需要隐蔽和秘密。

胡宫问：为什么要隐蔽？

尚树蛋道：这是因为会所里常常要干一些隐秘的事情。比如说，国家三令五申不许大吃大喝，奢侈浪费，扫除黄、赌、毒，这里就可以，可以敞开去做，没人查，因为太隐秘了，查也查不到，会所外面好几道岗，没等查的人到，会所里的人早就知道了，查的人来了啥也查不到。这就是上有政策，下有对策。你不是不让大吃大喝吗，我躲着你，跟你捉迷藏，你进我退，你退我进，你干没招儿。这会所的建造也是虚外重内，外观很平常，但内部装修却是极尽奢华，在会所里你没有不能干的事，妓女照样找，随意赌和嫖。这里可以说是个藏污纳垢的地方，也可以说是个鬼魅聚集的地方。

胡宫说：尚树蛋你可别污蔑我们鬼界，我们这里可不藏污纳垢。我们的会所里虽然都是鬼，可都是光明正大，不干违法的事，大家聚一聚，消遣一下，如此而已。也不大吃大喝，也不玩女人，可能是前世都吃腻了，玩腻了，看透了，所以无所求也无所欲，只想休闲休闲，图个清静。

尚树蛋道：也许是吧。其实我想，无论人鬼，都是有欲望的，孔夫子讲过食色是人之大欲，我就不信你们鬼界那么清白。

胡宫说：你知道不食人间烟火这句话吗？这话就是对我们说的。既然不食人间烟火，人间认为好的东西我们大都不以为好。觉得没什么好感还追求什么？在我们这里，多美的女人也是一缕魂，多大的财富都是个零。皇帝的财富多不多，富有天下，但到了鬼界还不是跟我们一样，悠悠荡荡地居无定所，没有了高低贵贱之分。好了，咱们人鬼两界有太多的不同，咱就不争论了。我只是想问你一句，我给你提供的这个会所你们敢住吗？

尚树蛋说：你这是说的哪里话，办公司是做买卖，怎么还敢不敢住？

胡宫说：实话告诉你吧，这个宅第当商店绝对可以，足够大，位置也非常好，就是怕你们不敢住，原因是这房子是你们所说的凶宅！

尚树蛋道：凶宅？

胡宫说：这宅子曾归一个台谏官员所有，这台谏官因为直言进谏触犯了朝廷，被满门抄斩。你看见街上这几个人了吧，那是给这官员上坟去呢。台谏官被夷灭了九族，连个祭奠上坟的人都没有了，这几个人是这台谏官的远亲，挺讲义气的。这台谏官被夷灭后，家产充了公，经皇帝恩准，这宅子给我们当了会所。因为那台谏官是冤死的，这里经常有一些莫名其妙的动静，这是你们人界最忌讳的吧，但在我们鬼界却是个好去处，你要不怕，我说了就算了。

尚树蛋道：那敢情好。胡宫你真够意思，我都跟你待这么长时间了，我还怕鬼吗？有了这么个好地方，我们凤来公司一定会兴旺发达。你告诉我这宅子在什么地方？

胡宫说：在汴河街20号，地方挺大，你打听打听，一般人都知道。

尚树蛋说：好，咱说干就干！

32

现在他才真正感到老板到底是个啥。

尚树蛋拿出手机，马上就给喇嘛四打电话：我说老四，咱公司有办公地方了，你马上通知咱们那些人，到汴河街20号集合，按照我的分工，立即上班开业！

喇嘛四那边回电话道：树蛋老总，放心吧，你马上就会看到一个凤来公司出现在汴梁城！

尚树蛋说：好，弄好了请胡宫先生给咱剪彩！

胡宫听得清楚，说道：尚树蛋你还够意思，知恩图报！

尚树蛋道：那当然，尚庄人讲究！

汴河街20号是一座临河建筑。这座建筑的特殊之处是它的一半探入河中，探出部分地基打木桩，上面铺上木板，木板上建有一座楼阁，大门向河开。汴河边上有许多这样的建筑，有的是搭的棚子，有的是盖的房子，多半是临河商店。因为铺面向河开，过往船只不上岸就可以买到东西，方便营业。也有的是茶坊、酒店，因为是临河开窗，可以一边品茶饮酒，一边观赏河中景色，船上的游客也可以看到酒楼里觥筹交错的情景，酒楼茶坊里的酒客茶客也可以观赏游舫往来，使得这里的建筑别有一番情趣。汴河街的这些临河建筑多是临河商店,只有这20号等少数几个建筑属酒楼茶坊之类,从建筑风格上此建筑属上乘,看上去要比其他建筑阔气得多。

尚树蛋和胡宫来到这里的时候,尚树蛋站着欣赏了好一阵子,他很看好这个地方,这种临河建筑是尚庄所没有的,尚庄是大平原,没有水,谁家的房子也没有这种水乡味道。他一下子就看好了这里,向胡宫好一顿感谢。他作为一个卤煮鸡公司的老总当然不仅是看好了这里的景色,更重要的是他看到了在这里经商的地域优势。汴河中不断有船只往来,就意味着客源不断,船客可以不用上岸就能很方便地买到凤来牌卤煮鸡。建筑后身靠街,这样两面都可营业。还有一个便利条件是不能和外人讲的,就是这里用水方便,做卤煮鸡离不开水,杀鸡洗鸡煮鸡都需要大量的水,临靠的汴河里有的是水,白用不交水钱。倒污水也方便,往汴河里一倒就流走了,还不用交排污费。这样,从经商角度来说,可以大大节约成本,争取最大效益。尚树蛋觉得作为公司老总不能不考虑成本和效益,因为他要盈利,要给公司职工开工资。这样盘算了一阵之后尚树蛋和胡宫拍了板:就这么定了,明天举行开张典礼。

胡宫说:好好好,早一天开张早一天见效益。我可以跟我认识的汴梁人宣传一下,就说汴河边开了个卤煮鸡店,凤来卤鸡味道鲜美独特,欢迎大家来买。适当时机我还可以和宫里说说,要是能打开宫里的市场,这买卖可就大了。

尚树蛋说:多谢老胡,等盈了利可以分几成利给你,你就算一个股东。

胡宫说:不用不用,我就是想帮帮你们尚庄人,想帮你们推广一下尚庄的产品。至于分红,我分文不取,我要这个钱没用,你要是有心,下一个清明节别忘了给我烧点纸就行。

尚树蛋一听这话,身上的鸡皮疙瘩就起来了,不解地问:你说什么,清明节?

胡宫说:是啊,清明节上坟啊,你没见这些出城的人们手里都拿着纸马和祭品吗,那是去给先人上坟去呢,我跟你说了,咱俩是人鬼两界,我不稀罕你们的钱，我喜欢的是那些人手里的东西。这么说吧尚树蛋，你不拿这些东西也行，到坟上给我的坟头填点土、给我磕个头、烧张纸就行，谁让咱俩好呢！

尚树蛋说：胡宫你放心，咱尚树蛋绝对是个讲义气的人，在阳界我忘不了爹娘，在阴界我忘不了你！

胡宫说：你别这么比，差辈了，我不想占你的便宜。

尚树蛋说：行，到时候给你上坟时我再给你带上两只卤鸡当祭品。

胡宫说：我相信你这人，要不我就不会陪你这么久了。但我不能给你们公司剪彩，因为我不想见到更多的人，我怕他们害怕。

尚树蛋说：行吧，那我们就自己搞个简单仪式得了。

凤来卤鸡公司成立典礼没大折腾，也没放鞭炮，因为胡宫特别嘱咐尚树蛋，这汴梁城内一律禁止鸣放鞭炮，谁也不能例外。那天尚树蛋在门前宣布了一下，大家鼓了一阵子掌，然后就进入了实质性程序：酒宴开始，喝酒庆贺。

因为高兴，尚树蛋破例地喝了很多酒，他迷迷糊糊地看到，公司开始运作了，一批待宰的鸡运来了，一只只褪了毛的鸡放在大锅里煮了，一个个散发着香味的卤煮鸡出炉了，河道上来往船只上的人来买卤鸡了，鸡爪子和大白妞挑着担子到汴河街上去外卖了，还有两家订货的前来，二肥在热情地答对他们。如此等等，尚树蛋看到了一幅紧张而又热闹的尚庄卤煮鸡热卖的情景，他心里这个高兴啊。他能不高兴吗？他是这个公司的老总，说白了，这买卖是他的，尚庄人在为他打工，这是多么可喜的事！尚树蛋活了这三十年，还从来没尝过当老板的滋味，现在他才真正感到老板是个啥，老板就是钱嘛，就是权嘛，就是凌驾于众人之上吆五喝六嘛。

但是后来，喇嘛四在向他汇报养鸡场筹备情况时却说，开张典礼时他喝多了酒，是叫人抬进屋的。公司还没正式开工生产，还没出第一锅卤鸡，因为养鸡场还没着落，销路也没打开。尚树蛋揉揉眼，说：那就赶紧筹备吧。

胡宫反转来时尚树蛋又和他说起那几个乞丐。自打看到那些乞丐后他就一直犯嘀咕。尚树蛋说：你们这么繁华的城市里还有这么多乞丐很不协调，你们就没有一些救济措施吗？

胡宫道：这些乞丐多半是由自然灾害造成的。灾民们因饥荒而流离失所，投靠无门，便沦落到城中成了乞丐。说起来我朝对赈灾和救济的事还是很重视的，从太祖皇帝开始，差不多每年都要颁布诏令，令地方政府开官仓赈济，还曾下令官员分别视察街巷，查孤老病弱者，赐钱发糜粥，也确实帮助了不少人。

尚树蛋说：那好，你们帮帮我们村那个老骚吧，给他盖几套房子就行，让他给孙子、重孙子、滴里嘟噜孙娶媳妇。

胡宫说：这可管不了，我们这个这一辈，这一辈还救济不完呢！

尚树蛋说：管不了就算了，我只是说说。提起救济灾民，我觉得你们大宋朝还是做d得不错的。我在书中看到一些灾年发放救济款、收养孤弱、收集掩埋路边尸骨的事。前面咱说过的范仲淹先生当谏官时，江淮、京东一带发生虫灾、旱灾，他建议朝廷立即派官员前去救济，他的奏章耽搁在中枢部门，他就直接找机会对皇帝述说此事，赵祯被他说动了情，就派他去江淮救灾，范仲淹所到之处，开官仓赈粮，禁止民间滥祭寺庙，奏请皇帝减免税收等，挺有些成效。

胡宫道：范先生赈灾还有些反常做法，让人很是莫名其妙，比如，他亲自率僚佐举行宴会，大吃大喝；告谕各个佛道神庙趁荒年劳动力低廉、建筑材料低廉大兴土木；新建改建官府仓库、官舍，大量役使农夫等。这些举措被人奏报朝廷是不恤朝政，游宴作乐，劳民伤财，要求朝廷对他进行追究问罪。范先生只好如实陈奏，说出了自己的用心。他说，亲率僚佐宴会是为了在富裕人群中推动消费；大兴土木是想开发那里的有余之财，救济贫者，让工匠们挣点救命的粮食，让贫困的人们得到从业自救的机会。

尚树蛋道：范先生这一招挺高明。他的做法用我们的话说就是拉动内需。这一招很灵，我们人间也用过这办法处理经济问题。

胡宫道：与范仲淹采取的做法相似的还有包拯。他在庐州任上，遇上灾荒，粮价暴涨，他也是采取了反常的办法，不对暴涨的粮食市场进行干预，而是听任市价上升，结果四方商人匆匆运来大量粮食，米价就很快回落了，解救了危机。

尚树蛋道：都是聪明人啊，我不及也。

胡宫道：为了救灾，官府还办了一些收容院之类，收养衣食不给的老弱孤寡。

尚树蛋道：是收容院吗？

胡宫道：不是你们所说的收容院，叫养济院，就是收养救济一些贫乏不能自存的老弱孤寡。还有漏泽园，用以掩埋暴露街市的遗骸。附近就有一所养济院，你要是感兴趣，我可陪你去看看。

尚树蛋道：好吧。

33

就是个尸首你也得抱回去。

　　二人就来到了一处偏僻简陋的院落。房子很破旧，只是围墙很严实，大门紧关着，院内肮脏凌乱，好像长时间没打扫了。院子里有两条狗，汪汪地叫。胡宫喝呼了两声，两只狗夹着尾巴走了。接着有个像是院长的人出来迎接，主动跟胡宫打招呼，并把二人让进屋。

　　在胡宫与院长交谈的时候，尚树蛋忽然想起了喇嘛四他嫂子山丫。随便问了一句：你们这里最近收容了一个妇人没有？

　　院长想了想：倒是有这么一个，是在护城河边发现的。当时她两只脚耷拉在水里，像是要寻短见，又精神恍惚地傻笑。是巡城的兵士给我们送来的。当时看她那个样子我们不敢收，光怕要是有个好歹我们担不起责任，后来我们这里的一个婆子动了菩萨心肠，说是救人一命胜造七级浮屠，劝我把她留下来，我经不住她磨缠，就留下她了。这下子可把我害苦了，扔扔不了，留留不下，简直是没办法。

　　尚树蛋问：怎么没办法？

　　院长道：不管怎么说那是一条命啊，不能眼看着她死啊，可她多病缠身，严重营养不良，又像是有精神病，疯疯癫癫的，生活都不能自理。你想想，我们院就这么几个人,哪有人力去伺候她?

尚树蛋说:别啰唆了,咱去看看这个人。

院长遂领着他们二人来到一个房间。这是怎样一个房间啊?简直不是人住的地方!屋内阴暗潮湿,极度脏乱,各种东西都异常破旧,屋棚上结着蜘蛛网,地面上时有老鼠钻来钻去,炕上一片破炕席,两件破衣服,一团棉絮,尚树蛋觉得简直就跟狗窝差不多!尚树蛋在环视这间屋子时突然发现蜷缩在墙角的一个像人的东西,仔细一看,可不就是一个活生生的人嘛!是个女人!只见她头发蓬乱,黑乎乎地露出了一部分脸,衣衫褴褛几乎衣不遮体,臭烘烘地让人掩鼻。当这人下意识地扒拉了一下头发时,尚树蛋猛然大喊了一声:喇嘛二媳妇,山丫!

那人激灵了一下,抬了抬头,但没吱声,只是嘻嘻一笑,露出了一口白牙。

尚树蛋看清楚了,是喇嘛二媳妇,是山丫!因为看她那样子没办法交谈,就掏出手机给喇嘛四打电话:我说喇嘛四,你不用东跑西颠地乱找了,你嫂子找到了!

对方很惊喜,问:在哪?

尚树蛋说:就到这汴河街寺院河附近来吧,这里有个养济院,我在这里等你。

胡宫说:对,养济院不太好找,而临靠汴河街的这个寺院挺好找。

尚树蛋突然想到一路走来看到的寺院不少,就问胡宫,胡宫说:汴梁城中有900多所寺院、宫观,寺院分有额寺院和无额寺院,有额寺院的额是皇帝题额的寺院,是正统的,一般来说建造豪华,僧众也多;无额的就差了,有的比较冷清,门可罗雀。

尚树蛋道:你这一说我就知道了,这座寺院是无额寺院。但这寺院地处汴河边,好找。

胡宫说:说得对。这女人是谁?

尚树蛋说：这女人是我们村的，喇嘛四他嫂子，这些日子可把喇嘛四找苦了，这是巧了，在这里碰上了！

胡宫说：那就在这等着吧。

不大工夫，喇嘛四来了，尚树蛋指着那女人说：你好好看看，这是不是你嫂子？

喇嘛四仔细打量了一下，脸上露出一丝欣喜，旋即又为难地说：是倒是。可……可这个样子怎么领回去呢？

尚树蛋突然变了脸：喇嘛四我真是他妈看错了你，她不是你嫂子吗？你要找的不就是你嫂子吗？既然是你嫂子，是个尸首你也得抱回去，这才叫个人！这才叫尚庄爷儿们！你是弟弟，你能扔下你嫂子不管吗？你千辛万苦地要找的不就是你嫂子吗？不就是要给你哥一个交代吗？现在找到了怎么又说这种没良心没人性的熊话了？

喇嘛四被尚树蛋这一顿抢白，脸一阵阵发红，难堪地苦笑道：树蛋哥你说得对，你是爷儿们，我对不起我哥，经你这番教导，我也想对得起我哥。可话是这么说，怎么领回去呢？

尚树蛋想了想，说：可也是，得先治病，调养好了再说。

他忽然想起那个汴梁名医赵太丞，大喜过望地说：有办法了喇嘛四，我给你联系个地方，先把她寄放在那儿，治治病！

又对胡宫说：老胡，这事还得求你，你一定得帮这个忙，我想你是知道赵太丞的，就是刚来汴梁时我们村的一个女人领孩子看病的那个地方。让赵太丞给这女人治治病，寄放他家好好调养一下，让喇嘛四了却这份心思，也算是了却了我们尚庄人的一份心思。

胡宫说：行，尚庄的事就是我的事。这事就包在我身上了。

胡宫对养济院的院长很严肃地说：你知道这位尚先生是谁吗？

院长晃了晃头。

胡宫放大了声音说：这是皇帝请来的客人！

一听这话院长大吃一惊，仿佛是没听清楚。

胡宫正色道：我再重复一遍，尚先生是皇帝陛下请来的客人，是贵客！这女子是他们村的乡亲，你们救了她等于是替咱大宋朝办了件好事，我会上奏朝廷表彰你！

院长道：谢谢，谢谢。

胡宫道：从现在起你们也要把这女子当贵客待，先给她好好洗洗，换一身干净衣服，然后送到城西赵太丞家，让他给治病，好好调养一下，回头我再和赵太丞交代一下。你们一定要把这事当个大事来办，它涉及咱大宋朝的威望和声誉，你记下了？

院长道：小人记下了，一定照办，请大人放心。

尚树蛋对喇嘛四说：赵太丞我熟悉，你就提我尚树蛋的名他就知道。赵太丞曾亲自安排咱村的山药在他家当中层干部。你告诉赵太丞，让他派专人负责照顾山丫，就说是我说的。

胡宫道：尚树蛋的名字在汴梁城已如雷贯耳，这里的帝王将相都听他调遣和训话，你到赵太丞那里就知道了。

院长连连点头，向尚树蛋投来敬畏的目光。

尚树蛋对喇嘛四说：这一回你可以放心了，你嫂子肯定会得到最好的医疗和照顾，赵太丞是汴梁城的名医，比咱县医院的医生强多了，说不定能妙手回春治好她的病，还你一个健康美丽的嫂子，要是那么完满，等我回去给你们撮合撮合。

喇嘛四道：那敢情好，先谢谢树蛋哥。

尚树蛋说：先别谢，你先把交给你的事办好。

喇嘛四问：什么事？

尚树蛋道：你忘了办养鸡场的事了？那可是咱公司的基础工程，公司的未来就寄托在你身上了！

喇嘛四道：树蛋哥你就放心吧。

尚树蛋拍了拍喇嘛四的肩膀，意思是鼓励鼓励，但在他的手掌拍下的时候，似乎不是喇嘛四是肩膀，倒像是拍着了自己的肩膀，因为这一下他觉得忽忽悠悠地像醒了的样子，眼前恍恍惚惚的，先前的景象像是要风也似的飘去，他忽然觉得像是在做梦，因为他觉得这梦境非常好，他就努力地去保持他做梦的状态，唯恐那梦境消失，因为他听人说，一旦这梦断了，就很难接上了。所以，他闭紧了眼睛，努力地保持着先前的状态……

居然眼前又恢复了先前的样子：繁华的汴梁城，来来往往清明上河的人们，胡宫、喇嘛四……

34

以后就到咱公司干,省得挨欺负。

在喧嚣的市声中,有一个声音很特别。仔细一听,是时下流行的韩国歌星鸟叔的骑马舞音乐。尚树蛋循声望去,只见前面一座官宅前的大柳树下空场上十来个人正跳骑马舞。领头一人戴墨镜,穿皮鞋,上衣扎在裤子里,装作鸟叔的样子,随着音乐起舞,其他十来个人跟着前面那人做出同样动作,尽管他们的动作不太整齐甚至很别扭,仍在很有兴致地跳着。官宅前的两个门吏不以为然地看着这一切,有的仍然在房跟下闷坐着,他们虽然觉得有点奇怪,但并没有去搭理他们,只是有一些路过的人在驻足围观和议论。尚树蛋觉得很新鲜,心想:鸟叔这骑马舞真是太火了,火到了全世界,火到了联合国,这又火到汴梁来了,这骑马舞怎么有这么大魅力呢!便也凑上前去看热闹。忽然,那个领头的舞者停下了舞步,摘下了墨镜,喊了声:树蛋!

尚树蛋一愣,随即也喊了声:守家!你们这是干什么?

守家道:真是巧了,在这碰上了村里人。不怕你笑话,我们这是没招儿了才这么做。讨薪呢!

这位叫守家的是村里老庆先的儿子,小时名叫狗儿,后又叫犬,再后来他爹说狗、犬都不好听,别叫了,狗是看家的,就叫守家吧。就这么着,这个当年的狗儿，有了这么一个体面的名字。老庆先爷俩属于挺守旧的那种，平时都不出村，现在也出来打工了，可见现在人们的观念真是大变了。

尚树蛋问：究竟是怎么回事？

守家道：这几个都是咱村里人，我带他们来汴梁打工，工程干完了，老板不给钱，我们被逼无奈，只好想出这个办法，为的是引人注意罢了。可跳了半天，看热闹的人倒是不少，就是没人肯管这事。

尚树蛋笑道：穷招儿！你们就这么讨薪啊，没屌用！大家都是来看你们热闹，看完拉倒，你们白挨累。你没见官宅门口那两位，任你们跳得再热闹，他照样睡他的觉，眼皮都不翻一下，现在谁愿意管事儿啊，多一事不如少一事，事不关己，高高挂起。你们不嫌累就跳吧，跳一天，跳一个月也没用。

守家道：那可咋办啊，怎的也没人理我们，昨天我们吵吵把火地要跳汴河，也没人理，还有的在一旁看热闹，甚至嘲笑加油；跳啊，跳啊，河里的世界很精彩，河里的鱼儿很友爱，正等着你们去做伴呢，快跳啊！你说气人不，怎么都没一丁点儿怜悯心呢？

尚树蛋道：这你还不懂吗？这是阴间，是大宋汴梁，你周围的人都是鬼，他们巴不得拉你们到鬼世界来呢！

守家吓得"妈呀"一声大叫，尚树蛋示意他们镇静，说：我说你们就别费傻劲在这丢人现眼了，别让鬼看笑话了，别瞎蹦跶了，干点别的吧。

守家道：树蛋你说的轻巧，上哪去干别的啊？

尚树蛋道：你们要是信得着我，这事就交给我好了。

守家有些疑惑：交给你？

尚树蛋道：信不着我是不是？在尚庄我不敢说，在汴梁我没有办不成的事。你可以把老板的姓名、公司名称告诉我，不出三天，我保证把你们的工钱一分不差地要回来，让老板乖乖地送到你们手上。

守家仍有些疑惑，众人也发出惊异的嘘声。尚树蛋道：我是看在老乡亲的面上才管你们的事,你们要是信不着就算了,我走了,你们跳吧,我倒要看看你们能不能跳来工钱。

守家马上拦住尚树蛋:树蛋你别生气呀,我们信得着你,你给办吧,事成之后请你吃饭。

尚树蛋道:就知道吃饭,谁稀罕让你请?告诉你吧,老子在这汴梁城不缺饭局,而且都是皇家一级的饭局,都吃腻了,吃的啥你们肯定都没听说过,等回村我给你们摆列摆列,让你们见见世面。闲话少说,这事就这么定了,我说话算数。我想跟你说的是,你们千万别跳了,别到汴梁城丢咱尚庄人的脸了。我告诉你们,咱村在汴梁开公司了,以后你们就到咱们自己的公司打工去,省得受欺负,咱保证工资兑现。

守家道:是你开的?

尚树蛋道:可以这么说吧,我是老总,下面还有一套班子,都是咱村的人,你们要是愿意,就到公司报到去。咱那公司叫凤来卤鸡有限公司,产品就是咱村的品牌卤煮鸡,咱要占领汴梁城的市场,让尚庄卤鸡在这里打响。

守家道:这可太好了,给自己村的公司干,大家都熟悉,出气都匀实。树蛋我问你一下,咱这十来个人都能用上吗?

尚树蛋道:没问题。公司初建,正缺人,养鸡场缺口最大,销售也缺人,你们都能派上用场,保证有活儿干。

守家问:找谁报到去?

尚树蛋道:我给你个电话,你到汴河北街20号找凤来公司就行,你一见面就都认识了,小冒儿、二肥都行,他俩都是副总,你就说是我推荐的,工作先可着乡亲们安排。

守家道:真是太好了。不过我还得求你一下树蛋,咱村还有两个人在汴梁,一个是大橼子,在这里给拍影视剧的当群众演员,挺辛苦,挣钱很少,经常连吃饭都是问题,他们的片酬太低了,8小时工作每天才4文钱,超时后每小时

5文钱，其他需要剃头的、装妓女的、抬棺材的、装死的、戴孝的，这些活儿有红包，1文到10文不等。难得有一句台词，哪怕是一句粗口，这都能得到一个红包，两三文钱而已。大椽子都来一个月了，就捞到一句台词"操你妈的"，是一个老百姓被杀前骂鬼子的，骂完后就被活埋了。这一次给了两个红包，也不过才7文钱。还有一个是鼻涕柱，给人家喂驴，也很辛苦，不挣钱。我看你那公司干脆也把他俩收留得了？

尚树蛋不假思索地说：行！乡里乡亲的，没说的，你领他们一块去报到就行了，回头我再跟他们说一下。

守家与众人千恩万谢一回，乐呵呵地走了。

尚树蛋听到鼻涕柱喂驴，觉得很奇怪，就问胡宫：你们汴梁城骑驴还挺时行呢，不过大多是女人骑驴，这是咋回事？

胡宫道：汴梁的男人多骑马，女人多骑驴或坐轿，这是老祖宗留下的习惯，我们早已见怪不怪了。你看，那不是有个骑驴戴帷帽的女人吗？那是个怨妇！

尚树蛋大惊：怨妇？你怎么看出来的？

胡宫说：你看不出来，我能看出来，这街上来来往往的都有鬼魂附体，你看到的是人，我看到的是鬼。这女人是被仁宗皇帝废掉的郭皇后，她先是被废，后被毒死，怎不是怨妇呢？

尚树蛋道：是她呀，我知道了。郭氏是刘太后亲自给仁宗赵祯定的一门亲事。自打刘太后垂帘，赵祯就没有了实权，他不得不受命于刘太后，顺从了太后的意愿。其实他原本所爱是张美人，但郭太后认为张美人不般配，这门婚事就拉倒了，立了郭氏为皇后。郭氏本是被包办代替的，赵祯是因为惧怕太后才忍气吞声照办了。

胡宫道：包办代替的婚姻总是不如意的。皇帝对郭皇后没有太深的感情，而是宠爱张美人、李美人、尚美人，这样，郭皇后虽贵为皇后却得不到宠爱，因而醋意大发，心生嫉妒，与其他嫔妃争宠不断，因而更引起皇帝对她的不满，其他嫔妃则在一旁添油加醋，大加诋毁，尚美人还和她发生多次争执，两人积怨日深。一次偶然的机会，郭皇后听到尚美人又在皇帝面前诋毁自己，怒不可遏，便上前去打尚美人，岂料皇帝上前去挡，这一巴掌就落在了皇帝的脖子上，皇帝大怒，一气之下要废掉她。可笑的是赵祯还把自己的家事拿到朝廷上，请朝臣们看这一巴掌的印痕，判定是非。更可笑的是，这一件家务事、一个巴掌伤竟然在朝臣间引发了一场争论，各执一词，对郭皇后有的说该废掉，有的说，废后是国之大事，应慎重。宰相吕夷简把持了这场争论，他把不主张废后的奏章都扣下了，所以皇帝没有听到反面意见，作出了废掉郭皇后的决定，以无子的罪名把她打入道观，封其为净妃，赐名清悟，别居长宁宫，后又出居瑶华宫。此后不久，尚美人、张美人也相继被废，当了道姑。三个人争斗了一场，都没得到好结果。郭后这一巴掌成了她被废的直接原因。

尚树蛋道：皇帝请大臣验伤这绝对是个不太光彩的事。这赵祯太无能了，一个老百姓还知道家丑不能外扬呢，他这个当皇帝的怎就这么不知磣碜呢？

胡宫道：你们百姓们不知道，帝王家也是人家，也有家事，你们说清官难断家务事，皇家的家务事也难断，实在没办法了，就得请大臣帮忙呗！这时候是吕夷简当宰相，吕夷简在这事上充当了推波助澜的角色。他早就对郭后有过节，现在正好碰上郭后误打仁宗的事，就抓住机会复仇。他一面设法阻止大臣进谏，以免使皇帝犹豫；一面匆忙起草诏书，说是皇后郭氏心向黄老，自请入道，仁宗皇帝就趁势封她为净妃，迁入长宁宫静修，赐名清悟。消息传出，又惹来一番争论，好多人伏阁上书，竟遭贬逐，最后的结果，还是吕夷简得逞，郭后被废。

尚树蛋道：后妃的废立历来与朝政有关，往往涉及朝臣之间的斗争。郭后被废后，赵祯身边又换了几个女人，这中间都有朝臣的各自利益在。后来赵祯在经历了几个女人之后又怀念起郭氏来，便派人前去探望，甚至赠亲题词赋，以表怀念之情，郭氏也还诗回赠。赵祯曾一度私下召她入宫，但这郭氏执意要求赵祯重立她为后，名正言顺地重新入宫，一个叫阎文应的大臣对郭氏有前嫌，听说郭氏要重新入宫，很是恐慌，便串通御医，趁给郭氏看病之机，将她毒死。范仲淹此时任开封知府，他很同情郭氏，便上奏阎文应罪行，赵祯于是下令将阎文应放逐岭南，阎死于途中。说起来宫里的女人们也怪可怜的，她们的命运总是和没完没了的争宠、宫斗搅在一起，和朝臣之间的斗争也脱不开关系，最后倒霉的还是她们。可怜啊！

胡宫说：你还挺有同情心的。这种事我们在宫里见得多了，所以也就见怪不怪了。

尚树蛋道：是啊，宫中多美女，不断有美的充实与进入，也不断有美的凋谢与零落，富有天下的皇帝想尽餐天下美色，宫里的美人们也都想靠自己的美色在宫中立足，所谓的母仪天下，可到头来，不是被废掉就是打入冷宫，有几个能善始善终的？咳，我说这些女人们哪，闹腾啥呢，争来争去能争到什么？还不如找个人家嫁了算了，好好过日子去。这天下事真是不公平，我们尚庄那么多光棍儿娶不上媳妇，可宫里头却是女人过剩，成千上万的女人伺候一个男人，上哪说理去？

胡宫道：这都是不能比的事，谁叫你是百姓呢？这就叫君民差别！这个差别是高贵与贫贱的差别，是天上和地上的差别，是一般人很难想象到的差别，差别到什么程度？这么说吧，人家扔的东西都比你吃的强，穿的衣服你都没见过，至于女人，和她们做爱叫临幸，谁被临幸了是最大的福分和幸运，被临幸得排号，先由太监端上一个盘子，上面放一些牌子，牌子上写着嫔妃的名字，皇帝随便一翻，翻到谁是谁。临幸后还要记上时辰，皇帝给嫔妃的那点东西叫龙涎。想想，临幸完还得问皇帝留不留，皇帝要是不同意留，还得把那龙涎挤出来……

尚树蛋道：这些皇帝真他妈不是人，畜生不如！这是做的什么事啊，这也把妃嫔们太不当人了，他那点东西就那么金贵呀！

胡宫道：这不是什么新鲜事，历朝历代都这样。还有的皇帝冬天用女人的身体取暖，就是让嫔妃们脱光了，把皇帝围在中间，用她们的体温暖和皇帝……

尚树蛋连忙打断他：胡宫你快别说了，我光想找个地缝钻下去，你看人家皇帝，多牛啊，咱尚庄爷儿们没法比，连根毛都比不上，咱都30多岁了，连个女人边儿都没摸到呢，无地自容、无地自容！快别提了，咱还是讨论一下怨妇郭氏吧，这是个学术问题，你说她怨什么呢？

胡宫说：当然是怨皇帝了，皇帝把她废了。

尚树蛋道：这只是其一。其二是怨宫廷，古来宫廷多怨女。宫廷是皇帝的乐园，是宫中女人的坟墓，年复一年，多少女人的青春埋葬在这里？宫廷岂不是个哀怨之地吗？三是怨你们大宋王朝，怨嫔妃制度。大宋朝沿袭古制，每个皇帝继位都要广采民间女子进宫，此后便成了宫中的性奴，少数人得幸受宠，多数人一辈子连皇帝面也见不到，也见不到爹娘亲人，坐愁红颜老，直至在九尺宫墙内香消玉殒。你说说，是不是这么回事？

胡宫道：树蛋你说的还真是这么回事。

尚树蛋道：老胡你小瞧我了，我是尚庄宋史专家你忘了？

胡宫道：我知道你尚专家厉害，我哪敢冒犯？我是夸你呢，说你知道得多。说到怨妇，我再补充几句，你知道的，我是内侍，整天接触的就是这些宫中事，所谓怨妇也见得多了。宫中的女人世界向来是个角斗场，弱者成怨妇，含悲忍辱，抑郁而死；强者就是你们说的女强人、女汉子，比男人还厉害！

尚树蛋道：历史上的女汉子、女强人倒是有一些，像你们前朝的武则天，那是个厉害女人，厉害到把李氏子孙都灭了，把李家王朝的制度都废了，把李世民打下的江山翻了个底朝上。

胡宫道：我们宋朝也有这事。她们参与政事，能把皇帝控制起来，她们垂帘听政，皇帝却成了摆设。甚至能掌管决定皇帝的废立。这样的女人在我大宋朝不止一人，仁宗曹皇后就是其中一位。

尚树蛋道：垂帘听政这个名声不太好，但这个曹皇后垂帘对你们大宋王朝政局的稳定还是挺起作用的。曹皇后贤良勤勉，后宫内外、朝廷上下都挺拥护她的。曹皇后出身将门，其父曹彬是你们大宋的开国元勋，史称"宋朝良将第一"，子孙也都是文臣武将，曹皇后从小受到良好的家庭教育，知书达理，并练就一手好字，善飞白书。别看她面目慈善，很文弱的样子，但能在关键时刻处变不惊，临危不惧，人们都说她正是因为这一特质，才在复杂的宫斗中站稳脚跟，立于不败之地。

胡宫道：是的。她册封皇后第二年宫中发生过一次兵变，一些侍从想夺取兵权，再杀死仁宗，抢夺宫中财物，曹皇后镇定自若，急将内侍宫人集合起来紧闭门窗，并亲手为每人剪下一缕头发，对大家说平叛后以发为记，论功行赏，又果断地引兵入寝宫平叛。但远水解不了近渴，兵马还未到来，叛贼已开始放火烧宫殿了，曹皇后就一面组织救火，一面鼓励宦官们努力杀敌，这才挡住了叛兵的入侵，后来兵马赶到，终于平息了叛乱，化险为夷。曹皇后对叛逆者临危不惧，平叛指挥若定，满朝文武十分佩服。

尚树蛋道：将门之后，巾帼豪杰，名副其实！曹皇后的能力还表现在她处理朝政上。赵祯的儿子赵曙是个病秧子，刚即位不久就病了，不能处理朝政，是这个女人的垂帘稳定了政局。她本想等赵曙病好后再还政于他，但赵曙的病终不见好转，甚至更加严重，还有时辱骂她。她不与他计较，仍然细心处理朝中事，等赵曙病逝，他儿子赵顼继位，曹皇后被立为皇太后。苏轼因乌台诗案下狱，多亏了曹太后求情才免了一死，曹太后保全了大才子苏轼的性命，可以说是在中国文学史上立了一功。当然，只是后话。曹皇后64岁时去世，后人对她的评价还是很高的。

胡宫道：是啊，曹皇后称得上是一个母仪天下的后宫之主。

尚树蛋道：刚才你提到了赵曙，这个皇帝可比曹皇后差远了，不仅是个病秧子，还是个窝囊废！难怪只能听任曹太后主持朝政。

胡宫小声说：别大声嚷嚷，前面就是他！

35

驴是愚蠢的代名词，蠢驴嘛！

尚树蛋抬头看去，只见前面不远处有一行人，为首的是个骑驴的男子，戴着个小帽子，留着一缕山羊胡子，骑在驴背上无精打采，一副萎靡不振的样子。他的坐骑后面还跟着一头小驴崽子，三四个挑担的人前后左右地跟着。尚树蛋说：看他这个熊样儿，哪有一点皇帝的威严？

胡宫道：他前世当皇帝当得窝囊，在这边也混得不怎么样，当驴贩子呢，养了几头驴，还有几个小驴崽子。现在带着的这一个说不定是到郊外去卖的。

尚树蛋道：你们大宋朝的驴大概是古往今来最有名的，人爱骑驴，卖驴生意火爆，连当皇帝的也干这一行，真是怪事了。

胡宫道：我朝没大草原，没条件养马，缺马情况非常严重，仅有的马匹大都到部队中为打仗服务了，所以人们大都以驴代马，坐骑、运输多靠驴。打西夏时皇帝往前线运军粮，皇帝就曾征调了五万头驴上了前线。我朝还时行"打驴球"，跟唐朝的"打马球"差不多，只是把马换成了驴。我朝的人也爱吃驴肉，人们送礼都时兴送驴肉。驴还有许多药用价值，可治疗中风、抑郁等，驴皮制胶更是功用非凡。

尚树蛋道：从我们尚庄人的眼光看，你们对驴的评价还是高了些。其实没那么高，我们对驴没么好的印象。不就是头驴吗，只配拉磨驮物，还是愚蠢的代名词,蠢驴嘛！要是和人闹别扭,经常用的一句骂人话就是:看你那样,蠢驴一个!

胡宫说：看来咱们人鬼两界差距真挺多。

尚树蛋说：老胡你说谈到驴我想到谁了？

胡宫问：谁？

尚树蛋说：赵曙啊！他竟不愿意当皇帝，别人把他扶上位后，还整天胆战心惊的，最后竟被吓死了，你说这不是和蠢驴一样的吗？

胡宫说：小声点，别让前面那位听到！

尚树蛋竟走上前去，到了那个骑驴人跟前说：胆小鬼赵曙，你怎么那么蠢，放着皇帝不敢当，吓成那个样，这是咋回事？

骑驴的赵曙回过头来，被这突如其来的发问吓了一跳，翻身下驴说：请问先生你是……

尚树蛋自报家门：我乃尚庄宋史专家尚树蛋，我是觉得你这人有点怪，这才跟你搭理两句。当皇帝是多好的事呀，富有天下，嫔妃成群，可餐天下美味，可幸天下美色，想干啥就干啥，可你就是不愿干，你虽是赵祯的堂兄的儿子，可因为他几个儿子都夭折了，没有了继承人，这才过继了你，让你接班，你说这是多大的便宜啊，上哪儿找去？

赵曙道：先生只知其一，不知其二。当皇帝好是好，可史上皇帝多短命，活不长。他们在世时万岁声不绝于耳，但百分之百不能"万岁"，大都四五十岁就死了。暴死的也很多，多是被杀的，因为他手中的权力太大了，无数的人都向往着皇权，都算计着杀了皇帝，夺取皇位，我不愿意成为众矢之的，被人算计。再说，先帝准备让我接班时，我正为父亲守孝，所以先后上了七道奏折推辞，为这，先帝还很不满意，大臣们暗地里说我不识好歹。

尚树蛋道：你确实有点不识好歹，像你这样对皇位不但不争不抢而且给都不要的人太少了。历史上皇位问题是个最热点的问题。为争夺皇位，时常是兵戎相见，厮杀得人头落地，血流成河，从西周起，宫廷政变有一百多次，每次都是宫门喋血，人头落地，人皆仰视的御座不知染上了多少层鲜血，你刚才说了是因为父守孝，我看不是根本原因，恐怕还是出于担心吧。你不是皇帝亲子，尽管过继给了赵祯，给你赐名宗实，但你毕竟不是正宗，所以你怕大臣们找你事，担心小命难保，你说是吧？

赵曙点了点头，说：这么大个国家交给我，我名不正言不顺，能不怕吗？

尚树蛋道：你倒是没野心，这可能是你的长处。但话说回来，你胆小怯懦，不敢担当，总怕会招来祸端，也绝非帝王之才。但你这人还是挺孝顺的，孝是你最大的长处。你推辞不当皇帝的理由是为你生父赵允让守孝，在皇权和孝道的选择上，你选择了孝，这很好。你当皇帝后又急不可耐地为你已故父亲确定名分，追封你父濮安懿王赵允让为皇考，以至于引起了朝臣间长达18个月的剧烈争论，是所谓"濮议之争"。在这场争论中，宰相韩琦和曹皇后、王珪等人为追封"皇考"还是"皇伯"事争得不可开交。最后还是你胜利了。反对称皇考的台谏官都贬黜出朝，汴梁城因此传出"绝世无台官"的谚语。其实在我看来，所谓"濮议之争"也很无聊。当时，皇考派于理于礼都显得有亏，宰执大臣们的确有讨好你的味道。但在我看来，"皇考"和"皇伯"不就是个称呼吗，何必争论这么厉害？

赵曙道：非也！这个名分对我太重要了。你要知道，我不过是个过继皇子，称没当过皇帝的父亲为皇考，这是断送大宋王朝"嗣统"的做法，好像是另立朝廷了，而按常规，我既以皇帝的身份追封我生父，就该称"皇伯"了，把亲生父亲叫"伯"这成何体统？所以，我必须正这个名。

尚树蛋说：原来如此。看来你还是为你们父子打算的，从此后，赵家王朝就是你们这一支的延续了。从这一点看，你也真够孝顺了，把你们子孙后代的事都考虑到了。不过必须指出的是，这场"濮议之争"表面上争的是你生父的身份，是礼仪之争，实际上是朝廷的派别之争、权力之争，从此便开了"党争"的先河，一直延续到以后的王朝。党争不管争什么，都不是什么好事，它造成了派别对立、对抗，以至于发展为势不两立的斗争，斗来斗去，朝臣分裂了，有的朝臣被贬官了，甚至处死了，搞得很不团结，你们宋朝就是因党争而分崩离析。

赵曙道：这我倒没料到。

尚树蛋道：说起来你这个皇帝也够可怜的，当了四年皇帝就干了这么一件事，你完成"濮议之争"后不久就一命呜呼了。你死得也很蹊跷，说透了吧，你是被吓死的！

赵曙问：你怎么出此恶语？

尚树蛋说：我不是恶语中伤你，你就是被当皇帝这个事儿吓死的。你从一开始就不愿意当皇帝，赵祯死后，大臣们找你当皇帝，你连说"我不敢当"、"我不敢当"，还抽身要逃，是大臣们硬给你换了衣服，把黄袍披在身上，重演了你先祖"黄袍加身"的闹剧。所不同的是，当初赵匡胤黄袍加身是他为了当皇帝演了一场闹剧，你是不愿当皇帝，别人认为"不可无主"才把你推上台的。不可理解的是，尽管人们给你穿上了黄袍，你被强行推上了皇位，还是不敢坐上去，而是让韩琦主国政。接着就吓病了，满嘴胡言乱语，大臣们只好请曹太后垂帘听政。开始是你们母子不和，在曹太后交权后，又出现了党争的事，以后你的病日益严重，一病不起了。

赵曙道：皇位虽好，我是怕招来灾祸啊！

尚树蛋道：这个事就不纠缠你了，各有各的想法，也不能说你做的完全没道理，明哲保身也行。但你身在皇家，有时是身不由己的，你不当也得当，我想当也当不上。实事求是地说，你这个胆小无能的皇帝也干了一件值得肯定的事，就是鼓励和支持司马光开始了《资治通鉴》一书的写作。这是一部大书，对后世的历史研究很有帮助，是经典之作。你给司马光提供了人力物力支持，创造了不少方便，使司马光以十九年之功完成了这部巨著，只可惜，你只看到了他的开始，未见其成功。

赵曙摇头叹道：咳，没眼福啊……

36

墨碗虽臭,却连着我家饭碗。

二人正说着,尚树蛋忽被一个身影吸引过去,他大喊了一声:一挥公!

前面一位斜挎着卷状包裹的男子回过头来,也惊奇地喊了一声:树蛋!

这两个声音连接得非常紧,以至于像是心灵有感应似的。胡宫问:你们怎么这么熟悉?

尚树蛋说:他是我在尚庄最好的朋友,跟你说吧胡宫,尚庄最能说得来的就是他。这人说话特别有意思,啥事叫他一说,幽默得很,叫你笑得肚子疼。你说为啥叫他一挥公吗?他会画画,字也写得好,在尚庄算个才子了。他画画随意得很,一挥而就,还挺有味道。他没受过正规美术教育,完全是自学成才。他不讲究学院派那一套,皴、擦、点、染等技法也不讲究,甚至连中锋运笔也不以为然。他画画时拿起笔就是一下子,他说,什么中锋侧锋,我这一下子就什么锋都有了。他的作画方法,行家肯定不看好,会认为是乱来,可人家乱来也有乱来的道理,照样有欣赏的人,我们尚庄人家里差不多都有他的画,都很郑重地裱起来,挂在墙上,觉得是很漂亮的装饰。他的画也好求,无论是谁给他要画,他立马就能满足要求。他说,不就是抹两下子吗,咱这野画不像人家画家的那样,标价那么高,动辄十万八万的,甚至十几万、几十万、成百上千万，干什么呀，是金银财宝啊，一张纸就值几块钱，抹水墨颜料就那么多钱了？咱不是画家，画不值钱，你要是稀罕，吱一声就行了，现成！

胡宫说：你这朋友还真好说话。

尚树蛋说：当然。尚庄人不像你们宫廷，人与人之间那么森严，那么冰冷，都像是隔着一道墙，谁也不和谁说心里话，谁也信不着谁，都谨慎地互相提防着，生怕被人陷害。你们宫廷中人表面看都是衣冠楚楚、彬彬有礼、温文尔雅、温良恭俭让，一副正人君子的样子，其实内里都怀着防人和害人之心。你们不是有一句名言吗？害人之心不可有，防人之心不可无。这就是你们奉行的行为准则。你们宫廷里尔虞我诈、坑蒙拐骗、男盗女娼、蝇营狗苟的事层出不穷。哪像我们尚庄，大家都像一家人那样，随和融洽，互相间想说什么就说什么，谁也不计较谁，谁也不算计谁，有点小矛盾哈哈一笑就完事了，都不往心里去。哪像你们宫里，有点隔阂都在心里装着，装一辈子，越积越多，小隔阂变成大矛盾，变成势不两立，变成你死我活，非得把对方置于死地不可，甚至是诛灭九族、掘坟鞭尸。你说这是何苦呢，非得把人家弄死干吗？相互间怎就这么水火不容呢？

胡宫道：宫廷的事一下子说不清楚，各有各的情况，你们尚庄才几个人，才遇到多少事，哪能一样呢？我在宫廷中活了一世，对这些是是非非我不能多说什么。你是尚庄人，自然就说尚庄好，我也不干预你，还是说这个一挥公吧，你说什么，跟他求一幅画很现成吗？

尚树蛋说：当然现成。别说一张，十张八张都行，你要是肯给点钱，他背着的这一捆子都给你！

一挥公像是听到了他们两个说话，回过头来说：树蛋你说什么，谁要买我的画？

尚树蛋笑了笑说：这位买。你带来多少张？

一挥公说：带来200张，4尺的，再要还可以订货，保证按时交货，绝不拖延！

胡宫对尚树蛋说：这么高产？有的画家一张画都要画几个月，一两年！像我们宫廷画院的画家，画的时间更长！

尚树蛋说：要是那样，我们这位一挥公该饿死了。你说他为什么叫一挥公吗？他画画就是中锋侧锋一起来，皴、擦、点、染一挥而就，一幅画几笔就画完了，要不怎叫一挥公呢？告诉你吧老胡，他这个外号还是我给起的呢，你看贴切不？

胡宫点头道：贴切，贴切，有点意思，一挥而就，高手，高手！

尚树蛋说：高手倒不一定，快手倒是真的。你猜猜我们这一挥公一天画多少张？

胡宫不解地问：一天？一天能画一张吗？

尚树蛋说：岂止是一张，你问他画多少张？

一挥公说：我不是论张，是论批，一画就一批！我是流水作业，一批同时落笔，同样的一笔画一批，第二笔再画一批，一种颜色画一批，一批画同时起笔，同时收笔，一起成画，最后一笔挨个抹一遍就都完了。

胡宫惊得直伸舌头：真是高手，要是在我们宫廷画院，都得把画家们气死！

一挥公接上话茬儿说：这位是谁？

尚树蛋说：我忘给你介绍了，这是大宋朝宫廷宣旨官，就是他把我从尚庄宣来的，他一直陪着我，我们已经是好朋友了。

一挥公吓了一跳：我说尚树蛋你这是说人话还是说鬼话，你怎么跟鬼在一起，跟鬼说话？

尚树蛋说：一挥公你可别看不起鬼，你也别以为你是人就比鬼高贵，人与鬼没有高低贵贱之分，谁也不应歧视谁，其实要论身份，人家前世是宫里人，你一个尚庄小民算什么？但人家胡宫人挺好，没架子，不傲慢，说话随和，心眼儿好，还帮咱尚庄在汴梁城办了个卤鸡公司呢，帮咱推销尚庄的特色产品，帮咱们发家致富，你不感激人家怎还说风凉话呢？

一挥公听罢道歉道：对不起，我是除了尚庄不拿着当人了。

胡宫说：我也是。我以为尚庄人都不是人呢。

尚树蛋说：咱就别就一个词儿争了。其实人和鬼也没啥大区别，咱现在不都站在这汴梁城街上了吗？不说这个了，还说说一挥公这画吧？胡宫你真要买吗？

胡宫说：我是想买一张，不想买一批，多了没地方放。这么着吧，我给你找个地方，帮你推销一下。前面虹桥边有一个书画店，专门销售名人书画，你可以给他送去一捆，我回头给他打个招呼，让他先给你钱。

尚树蛋说：一挥公你看看，胡宫够意思不？这样你就不用到处跑了，你背来的画人家都收了。

一挥公说：这感情好，那就谢谢了。庄稼人没啥可报答的，等秋天我给你带点花生来，我种了二亩花生。

胡宫说：你留着吧，你靠卖画为生也不容易。

一挥公说：要说不容易这话不假，但说容易也容易。一支秃笔，一张破纸，一碗臭墨，呼啦几笔，画就成了。虽然挣不了多少钱，可靠我这画还供着两个孩子上大学呢。实话跟你说吧，我这手艺虽不咋的，叮是我的生计之本，墨碗虽臭，却连着我家饭碗。墨碗里都是多年的积墨，好比是老汤，老汤煮出来的卤鸡味极好，臭墨画出来的画也格外有味道。

尚树蛋说：一挥公说的是实话，他们家全指着他这画呢，他老婆整天把他当神一样供着，家里事啥都不用他管。只是他这钱虽挣得容易，但挣不多，因为他的画不值钱，行家不认，老百姓不买，买他画的都是不懂画的小商贩，这画是搭着他的商品卖的，表面上白给一张画，不要钱，其实是为了把自己的商品推销出去，画是"添称"的，"添称"你懂吗，就是白搭上。

胡宫说：聪明的买卖人啊，为卖自己的货拿人家的画"添称"。买卖人心眼儿多，人界鬼界都一样。你看汴梁街上这些做买卖的，一个个都是鬼灵精，买东西的怎么也精不过卖东西的。这么着吧一挥公，我帮你把画艺提高一下，我朝画家挺多，山水、人物、花鸟各种题材都有高手。水墨山水画有李成、许道宁、郭熙等。李成善画烟林平远的景色，画风清旷萧疏，善于表现古木参天、气象萧凉的背景下的旅途文人，表现怀旧之情；许道宁多画平远的山川、野水、林木、以简易率劲见长；郭熙的山水以布置巧妙、变化多端著名，画山石如"鬼面"，皴如乱云，写瘦树枯枝则乱如"蟹爪"、"枯爪"，独具特色。还有擅长白描人物画的李公麟，画法独创一格。我朝有名的画家有150多人呢，我可以请这些画家给你讲讲课，还可以给你找个地方进修一下，就去宫廷画院吧，那里我能说上话，吃住学都没问题，进修个一年半载，你的画肯定能提高，到时候你的画就不用给人家"添称"了，可以多卖点钱了。画光靠量不行，还得靠质。质量上去了，自然就可以多卖钱了。为什么人家的画标价都成千上万的，不就是人家的画质量高有收藏价值吗？你的画要想上去，就得走出尚庄。

尚树蛋说：一挥公你还真有运气，碰到圣人了。宫廷画院是什么地方，谁能去呀，花钱走后门都难去，你好好进修一下吧，将来你的画就值钱了，就不用叫人家当"添称"了。等你进修回来，你也就成尚庄名人了，到时候咱俩就是尚庄双雄，我是宋史专家，你是宫廷画家。

一挥公喜滋滋的，说：这可就太好了。那咱俩在尚庄就是最牛的。

胡宫又问：你书法怎样？

尚树蛋说：一挥公书法也行，一挥嘛，既可挥画，又可挥字。

一挥公说：我的字拿不出手，瞎划拉，没有体。

胡宫说：其实能划拉就行，不在于你的字怎样，关键是名气，有了名气随便甩两笔就值钱，只要名气大，写得越不像字越能唬人，叫作独成一家，自成一体。你不是想写字挣钱吗，我给你出个道儿，到妓院给妓女写去，就往妓女裙子上写，妓女没文化，但爱虚荣，有名人在她裙子上写字，可以提高身份，她也能凭借这个多挣钱。我朝时行这个，衣服上写字、布单子写字是一种装饰。

你看那辆车子上的苦布，不是有字迹吗？

大家侧脸望去，只见来了一辆车子，这辆车是手推独轮车，一个人挺用力地推着，前面还有头驴拉着，另有一人驾辕，都很费力的样子。车子看样子很重，满满的一车货物，货物上蒙着一块苦布，这苦布上写满字迹，密密麻麻地像图案一样，挺好看。

胡宫说：你要学书法也行。我朝有很多书法家，李建中擅长楷、行、篆、隶，苏轼是书法大家，擅长行书，他的字丰肥遒劲，字势内紧外疏，大有《兰亭序》之遗风。他主张写字要有多方面修养，识浅、见狭、学不足都不能尽其妙。我估计你在这三方面都存在问题，学识不一定多，见识不一定广，学习的也不够，我可以叫苏轼给你指导一下。

一挥公说：你说的倒也挺对，咱一个庄稼人，就是胡闹，闹个钱儿就满足了。

胡宫说：无论有名无名，都是想闹个钱儿，只不过是大钱儿小钱儿罢了，我说的是希望你闹个大钱儿。但如果你不愿意费这个劲，下苦功夫从基础做起也行，也可以走个捷径，找个挣钱儿快的事，就像我刚才说的到妓院去给妓女写字吧，那些妓女只重名不看字。你的字写得一般不要紧，我可以帮你出名，给你炒作包装一番，保准没问题。必要时我可以动用宫廷的力量，由官方帮你炒作，效果肯定最佳。

一挥公说：我可不去那种地方，咱挣钱得挣干净钱，别叫尚庄人指脊梁骨。你说的炒作，我也见过，啥招儿都有，我看过赵本山徒弟演的小品，啥炒作办法都有，甚至是替人挨打，连哭带叫的，咱不干那个，出不了名就在村里待着吧，图个清静。进修一下倒是挺好，咱写字画画都是野路子，下功夫打打基础挺好。什么时候去？

胡宫说：随你便，什么时候都行。啥时候你在尚庄活腻歪了，你就来吧。

一听这话，一挥公顿时气红了脸：你说的什么鬼话，怎么盼我死呢？

胡宫笑道：你先别生气，你忘了我是鬼吗？你难道不知道宫廷画院是个鬼待的地方吗？你去宫廷画院进修，不死能去吗？

一挥公恍然大悟，大叫一声，说：不去不去，吓死我了，我还没活够呢。我宁可在尚庄画我的画，挣点钱够吃够喝得了。说罢就扭身走开了。

尚树蛋道：一挥公真是胆小鬼，一说鬼就吓破了胆，那就让他守着他那秃笔臭墨碗画他那廉价画吧，咱继续向前走，我不怕。

胡宫说：行，咱走咱的。

37

不是为了用，是为了看。

汴河边有一个栏杆，一些看凤景的人正趴着栏杆看。观者有老有少，边看边议论。也有人朝着那骑着驴子留着山羊胡子的人看，还说着些什么。

胡宫说：这些闲人，没事儿议论朝廷呢。

尚树蛋说：他们敢议论朝廷？

胡宫说：我不是跟你说了吗，在我们这里，没有人世间那些条条框框，也没有高低贵贱之分，没有贫富差距，那都是前世的事，早就如过眼烟云了，早就忘脑后了。我们谁也不必思前想后，怕这怕那，大家都一个样，想说谁就说谁，谁也没有什么了不起，都是一缕孤魂。皇帝也跟他们差不多，也可以指指点点。他们对我朝皇帝都有个评价，比如英宗赵曙，人们都觉得这个被吓死的皇帝没啥作为。

尚树蛋说：赵曙虽然折腾了两年没啥作为，但也有一个长处，就是能够听取大臣的意见，用当年唐太宗李世民的话说，就是纳谏。赵曙在尊崇濮王的争论中，就表现了他对韩琦、欧阳修等大臣的信任和器重。正是由于这一点，他虽然因病长时间不视朝，又与曹太后长期不和，但因为有他所信任的大臣的支持和辅佐，国家保持了安定局面。病好以后，他曾雄心勃勃地想干一番事业，力谋天下大治。为此，他向大臣征求意见，打算解除先朝以来的积弊。当时，宰相富弼建议采取稳妥步骤，以"宽治"为本；端明殿学士张方平提出四个字："简、易、诚、明。"赵曙觉得这四个字很好，提拔他当了翰林院承旨。赵曙还和大臣们一起讨论唐朝开元之治和安史之乱的经验教训，富弼和韩琦关于择贤任人、进退贤愚等施政方针，赵曙也都采纳了。此后，赵曙又起用了勇于直谏的唐介为御史中丞，表明他虚怀纳谏的姿态。同时，他又把少有谏言的官员贬为外官，起用了王安石等新派人物。

胡宫道：总体来说，英宗皇帝还是有些抱负，想有点作为的，但是，随后出现的情况使他大志难酬。这就是西夏的入侵和接踵而来的越发严重的内忧。

胡宫道：是啊，西夏早就是宋朝的大患，宋夏战争断断续续没停过。正当英宗皇帝致力于天下太平的时候，西夏加紧了对宋朝的入侵，英宗皇帝不得不抽出精力，加强国防，抵御西夏入侵。当初仁宗皇帝死后，夏毅宗谅祚遣使来宋吊唁，开始改赵姓为李姓，公开向宋示威，英宗皇帝回书诘责谅祚，责令他恪守旧约。接着，谅祚派使臣入贺英宗继位，就是在英宗继位的典礼上，西夏使臣和宋方发生争吵，英宗回书再次诘责西夏故意找事，谅祚却以此为借口发兵七万，侵掠泾原、秦风两路诸州，劫杀州民，掠走牲畜数以万计。

尚树蛋道：西夏觊觎宋朝已久。它是决不肯善罢甘休的。对于西夏的入侵，赵曙先是遣使诘问，后来才采取韩琦的建议，派义勇军加强了防守。又任命欧阳修举荐的将领高沔进行防御。

胡宫道：这样部署了一番之后，赵曙便以为可以放心了，司马光请求广纳御敌之策，精选将领抵御侵辱，英宗也没引起重视。此后，西夏不断发动小规模入侵，边臣多次请求增兵，部署反击，英宗仍不以为然。这样，终于使西夏越发肆无忌惮起来，治平三年秋天，发动了大规模进攻。谅祚亲自率军东下，围困大顺城，入侵柔远寨，烧毁沿边村寨，这时英宗才召集大臣急商应敌之策，宰相韩琦提出停止所谓"岁赐"，并派使节进行问责，英宗采纳了这一建议。

这时谅祚率军攻打大顺城不下，身中流矢，恐久战消耗过大，就在宋朝边地大掠一番，退回西夏。

尚树蛋道：赵曙其实对西夏也无可奈何，西夏退兵后只是责备了一番了事，丝毫没有大国的气概，与他软弱的对外政策一脉相承，从而给他的子孙后代留下了更大的隐患。外侮难除，内忧也必然会接踵而至。

胡宫道：是啊。自仁宗朝以来，贪官多见，冗官现象严重，英宗虽想革除积弊，但没采取有力措施，加之抵御西夏，增加了军队员额，军费开支也越发严重，又加之大兴土木，重修宫殿阁门，规模很大，耗费巨大，使得变乱丛生。

尚树蛋道：赵曙对当时皇亲国戚的奢侈糜烂之风也很感慨，也曾想进行惩治，但无奈贵族豪强极力反对，赵曙又没采取强有力的政策，局面没有得到任何改变。你说说，这个皇帝算不算窝囊？可以说，基本上是没什么作为。

胡宫道：你说得不错。英宗皇帝缺少雄才大略，不能应付国内外的复杂情况，特别是他一直身体不好，当皇帝才四年时间就走到了尽头。哎，可怜的皇帝呀！

尚树蛋道：赵曙是够可怜的，特别是后来病情严重，卧床不起，口不能言，裁决军国大事只能在纸上写字，这样，他实际上就被韩琦等人臣操纵了，根本无能为力，在大臣提出立太子时，他也是无法表达自己的想法，只是用笔歪歪扭扭地写下"立大王为皇太子"等几个字，被韩琦代拟了诏书，接着他便一命呜呼了，年仅36岁，才比我大3岁。真是个短命的皇帝，短命的王朝！

胡宫说：新继位的皇太子，就是英宗说的"大王"，是英宗皇帝的大儿子，叫赵顼，就是神宗皇帝，他20岁即位，在位18年，38岁去世。

尚树蛋说：也是个短命皇帝。你说皇帝们怎么这么寿短呢？我看可能是骄奢太过，把身体糟蹋了，又滥吃什么神丹妙药，使身体越来越差，御医也不敢用药，皇帝们的身体就更坏了。再有就是暴死，被人杀死。怨不得他不愿意当皇帝，有原因啊！

胡宫道：这事咱就别操心了，皇家的事咱沾不上边。

这时，一辆双驾牛篷车吱吱扭扭地从身边走来。这辆车有个挺大的车棚子，看不清里边装的是什么，一前一后两头牛拉着，赶车的也有两个人。它前面还有一辆牛篷车，是三套牛拉着。

尚树蛋说：你们大宋朝牛还挺多，在这条街上我已经看到十来头了，拉车还两套、三套的，我在尚庄这还没见过，一头牛拉着还不够啊？

胡宫道：我朝对牛特重视，所以牛多。专门有保护耕牛的法律，当然，历朝历代都有，因为民以食为天，牛对农耕意义极大，没有牛耕田，田就不能长庄稼，田里长不了庄稼，百姓就会有饥馁之苦，百姓吃不上饭，国家就要完了。这是连小孩子都明白的道理。

尚树蛋道：你这可就是关公面前耍大刀了。我是干啥的？整天就在田地里忙活，整天就干土里刨食的事，我还不知道耕牛的重要？不过我跟你说老胡，像我们尚庄这样的村子，已经很少见到牛了，牛耕田的情景已是历史画面。现在我们耕田用拖拉机，收割用收割机，其他如播种、除草等环节都有机械，再说，都不用除草了，撒点除草剂，一根草也不长。庄稼熟了，收割机一动，刷刷刷就完了。也不用到场上打，收割机这边收庄稼，那边就出粮食、装口袋了。车子从正在收割的地里直接把成口袋的粮食运出来，这是现在我们村的一景，这情景你见过吗？

胡宫像是听不懂似的摇了摇头。

尚树蛋说：你肯定没见过，你们就见过牛耕地。这就是差别，时代不同了，一切都变了样。等我到你们宫里去，给你们上上课。

胡宫感叹道：这或许就是岁月的力量啊，岁月可以改变一切。不过，我跟你说尚树蛋，我朝虽然没有拖拉机、收割机，实行牛拉车，但也有值得夸耀的。我先问你，你喜欢读书吧，书上的字是怎么印上的，那是跟我们大宋人学来的！我给你叫个人来你认识一下。接着就喊了一声：毕昇——

一个褐衣男子应声前来，问：哪位唤我？

胡宫道：这位是皇帝请来的客人尚庄人尚树蛋先生，他想了解一下你的印刷术，你给他讲讲。

毕昇一副坦诚直率的样子，说：行！然后就如数家珍地述说起来——

尚树蛋道：我知道，在你们宋朝之前，是雕版印刷，就是在木板上刻字雕成版来印，这种技术在唐代已很完善。雕版印刷的缺点是，投入的人力物力很大，刻印一本书往往需要很长时间，有错字还不好改。

毕昇道：我的活字印刷就方便多了，不用一个字一个字地刻，是采用胶泥做的活字，一个个地用火烧硬，然后依次排列在涂着松脂、蜡和纸灰的铁板上，用一个铁框子框上，这就成了印刷用的一块版，然后放在火上烤，等松脂和蜡融化了，就用平板压上，字面就平整了。冷却后就凝固成一排排的泥活字，印刷时也不会散落。

尚树蛋道：这办法倒不错。但你拼一块版只能印一页，多页怎么印呢？

毕昇道：一般情况下有两块版，一块用来印刷，一块备用。等一块版印好时，另一块已排好等着印了。就这样轮换进行，可以大大提高印刷速度。每个字形都准备了很多泥字，以备使用。暂不用的泥字可以按音韵储存在木盒里，以备查找。如果出现少用的生僻字，事先没有准备，就当下烧刻。印完后，再用火烤热印版，泥字就落下来了，可以重复使用。我发明的这种印刷术清洁简便，效率高，很受好评，我朝很多著作都是用这种方法印刷的。怎么，你也想学吗？

尚树蛋道：我不是想学，现在都什么时代了，还学你们大宋朝的技术，不落伍吗？告诉你吧，现在我们的印刷术可先进了，雕版、活字、铅字都淘汰了，现在早已进入激光照排阶段，激光照排你肯定不懂，我也一下子给你说不明白，简单说吧，就是用一台机器，什么事都办了，只占用很小的地方，黑白的、彩色的都能印，我们村老毛富家就有一个小印刷厂，活儿不少，还能印商标呢，总之，现在的印刷术先进多了，以前的印刷术都没法比，社会进步了嘛。不过，还得感谢你们这些先人，今天是从昨天走来的，社会是阶梯式前进的嘛！

说到这两句词的时候，尚树蛋自己都觉得很精彩，他想起来了，这是从一本书上看到的，于是扬扬得意地认为：还得多读书啊，读书是积累财富嘛！

尚树蛋又对毕昇说：如果把雕版印刷看作印刷术的第一个阶梯，你的活字印刷是第二个阶梯，我们现在激光照排就算是第四个阶梯了，中间还加着个铅字印刷，这种印刷术沿用了好些年。好了，不说这些了，你不懂后来的事。不过我还是想学学你的活字印刷术，不是为了用，而是为了看。

毕昇大惑不解：看什么？

尚树蛋说：这你也不懂，因为你们那时候还没有旅游这个词。现在旅游可时兴了，不仅是城里人，连我们乡下人也游起来了，天南地北地走，连外国都去。生活好了嘛，有钱了嘛，多走走看看，散散心。现在人们的旅游兴趣是喜欢看古的东西，古村镇、古民居、古器物，似乎越古越有价值。所以，我准备给老毛富带个信儿，让他到你这里学学活字印刷，回家腾出一间屋子来摆你的活字和活字印的书，再弄几个泥塑假人演示一下活字印刷过程，作为一个景点，招徕游客，挣点钱嘛！

毕昇道：你们尚庄人真能想钱。行，你让他来吧，我教教他，活字也可以给他一些。

尚树蛋道：爽快！我回村后就让他来。

在一旁的胡宫催促尚树蛋：咱别耽误人家毕昇了，人家还有事。用你们的话说时间就是金钱嘛！

38

一辈子为儿孙们忙活，等忙不动了，
儿孙们也都靠边了。

二人继续前行。路旁有个胡饼摊，摊前站着一个中年男子，手里拿着个扇形祭物，迎面是一个骑马人，手里拿着布包、树枝及扇形祭物，北面还有两乘轿子，一个骑马人，后面跟着仆人，有的提着食盒、有的拿着遮阳伞。

尚树蛋问：这帮人挺忙活的，他们是去干什么的？

胡宫道：去上坟祭扫呢，有的祭扫回来了。今天是清明，上坟祭扫是一件大事，无论是官人还是百姓，都挺看重呢。

这时忽听前面挺响的一声鞭响，伴随着一声沉闷的吆喝声：哒、哒……

尚树蛋觉得这声音好熟悉，这不是尚庄人吆喝牛的声音吗？便不由自主地迎上前去。

此时那个赶车人正把头转向街对面的一个小吃店，店内的餐桌清晰可见，还没有客人在店内用餐，一位伙计在恭候着客人的到来。店门前有一个女人刚下了轿子，似像进去用餐的样子。店门的另一边有一乘停下来的驴车，几个人正在说着什么，一个老者弓着身子看着，或许是因为感到好奇，或是无所事事地卖单儿。

赶车人漫不经心地看着这一切，他的心思在牛车上，他关注的是这驾车的牛。他显然很小心，在这繁华的街上车走了偏道可不是闹着玩的。于是，他的手里挥动着一截小木棍，"哒、哒"地吆喝着，催促起那牛来。

尚树蛋的目光终于和那赶车人相遇了，他突然一惊，大呼一声：老末哥！

被唤作老末的赶车人也几乎是同时喊了一声：树蛋！

尚树蛋迎上前去，道了一阵寒暄，问：老哥怎么到汴梁来给人赶牛车了？

老末说：挣钱给孙子娶媳妇啊！

老末大名叫尚奎，老末是他的外号。老末有两个儿子一个孙子，六十多岁了，几十年来都是为儿子奔波，连盖了两套房子，两个儿子一人一套，这才娶了两房儿媳妇，一个庄稼人干这么多事谈何容易，内中辛苦只有他自己知道。他平时省吃俭用，以前连菜都不买，一年到头是咸菜条子，这两年买点菜了，也是每集去买点论堆的菜，就是收集时卖菜人把卖剩下菜堆在一起，给个块儿八角地就卖了，也不论每斤多少钱，这叫赶末集。老秋就是个赶末集的主儿，所以，爱起外号的尚庄人送给了他一个外号叫老末。一来二去，人们忘记了他的大名，见面直呼老末。

尚树蛋见到老末，自然又谈起房子的事，尚树蛋逗趣地问：老末哥，还为房子忙活吗？

老末无奈地说：嗨，没个完啊。忙完了儿子忙孙子，为儿子忙了大半辈子，这不又开始为孙子忙活起来了。你还不知道咱尚庄人吗，一辈子就为房子奔波，一代一代的都是一个老任务：盖房子，娶媳妇。哪家都这样。

尚树蛋道：是啊，房子盖了一座又一座，可盖房人还是没房。

老末道：可不是，至今我和老伴还住着两间老式旧房。

尚树蛋道：盖房子需要钱，可钱从哪里来呢？

老末道：想招儿呗。地里长的粮食卖不了多少钱，所以我六十多岁了又出来打工了，因为听说出外打工能挣点钱。我没有别的本事，年轻时赶过牛车，就来汴梁干上了这个行当。

尚树蛋听了老末的述说后很感慨，深觉尚庄男人太难了，一辈子为儿孙们忙活，忙完儿子忙孙子，等忙不动了，也没人管了，儿孙们都靠边了，有多少尚庄人是这个结局？谁也说不清，尚庄男人真是太亏了。想到这里尚树蛋对老末说：我看你在这赶牛车也挣不了多少钱，要想挣钱给孙子盖房得猴年马月了，你干脆跟我干得了，我让你挣点钱！

老末不解地问：你？

尚树蛋说：不错，是我。我在汴梁开了一个公司，经营咱村的卤煮鸡。公司有一个养鸡场，正缺人手，你可以去那里干，工钱好说。我是公司老总，管养鸡场的是喇嘛四，你跟喇嘛四说我让你去的就行。咱公司在汴河街20号，都是咱村里人，我给你个喇嘛四的电话，直接跟他联系就行。

老末说：这敢情好，等我把这车货物送到地方，把牛车交给主人就跟喇嘛四联系。说完，就"哒、哒"地赶着牛车走了。

望着老末的背影，尚树蛋对胡宫说：咱尚庄人就是厚道！

胡宫点了点头：挺好。

手机铃声。是小冒儿。

吗事？尚树蛋问。

小冒儿说，没么事，汇报汇报工作。他说凤来公司开业以来，运行的不错，目前已渐渐打开市场，除了汴河街20号外，在城内还设了两个零售点，反响不错，尚庄卤鸡渐渐成为被汴梁人认可的一个品牌，前景看好。零售业务也开展起来，每天都有卤鸡担子上街去卖，销路很好。小冒儿说，常挑担子出去的是橡子。他当过群众演员，愿意往外面跑跶，他很愿意干这差事。小冒儿说，树蛋哥你留点神，说不定就会遇到橡子。

正在这时，前面传来一声吆喝：卤鸡——尚庄卤煮鸡——又香又嫩的卤鸡——

正是椽子。尚树蛋追上他，问：卖卤鸡呀，生意怎样？

椽子一惊：是树蛋哥呀。生意还不错，汴梁人很认咱的货，说是味道好，有特色，挺受欢迎。

有什么反映没有？

有的。说是价钱稍贵点。

尚树蛋说：那咱就适当调调价。

我看行。椽子说。

尚树蛋问：生鸡供应怎样？

椽子说：还行。喇嘛四挺有办法，鸡场办起来了，还招来几个人手。喇嘛四已经和饲料公司建立了联系，饲料公司保证供应。鸡场还专门雇了个兽医，防备鸡瘟。

尚树蛋说：喇嘛四心细，雇个兽医非常好，养鸡场鸡多，暴发鸡瘟可了不得。养鸡场是咱公司的供应仓库，也是咱的基地，必须非常重视，你跟小冒儿说说，一定要把质量放在首位，诚信第一，不挣亏心钱，咱尚庄人不搞假冒伪劣，坚决杜绝用病鸡做卤鸡，不能砸了牌子，牌子和口碑就是咱公司的命。另外，告诉一下喇嘛四，给老末安排个活儿，帮助看养鸡场吧。

椽子说：树蛋哥你尽管放心，我一定如实向冒儿总传达。

接着，椽子告诉树蛋一个令人吃惊的消息：冒儿副总摊上麻烦了！

椽子说，小冒儿他爹老赖找上门来了，要把小冒儿叫回家，不让他在这儿办公司，说是尚庄卤鸡是他家的家传，不能示人，他还要在尚庄办自己的公司呢，说不能让汴梁的公司抢他的生意。

尚树蛋说：我说这个老赖呀，我就是叫他三姨夫就是了，不然我得找他说道说道，我们这公司办的好好的怎么平白无故拆人家墙脚，小冒儿不就是你儿子吗，还是我家公司老总呢，你说叫走就叫走啊，不行，说啥也不行！

又问：小冒儿咋说的？

橡子说：小冒儿没听他爹的，话说的挺硬。

咋说的？

小冒儿说：在尚庄你是我爹，我得听你的，可这是在汴梁，在凤来公司，我得听董事长树蛋哥的，董事长比爹大，我不能给树蛋哥拆台！

尚树蛋听了很感动：小冒儿够意思，学会以大局为重了，看来出来闯一闯就是不一样，有思想了，会处理问题了。后来怎么样？

橡子说：他爹气呼呼地走了，说是等着再找他算账。

尚树蛋说：那就等着吧，我看他也没后劲了。我知道他，他就是嘴硬，到真章他使不出来。

橡子说：那就等等看吧，但愿如此。

尚树蛋嘱咐橡子，产品外卖很重要，不仅是增加销售量，而是个流动广告，影响力很大，你回去告诉小冒儿，让他多出几个外卖，让汴梁城内响遍咱凤来卤鸡的叫卖声，让全城人都知道。

橡子说：树蛋哥你有眼光，会做买卖。

尚树蛋很兴奋：那当然，这叫舆论经商，在商咱就得言商。行了，你去卖吧。

橡子转身走了，"尚庄卤鸡"的叫卖声又传开去。

39

开轿车遛牛,这才叫牛车。

尚树蛋忽然发现胡宫不见了,就大喊了一声:老胡!胡宫——

身后是胡宫的声音:我不是在这儿吗?你们说的话我都听到了,可你们忽略了我的存在。看来人鬼两界就是不一样,你忽略我,我忽略你,彼此都不在意对方的存在。行了,不说这个了,我让你看看这些车子。

尚树蛋说:什么车子?

胡宫说:你们尚庄肯定没有。

尚树蛋顺着胡宫手指方向看去,只见一辆三头牛拉着的车子,上面有一个用竹篾子做的盖。

尚树蛋说:一辆车怎么还用三头牛拉着,看样子车也不重啊,你们汴梁的牛真没劲。

三头牛并不稀奇,还有十几头牛骡拉的车,载重量极大,是民间辎重车,但走的太慢,一天走不了30里地,战时如遇敌作战,这种笨重的车毫无用处,所以叫太平车,即天下太平时民间还可以用。

尚树蛋问:这车就叫太平车吗?

胡宫说:还不好说,因为只有三头牛。

尚树蛋说：看来你也不懂啊。

胡宫为避免尴尬，话题忙离开太平车，转向其他。他用炫耀的口气说：汴梁城车多，你们尚庄肯定没这么多车。有一种叫平头车，比太平车略微小些，两个轮，前面有长木做辕，用独牛在辕内驾着，酒店大多用这种车载装酒的大木桶。

胡宫说到这儿，尚树蛋猛然想起此前曾在久住王员外门前见到过这种车，车上装着两个大木桶，只不过是两头毛驴拉着，不是牛。便说：胡宫你挺有学问，知道的挺多。

胡宫炫耀道：我们汴梁还有一种浪子车，平板，两轮，没有前辕，只有一个或两个人推着，往往是卖糕点的人推着，这种车不能载重物。还有一种独轮车，又称串车。前后两个人把驾，也有的是一头驴在前面拉着，后面一个人把驾。还有的是宅眷坐的车，与平头车相类似，但用棕作盖顶，好像礼帽，前后都有勾栏门，可以垂帘，大户人家或权贵的眷属常坐此车。

尚树蛋想到，他也见到过这样的车，十字路口就见到过两辆，当时能看出来是坐人的，不是载物的，可没敢肯定。今昕胡宫这样一说才明白，心想胡宫这小子知道的还不少，不能小觑。

这时胡宫大概感觉到尚树蛋的惊羡，便扬扬得意起来，挺着身子说：我们大宋朝的大汴梁城物华天宝，人杰地灵，街道纵横，商贾如云，物流繁盛，街上的车子种类多去了。这么说吧尚树蛋，如果把汴梁城的车子都调来，可以摆满汴河两岸。

尚树蛋很不屑于胡宫的炫耀，很不以为然地说：你知道我们尚庄的车有多少吗，我也告诉你吧，你们这种牛车马车我们早淘汰了，我们现在用的是汽车，你绝对不知道的小轿车，用汽油作动力。我们村现在街上跑的就是这种小轿车，全村500多户人家有200辆小汽车，什么本田、大众、马自达、奇瑞、桑塔纳、红旗、金杯、长城，还有奔驰、宝马等高档车，牌子多的很。至于农用车、电动车就不用提了,每家都有。现在村里街上跑的车一辆接着一辆,街道路面也硬化了,变宽了,方便得很,要论车,绝对比你们汴梁多。开小轿车在我们尚庄再也不是什么新鲜事,走亲的、赶集的、办事的,开小轿车现在是常事,过去我们经常使用的是二等车。二等车你知道吗,就是自行车后架子上绑个垫儿,人坐在上面,叫二等车,那时候叫二等,现在都不上等了,早就没人坐这个了,一色是轿车出行。我告诉你一件牛事吧,我们村三锅原来穷的都经常揭不开锅,人们到他家串门一掀锅就是光光的,什么都没有,所以就叫了个老三锅。我们村的人名就这么随便。现在老三锅富了,人家开了个饲料厂,还养了几头奶牛,挺挣钱。人家现在也开上小轿车了。没那么多事要开车去办怎么办?开轿车遛牛!当然不能在马路上遛,有人管,再说马路上没有草。他是在田间小路上遛。有一天人们看到他又开着小轿车上地了,车后面拴着三头牛!人们都说,老三锅现在太牛气了,从古到今哪有的?

胡宫道:是挺牛的。开轿车放牛,是挺新鲜的。我们大宋朝的车我还没说完呢,有一种荆州车,就是一人推的独轮车。传说中诸葛亮发明的"木牛流马"就是只有一人在后面推、前面不用牲口的独轮车。

正说着,前面传来车轮声。胡宫说:真是说打雷就下雨,你看,那不就是荆州车吗?这车在山路上行走轻快方便。

尚树蛋举目看去,只见一个汉子正推着一辆独轮车在前面走,车上两厢对坐着两个人,正在唠着什么。他觉得这车子很面熟,似乎在刘家上色沉檀樟香店铺前见过。

胡宫接着说:我朝宰相王安石就爱坐这种车,和亲朋好友边走边聊,有时还找个村仆对坐。说到这里,胡宫忽然大声喊:王安石,临川先生!

40

你别心存成见，拿豆包不当干粮。

车上人忽然叫车停下，下车问：哪位叫我？

胡宫道：真是巧了，我们正聊着你呢，没承想遇见了你。介绍一下，这位是皇帝请的贵客尚树蛋先生，大名鼎鼎的宋史专家。

尚树蛋迎上前来：久仰久仰！

王安石拱手道：皇帝的贵客？幸会幸会！

尚树蛋说：你的名字我早就熟悉了，上学时就学过你的文章，《促织》、《游褒禅山记》都是我们的课文，你那篇《伤仲永》的文章是哀叹仲永的，写得好。那个天才少年仲永因放弃学习成了庸常之辈，这件事给了我很多启迪，使我认识到后天努力学习的重要性，可惜我生不逢时，想努力学习没地方了，辍学了，你再写一篇《哀树蛋》吧，总结一下我的教训。你的诗是不错，但你给我印象最深的还是你的变法。"王安石变法"嘛，这是多知名的事件啊！

王安石道：过奖过奖，我只不过是在皇帝陛下的支持下干了一点利国利民的小事，不值得夸奖！

尚树蛋道：真是愚忠啊！没有赵顼的支持你的改革大志肯定难以实现，这是不争的事实，但后来他的动摇也使你对变法失去了信心，最终导致变法的失败,是所谓成也赵顼,败也赵顼。

尚树蛋道:反对派的力量太大了,他们一次次对新法的攻击让我穷于应付,皇帝的动摇也与他们的频频鼓噪有关。

尚树蛋说:当然了,改革不是一帆风顺的。不过,从整个过程来看,你还是挺坚定的,顶住了强大的压力,表现出少有的改革者的雄心和顽强斗志,你实践了法家的"三不足"思想,奉行了"天命不足畏,祖宗不足法,人言不足恤"的精神,率先大胆地向赵顼表明了你励志改革的决心,大刀阔斧地进行了改革。你做事执拗,冷面无私,处事果断,很有那么点儿改革家的劲头,人们还送给你一个"拗相公"的外号,看来大家对你这股拗劲还是挺赞赏的!

王安石道:这也是得罪了不少人啊。不过,为国家计,得罪人也就不放在心上了。你知道当时的大宋是怎样一个情景吗?积贫积弱,国力衰微,完全是一个烂摊子,革除积弊已成当务之急,不如此则大宋危矣。其实大宋面临的危机已绝非一日了,仁宗皇帝时,国弱之象已经显现,仁宗皇帝在位42年,仁宗无子,他死后英宗继位,他继位不久,即对执政大臣富弼提出"积弊甚重,何以裁救"的问题,但当时的执政大臣富弼等不思改革,对英宗的话不予重视,英宗皇帝本人不久也身患了重病,无法处理政事,改革的愿望没有实现,使大宋面临的危机进一步加深。

尚树蛋道:是啊,仅就财政而言,赵祯时每年亏空数额达三百万缗以上,赵祯治平年间竟达一千五百七十余万缗,治平四年英宗病逝时因财政困难,不得不降低丧葬规格,这样,变革图强的重任便落在了他儿子赵顼身上。赵顼即位时不满20岁,堪称年轻有为,他当太子时就很关心国家边境大事,十多岁时就曾向曹太后表示要收回失去的疆土,初即位就向元老重臣富弼征询富国强兵之道,无奈富弼不愿配合。

王安石道:正是在这种情况下,神宗皇帝就找到了我,这才有了变法之举,其实还是神宗皇帝所为。

尚树蛋道：你是不敢贪天之功，其实赵顼只是你的支持者，真正去实施的还是你。在满朝文武中，你王安石还是声望很高的嘛，大家都很看重你。你早年就考中进士第四名，有过多年当地方官的经历，对官吏状况有很多很深的了解，你也曾经在自己的职权范围内进行过一些力所能及的改革，兴利除弊，勇于进取，比那些因循守旧的人强多了。你还向赵祯上了一封《言事书》，请求变革法度，以免重蹈汉唐覆辙，急切地希望对社会进行改革，遗憾的是这封信没有引起赵祯和大臣们的注意和回应。只是到了赵顼继位后，任命你为参知政事，你才得到了施展抱负的机会。

王安石道：是啊，我始终忘不了皇帝陛下对我的信任，陛下和我的那次谈话记忆尤深。那是初为参知政事时，陛下对我说，你这个执政在任上第一件事想做什么？我说，改变风俗，制定法律制度。陛下十分赞同，说，你只管大胆去做，我当你的助手。陛下的信任使我万分感动，随即设立了一个指导变法的机构，叫制置三司条例司，并和吕惠卿、曾布等人一起草拟新法，命各路独处推行新法。后来废除了条例司，由户部司农寺主持大部分变法事宜。

尚树蛋道：这个机构好，像是个指挥中心或司令部，变法号令都是从这个司令部发出来的吧。如果我没记错，你的变法包括三个方面，即对财政、军事、科举教育进行整顿，目的是使国家钱粮充足，军队强大，官吏各司其职，你的变法条文可称史上最牛，涉及面很广，包括均输法、青苗法、农田水利法、将兵法、保马法、保甲法、免役法、方田均税法等多种新法。变法前后推行了15年，国家增长了经济收入，百姓减轻了部分差役和赋税负担，朝廷内外的仓库所积存的钱粟也得到充实，据说是"无不充衍"，看来你的功绩真是不小啊。

王安石道：我还是那句话，不敢贪天之功，都是皇帝陛下的功劳。说起来，变法也挺不容易的，可以说是困难重重，阻力巨大，一开始就遭到了许多人的反对，真是难哪。

尚树蛋问：是谁反对你？

王安石道：为首的是有一部大书留名于世的那位，你一定不陌生。

尚树蛋道：啊，你说的是司马光，他的著名的《资治通鉴》我知道，我也知道他跟你关系不太好，只是不知其详。

王安石道：其实我们起初的关系还是很好的，我们曾共事多年，后来因为政见不同，关系便渐渐疏远了，以至于反目成仇。

尚树蛋道：我知道你们政见不和，到底差在哪呢？

王安石道：他认为朝廷正处在守成时期，应该偏重于整顿官员作风和伦理纲常，完善和发展原有的制度，别从根本上改，改变一些需要改革的环节还可以，即便如此，也要稳妥小心。这叫什么改革？实在是太保守了。我则不以为然，我认为必须要大刀阔斧地改革，经济、军事、科举都应在改革之列，有大动作才有大进步，才能做到富国强兵。

尚树蛋道：其实你们没有根本性的分歧，都是为了国家富强，只不过你比较激进，司马光比较保守，在具体措施上有所侧重和差异。

王安石道：这一点，皇帝陛下是清楚的，所以他认为我们两个人都是有抱负、有才能的人，皇帝对我俩都很赏识。但两强不可同时存在，只能在朝堂上留一个。或许你知道，皇帝对司马光还是很欣赏的，曾多有溢美之词。当初他接连上书陈述一己之见时，皇帝就认为他很有见地，后来在官场斗争中不计个人安危犯颜直谏，也被朝野上下誉为社稷之臣。

尚树蛋道：我说这些你不要在意，司马光确实也是难得之才，既是政治家，又是文学家，其巨著《资治通鉴》内容繁复，考据严格，文字精美，议论深刻、叙事生动、文风质朴，古往今来的人们多有称道，是中国史籍中最有价值的著作之一。这部书为后世研究历史的人们提供了战国至唐代相当完备的资料，我虽非史学家，但好歹也是个尚庄的宋史专家，《资治通鉴》我几乎从头到尾都看过。老王你别拿豆包不当干粮，别对这部伟大著作视而不见！

王安石道：我不想跟你说这部书的事。严格说来这本书不是"写"的，而是"编"的，也不是他一个人所为，而是多人的合力，他不过是个主编而已。

尚树蛋道：啊啊，我说老王，你这样说心胸也未免太狭隘了，司马光先生为这部千古巨著所付出的努力你难道还不承认吗？为写这部书，他和助手们收集和整理了大量资料，不下 300 种之多，据说写的草稿就装满了两屋子，耗时竟达 19 年！其间是夜以继日，殚精竭虑、身体累垮了，60 来岁就眼花齿落，身心疲惫。他为这部书倾注了毕生精力，其功绩不可磨灭！

王安石有意避开这个话题，说：他的文才自不必说，我要说的是他对变法的阻挠。当初为了阻止我变法，司马光可说是不遗余力。他对太皇太后等人说，地方豪强是国家的依靠，他们的利益不可侵犯。还对我进行人身攻击，离间我与变法派之间的关系，说青苗法有很多害处，在陕西，老百姓都说不好，朝廷要是允许这么无法无天干下去，百姓肯定要深受其害，国家也会大难临头。他的煽动和离间助长了反对派的气焰，壮大了反对派的阵营，连我的几个朋友也离我而去，和他站在了一边，像刘恕、吕诲就是这种小人。

尚树蛋道：我知道，吕诲写奏章弹劾你，说你大奸似忠，大诈似信，思想偏激，好大喜功，要是朝廷依赖你，国家必酿成大乱。他还十分阴险地向赵顼请求解除你的职务。

王安石道：他把这一纸弹文藏在袖中，呈给了皇帝，可喜的是皇帝没受他蒙蔽，还将他贬官，这是天之报应！我向皇帝表示，我已以身许国，无所顾忌，不管舆论如何，绝不影响对朝廷的忠诚！

尚树蛋道：为变法图强，你确实是一片忠心。你意志坚强，大刀阔斧，做事执拗，"拗相公"这个绰号还真挺贴切。在这方面你是挺牛的，和我们村老三锅开轿车遛牛一样牛。另外，你也比较善于组织力量，推进改革，有几个得力的助手，但也有用人不当之处。你不会忘记吕惠卿吧？

王安石愤然道：小人！休要提起他！

41

汤锅下撤一把火，再泼一瓢水，那还能烧开呀。

说起吕惠卿，王安石气不打一处来，闷闷地好半天没说出一句话。

尚树蛋道：王先生别太生气，生气是拿别人的缺点惩罚自己，这是我们在生气时这样安慰自己的，也希望先生这样想。客观地说，当初你并不认为吕惠卿是小人，你们俩关系还一度很好。他是经欧阳修推荐与你结识的，此后你们成了好朋友，你们一起论经讲义，谈论古今，观点相同，志趣相投，堪称莫逆之交。你认为他才华横溢，通晓事务，当今无人能比；吕惠卿也说，你是前世大儒都比不上的大才，古有孔丘，今有王安石，天底下只有你可以做他的老师。他对你的吹捧太肉麻了，遗憾的是，你这个变法领袖竟被他忽悠得昏了头。

王安石道：我是有点叫他蒙住了。我把他当作最重要的助手，凡是变法的事都和他商量，我向皇帝提交的材料都让他起草，还让他掌管司农寺的大权，使他成了变法的二号人物。

尚树蛋道：可你竟没想到，他是你身边的定时炸弹，他的存在就是为了毁了你！当初司马光曾向皇帝说过，吕惠卿阴险狡诈，心术不正，不是好人。他还曾对你说过，吕惠卿阿谀奉承，百依百顺，你得多加小心，防备你失势时出卖你。有这回事吧？

王安石道：你说的是事实。我与司马光虽然政见不和，但他这番话还是为我好，事情果然证实司马光所言不虚。我第一次罢相后吕惠卿被提拔为参知政事，被认为是我的继承人，能继承我的变法大业，其实根本不是那么回事。他看出皇帝是迫于守旧党压力才罢免我的相位的，怕我有朝一日再复相位，所以千方百计地诽谤我，诬告我，还狼子野心地给我弟弟捏造罪名，卑鄙无耻地把我先前给他的信件给皇帝看，挑出一些易生歧义的词语，歪曲中伤，离间我和皇帝的关系。可叹的是我却被蒙在鼓里，对他毫不提防。

尚树蛋道：可悲呀，复相后你仍认为他是个人才，一如既往地信任他，他却借机大肆扩张势力，谋取私利。当时他是司马昭之心路人皆知，就连皇帝本人都提醒你吕惠卿不可信赖，可你竟浑然不觉，到后来，他公然排斥你任命的官员，甚至排挤你本人，你这才看清了他的小人面目，和他决裂，但为时已晚。

王安石道：我被这个小人蒙蔽得太深了，发现太晚了，竟让他在我眼皮底下干了那么多坏事。

尚树蛋道：我真替你感到遗憾，但我对你被蒙蔽的事丝毫不感到奇怪。像吕惠卿这样的小人古往今来都没绝种，而像你这样被蒙蔽的人古往今来也属多见。我跟你说一件能让你气炸肺的事吧。我们尚庄有一个叫庆奎的，是被认为村里最有能耐的人，他是最早进城当工人的，最早有了令人羡慕的城市户口，尚庄女人们都巴结人家，后来人家在城里找了个对象，安了家，成了名副其实的城里人。他每年过年回尚庄老家看望老娘，穿皮鞋戴手表挺神气，把尚庄人羡慕得眼红。后来回家更神气了，坐小轿车回来了，专门有司机给他开车，说是他下海经商了，做买卖了，赚大钱了。听说他的厂子是干塑料拉丝的，由于他抓住了时机，挣了几年好钱，当时厂子很红火，挺有市场。但没几年就不行了，不盈利了，亏本了，最后竟倒闭了，还欠了一屁股外债。债主成天上门讨债，他在厂里都没法待了，就到处逃债，像个逃犯似的。没地方逃了就回了老家，在尚庄的老屋猫了起来，这都一两年了。老胡，你说庆奎这大起大落的变化是因为啥？

胡宫道：这我哪知道，我又不认识他。

尚树蛋道：跟你一样，就是因为一个人。

胡宫道：也遇着小人了？

尚树蛋道：是啊，这人没吕惠卿官大，但坏劲儿跟吕惠卿差不多。

胡宫道：别兜圈子了，快说吧。

尚树蛋道：这人也是庆奎非常信任的人，是和他称兄道弟的人，就是给他当副手的一个叫文明的人。这人的名字叫文明，其实一点也不文明，净干坑爹的事。他利用庆奎对他的信任，利用管生产之便，暗地里联系客户，编织他自己的关系网，等他觉得时机成熟了，就自己开一个同样的厂子，把庆奎的客户都拉了过来。庆奎如遭晴天霹雳，打骂文明是小人，太不够意思，但你骂你的，人家文明像没听着，乐呵呵地把自己的新厂子干得红红火火。而庆奎的厂子被掏空了，客户都叫他拉去了，没办法了，厂子只有倒闭。接着就是被讨账，躲债、逃债。这文明真是不叫人啊，庆奎让他坑苦了。时不同事同，事不同理同，小人哪都有，小人最可恨！

胡宫道：小人有时能得志，但小人不会长久，小人早晚会有被识破的那一天，那一天就是他的末日。吕惠卿就是这样，他的丑恶面目后来被大臣们看清楚了，便群起弹劾他，他又因事触怒了皇帝，便受到贬斥，被逐出朝廷。

尚树蛋道：恶有恶报，此话不假，古今已然。我们尚庄有个叫臭虫的就是这样。我先跟你说说他为什么叫臭虫吧，臭虫是他的外号，因为他人品臭得了这么个外号。我们前任村长在任上时，臭虫整天鞍前马后地跟村长套近乎，阿谀奉承得肉麻，成天往村长家跑，碰上人家吃饭也不走，就像只狗一样在地上一蹲，张口领导闭口领导，嘴甜得像抹了蜜，等老村长一下来你说怎么样，连理都不理了，又往新村长身上贴了，但新村长知道他的人品，不搭理他，村里人也不理他，他在村里成了孤家寡人，没法待了，只好到外村一个小厂子给人家打更去了，没脸回村了。像臭虫这样的人好比只有半边脸，向着人的那半边脸是人，不敢向人的那半边脸是鬼。

说到这后一句话时，尚树蛋发现王安石脸色变了，脸上的肉也瘪了，骷髅似的挺吓人，他这才感到自己是说走了嘴，把一个最避讳的字说出来了，便有些后悔，忙改口说：老王，拗相公，咱不说人品臭的臭虫了，也不说无耻小人吕惠卿了，还说你的变法吧，聊点儿高兴的事。

尚树蛋说到这里，这才看到王安石缓过劲来，脸上渐渐泛起了鲜活的生气。又回到变法的话题。

尚树蛋道：咱刚才说到变法所遇到了阻力，其实，你对来自反对派的阻力还是有心理准备的，所以你还执拗地坚持了下去，但当你们改革派内部分裂的时候，你便有些经不住打击了。

王安石道：是啊，这种打击是致命的。开始是曾布外任，去做地方官了，接着是吕惠卿的背叛，不仅他自己大肆揽权，而且想把我取而代之。当时天下的事就像煮汤，撤掉一把火，又泼上一勺水，哪还能烧开呀？我心力交瘁，多次请求辞职，都被皇帝劝阻了。后来我儿子王雱小小年纪突然死了，这对我打击很大，我悲痛万分，心灰意冷，再也无心过问政事，经一再坚请，皇帝只好答应了我的请求，准许我辞去相位，出判江宁府。第二年，我把江宁府的官衔也辞了，最后终老江宁。

尚树蛋道：你那时候的江宁府，现在我们叫南京，是个很大、很有名的城市，明代时叫金陵，朱元璋曾建都于此。这个城市我去过，很有帝都气象，也有很多古迹，很好。听说南京半山园还有你的故居在，人们还给你保留着，后世都挺赞许你，称你是中国古代伟大的改革家，了不得呀！别看你文学成就那么高，但人们不大提起你是文学家，都记得你是改革家。改革这个词在我们这个时代很时髦，中国处处在改革，我们尚庄也在改革，步伐还挺大呢，就说土地吧，解放初期是单干，后来是合作化，再后来是人民公社，改革开放是包产到户，合起来的土地又分到各户了，现在呢，说是小地块不适合机械化，又成立合作社了。俺村的成子挺有气魄，打出了个合作社的旗号，叫果木蔬菜生产合作社，他当社长，现在已经收了 1000 多亩地，种果木种蔬菜，干得很兴旺。实际上是农民把地出租给他，一亩地一年 800 元钱。农民出租了土地后到他的合作社里干活，挣工资，就是合作社的农业工人，月月发工资。这种形式现在叫农场，成子这样的就叫农场主。现在在农场种地挺时髦，很多地方都在搞。农场主肯定是多挣钱了，农场的农民职工也觉得挺合算，每月起码有现钱花。这个改革步子挺大，说不定全国农村很快就农场化了，一大批新型农场主会成长起来，像城市里的企业家一样。这事太新鲜了，尚庄人以前哪见过这个呀。听说以后还要进行城镇化改革，我们尚庄就要成城镇了，城镇你懂吗，就是跟你们汴梁差不多，不过比你们汴梁可要阔气多了，楼上楼下，电灯电话，马路跑汽车，村民住小区，小区里有公园，有娱乐中心，有运动场，有露天舞台，有图书室，有幼儿园，小学校，总之，城里有的，尚庄都要有，到时候，可能就不叫尚庄了，或许叫尚城，尚庄人也就成城里人了，这是尚庄几辈子人都不会想到的啊，你说厉害不？我看见城镇化尚庄的规划图了，那叫一个壮观，比你们这汴梁城不相上下。嗨，我跟你说这些干什么，你哪懂这些？还是回到老话题，说你的变法吧！说起来你的变法主要还是有赵顼在那里撑着，他一动摇就会危及你的变法，可赵顼那厮偏偏是个容易动摇的家伙，耳朵根子软，别人说几句话他就蒙了，或者会盲目听信，犹豫不定……

  说到这里，一个声音接了上来：说谁呢？

42

成也老赵,败也老赵。

尚树蛋一回头,见迎面来了一个人,正惊愕间,王安石跪地拜迎:臣不知陛下驾到,有失迎迓,务请见谅!

尚树蛋猛地一惊,道:原来是赵顼呀,正说你呢,你怎么就来了?

赵顼道:我已在此多时,先生的高论我都听到了,感慨良多呀!

尚树蛋道:不敢说高论,一得之见罢了。赵顼我正想跟你说说,你支持了王安石变法,这功劳自然不可埋没,没有你的支持,王安石就不会有所作为。也可以这么说吧,没有你的力助,也就没有王安石变法。说起来变法的缘起并非从你开始,你爷爷赵祯、你爹赵曙都曾经打算要变法。他俩都看到了国家从建立之初就出现的冗官、冗兵、冗费的三大灾害,你们祖宗指定的祖宗之法一些地方已经不能适应社会现实,从上而下进行一些改革和调整已迫在眉睫。他们也比较清醒地看到,改革必然会遇到阻力,甚至是较大的阻力,而这种阻力很可能是不可抵御的。你爷爷搞了个庆历新政,很快就流产了。你爹虽然想振兴与改革,但他当皇帝只有四年,还没来得及试试他的愿望就去世了,所以,改革的担子就落在你的身上。

赵顼道:我即位时刚20岁,风华正茂,精力旺盛,正是血气方刚的年龄,我决心干一番事业，干一番我爷爷和我爹都没干成的事业，所以就下诏求贤，广任贤能，就是在这种情况下，王安石才脱颖而出，走上了改革的舞台。

尚树蛋道：所以说，没有你就没有王安石。也正是因为你求治心切，才对王安石的"言事书"很赏识，和王安石共同商定了新法，这也是你的主要政绩。但是你对变法的阻力估计不足，你没有王安石那个"拗劲儿"，特别是反对力量得到了你奶奶、你娘、你媳妇这帮有实力的妇人的支持，她们一发话，加上反对的声音总在你耳边响着，你就慢慢动摇起来。那年河北大旱，灾民遍地，有官员散布谣言说变法遇到天谴，是变法惹的祸，你听后愁得够呛，整天长吁短叹，王安石见此情况才气愤地提出辞职。第二年你再次召他为宰相，可仅仅几个月之后，又有人说天上有彗星划过，这是不祥之兆，反对派趁机大肆攻击变法，无论王安石怎样辩解，你仍然无法把这个不祥之兆和变法分别开来，对变法事更加忧心忡忡。王安石看你这样摇摆不定，觉得你这个支撑靠不住了，他很是心灰意冷，于是第二次辞去相位，此后再没有回朝。所以后世研究者都说王安石变法成也赵顼，败也赵顼，我看说的很有道理。

赵顼道：前世管不了后世的事，任人评说吧。但秉实而论，我还是支持变法的，其间有一些动摇不过是出于无奈。你们研究历史的也应客观一些。事实是，王安石离开朝廷后，我仍继续主持了新法，你们这些后世的研究者不能视而不见。

尚树蛋道：王安石离开朝廷后，变法没有立刻完全废止。王安石罢相出朝后，在元丰年的近十年间，熙宁新法仍在你主持下在一定程度上得到推行。我说的这一定程度，是指主要措施，部分内容作了变更。比如说，你着重进行了官制改革。你针对宋初以来官僚机构重叠、官署执掌纷繁的情况，官称与实际执掌相悖、办事效率低下的情况，进行了一些改革。

赵顼道：我下诏校勘《唐六典》，以此作为官职改革的依据，诏令中书省详定官制，下诏各机构需有固定执掌，裁汰合并了一些机构，充实和加强了六部职权，重要的内容是"正名责实"，即改定"寄禄官"制度。

尚树蛋道：你是说所谓"元丰改制"吧。你进行的改革，确实裁汰和撤并了一些冗闲官员和冗散机构，节省了朝廷每年的开支，你因此深感得意，但你只是对机构设置做了一些调整，相权分离，相互牵制，其基本政策并未得到彻底改变，机构臃肿、办事效率低的局面依然存在，甚至比原来还严重，你这是只注重了形式，忽略了内容，用我们的话说，就是没有一竿子插到底，抓出实效。

赵顼道：在改革官职的同时，我从强兵入手也对原有的兵制进行了一些局部的改革，作出了一些维护地方治安、防范盗贼的举措，又变更熙宁年间的保马法，扩大养马范围，为军队提供更多马匹，等等。

尚树蛋道：你的元丰改制与熙宁新法也有些相悖之处，比如募役法当为便民之法，而你的改革却成了扰民之举。总体说来，你在王安石变法之后主持的元丰改制虽然都是为了富国强兵，但你对改革的态度远不及王安石坚决，尤其是不敢触及权贵利益，遇反对派反对时你就犹豫不决，摇摆不定，甚至放弃改革，使新法无法贯彻始终，所以收效甚微。王安石的新法是以抑制兼并为中心，但你不愿意损害豪强的利益，把负担转嫁到了下层人民身上。你的主旨是强化你们赵家的统治，后人称作是改制，我看应该叫"改治"，即治理的"治"，为了你们赵家治理国家罢了。不过，就是这样的"改治"，也没持续多久，到你儿子赵煦继位后，你老婆高太后听政，以司马光为首的保守派重新掌权，新法被立刻废除，折腾多年的王安石变法终于以失败告终。

赵顼道：这事确实也挺遗憾，没坚持下去，若变法成功，我大宋王朝很可能就是另一番情景了，小小的西夏根本不敢欺负我朝。

43

脸像猴屁股似的，逗着玩呢他还当真了。

话题谈到对西夏的战争。

尚树蛋道：说起西夏，我倒应该夸你几句，你在对西夏的问题上还像个男人，有点血性。自你太爷赵恒时起，你们宋朝对西夏都是妥协退让，你对此很有想法，曾经信誓旦旦地要打败辽国和西夏，统一中国。你在位时曾经主持了两次较大的军事行动，一是对交趾的反击战，二是对西夏的战争。交趾从你爷爷时起，就不断对大宋边鄙进行劫掠，曾派出水陆两路大军侵边，说是大宋行青苗之法使得生民穷困，他们要来解救大宋朝百姓，你气急之下让王安石起草了《讨交趾榜》，发兵予以反击。当时交趾军咄咄逼人，还派出了由大象组成的军队，那样子既凶狠又蠢笨，但还是被宋军打败了。你派出的将领郭达挺有办法，也很勇敢，用强弩射象，刀砍象鼻，大获全胜，交趾王奉表乞降，从此再不敢侵扰宋境。这一仗宋军打得确实不错，长了大宋朝的志气，你们大宋从来没这么威风过。

赵顼说：对西夏的用兵我是想转守为攻，派出的将领是王昭，王昭这人还行，挺能打的，进军1800里，取得了空前的大胜利。但接下来情况就发生了变化，我出动20万大军深入西夏境内，却被西夏30万大军打败，损失将校200多人、士民及民夫 20 多万。

尚树蛋道：败报传到朝廷，你竟临朝大哭，你痛惜呀！可哭又有什么用？仗打败了，无可挽回了。从此，你彻底丧失了先前的雄心，仍旧维持原来对西夏的和议，每年向西夏缴纳财物。西北边境的失败，使你在精神上受到很大打击，竟一病不起了。

赵顼悲戚地说：唉，往事不堪回首！

尚树蛋道：你也不必过于自责，其实你还是有点勇气和魄力的，比你那个毫无作为的爹强多了。看你那个死爹赵曙，当了一年皇帝，没干什么就一命呜呼了，你说他这个皇帝窝囊不窝囊？好了，不说你爹了，你不像你爹，你比你爹强。

赵顼道：尚先生请勿妄论我皇家事，不要攻讦我的先王。似我无能子孙辈，哪及先王之万一？

尚树蛋道：也是。我这样做是有点无法无天了，要是你当政时，还不把我治个死罪？

赵顼道：那当然，我就是看你是先王请来的客，才宽恕了你，不过你也不要太过分了，说话得有个遮挡，别等引火烧身就晚了。好了，我赵家的事犯不上让你数落！说着，一甩袖子走了。

这时胡宫突然出现在尚树蛋面前，道：你们谈的还很热闹呀！

尚树蛋道：你怎么说没就没，说来就来？

胡宫道：咱俩这一路走来，不就是这样吗，你见到的是倏忽而来、倏忽而去，我呢，也是来无踪去无影，但我紧跟着你，像是你的影子，又像是你身边的一只飞鸟，飞来飞去捉摸不定，但无论飞到哪，还是围着你的，你的一举一动都在我的视野中，你们说什么我都听得清楚，只是不便插话罢了。我说尚树蛋你还真行，知道的还真不少，宋史专家，够格儿！但得说个限制词，尚庄的宋史专家，比起真正的宋史专家还差得远，你不过是道听途说鹦鹉学舌罢了，没啥真本事，也没有什么新见解，凑合着听就是了，唬一唬你们尚庄的小民还行。

尚树蛋闻听此言，好是不痛快，大怒道：大胆！你个下贱的小人，敢跟你尚爷爷这么说话？你忘了我的身份了？

胡宫却也不急，慢吞吞地说：我哪能不知道你是皇帝请来的贵客呢？但我得问你一句，你这贵客是几级几品，授的什么官？何处任职？俸禄几何？

胡宫这一问倒把尚树蛋问住了，尚树蛋哼唧了半天，没说出句完整话。

胡宫大笑道：既然你无级无品，只是一个乡野草民，你就别给我装了，我说你是皇帝的贵客是抬举你，给你面子，可你就不掂量掂量你自己是几斤几两？还动不动就训斥我几句，我就是让着你就是了，别他妈的不识抬举？你要是这样，你就自己在汴梁城溜达吧，看有谁搭理你这个土包子，谁能拿你当个事，看你还敢在皇帝面前威风不？好吧，老子去也！

说时迟，那时快，胡宫一股青烟便不见了踪影。而就在这时，尚树蛋只觉得四周寒风顿起，冷气逼人，同时伴随着呼呼的怪叫声，这叫声好瘆人，很怪，很杂乱。有的悲凉凄惨，有的痛苦哀伤，有的如狮吼虎叫，有的似狼嚎鸡鸣，伴随着这怪叫声的是匆匆闪现在身边的怪影，是赵匡胤、是赵光义、赵恒、赵祯、赵曙、赵顼等皇上，还有赵普、吕端、种世衡、欧阳修、范仲淹、王安石、司马光等名臣名将，还有太后、皇后、嫔妃等一帮妇人，以及赵太丞等官员、士商、戴帷帽的妇人、茶坊的伙计、香药铺前的推车者、担行李的杂役、穿僧袍的僧人，拥拥挤挤，纷乱混杂，乱乱哄哄，尚树蛋恐惧万分，一时间昏了头脑，他声嘶力竭地大叫了一声：胡宫——快来救我——

这一切刹那间消失了，胡宫像风刮来似的来到他面前，嗔笑着说：怎么样，蒙了吧？

尚树蛋道：怎么回事，我在做梦吗？还是在另一个世界？

胡宫道：做梦也好，另一个世界也罢，反正我们是同行者，既如此，就别管他是咋回事，行者行也，行行看看，看看行行，就这样一路走去，你愿意我就陪你一程，若不愿意，老子也不伺候！

胡宫说着，转身就要走，尚树蛋挡住他道：莫急莫急，咱俩是结伴同行，开个玩笑怎么就恼了？真是不识逗！尚庄也有这样的人，脸像猴屁股似的，逗着玩呢他就当真了，你别学这个，那就没意思了。

胡宫听尚树蛋这样一说，才恢复了常态，道：好吧，不闹了，但你得补偿一下。

尚树蛋问：咋个补偿？

胡宫道：走了这么久。我也累了，前面有一间诊所，陪我按按摩去！

44

得到一次并不意味着就能得到永远。

前面是一间诊所。木结构建筑，大门向街开，从街上可以看到，这诊所不算大，不过三间房，大门前也没什么招牌，像是个小店。

尚树蛋道：胡宫你要按摩呀，那好说，不就是花点钱吗，我虽不是什么富人，但这点钱还花得起。我们尚庄的老长水常去按摩，听他说按摩有好多种，什么泰式、港式、保健按摩、中医按摩，各有各的价，没多少钱，还能承受。但有的按摩也挺贵，那是性服务，按摩小姐是挂羊头卖狗肉，打着按摩的旗号，干卖淫嫖娼的勾当，价格因小姐的身价而不同。当然，这都是偷着干的，要让公安局抓到了可不是闹着玩的，听我村老长水讲这一阵子抓得很紧，他都不敢去了。老长水听明白这个。不知你们汴梁是个啥情况，啥价钱，不管怎样，你给我服务这么长时间，我还是应该有点表示的。行，老胡，你就尽管消费吧。

胡宫就和尚树蛋向街边那间诊所走去。但还未进门，尚树蛋就停止了脚步。他看见了一个人，就是那个戴着和尚帽给人按摩的医生。他觉得那人很面熟，啊，他想起来了，是徐疯子！他禁不住倒吸了一口凉气，险些喊出声来。

这徐疯子是尚庄的名人，出名是因为他的经历。他的经历挺复杂的，可说是一波三折。他原来并不疯，是个挺精神的小伙儿，大高个儿，浓眉大眼，属于高帅那伙的，但最大一个缺点就是穷，穷到娶不起媳妇，干看着村里漂亮姑娘一个个地嫁到别的村、嫁给别的人，从大姑娘变成小媳妇、老太太，他也随之变大、变老，变成老头子。他成为老头子时已经不是一般的老头子了，是一个蓬首垢面、破衣烂衫的疯老头。他是在30来岁时疯的，他得了精神病是因为找媳妇。那姑娘是村里的俊人，他看上了她，她也看上了他。两人都看上了对方，说起来就算成了，可偏偏半路杀出了个程咬金，愣把这女的给夺走了。这程咬金是谁呢？乡长儿子！乡长儿子长得照他差远了，小眉小眼小个子，但人家爹是乡长，是农村最大的官，人家也有钱有房子，新盖的五间大北房，他哪能比得起？不叫人家抢过去才怪呢。但他不服气，坚信那闺女是他的，讲不出理就去抢。就在那闺女和乡长儿子结婚前那天夜里，他偷偷地潜到闺女家，乘其不备拉着就走，拉到洼里竟强行跟那闺女干了一次，心想，不管怎样我得到了，得到了就是我的了。可事情并不那样简单，得到一次并不意味着就能得到永远，结果他被民兵抓了去，吊起来一顿暴打，打得他死去活来，还说要把他送进监狱，定他个强奸罪。他感到很窝囊，越想越窝囊，一连多日就窝囊疯了，是狂躁型疯子，整天骂大街，砸砖头，街上的砖头叫他砸得稀碎，村里人都远远地躲着他，乡长怕他闹出事来，就叫村里把他关在一间牲口棚里，像喂狗似的凉一口热一口地给点吃的，凑合着活着就是了。一年冬天特别冷，除夕夜里竟一点声息也没有地死了。这是十来年前的事，那时候尚树蛋才20来岁，不知道他叫啥名，只知道他姓徐，尚庄人都叫他徐疯子。因为他这个姓在尚庄属于小姓，他又有这么点特殊的经历，所以尚树蛋记忆很深。不光是尚树蛋，尚庄人都知道他，连外村人也知道，成为乡下人闲来无事的话题。乡下人爱闲聊，尚庄人把闲聊叫"摆列"，"摆列"这两个字很有会意性，一摆一列嘛，啥事都可以摆列，况且是这么个男女的事。尚树蛋知道徐疯子，也跟人摆列过徐疯子，可他并不知道徐疯子会按摩。又想了想他可以肯定地下这样的结论：徐疯子不会按摩。那么，徐疯子怎么到汴梁来按摩了呢？

奇怪的是胡宫认识徐疯子。胡宫告诉尚树蛋，徐疯子是十来年前来到汴梁的，也不知是从哪来的。胡宫说这里的汴梁人哪的都有，天南地北、古今中外的都有，胡宫不知道徐疯子的底细，汴梁街上谁也不问谁的底细，这仿佛是个不成文的规矩。胡宫也不知道他叫疯子，只知道他就是个诊所按摩的，在街上溜达时一眼就会看到。胡宫说徐疯子按摩还有点名望，听说他特别对妇人的病有点研究，常有些贵妇人到他这里请他按摩，一般平民百姓极少，平民百姓没钱，平民妇人也腼腆，没勇气找一个男的按摩。

听了胡宫讲了这一套后尚树蛋颇有所感，寻思徐疯子到汴梁来了这是开了荤了，在尚庄都没摸过女人，摸了一次还犯了大错，葬送了自己，你说这冤不冤？好在汴梁给了他补偿，他可以光明正大地尽情地摸了。

于是尚树蛋对胡宫说：说起来你们汴梁城还挺人性化的，可以帮人圆梦，实现没实现的事。

胡宫说：这就是阴阳两界的相互补充。你们阳界的富人，到阴界来不一定还是富人，有可能是乞丐，而穷人、不得志者，到阴界或许能够发达，这就叫阴阳平衡。徐疯子平衡了还不止这些，你看前面这一位，那不是欺负徐疯子的乡长吗？

尚树蛋定睛一看，可不是，正是那个和徐疯子先后过世的老乡长！只见他瘸着一条腿，拄着一根木棍，破衣烂衫，形容枯槁，正伸手向行人乞怜。路人没人去理他，甚至投来不屑的目光。

胡宫说：你看到没，在阳界逞威风欺负人，到阴界就是这个下场。

尚树蛋应了一声，却没说什么。他不好空发议论，因为他和乡长有点说不清的关系，说起来也不算什么，就是那年乡长家盖房子，尚树蛋去帮了几天忙，他不仅像村里人那样白吃了几天饭，乡长还给了他十块钱，说是让他买两盒烟抽。这十块钱让尚树蛋记在了心里，像是天大的恩情似的。并痴痴地想，乡长家有三个闺女，还有个小闺女未出嫁，长得很好看的，是不是看上我了？但这只是单相思的一个人在心里犯嘀咕，直到人家闺女找了婆家他才恍然大悟。后来那十块钱的事也清楚了，原来当时乡长看他干活挺卖力气，无依无靠怪可怜的，就给了他十块钱零花钱。没想到尚树蛋却记在心里，总也难以忘却。尚树蛋就是这么一个人，别人要是给点好处，像是刻在心上一样，总记着。对老乡长的十块钱就是这样。后来老乡长死了，吊孝那天到底给他家送了十块钱去，这才了却了一番心思。对老乡长欺负徐疯子一事，尚树蛋也有和胡宫同样的看法，但他并不像胡宫那样幸灾乐祸，他觉得老乡长对徐疯子是狠了点，但得饶人处且饶人，冤家宜解不宜结，看他那个样子，算了吧。于是，从兜里掏出一块钱，给他扔了过去。老乡长并没有看到他，只是盯着地上那一块钱。尚树蛋想，看来无论阴界阳界，无论人和鬼，都是喜欢钱的，钱啊，看来谁都稀罕啊！

尚树蛋才想起按摩的事，问：胡宫，你按摩吗？

胡宫摇了摇头。

尚树蛋说：为什么？

胡宫道：跟你直说吧，我有点看不起他。虽然他在前世挨欺负，很让人同情，到了阴界也没干啥坏事，但我对这样的人看法不好，因为他专爱给女人按摩，据说按摩时手还不老实，按着按着就串地方了，就不怀好意了。我们汴梁的女人都腼腆，不敢声张，大都是忍气吞声，息事宁人，不跟他置气。有一次这徐疯子却碰了钉子，摸到茬子上了，你猜是谁？

尚树蛋问：谁呀？

胡宫说：八贤王的孙女！

尚树蛋说：是戏曲《杨家将》中的那个八贤王吗？杨家四代人戍守北疆，精忠报国，英雄事迹历代称道。《杨家将》故事中有个正义凛然、仗义执言的八贤王，他往往在最关键时刻会助杨家将一臂之力，使奸臣闻风丧胆，让忠臣安心保国。

胡宫道：就是他，他是太祖皇帝的四子德芳，是朝野上下举足轻重的人物。

德芳？尚树蛋有点愕然。

胡宫点头道：民间所传八贤王就是赵德芳。八贤王的孙女自幼受到良好教育，秉承了八贤王的家风，很有处事能力，性格正直刚烈，在阳间算得上个女强人。但到了阴间后，情况却不大好，沦落为平民，嫁给了一个卖炊饼的，他男人成天"炊饼炊饼"地在街上吆喝叫卖，人极老实，一扁担压不出个屁来。他媳妇，就是那个前世的八贤王的孙女却和他相反，仍然保留着前世的刚烈性格，按照你们现在时兴的说法，就是个女汉子。这女汉子有点腰疼病，有一天来按摩所请徐疯子按摩，徐疯子一看人家细皮嫩肉的，又是个平民百姓，就壮着胆子起了歹心，乱摸索起来。这女汉子一下子急眼了，抬手照着徐疯子就是一巴掌，差点把他打了个仰八叉。这事很快就传了出去，都说徐疯子人不咋的，这按摩所于是就渐渐冷落了，以至于关门大吉。新近开业后徐疯子接受了教训，一下子变老实了，再也不敢随便乱摸人家了，按摩所这才又恢复起来。可我对他的印象一直变不了，一想到他那样就恶心。

尚树蛋道：老胡你就不能原谅他？

胡宫说：在这一点上我很固执，我最看不起这样的人。算了，不去了。

当尚树蛋琢磨胡宫为什么这么看不起徐疯子时，忽然想到胡宫是太监，太监干不了那事，自然就羡慕嫉妒恨了。想到这里，尚树蛋道：实在不去就算了，那可就不怨我了。

45

花钱买胡话，听着舒服就行。

尚树蛋正愣愣地想着徐疯子和乡长的事，胡宫唤他：愣啥神呢，咱到前面去看看，那边有个卦肆，我帮你算一卦去！

出于好奇，尚树蛋往路边看了一眼，只见大街一侧一棵大柳树下有个用竹席搭的凉棚，棚檐上挂着三个招牌，分别写着"神课"、"看命"、"决疑"三行字。一个老年男人手里拿着一个招幌，一边招呼行人，一边弯腰曲臂，收拾东西准备做生意。胡宫说，这里叫卦肆，那老年男人就是算命先生。

尚树蛋道：你们阴界也有算命先生啊？我从来不相信算卦。在尚庄有人给他算过卦，算卦先生让算的都是好卦，讲的都是好话，什么红运当头，什么儿孙满堂云云，我别说是儿孙满堂了，连个媳妇都没找到呢。所以，我一见算卦的，就烦得慌，认定他们是凭着见人说好话挣昧心钱。

胡宫道：我们这的卦肆，可能和你们那里的不一样，汴梁人都信。你看到了棚檐下那三个招牌了吗？神课就是占卜预测吉凶祸福，功能神奇；看命就是算命，能推断人一生的命运；决疑是指有什么疑虑不决的可以通过占卜、算命、看相等帮你决断。在汴梁，这些活动很盛行，从达官贵人到士人百姓都信这个，连皇帝都偷偷地到这种卦肆里来请算命先生求解呢！

尚树蛋笑道：怨不得你们大宋朝这么庸腐无能呢，原来你们从上到下都信天信地信神仙，就是信不着自己，不相信自己的力量。从你们开国皇帝赵匡胤算起，就是装神弄妖的，黄袍加身，金匮之盟，都是猫腻，死的也不明不白，弄了个烛影斧声，整个一个灵怪！

胡宫制止他道：别折腾这些旧事了，你要想去看看我就陪你，不去就算了。

不知从什么时候起，尚树蛋开始怕起胡宫，怕他生气，因为他一生气就要摔耙子，翻脸不认人。所以尚树蛋马上赔不是：看你，又要急了，好，我不说了，随你！

胡宫说：那你就见识见识吧，这就是我们汴梁城的卦肆。这只是个小型的，简易的。大的卦肆集中在大相国寺，那里是卦肆集中的地方，有的标价一卦万钱呢！

尚树蛋说：你们汴梁人真傻帽儿，一万钱算一卦，听算命先生说一顿胡话，这不是有钱没地方花了吗？

胡宫道：这话还真叫你说着了，就是有钱没地方花，人家愿意出这个高价。你说真话也好，胡话也罢，反正人家愿意听，花钱买胡话人家愿意！

尚树蛋不言语了，撇着嘴笑。

胡宫对着几个求卜者说：你看那几位，虔诚不？

尚树蛋看到一个求卜者在听算卦人侃侃而谈，几个旁听者听得津津有味，尚树蛋觉得好笑，禁不住直摇头。

胡宫道：你猜那位求卜者是谁？

尚树蛋说不知道。

胡宫道：告诉你吧，那是哲宗皇帝！

尚树蛋道：怎么，皇帝也相信算卦？

胡宫道：皇帝难事多，很多事都苦思冥想难定夺，问大臣吧，都是你说一套我说一套，各说各的理，听谁都不好办那就听算卦的吧，就占卜一下决吉凶吧。

尚树蛋道：原来如此。赵熙其实在位时没干啥事，因为他即位时还不满十岁，是宣仁太后高氏以太皇太后的身份临朝称制，朝中大臣司马光又独断专行，几乎是不用他操心的，而他在位15年，亲政仅7年，还求神问卜地闹腾啥？待我去问问他！

说罢，不顾胡宫阻拦，走上前去。

尚树蛋对着那占卜人喊了一声：赵熙！

那人道：谁唤我？

胡宫又上前介绍：这是先帝请来的贵客，原是小人陪他在街上走走的，没想到在这里碰到了陛下！

那人道：能在此相遇说明咱们还有点缘分，那好吧，我们聊聊。

尚树蛋兴奋起来：好吧赵熙，正好此时我有点谈兴。又对胡宫说：你可以到一边去溜达溜达了，我唤你时再来！

胡宫不屑地撇了撇嘴，走开了。

尚树蛋问赵熙：赵熙，你算哪门子卦呢？

赵熙道：算算命啊，你说我的命怎么这么不好？10岁登基，18岁亲政，25岁就来到这阴界，命太不好了，这是怎么回事呢，25岁，25岁呀，这正是青春年华，好时光我还没享受到呢！

尚树蛋道：你即位时是个娃娃天子，是因为你爹赵顼走得早，让你小小年纪便捡了个大便宜，这你没什么可怨的，你应该庆幸赵顼早早地就将皇位给了你。还应该庆幸你五个哥哥都先后夭折了，要不能轮到你这老六吗？说你命不好，是因为你一即位就当了傀儡，大权让你奶奶宣仁高太后把持了。

赵熙道：是啊，我祖母宣仁太后太强势，我年纪小，没办法。

46

熙，就是熙熙攘攘、乱乱哄哄瞎折腾。

尚树蛋道：你爹赵顼原来给你起的名叫赵佣，那我们的理解就是佣人的佣，佣人是什么，受人指使的嘛！从你这个名来看就不是什么好名，活该受你奶奶高太后指使。你当了皇太子后就改名叫赵熙了。

熙这个名倒不错，光明的意思，但这个名并没有给你带来光明。倒是另一层意思挺贴切，熙熙攘攘挺热闹，也可说是乱乱哄哄瞎折腾。你这一生是乱乱哄哄登场，乱乱哄哄退场，没弄出个名堂来。总之，这两个名都不好。都没给你带来好运，要怨还得怨给你起名的你爹赵顼。

赵熙道：尚先生看来还挺能算命的，那就找你算算得了。

尚树蛋道：这你算找对人了，我在尚庄这一手很厉害，专门给人算命。还起名、看风水，村里人有啥事都找我，人们都叫我尚半仙。可能真有点半仙附体，有时我也觉得飘飘悠悠的，像驾云一样。比如我看到你以后就有这种感觉。

赵熙道：看来咱俩还有点缘分，那就先给我算算吧，为什么我即位之初朝中上下都拿我不当回事？

尚树蛋道：说起来这原因很多，一是你太小，你奶奶太霸道。你想想，那时你才10岁，而你奶奶宣仁太后太强势，军国大事最高决策权都掌握在她手里。

你奶奶出身高贵,她的曾祖是在你先祖赵光义时就以武功起家的高琼,她母亲是开国元勋大将曹彬的孙女,她和你爷爷赵曙从小青梅竹马,由你太爷、你太奶主婚嫁给了你爷爷,当时宫中就盛传"天子娶儿媳,皇后嫁闺女",你爷爷继位后被立为皇后,你爹继位后成了皇太后,这个已经习惯了高高在上的老妪,当然不会把你这个小孩子放在眼里,而大臣们都是趋炎附势的,他们能看出个眉眼高低,你想想,他们能靠你这么一个小孩子吗?这样的事,我们尚庄老农都知道怎么做,别说你了。

赵熙点点头。

尚树蛋又道:这是一个原因,还有一个原因与你的年号有关。你在位的头一个年号是什么?

赵熙道:叫元祐。

尚树蛋哈哈大笑道:坏就坏在这个年号上。"元"的谐音是"怨"、"冤",都不是好词儿,你既怨又冤。高老太太是变法革新的铁杆反对派,元祐年间她掀起了一股清算新法之风,她打着恢复祖宗法度的旗号,起用了大批守旧派官员,对反对变法最卖力的司马光等人更是倍加重用,对于你爹在位时推行的一系列新法全盘否定,逐个废除,这股清算风被称作"元祐更化"。后人把这一清算和倒退以你的年号命名,而你根本左右不了局势,甚至还不知道是怎么回事,你说你冤不冤?

赵熙无语。

尚树蛋道:再说说你的怨,你的怨气大得很呢!因为你小不懂事,高老太一手包办了对你的教育,无非是教育你勤政勉学,她派崇政殿说书程颐等人给你读经讲史,千方百计地把你培养成恪守祖宗法度、通经史、有行义、忠信孝悌的人,也就是按照高老太的样板教育你。可你偏偏是不爱读书的,听讲像听天书,耳朵听着心里早想着到外面去玩耍了。这样,你起初是不愿学,后来就开始怨恨了,你不愿意让他们这样塑造你。怨谁?怨你奶奶高老太,怨那个腐儒程颐，怨这种祸害人的教育！

赵熙道：是啊，简直是烦死了。特别是那时朝中的反变法派之间因政见不和，又分为洛、蜀、朔三派，分别以程颐、苏轼、刘挚等人为首，矛盾很激烈，他们互相攻击，乱哄哄地闹成一团。这种拉山头立宗派的现象虽不始于我朝，但这种现象在我朝最严重，以至于延续了很久，搞坏了朝风。那时候因为我祖母把持朝政，势力眼的大臣们都不敢搭理我，唯恐站错队，这事真让我伤心。尤其让我不能忍受的是祖母对我母亲的态度。我生母出身微贱，祖母很看不起她，尽管母亲总是对祖母毕恭毕敬，极尽妇道，但祖母还是不把她放在眼里，甚至像下人那样训斥。人们常说是母以子贵，我这是母以子贱啊，我真是羞为帝王！

尚树蛋道：岂止是母以子贱？就连亲近女人的事你都做不了自己的主。你们当皇帝的天生就有这样的特权，可以亲近天下美色，想喜欢谁就喜欢谁，你们喜欢女人叫作"幸"，就是说你们占有了女人，还得说你们给了女人幸福，女人得感激涕零，这真是太不合理了，弄颠倒了，分明是你幸福了，快活了，女人被糟蹋了，还得让女人感激你，这是什么道理？但你这个没人能比的特权，你没享受到，高老太从所谓传统道德出发，控制你接近女人。你刚即位时，高老太给你派了20个宫娥，全是四五十岁的老太婆，使你觉得一点意思也没有。你就想找个年轻女人陪伴，因怕你奶奶阻止，你就说是想找个给你喂奶的婢女。但这件事还是透漏出去，高老太把你身边宫女好顿训斥，把你吓得不敢吭声。你那时已经14岁了，已经有了对女性的欲望，但高老太压制了你，大臣范祖禹还引经据典地说你还小，不应亲近女色，你本应享受的特权被遏制了，你能不怨吗？

赵熙道：是啊，那时候我是没有自由的。17岁时，祖母给我选了一个皇后，就是眉州防御使孟元的孙女，比我小两岁。祖母做主给我办了一场隆重的大婚典礼，根本没征求我的意见。其实，我跟孟氏关系很不好，她不是我中意的人，我不喜欢她。但畏于祖母的威严，我不敢反对这桩婚事，因为是祖母做主的。当时祖母的权力大得很啊，什么事她都要做主，什么事她都管，当她和司马光等人打着"以母改子"的旗号大废新法的时候，却把我冷落在一旁，你说我这个当皇帝的还算皇帝吗？我的心情哪能好呢？朝臣不把我放在眼里，连我的生母都遭人欺负，我敢怒不敢言，只好用沉默以示抗议，整日闷闷不乐，什么事都不敢贸然发表意见，唯恐祖母不满。

尚树蛋道：我理解你的处境。后宫垂帘下的皇帝大都是这样的，你朝女主主政已经不止一次了。你祖母高老太对你的控制确实是太严厉了，太叫人难以忍受了，别说是你，就是在普通百姓家，有这么一个霸道的女人，也够人郁闷了。高老太一方面加紧打击变法派，另一方面不断向你灌输所谓祖宗之法。范祖禹等一帮元祐大臣对你的教育抓得很紧，每天都给你讲祖宗之法能致天下太平的道理，对你进行潜移默化，你心里抵触，嘴上却不敢说。高老太临终前也不放心你，告诉你她死后如果有不能遂她愿调教你的大臣，千万别听他的。

赵熙道：是啊，有老祖母在上，就像我头上顶着块天，我一无所能，没办法。直到那年九月，老祖母仙逝了，我也18岁了，终于可以正式行使皇权了，也终于可以放开手脚干自己想干的事了。

尚树蛋道：这以后你确实像个皇帝了，敢像皇帝那样自己做主了，不再受制于人了。当时，大臣们都在观望，两派都在蠢蠢欲动，范祖禹连上了几道奏章，让你恪守元祐之政，你挺硬气，不予理睬，而且对赞誉王安石变法的官员给予重用，对仍在鼓吹支持元祐政治的人给以贬斥。大词人苏轼就是元祐政治的力倡之人，你对他的话根本不予理睬。你还把年号改为绍圣，把变法派调入朝廷充任要职，元祐大臣不管活着的还是死去的都剥夺官职，对元祐大臣进行了清算和专政，司马光的党羽30多人都被贬黜出朝。在这次权力再分配的巨大变化中，你干得不错，很果断。后来你把你不喜欢的孟氏也废掉了，把她打入冷宫，而另立刘氏为皇后。这刘氏很争气，给你生了个宝贝儿子，你给他取名茂，取其人丁茂盛之意。可惜的是你这个美好的愿望没有实现，你们赵家王朝的人丁没有茂盛起来，赵茂出生刚两个月就夭折了。

赵熙道：这是天不助我啊，茂儿夭折对我打击太大了，我悲痛至极，染上重病，虽经百般医治都没效果。唉——

赵熙这一声长叹把尚树蛋吓了一跳。这时候尚树蛋眼前一阵风飘来一片书页，上面写着一行大字：

元符三年正月初八 赵熙驾崩于福宁殿 享年二十五岁 在位十五年 庙号哲宗 葬于永泰陵

尚树蛋又急又怕，头发茬子都竖起来，忍不住大喊：赵熙——赵熙——

没有回声。只听到前面汴河边传来船工的吆喝声：开船喽——

47

农民工就是农民加工人，牛不牛？

尚树蛋抬眼望去，发现已走到汴河的漕运区，眼前是一条水流湍急的大河，河面上有漕船在航行，有一船靠了岸，有人把一条缆绳系在岸上的木桩上，接着有人从船上放下一个跳板，跳板一头搭在岸上，几个搬运工正在卸货，岸上有一长衣老者拿着几根竹签，依次发给搬运货物的力工。

尚树蛋对胡宫说：我看到我们的人了，你过去和他唠两句不？

胡宫摇了摇头：不了，你们忙吧，我也去溜达溜达，别碍你们的事。

尚树蛋说：你先别走，到了你们汴梁城著名的汴河了，你不给介绍介绍？

胡宫说：行，那我就简单给你说说。这汴河也叫汴水，连接着黄河和淮河，后来淤塞了，隋炀帝时开凿大运河，疏通了前代汴水故道至商丘，改名叫通济渠，又改道汇入淮河，隋炀帝南巡江都就是走的这条水道。我朝建都汴梁后，又以孟州河阴县南为汴河起点，受黄河之水，流向淮泗，成为中原通往东南的水运要道。可这条黄河流量多变，有时流量很小，没法行船；有时波涛汹涌，泛滥成灾。所以，每年从春天到冬天，都需要在河口均调水势，保持一定深度，以便行船。如果遇到特大洪水，汴梁就有被淹的危险，所以朝廷每年都要调集大量民夫整治河道，经常有淹死的人。尽管如此，朝廷还是非常重视这条河，因为汴河连接黄河,是汴梁城的生命线,京师百万军民的粮食物资的补给都靠这条水路运输,漕运知道吗,这条河是漕运通道!

尚树蛋说:我还不知道漕运?就是水路运输嘛!你们大宋朝漕运很发达,当时汴梁的四条河汴河、黄河、蔡河、五丈河都通漕运,汴河负担的运输量最大,你们汴梁人吃的粮食都是通过汴河漕运来的。还有你们穿的布匹、用的货物、打仗用的军器都是通过汴河这条通道运来的。其实,漕运从秦始皇时就有了,西汉以后几乎每个朝代都靠漕运承担粮食等运输的很大部分,还设官员专门负责,这是一个很重要的职位呀!你知道吗,管粮管物的官可是个肥缺啊!

胡宫惊疑地问:什么叫肥缺?

尚树蛋说:就是有油水呗。有句话说,干啥吃啥,管漕运还能缺钱花吗?

胡宫说:你说的话我明白了,原来是贪占啊,这可不行,我朝对贪腐的惩治特严,一旦败露,丢了性命也未可知,谁敢啊?

尚树蛋冷笑道:谁敢?不擀(敢)是煎饼。哪朝哪代都反腐反贪,但几千年都反不掉,贪官就像韭菜,割一茬又一茬,就像农民起义的口号"发如韭,割复生"。别看你们大宋从皇帝到一般官员都力倡节俭,反对贪污贿赂,但实事求是地说,贪官有多少,真正的清官又有几人?俗话说,一年清知府,十万雪花银,这是个真理。唉,我们怎么讨论起反贪倡廉来了,咱又不是搞纪检的,管不了那么多事,还说这汴河吧!

胡宫道:那就说汴河。汴河上漕运忙得很,每年运输江淮粟米三百万石,汴梁人十之六七都靠汴河漕运。大部分货物分批运输,每批都立字号,分若干组,一组叫一纲,这种成批运输的叫纲运,如茶纲、盐纲等。最主要的是粮纲,纲运船也称纲船。我朝建国之初,纲船从楚、泗到汴京一千余里原定来回最多不超过八十天,一年运三次,后来改为四次,成为制度。汴河每年十月闭河口,次年二月放水,引黄河入汴。清明前启纲运粮,你看,现在正是漕运纲船启运时节,这汴河上多忙啊。

尚树蛋往汴河望去，只见河道上二十来艘漕运船排成了队，其中一艘高桅满载，身居中流，几个纤夫在岸上拖拽，逆流而上，看来行船很吃力。码头上更是一派忙碌景象，搬运货物的搬运工有的挑担上船，有的扛着很重的袋子往下卸货，看起来特别费力。于是对胡宫说：搬运工这活太累了，都不如在尚庄种地轻快。过去种地是个重活，还被列为四大累之一，现在不是了，种地是个轻活儿，耕种收都用机械，用不着自己去干，打个电话机器就来了，一会工夫就完了。像收麦子，过去是个大活、累活，一到麦收时节，全家动员，天刚亮就下地，饭都在地里吃，抢收抢晒啊，你知道为什么"抢"吗，因为这时节天气多变，说不定什么时候就下雨，一下雨麦子就泡了，一年的辛苦就白费了，只有把麦子装到仓里了才算完事大吉。所以，麦收时节是一年中最忙的时间，得起早贪黑地折腾半个月。现在你说咋样，说出来吓你一跳，半个月的活儿半个小时就完了。收割机上地，走一趟就完事，这边是麦子，那边就是麦粒了，在地头上放着口袋，运麦子的"三马子"在地头上等着，接着就拉回家了。你说说，这能用多长时间，就是半个小时！所以，现在种地的都是老年人、老娘儿们，男的、年轻人都去外地打工了，因为家里那点地用不了那么多人，出去挣点零花钱。现在城里人和农村人已经很难分清了，城里有不少农村人，穿着和城里的一样，也像城里的工人一样挣钱。农民啥都能干，那些高楼大厦都是农民干的。这些人叫农民工，你听听这个词儿，农民工就是农民加工人，既是农民又是工人，牛不牛？

胡宫笑道：牛，牛。是啊，一个人兼有两种身份还不牛吗？你说得对，农民工在城里有的是，我看这码头上就不少，不信你仔细瞧瞧。

尚树蛋仔细一看真有几个有点脸熟，像是尚庄的。他上前拦住一个正要上船搬货的搬运工：我怎么好像见过你呢，是尚庄的吗？

那人笑道：树蛋你是当官了还是发财了，怎么不认乡亲了？

尚树蛋拍拍脑袋说：啊，原来是老损呀，对不起，一打眼没看出来。老损你什么时候在这儿干上了？

老损说：来这么一程子了，是喇嘛四叫来的。他不是办了个养鸡场吗，他们忙不过来，就给我打电话说他这里用人，让我过来，我就来了。老损忽有所悟：你不是凤来公司老总吗，说来你还是我的领导呢，怨不得不理人呢！

尚树蛋和老损认识，但不太熟。只知道他是尚庄东头人，说话挺损的，所以才叫了个老损。平时尚树蛋不太和他多说话，见面说个"吃了没"了事。"吃了没"是尚庄人打招呼的常用语，不管什么时候见面都是问个"吃了没"，算是打招呼了。有一次尚树蛋见到老损刚说了个"吃了没"，就让老损骂了一句：去你娘个蛋，我刚拉完屎！你去吃吧，趁热儿！

也许就是从那一次起，尚树蛋就不搭理老损了，说这人太损，不识搭理。老损可能也记着这事，所以见到尚树蛋觉得有点别扭，只是耐着面子，不好不和这个领导打个招呼，但他说话损惯了，还是觉得有点冒犯。

令老损吃惊的是，尚树蛋却是很大度的样子，好像没发现老损的话很损，这使老损很感动，心想，还是当领导的啊，就和咱老百姓不一样，怨不得说宰相肚里能撑船呢！

这时又听尚树蛋说道：老损你在养鸡场干得怎样，随心吗？有什么困难只管说，跟喇嘛四说也行，跟我说也行，喇嘛四知道我的电话。凤来公司是咱们自己的企业，啥事好说。

老损想：领导就是领导，说话口气都不一样。便说：蛋总你放心，有事我和喇嘛四场长说就行了，就不麻烦蛋总了。

尚树蛋听到老损叫他蛋总心里美滋滋的，只是觉得这个"蛋"字不太雅，他喜欢的是这个"总"字。不管怎么说，是个"总"了，就是这个字得多少人羡慕啊。

尚树蛋又问：喇嘛四场长怎么样？他嫂子呢？

老损用手一指：那不是四场长吗？我们都称他四场长，把喇嘛两字省掉了，这样有点不够尊重人。

尚树蛋道：老损你还挺有素质，咱凤来公司就得有这样有素质的人。嗨，话又说回来，人名吗，无论猫啊狗啊都不用避讳。你还叫老损呢，其实你一点也不损，对人还挺好的。

老损也美滋滋的地，说：谢谢蛋总。

老损对尚树蛋言必用"咱"这个词觉得很亲切，同时又增加了几分职业的荣誉感，说道：蛋总这么关心职工，这么有管理才能，是咱公司的幸运，相信公司一定会前程似锦。

尚树蛋说：是啊，大家靠公司，公司靠大家，咱们是一个整体，共同富裕嘛。

48

她就是能拉屎了，生不出孩子。

　　尚树蛋又和老损聊了几句，喇嘛四来了。他大老远地就打招呼：树蛋哥呀，好久不见了，近来挺好吗？

　　喇嘛四没称"蛋总"，大概是因为用兄弟相称更亲切。尚树蛋是这样想的，城里那些企业的中层对上层领导都是这样相称的，都是叫某某哥，或是大哥，一是显得亲切，二是说话更随便些。凤来公司不管怎么说也是个公司，理应用城里公司的规矩。

　　喇嘛四向尚树蛋汇报：养鸡场办得不错，已存栏上万只鸡，鸡场采用了科学的养鸡方法，三个月就能出栏，保证供应没问题。鸡场的人手问题也解决了，前些天从尚庄招来几个人，目前够用了。饲料从江淮采购，刚有一批饲料随纲船运来，正雇人卸货呢。

　　尚树蛋说：好，你干得不错，将来有了位置给你提一级。

　　喇嘛四一听有些迟疑，片刻无语。

　　尚树蛋说：怎么了喇嘛四，难道有什么困难吗，养鸡场不是很好嘛？

　　喇嘛四不好意思地说：树蛋哥，我有点不想干了……

　　尚树蛋一愣：咋要打退堂鼓？有什么不随心吗？

喇嘛四口吃着说：我……我……想回家……

尚树蛋说：回尚庄吗？那养鸡场怎么办？你嫂子还在赵太丞家呢，你不管她了？

喇嘛四说：就是因为我嫂子。我嫂子这一向在赵太丞家治疗调养的不错，和你刚把她送来时已经是两个人了，疯病好了，养得白白胖胖的，我去看过她两次，她挺感谢你，说是一辈子忘不了你，要是年轻点给你当媳妇报答你也愿意……

尚树蛋打断他：她又说疯话了，你怎么也这么说？

喇嘛四说：我是实话实说，蛋哥你别在意，你哪能要她呢？你现在是公司老总，找啥女人找不到？像她这样的，既没文化又没素质，也就是找我哥这样的还差不多。可惜我哥没了……

尚树蛋忽然想起了什么，问：哎，你嫂子有什么打算？

喇嘛四说：她想家，总想回家，想她儿子，想那两间破房子……唉，穷家难舍啊……

尚树蛋说：我看也行。锦城虽云乐，不如早还家嘛！

尚树蛋顺口说出这两句诗时觉得挺有文化，脸上露出得意的微笑。又装出一副领导的样子说：老嫂比母，你帮帮她。你哥没了，你更应担起这份责任。

喇嘛四说：我想把她送回去，怕她自己不行……

尚树蛋说：那就送回去呗，送回去安置安置你再回来，用不着辞职！

喇嘛四吞吞吐吐地说：我……我……不想回来了，想跟她在家过日子去……

喇嘛四说这些话时很费劲，像有什么难言之隐。说到这，尚树蛋明白了，原来喇嘛四还是惦记着跟山丫成婚啊，便禁不住大笑起来，说：你小子啊，还有这么个小九九啊，我说你说话像拉不出屎来似的。既然这样也好说，你用不着辞职，我给你想个两全其美的办法，也叫你嫂子山丫到养鸡场来干，你俩在一起也好有个照顾。如果山丫同意，哪天给你们举办个婚礼，干脆了却你的心意得了！

喇嘛四顿时喜形于色：那……那敢情好！说罢弯腰给尚树蛋鞠了一躬：谢谢树蛋哥！

尚树蛋说：别谢，好好干就得了，多养点鸡，给咱凤来公司多提供点货源。说到这又像是想起了什么，嬉笑着说：你俩再生个一男半女才好呢，你俩要能生育，鸡场也能沾点生气，繁殖快点！

喇嘛四不好意思地说：别闹了树蛋哥，生什么生，都多大岁数了？她就是能拉屎了，生不出孩子了。

尚树蛋说：看你说的，好像你比人家强多少似的，你也是尿尿咂脚面子了吧，还行吗？

喇嘛四红着脸说：你这是说吗呢树蛋哥，我还有能耐干那事啊，跟她做个伴儿就是了，我也不孤单得慌，两个孩子也有个着落，到时候再帮这俩孩子娶个媳妇，也就算对得起我哥了，我这个当叔的也算尽到责任了。

尚树蛋很受感动：喇嘛四你这几句话，说的还挺在理，像个爷儿们。哎，对了，等给你们办喜事时，我送你们一副对联，词儿我都想好了，上联是：携嫂护侄担道义；下联是：和舟共济奔富强。横批是：功德无量。你看咋样？

喇嘛四笑道：树蛋哥你真有文化，张口就来。忽又觉得不大对路，问：树蛋哥我得问你一下，携是不是拉着的意思？

尚树蛋道：说的太对了，你理解能力真好。携嫂护侄这个词我挺欣赏，对你来说太恰当了。还有担道义这词，也不错。你想想，携嫂护侄，肩担道义，这是多高大的形象啊，简直就是活雷锋！

喇嘛四道：只是这……这个"携"字我觉得不太好，拉着嫂子，这有点不地道吧，这还像个小叔子吗？不叫人家笑话吗？

尚树蛋说：刚才说你理解力好，看来是有点说过头了。这副对联你没从整体上理解，叫你想偏了。携嫂护侄，肩担道义，功德无量，这几个词儿多硬啊，对你评价多高啊，在咱尚庄，我还是第一次这么抬举人呢！你知道关公关云长吧，当年长坂坡前救阿斗就是携嫂护侄，冲锋陷阵，那叫一个义气！古往今来得到了多少赞叹？你也跟关公差不多，以后历史上也得写你一笔，叫人们知道咱尚庄还有这么个讲义气的人，我作为尚庄人也觉得光彩！

经尚树蛋这么一说，喇嘛四乐了，笑嘻嘻地说：树蛋哥对我评价太高了，我可担当不起。

尚树蛋说：行了，这副对联等你们办喜事时再写，你先在鸡场找间房子，收拾一下，好去接你嫂子！

喇嘛四感激万分：谢谢树蛋哥！

喇嘛四顿时来了精神，急三火四地对老赖说：你们几个快加把劲儿，把这点饲料卸完。我去天之美禄买点酒来，晚上咱哥儿们几个喝点！

老赖忍不住笑，小声说：看把你美的！

喇嘛四走后，胡宫出现在尚树蛋面前，笑道：天之美禄也是你们尚庄人喝的吗？这是上等美酒，大宋朝的达官贵人才有资格品尝！

尚树蛋道：这叫作时代不同了，官民都一样，有什么大惊小怪的？又突然想起什么，问：胡宫，我问你，喇嘛四用漕运船捎带鸡饲料跟你们漕运部门打招呼没有，这样不犯法吗？

胡宫道：我寻思八成没没打招呼，纲船禁止搭运其他东西，纲船运的东西都是粮食，每船都有编号，一组一纲，别的东西很难夹带，我们大宋人都没这个胆子在纲船上夹带杂物，但你们尚庄人胆大，啥事都能干出来。

尚树蛋自豪地说：那是，我们公司的人都有一套，喇嘛四的本事就是会钻营，要不我怎能叫他去当场长！

胡宫赞叹道：佩服，佩服！你们到汴梁来打天下，说不定将来汴梁也是你们尚庄的了！

尚树蛋说：那是以后的事，现在还不敢说这大话，眼下得先把凤来公司办好，农村包围城市的事慢慢来吧，也未必不能成为事实。但不管怎样我忘不了你，到时候给你封个官作，但不一定当内侍，我们那个世界没有皇帝，不兴设内侍。

胡宫一听他说的像真事似的，禁不住哧哧地笑。心想：说你胖你还喘起来了，农村包围城市，尚庄取代汴京，亏得你想得出来，真是不知天高地厚了！

胡宫这话没说出口，两人也因此避免了一番争辩，落了个相安无事。

文字无心,读者有意。

正是漕运的"春开"时节。汴河上一片繁忙。由于受黄河水影响,汴河上游水冬季冻结,无法行船,所以,漕运只能在农历三月至十月进行,被称作"春开秋闭"。王安石变法曾开汴河冬运,引清洛水入汴,改善了汴河水质,"春开"时间从三月提前至二月,于是自早春开始,汴河——这条汴梁血脉就充满生机地奔涌起来,而一排排漕运的船队则开始了繁忙的航程。

在这繁忙的河道上,尚树蛋看到河岸边有人止抱拳向另一人送别。胡宫说:这是苏轼跟他弟弟苏辙告别呢!

胡宫告诉他,苏辙曾因为他哥求情受到牵连,被贬出京师。从此,相隔万里,音信茫茫,好兄弟天各一方。苏轼觉得弟弟是因他被贬而心存歉疚,感到对不起弟弟,很内疚,所以这汴河送别的一幕,经常会出现在汴河码头上,像是一个反复浮现的幻影,这个虚虚幻幻、时隐时现的影像成为汴河边的一道景观,引人驻足观看,让人感慨唏嘘、浮想联翩。

尚树蛋说:两位都是有情有义之人啊,又都是著名的才子。才子都重情义,而且都很执着,很痴情,"才情"嘛!但人们大都有这么个偏见,认为有才的人都高傲,自以为是,看不起人,不会来事,对人没热情,其实根本不是那么回事，他们是不了解才子，觉得才子不好接近。而才子们多是不善交往、不喜张扬，这就造成了别人的误解。才子不善交往，这大概是个较为普遍的现象，因为才子喜欢独立思考，甚至喜欢孤独，认为只有在孤独中独立思考，享受自己的世界，才是最快乐的。一般人都不知道，才子的内心世界其实是最丰富、最精彩的，情感是最充沛、最持久的，因此才有了苏轼兄弟这依依不舍的一幕，才有了那么多感人肺腑的精彩词章。他们的诗词多被后人传诵，连尚庄的小孩子刚学认字就学着背，尚庄街头经常响起"大江东去，浪淘尽，千古风流人物"的童声诵读，我还专门给孩子们讲过这首《念奴娇·赤壁怀古》呢！

胡宫说：你这篇高论很值得称道，我也有同感。你对苏轼兄弟的文化传承做得很好，东坡才子流芳千古也有你的贡献。

尚树蛋说：这是我应该做的，我敬重东坡才子，敬重苏洵、苏轼、苏辙这一门三杰。那年我去四川眉山旅游，还曾专程到三苏祠拜谒，还在苏轼的塑像前留了个影呢……

正说着，苏东坡飘然来到尚树蛋面前，拱手道：先生对在下的美意，在下不胜感激！

尚树蛋一愣，也不由得拱手道：得见苏学士实乃三生有幸！

苏轼道：哪里哪里，过奖过奖！

尚树蛋道：别看我是个庄稼人，其实是重才又重人的。你苏东坡文才盖世，你朝无人能比。当初你与你弟苏辙同时考中进士时，你才21岁，主考官欧阳修亲自接见你，说你善于读书，将来文章一定会独步天下，又说，面对你这样才华横溢的青年人他应该退避，以好让你出人头地。这是多高的评价啊！你的大量词作抒发人生感慨，歌咏自然景物，或雄奇奔放，或富于理趣，冲破了晚唐五代以来词的旧有框架，开创了豪放词派，正应了你的恩师欧阳修期待的"独步天下"那句话。特别是那首《水调歌头·明月几时有》可说是魅力四射的千古绝唱。你还注重奖掖后学，培养新人，在你的众多弟子中黄庭坚、张耒、秦观、晁补之四人最为突出，被称作"苏门四学士"，这都是你的功劳啊。但我也为你惋惜，惋惜你误入仕途，就是说你不应该当官。因为当官给你带来了厄运。你刚当官后就仕途坎坷，屡遭贬斥，新党不得意你，后来旧党也不得意你，你一贬再贬，最后被远远地发配到海南，你弟弟也因为你求情被贬到岭南。特别是那个让你蒙冤的乌台诗案，连我都为你不平！

苏轼道：往事已矣。不过，那个乌台诗案确属无中生有。一些无聊的御史们断章取义地曲解我的诗意，污蔑我讥讽朝廷，攻击皇帝无能，举措失当，想方设法陷我以罪，想通过对我的诗的肆意歪曲来把我置于死地，叫人想象不到的是，著名的沈括也密告我大逆不道。因为这些人的群起而攻之，我被投入了御史台大狱。真是冤啊！文人的诗词写景言事都是抒一时之情怀，怎会攻击朝廷？太牵强附会了！

尚树蛋道：是啊，自古以来的文字狱都是这么回事。文字无心，读者有意。别人要诬陷你，你又有白纸黑字，罗织罪名还不容易？我们尚庄就有一位老先生，原来在大城市的一所大学里教书，闹运动的时候他写的论文被人曲解，断章取义地进行批判，被打成黑帮。记得听他说过，那篇论文是关于让步政策的论文，让步政策就是新继位的统治者为了巩固自己的统治，发布一些诸如轻徭薄赋的措施，你们宋朝大概也有。他是以称赞的口吻来论述这事的，说是让步政策有利于社会发展进步，应该给予肯定。他这个观点遭到批判，说是替统治阶级说话，再加之他的家庭出身是地主，所以被定为牛鬼蛇神，关进牛棚，几经批斗后被开除了公职，下放到老家尚庄，抑郁而死。

胡宫不解地问：牛棚？养牛的棚子吗？

尚树蛋道：你真是老外，你就知道牛，你们宋朝牛多嘛。但我说的牛棚，不是养牛的地方，是关人的地方，关所谓牛鬼蛇神的地方，牛鬼蛇神就是被称作坏人的人，其实不是坏人，一时被冤枉了的，关牛棚的案子后来都被定为冤案，和你这个乌台诗案差不多。你这起冤狱是御史台的官制造的，御史台又称乌台，所以后世才称作乌台诗案。

苏轼道：我确实是冤的，同样一句诗就看你怎么理解了。就说我那句"岂是闻韶解忘味，迩来三月食无盐"，谁都知道我是三个月没吃到盐，可某些人硬说我是攻击新政的盐政，这不是太可笑了吗？

尚树蛋道：这两句诗连我们庄稼人都能看懂的，却被曲解成这个样子，真是"秀才看到兵，有理说不清"了，没办法，没办法！可恨的是，古往今来的文字狱硬是绝不了根，专有人爱用文字整人！

这时只听苏轼一声长叹：我爱文，文害我，惜乎！

尚树蛋说：不是文害你，而是官害了你，政害了你，你怎么还不醒悟呢？按理说，实行变法不是你这文人应该参与的事，老老实实地写你的诗文多好？但是，你还是挺积极地参与其中了。多少事实都证明，文人别参政，参政必遭殃，因为文人是玩文字的，大都不懂政治，没有从政的人那么多心眼。玩文字你们这些文人可说是得心应手，但玩政治就不灵了，天底下就是政治最难整，文人最好别沾，你就是因为沾了政治才遭人陷害的。当初王安石在赵顼的支持下大力推行变法，你觉得新法从宏观上还可以，但在变法过程中还存在着一些局部问题，有立法的弊病，有用人不当的原因，这本是两个问题，但你还是把弊病归结为新政的原因，这就是你遭迫害的直接原因。

苏轼道：可能是的。我给皇帝上了两道奏疏，对新政提出批评，这本无恶意，但王安石等人没有把我的意见作为意见和参考，对变法措施进行改进，相反王安石圈子里的人有人罗列了一些不实之词，对我进行弹劾。虽然诬陷没有成功，但我还是意识到已经身陷险境，恰在这时，我的老师致仕离开了朝廷，我也不愿在朝中周旋请求外任到了杭州。当初最感惬意的是和我弟弟苏辙一同拜见我们共同的老师欧阳修，并在西湖上泛舟饮酒，但第二年欧阳师就去世了，我和弟弟也被迫分手，我心里很难受，充满了酸楚和惆怅。

尚树蛋道：你弟弟是因为替你求情才受到牵连被贬出京师的，他最终死在颍川,所以汴河送行成了你永久的痛。旧党当政时你结束了流浪生活回到了京师,但你当时没赶上好时候,你回京师时正赶上全面否定新法的"元祐更化",你当初的观点是新法有些问题,但有可取之处,不应全面废止,这样,你又成为旧党嫉恨的目标,所以,你被司马光又一次贬到杭州。不久赵煦亲征,再次起用新党,你又被新党视为旧党骨干一贬再贬,最终被远远发配到海南岛。以后赵佶庆祝登基大赦天下,你才被准回中原,但路过常州时你就与世长辞了。你说说,是文害了你,还是政害了你?怨不得小妾王朝云说你是"一肚皮不合时宜",这话说的太妙了,真是一语破的!我说东坡先生,你这人还真挺好色啊,娶了个歌女为妾!

苏轼道:这事算什么,不就是一个小妾吗?我朝的士人都尚狎,风流的诗人们都喜欢与歌女交往,与她们饮酒唱和,甚而同眠共枕,这不算什么作风问题,没人去追究。王朝云这小女子非同寻常,不仅能歌善舞,模样俊俏,还善解人意,楚楚可人。特别是这小女子还能诗擅文,说话很有素养。就说刚才你引用的她那句话吧,当时我问诸婢女我腹中有何物,有的说都是文章,有的说都是识见,都拣好听的说让我高兴,唯独她说我一肚皮不合时宜,让我颇觉她不同凡响,所以才纳她为妾。这话还真让她说着了,我这一生真是不合时宜啊!

尚树蛋道:是啊,这个王朝云称得上是你的红颜知己,不仅如你所说善解人意,还能和你甘苦与共,你几次贬官时,你的女人们都先后离开了你,唯独王朝云这小女子不离不弃,一直跟着你颠沛流离,最后死在惠州。那年她才34岁啊,连我这老光棍都觉得惋惜,何况你们这才子佳人地相处多年呢!

苏轼道:是啊,朝云长逝,我悲痛万分,曾有一首《西江月》是悼念这位患难知己的:"玉骨那愁瘴雾,冰姿自有仙风","高情已逐晓云空,不与梨花同梦",唉,我那朝云啊……

尚树蛋道:你也不用太悲伤了,你这一辈子够意思了,光陪着你的歌女就有好几个。像我这样的,连一个村女都没捞着呢,人和人怎能比啊!唉,咱别说女人了，没意思。还得说你的诗文吧。你一生宦海沉浮，颠沛流离，虽说吃了不少苦，但也见了不少世面，游历了不少名川大山，因而才有了那么多脍炙人口的诗文。你的文章被称作天下第一，你被称作李白杜甫后一大家。我们的伟人有一句话，生活是文学艺术创作的唯一源泉。又有一个名人说，文学是走出来的。你跑了这么多地方，虽然苦了点，但也是偏得，它成就了你的文学辉煌。

苏轼问：文学是走出来的，这话好，哪位名人说的？

尚树蛋哈哈大笑：好吗？经典吗？告诉你吧，是本人说的！

苏轼大惊：想不到！想不到！

尚树蛋道：你想不到也可以理解，方才我说过，才子一般都瞧不起人，这无可厚非，我能想明白，但我得告诉你一句名言，卑贱者最聪明，高贵者最愚蠢。

苏轼道：这也是你说的？

尚树蛋摇头道：这可不是我说的，是一个大人物说的，跟你说你也不知道，你也没必要知道。还是说你吧，你能耐大去了，还善画怪石枯树，是独具个性的画家，还能书善写，是独成一派的大书法家，太了不起了，在你们宋朝，我最敬重的文人就是你！我在汴梁见到你太高兴了！

苏轼道：我做官总是不顺，拿起笔来却是如行云流水，这可能是上天的安排吧，此是"古难全"啊！

尚树蛋道：你这是滥用了。那我也滥用一句吧：但愿人长久，千里共婵娟！

苏轼一拱手：好，咱们共婵娟吧，告辞！

说罢不见了踪影。

50

真他妈笨蛋，拉闸呀！

不远处有一座很热闹的桥。胡宫在桥上招呼他：树蛋，你快来看看热闹啊！

尚树蛋循声望去，只见横亘在大河之上有一座巨型大桥，大桥为单孔木结构拱桥，大桥没有柱子、桥墩，是用五排巨木组成拱骨，扎紧勾连而成拱架，横空而架，达于彼岸。桥面是用木板铺的，桥面上有栏杆供人凭依。桥面平坦宽阔，此时已熙熙攘攘地挤满了人，竟有上百人之多。桥沿两边大多是一些闲人看客，依这桥上栏杆来看热闹的。桥面中间是过路人，有骑马的，有驾车的，有步行的，来来往往，人头攒动。桥面两边是一些搭凉棚摆摊位的小贩，有卖食品的，有卖工具用物的，有的把东西放在搁板或托盘上，有的干脆摆在地上。桥面中间还有骑驴的，驾车的，坐轿的，真个是拥挤不堪。由于杂人甚多，热闹拥挤，这座看起来不算小的桥面显得并不宽敞。尚树蛋想，这大宋朝的管理太差了，有没有城管啊，干什么去了，怎能允许这样占道经营呢？

尚树蛋满脸愤怒。

到桥的下路口时，尚树蛋又遇到一辆疾驰而来的独轮车，这车由两个牲口拉着，两人一车，一个在前头赶着牲口，一个在后面推着车。独轮车刚从桥上下来，由于下坡的惯性，车子飞快下滑，后面的人用力把着车把，驾车者控制不住车子，只能拼命往后拉，前面那位则弯腰弓背，叉开双腿，以保持车子平衡，降低车的速度。因是下坡，那头毛驴倒显得很轻松，挺悠闲的样子。尚树蛋看到这一幕不禁在心里暗骂：真他妈笨蛋，拉闸呀！并向那车子大喊：拉住闸！拉住闸！

驾车的人可能是没听到，没搭理他。但有一个声音接过来：哪来的闸，你以为是你们尚庄的车啊？

尚树蛋见是胡宫，迎上前道：你怎么在这待着呢？

胡宫道：等你啊。我看你跟苏学士唠得挺投机，没打扰你。你们都是文化人，有说的。

尚树蛋一副得意的样子，说：那是。我喜欢他的诗词，和他唠嗑是一种享受。

胡宫说：行，有品位。

尚树蛋看到桥头立着两根高杆，高杆顶端有个水平状的十字架。尚树蛋觉得很奇怪，便问胡宫这是何物，胡宫说：看来你也有不懂的东西了，我告诉你吧，这叫风向标，或者叫测风器，是观测风向用的，顶端像个小鸟样的东西是用羽毛做的，用五两或八两鸡毛做成，所以也叫五两。人们乘船出外旅行，只要看看鸟头朝拿个方向，就可以辨明风向，特别是汴河上的船工们，根据鸟头的方向辨别风向可便于控制航向。汴河虹桥桥头四个桥脚各有一根测风器。

尚树蛋说：原来如此。这东西就和我们村小孩玩的风车差不多，也没什么高明的。我再问你，你们的集市怎么设在桥上啊？

胡宫道：这是汴梁特有的河市，这桥是虹桥。差不多是汴梁最热闹的地方，也算一个露天大商场，我大宋京师的繁荣昌盛都在这桥上呢。你看这里的买卖多兴隆，你说也怪，越是拥挤越有人来。原来桥面上还有些商贩搭棚子设摊位，有大臣上书说这样影响交通，建议撤掉。皇上采纳了大臣的建议，下令不准在桥面上设店铺。桥上的店铺这才拆了，此后便没了搭店铺卖东西的了，但拥挤的现象仍很严重，做买卖的小贩太多。你看这些太阳伞和凉棚，都是些商贩。你说也怪，汴梁人都喜欢到河市上来买东西，大概都是爱凑热闹的吧。除了虹桥上的商贩外，汴河两岸还有各种交易场所、市场、商店、客栈、茶坊等，形成了一个商业圈，现在是清明三月，正是虹桥一带河市的旺季，你很幸运，赶上了热闹。

尚树蛋道：看来爱凑热闹是人界鬼界都存在的事，人是聚群而居，鬼也是聚群而居，做买卖的都凑群，因为凑群有规模，有规模才有效益，人多才能赚钱。但我得说说你们这桥市，管理太差了，这么多人早晚得把桥压塌，压塌了可不是闹着玩的，这一桥人，不，一桥鬼，都得再当一次鬼！你们那么多冗官冗员就不能多派点来管理啊，都在那白吃饭啊，你回去给皇帝提个建议，好好管理一下这桥市。这桥市很有特点，很壮观，我看可以申请世界文化遗产，你们好好保护这虹桥，好好开办这桥市，要为国家负责，为民族负责，为世界负责。

胡宫不以为然地说：这不是咱管的事，我劝你也省点心吧，操心老得快。

二人正说着，忽见桥面上杂乱的人群中有两人骑马而来，他们漫不经心地挥着马鞭，悠然地说笑着，似乎根本不理会桥面上拥挤的人群。但是，当他们信马由缰地到桥顶时，忽地呆愣住了，迟疑间，一位随从一声惊呼，紧急勒住缰绳，另一位随从正挥手叫行人回避，被这个瞬间的骤变弄慌了手脚，两匹马也慌了神，一匹低头曲腿，紧急止步；一匹昂首嘶鸣，举足不前。细看时，原来迎面来了一顶轿子，骑马人因紧急避让，措手不及，慌乱地险些撞了轿子。那乘轿子却并未停止，抬轿者还是不以为然地向上抬着，两名随从一边叫人避让，一边开路引导。桥上的人不由得让开了桥面中间，让这轿子通过，靠栏杆看河面航船的人也不由得转过头来，望着这乘不同寻常的轿子和随从。

尚树蛋也觉得这乘轿子的不同寻常，惊奇地问：桥上这么多人怎么都给他让道，是皇帝吗？

胡宫笑道：我先跟你说前面让道的两个骑马人吧，你猜他俩是谁？

尚树蛋晃了晃头：不知道。

胡宫道：这两个人是监察御史董敦逸和宦官郝遂，他俩是这轿中人的仇敌，他们两个险些要了轿中人的命，后来这轿中人时来运转成了人上人了，他们两个吓得惶惶不可终日，唯恐大祸临头，没想到冤家路窄，在这儿碰上了，他们怎不惊慌失措？

尚树蛋道：别绕圈子了，这轿中人是谁？

胡宫放大声音说：这是鼎鼎大名的孟皇后，也就是后来备受尊崇的隆佑太后！

尚树蛋道：是她啊，你说的是赵哲的皇后孟皇后吗？这女人可不一般，很有作为，人缘好，在朝野上下声誉很高，是个公认的好皇后，是了不起的女中豪杰！她经历了哲、徽、钦、高四朝，两次垂帘听政，为大宋朝立下了不朽功勋，可说是古来鲜有的贤后！最重要的是她的人品，大可垂范后世，母仪天下！可就是这么一个好人、能人却屡遭劫难，好几次都处于险境！

胡宫道：她历经坎坷，很让人同情。有几个人专门和她过不去，诬陷她，整她，说来她还命挺硬的，别人不仅没整倒她，自己还落了个身败名裂！就说那个刘婕妤吧，就是个典型的羡慕嫉妒恨！

尚树蛋道：自古贤人遭嫉妒嘛。奸人是为贤人生的，奸人害了贤人，也造就了贤人。奸贤相克，奸贤也相生，你想想，没有奸人害贤人，哪能突出贤人？而在女人们之间，互相嫉妒、互相倾轧，比男人更甚。你没看那个妒字有个女字旁吗？造字的老祖宗真神了，太聪明了！

51

"乡巴佬"不是贬义词，就是在乡下养老。

胡宫对尚树蛋的观点很赞同。说：女人们爱嫉妒，后宫的女人们更是嫉妒成性，佳丽三千都盯着那把椅子，看谁坐上都不舒服，都要想法把你拉下来，为达目的，绞尽脑汁，挖空心思，钩心斗角，机关算尽，到头来或是两败俱伤，或是反误了卿卿性命。这刘婕妤就是算来算去算计了自己，争这把椅子的事还真的发生过。

尚树蛋问：什么时候？

胡宫道：就是在孟皇后和刘婕妤之间发生的事。孟皇后是高太皇太后时，向太后为哲宗皇帝选的皇后。孟皇后是公认的好皇后，上下关系极好，最初几年和哲宗皇帝关系也密切，她这人特别是对嫔妃们好，在宫中声誉很高。高太皇太后去世后哲宗皇帝亲政。因政事繁杂渐冷落了孟皇后，这中间刘婕妤见缝插针，借机向皇帝献媚讨好，逐渐博得了皇帝的喜欢。这刘婕妤野心很大，她仗着哲宗皇帝的喜爱，一心想扳倒孟皇后。一天，众嫔妃去朝见向太后，按规矩，孟皇后应该坐金饰的椅子，那是皇后的标志，诸嫔妃只能坐木椅。可刘婕妤胆大包天，竟然野心勃勃地坐了上去。有个宫人看不过去，偷偷地给她搬开了，结果刘婕妤坐了个腚墩，惹得众人大笑。这抢椅子的事被刘婕妤报告给了哲宗皇帝,哲宗皇帝很生气,刘婕好趁机诋毁孟皇后,哲宗皇帝对孟皇后渐生恶感。这以后,宫里又出了个为公主祈福治病的事,哲宗皇帝最讨厌这种事,刘婕好趁机添油加醋,说这是在诅咒皇帝,哲宗命令详加调查,并命梁从政、章淳处理此事,就是前面仓皇躲避的这两位。他们在刘婕好的授意下逮捕侍女宦官数十人,严刑逼供,让她们供出孟皇后,因这些人平时多受孟皇后好处,都不愿诬告孟皇后,结果被打得遍体鳞伤、浑身血染,有的甚至被割舌断肢。梁从政又伪造假供,哲宗皇帝这才相信孟皇后图谋不轨,将她废掉,到瑶华宫当了尼姑。

尚树蛋道:刘婕好得手了,孟皇后真是天大的冤枉!不过我看书上说的,刘婕好最终也没得到好报。她当上皇后仅四个月,她生的小公主就夭亡了,转过年来哲宗赵煦也死了,刘皇后失去了依靠,身份大跌。史书上记载,这年她才25岁,25岁就成了寡妇在常人看来并没什么,但在只容鲜花开放的宫中,这对无儿无女又亡了夫的刘皇后来说就是灾难!赵煦没有儿子,由谁来继承皇位就成了问题。经过一番论辩,端王赵佶在赵煦灵前继位,就是那个软弱无能的宋徽宗。赵佶继位后有人为孟氏申冤,主张恢复她的皇后地位,赵佶也知道了符水事的真相,原来是孟皇后的姐姐和小公主的养母为孟皇后和小公主祈福,根本没有诅咒皇帝那回事。所以就将孟皇后从瑶华宫请了回来,尊她为元祐皇后,而那个刘皇后也被封为元符皇后。这样,一对冤家又对上了。

胡宫说:是啊。此后不久,元祐皇后又再遭劫难。元祐皇后及其亲信郝随对孟后复位深感不安,于是,郝随就极力鼓动右丞相蔡京,设法将元祐皇后废掉,蔡京上书称还有两个大臣也有同样主张,徽宗皇帝不得已下诏免去了元祐皇后的称号,让她再次出居瑶华宫。孟氏二次被废,皆因蔡京、童贯、郝随等奸臣当道,深感复位无望,只好再返瑶华宫。

尚树蛋道:可叹一个孟皇后,竟是一再被废!天理何在呀!

胡宫说:有道是恶有恶报,害人者有可能得势于一时,但未必长久。刘清菁再次把孟皇后推入瑶华宫后，又趾高气扬起来，竟至于干预朝政，这下子可惹恼了徽宗皇帝，连她的亲信都逼她退位，在走投无路的情况下，刘清菁被迫自缢身亡，这年，她才35岁。

尚树蛋道：说来这刘清菁也挺可怜的，以害人立身，又以害人亡身，25岁皇帝死，35岁她自己也进了鬼门关，也没过多久好日子。

胡宫不知为何大怒：你这个乡巴佬，又胆肥了是吧？

尚树蛋大悟：啊，啊，对不起，那个字又脱口而出了，咱还接着说孟皇后吧。我先问你一句，你们大宋朝也用"乡巴佬"这个词儿骂人吗？我知道唐朝人爱这么骂人，唐朝时，有一次著名谏臣魏征因直言切谏惹怒了唐太宗，唐太宗就骂魏征是个"乡巴佬"，发誓要杀了他，因贤良的长孙皇后巧言劝阻，唐太宗才作罢。你们古人就是跟我们今人不一样，乡巴佬怎是骂人的话呢？乡巴佬有什么不好，我们尚庄人不就是乡巴佬吗！告诉你胡宫，乡巴佬现在不是贬义词了，现在城乡差别正在缩小，有地方已取消了城市户口与农业户口的区别，农村人可以在城里上户口，农民工可以在打工的城市上户口，享受城里人的待遇。一个相反的情况是，城里人却往农村跑，特别是城里一些人退休后不愿在城里待着，嫌城里太闹，空气污染严重，不如乡下空气好，安静，乡下最适合养老，所以就把城里的房子留给了儿女，老两口到农村来了。我们村就有两位，在城里都有挺好的房子，生活也好，儿女都在身边，可他就喜欢乡村这片土，回尚庄住着了，我每次赶集都遇到他们，活的挺精神，挺快乐，还以乡巴佬为荣。我看以后农村人的地位很可能大变样，城里人该羡慕乡村人了。别看你们是大宋都城，挺牛的，等以后我们的凤来公司办红火了，你们汴梁人还可能到我公司来打工呢。我先给你许个诺，以后你要想来，可以优先，看在咱们的关系上，我可以给你弄个中层干部干干！

胡宫嗔道：说你胖你还喘起来了，我一个堂堂的宫廷中人哪能到你们那个乡野公司去打工？绝对不可能！

尚树蛋笑道：看来你还是放不下架子，瞧不起我们。我说老胡你先别把话说的太绝对，别看我们公司现在还不太行，等发达了说不定会让你们汴梁城举城震惊！

胡宫撇了撇嘴，一脸不屑。这时，忽见汴河上一漕运船响着马达飞速前来，这船显然比其他船行驶得快，一会工夫就把其他船落在后面。尚树蛋忽然发现了什么，冲着那船大喊：加大油门，加大油门！

那船好像听到了喊声，果然提高了速度，破浪前行，一会儿就看不到影了。

尚树蛋自豪地说：看到了吧，那是我们尚庄的船，比你们的船快多了！船上有大马力发动机，上水下水都能开，我说这大马力发动机你肯定不懂，你们那时没这个，你们是靠风力，靠人划，这太落后了。社会进步了嘛！

胡宫道：这船倒是挺快，可你怎么知道是尚庄的船？

尚树蛋诡秘地一笑，道：因为我看见了船上的舷号：202。你知道这202是啥意思吗？

胡宫晃了晃头：不知道。

尚树蛋道：这是我们村刺猬的船。

52

202 是个赌气的数字。

　　尚树蛋接着给胡宫讲起了刺猬。他说，202 这个舷号就与刺猬有关。刺猬原来是村里有名的穷光棍，三十多岁了还没娶上媳妇，比我强不了多少。可前些年刺猬去大连打工，回来就发了。他跟我说在大连先是跟船，就是跟人家到海上打鱼，挣点工钱。攒了点钱后，他贷款买了条船，自己当起了船主，雇了几个人一起出海打鱼。因为刺猬干活很用心，几年下来跟人家学了点技术，也知道了海况鱼汛等情况，这个以前连海都没见过、船也没摸过的尚庄老农竟然成了出海打鱼的能手，一船鱼一船鱼地收获下来，换回了大把大把的钞票。发了，真是发了。前些天我还见到过他，他说买了条船，准备到河上搞运输，说是肯定能挣到钱，现在人们只知道跑旱路搞运输，弄个车在高速公路上跑，靠违章超载挣钱，这太不容易了，要让交警抓住罚两次，这一趟就白跑了。他说跑水路是个冷门儿，人们都没认识到这个赚钱路，连想都没敢想呢。挣大钱就得敢为天下先，做人所未做，想人所未想，要敢于走出尚庄，走出这片沙土地，眼界要放宽点，胆子要大点，不能老守着这片土。当时我还把他好一顿夸，说他是新一代尚庄人，有走出村门的闯劲。我还问他准备到哪里去搞水运，他说还没想好，反正得往有河的地方去。我琢磨着，他一准是到汴河来了，因为他还跟我说过汴河漕运的事。

胡宫问：你怎么确定这是他的船？

尚树蛋道：我认识他那船的舷号。202，这是个赌气的数字。

胡宫问：赌什么气？

尚树蛋苦涩地一笑：赌光棍儿的气呗！说来话长，"文革"时期我村有个101战斗队，是个造反派的组织。101是个代号，两根棍夹着个0，是光棍加光棍的意思，这是根据战斗队的情况起的，战斗队成员一色都是光棍儿，纯得很，有媳妇都不要。这个战斗队特有名，因为都是光棍，不拖家带口的，没顾虑，敢干。他们首先就把村里的走资派打翻在地，又踏上了一只脚，接着就打着"101"战斗队的大旗在县委大院住下了，造反造到了县里，把县里的走资派好顿揪斗，名声很大。这个101战斗队的头儿就是刺猬。"文革"后他因造反被整了，但他的问题也没啥可整的，不过就是个穷光棍，没有后台没有瓜葛，所以也没把他咋的。但这以后人们都羞提"101"了，认为它是一个耻辱的数字，因为它代表光棍儿，人们都以101为耻，说是尚庄光棍儿多，就是让"101"坏了尚庄小伙儿的名声，本村外村的姑娘都不愿嫁给尚庄。刺猬富了以后娶了媳妇又买了船，决心给尚庄的爷儿们出口气，就用了202这个舷号，2就是双的意思。

胡宫恍然大悟，说：这么说来你们尚庄的男人还真有点志气，够爷儿们！

尚树蛋得意地说：那当然！我还得告诉你，尚庄爷儿们基本上"脱光"了！

胡宫问：什么意思？

尚树蛋道：就是摆脱光棍儿的意思。现在村里富了，已经由远近闻名的贫困村变成远近闻名的富裕村，尚庄十里大棚特能赚钱，大棚蔬菜远销往多个省市，现在每户都趁个十万二十万的，年轻人到城里打工的很多，都能挣点外快，回来后就盖新房娶媳妇，所以，一茬一茬的光棍儿都一批一批地消灭了。告诉你吧老胡，本人也很快就"脱光"了。

胡宫很感兴趣地说：这么说来尚树蛋媳妇很快就要诞生了，祝贺祝贺！新媳妇是哪方人士，芳龄几何呀？

尚树蛋道：嗨，就是一个村的闺女，叫大梅子，高个儿，挺漂亮，还比我小十来岁呢。要在以前，这门亲事肯定不能成，人家哪能看得起咱？现在不同了，这两年我干大棚挣了钱，现在又在你们汴梁开了公司，钱更没问题了，明年我就盖新房娶媳妇，宣告"脱光"。我都想好了，等回去让我们公司筹划一下，先搞一个凤来红娘牵线招亲活动，给尚庄剩余的光棍招亲，然后组织运作一个"脱光者"集体结婚，热热闹闹地搞一次集体婚礼，多雇几辆婚车，什么丰田、大众、马自达，牌子多一些。高档的也要有，如奥迪、皇冠，也可以雇个凯迪拉克。凯迪拉克你知道吗，现在差不多是最贵的车，城里人结婚都用这车作头车，那叫一个阔，拉着新人在街上一走，风光得很。

胡宫问：不用轿子吗？

尚树蛋摇摇头：轿子？那太落后了，我们早就不用了，现在结婚，一色是汽车接送，一般都是雇一个车队，有专门的婚庆公司，婚庆这一套全包了，车队都是公司给找，一般都是高级车，头车就是凯迪拉克。嗨，我又说多了吗，这你也不懂，你只知道轿子，不跟你说了。到时候再多买点鞭炮，好好放一放。

这时尚树蛋发现胡宫脸色不太好，忽然想到是犯了禁忌，忙改口说：不放鞭炮，现在国家也不主张放鞭炮，污染空气，有pm2.5，危害挺大，国家有令禁止，不能随便放，咱别犯法。

胡宫不解地问：什么屁！

尚树蛋道：你就知道屁，狗屁！告诉你吧，是pm2.5！这个你不懂，你们宋朝还没研究出这个，可这东西肯定是有的。宋朝不冒烟吗，烟里就有pm2.5！只不过你们不知道就是了。你别害怕，咱不放鞭炮就是了，想热闹有的是办法，弄台小戏，唱它三天三夜！

胡宫道：你们村有剧团？

尚树蛋笑道：岂止是有，还挺厉害呢，现在已经成艺术团体了，常年都在本村外村演出，几乎是天天有人请，红白喜事，开业典礼，各种仪式都请我们村的小戏，现在这小戏团也有了名字，叫时尚剧团，时尚这个词一语双关，尚就是尚庄嘛！时尚剧团在县里都有名，有时候还到县城去演。我要请这个剧团不用花钱，团长是我叔伯哥。我都想好了，到时候再让人给写一首"脱光"歌，请明星给唱一下，并争取在全村唱响，让十里八村的人也都知道尚庄再不是光棍村了。总之，我们要把"脱光"的文章做大，轰轰烈烈地热闹一把。

胡宫道：想得好，想得好。诶，你们尚庄有能写歌、能唱歌的吗？

尚树蛋道：尚庄是没有写歌唱歌的，但可以到城里请。老胡你一定不知道，现在的情况是有钱能使……（他知道犯忌，故意磕巴了一下）推磨，只要有钱，什么明星大腕都能请到，明星大腕都认钱。这事我一定好好张罗一下，这绝不是做梦娶媳妇想好事，完全可以变成现实。老胡我现在就邀请你当贵宾，到时候你可要赏光啊！

胡宫应诺：行，行。

临街是一个小酒店，门面不大，用木栏围挡，门帘用布幕，已经撩起，门上挂着一个酒旗，上写"小酒"二字。胡宫说：小酒就是卖小酒的店铺。酒有老酒、大酒、小酒之分，老酒是指可以长时间储存的酒，用麦曲酿制，密封存储，可存放数年，士人家都很看重老酒，专门用来年节饮用和招待客人。老酒还有和血养气、暖胃驱寒的药用功效；大酒也算是质高味醇的，但比不上老酒，是用粳、糯、粟、黍、麦等为原料酿造的，曲法、酒式都根据水土情况而定；小酒是春秋两季随酿随卖的酒，从春到秋，随时酿好了随时出售，比较便宜。所以说卖小酒的店铺是层次较低的，是一般贫寒百姓常光顾的地方。

尚树蛋注目看去，只见那酒店里有一个人正一杯一盘独酌，像是很忧郁的样子。但此人的长相很俊朗，气质也不像寻常百姓。便问胡宫：这人怎看着不像贫寒百姓，还心事重重的样子？

胡宫道：这个人可有点来头，他是一个皇子。

尚树蛋惊问：哪个皇帝的儿子？怎么没随从？

胡宫冷笑道：冒牌货，假的！前面不是跟你说过仁宗皇帝的子嗣问题了吗？他的皇后无子，亲生的几个儿子是俞美人、苗美人、朱美人生的三个皇子。当时仁宗皇帝非常高兴，以为这下可有子嗣了，拜神祈祷没有白费，但可能是上天和他作对，这三个皇子都一个接一个地先后夭折了。仁宗皇帝痛苦万分，为了帝王基业，只好立濮王之子宗实为嗣，就是后来改名赵曙的英宗皇帝。

尚树蛋说：这也是没办法的事。可能赵祯命中注定。他即位后招了那么多美女进宫白搭了。用我们尚庄的话说，就是盐碱地里不长庄稼，要不就是种子不行，发霉了。不然这么好的条件都奏不出孩子来呢？要是我们尚庄爷儿们，都身强体壮，奏孩子百发百中。哎，不公平啊，太不公平！

胡宫道：你别乱扯，动不动就说你们尚庄爷儿们，尚庄爷儿们还值得一提啊！书归正传。仁宗皇帝因为英宗皇帝不是仁宗皇帝的亲子，心里一直觉得不大舒服，那些秉承正统观念的朝臣们也觉得是个事，于是就有了这样的消息：传说仁宗皇帝在民间有个亲儿子，是他和一个王姓宫女所生，这个私生子因不便公开，仁宗皇帝便把她打发出宫回乡，王姓宫女回乡后和一个叫冷绪的江湖郎中结婚，孩子起名叫冷青。

尚树蛋问：这是谁传出来的？编的吧！

胡宫道：是开封府知府钱明逸奏报朝廷的。有一天，下人向他报告，说是在汴梁城中看到两个人，一个和尚，一个英俊少年，和尚说他是陪这少年来汴梁认亲的，少年是仁宗皇帝流落在乡间的皇子。钱明逸感到是个讨好皇帝往上爬的好机会，就报告给了朝廷。但朝廷认为这事太蹊跷，就让包拯严查。

尚树蛋道：朝廷这算是找对人了，包拯是个什么样的人啊，这点事还能查不清？

胡宫道：是啊，包拯很快就查明了真相。原来，这少年叫冷青，其母原来是个宫女，姓王，因犯错被遣除出宫，王姓宫女出宫后嫁给了一个叫冷绪的江湖郎中，生了冷青。这冷青长得很好，但他从小游手好闲，好吃懒做，为逃避父母责谴离家出走，路上遇到了一个叫全大道的和尚，全大道见他相貌英俊，想借他发一笔财，就给他编造了一个皇子的假身份，带着他来到京城，准备去皇宫寻亲。这全大道太胆大包天了，竟敢撒此弥天大谎，真是活腻了。他到汴梁后不但没见到皇上，还被包拯查明了真相，关进了牢房。大骗子全大道被凌迟处死，冷青因为是被裹挟进来的，他的假皇子身份是全大道给他编的，所以包拯断案时没处他死罪，重重地责打一顿放他回乡了。冷青挨了这一顿暴打，心里憋屈的慌，不久便抑郁而死，到了鬼界也不痛快，整天闷闷不乐，天天一个人在小店喝闷酒。

尚树蛋道：说来也是罪有应得。他要是个走正道的，也不会被全大道裹挟，可能他是默认的，以为当皇子很风光，享不尽的荣华富贵，所以就跟着全大道走上了一条死路。他肯定没想到结果，这个结果还多亏了包拯，要是换个人，肯定是死罪。我们尚庄都知道包拯是青天大老爷，从不放过一个坏人，也不冤枉一个好人，是案子就要办成铁案，不能办成冤案。包青天嘛！

胡宫道：啥事别光想好事，也得多方面想想，免得招来祸患。回过头来说说你们村的那个202船长刺猬吧，等你见到他跟他说说，最好别在汴河上跑营运了，这季节漕运繁忙，漕运是国家大事，漕船是朝廷的，万一影响了漕运，或者发生和漕船争水道的事，可了不得，不仅船保不住，被治罪也是可能的！

尚树蛋说：胡宫你说得对，我真得和他说说，不行不让他搞河运了，让他到我们凤来公司上班去！

53

什么好莱坞？那不是屋，是船！

　　二人一路闲聊，不觉来到虹桥拱顶。此时，拱桥下正发生热闹的一幕：一艘载满旅客的航船驶近虹桥，只差几丈远了，但高高的桅杆还没有放倒，伴随着航船的前行，桅杆随时有刮到桥拱的危险，而一旦发生这种情况，就可能造成船体倾斜，满船旅客就有可能面临溺水的危险。这是一个非常紧急的情况。于是，二十几个船工，马上忙碌起来，篙工用力将篙竿撑向河底，把握航向，以免与对面驶来船只相撞，有的船工则向对面船只大声呼喊注意避让。而桥上，看热闹的人群则沸腾起来，惊呼声、喊叫声、议论声响成一片。也有的一声不响，静静地看着热闹，等待着事情的进一步发展，全然忘记了航船的安全，看热闹不怕乱子大。他们竟忘了，一旦事故发生，将是一场不可预料的灾难，是所谓覆巢之下，必无完卵，自己也未必能幸免。

　　看到这一幕，尚树蛋惊骇不已，大声向桥下喊：放桅杆！放桅杆！

　　船上的人似乎没听到，依旧故我。尚树蛋急了，随手拆下一个凉棚的支杆，身子趴在桥栏上用杆子捅那桅杆，无奈杆子太短，桥面太高，杆子根本够不到桅杆，尚树蛋急得都想自己跳下去把桅杆放倒。胡宫笑道：看把你急的，没事的，河上的船工都是身经百战的，有的是经验，没问题的，他们能处理，你别干着急了。

果然，尚树蛋见到那桅杆眼看就要碰到桥拱时，忽地被放倒了，航船只是稍稍放慢了一下速度，就顺利地过了桥。

船上的人又恢复了平静，桥上看热闹的人议论纷纷：啊，好险啊！

船工好了不起！

这一船人好幸运！……

尚树蛋叹道：真是一幕好莱坞惊险大片！

胡宫惊疑地问：什么屋？那不是船吗？

尚树蛋道：你又孤陋寡闻了。是好莱坞，拍电影的，美国的地方，出明星的地方，出大片的地方，地球人都知道……嗨，我跟你说这些干什么，你不懂，你这另一个世界的人，哪懂得我们这个世界的事？

胡宫听罢反唇相讥：你又牛逼了。好，我是不懂你们世界的事，可你同样也不懂我们世界的事。就说这桅杆吧，能随时放倒的桅杆你们见到过吗？这是我朝的创造！有了这种能随时放倒的桅杆，进出桥梁、闸门就不怕了，可以不受高度的限制，进出自如。

尚树蛋道：是挺牛逼，可这能倒伏的桅杆不是你们宋朝的发明，要早得多，你别贪天之功，那是咱们老祖宗的发明，是你我共同的荣耀。

胡宫说：不跟你争了，没劲！

这时尚树蛋忽觉他手上拿的杆子猛地被人拽走了，同时听到一声训斥：这是你家的杆子啊，还拿着不放了，差点把我的凉棚拽倒了！

尚树蛋回头看大吃一惊，看见原来是二孬，问道：二孬！你小子在家开袜子厂不是挺赚钱吗，怎么到虹桥上摆摊了？

二孬也很惊喜，道：袜子厂仍在开着呀，我这不是到这里开拓市场吗？

尚树蛋这才看到，二孬的凉棚下是一个摊子，上面摆着一摞一摞的很多种袜子，低头一看，这袜子的牌子还真不少，什么李宁、乔丹、贵人鸟、耐克、阿迪达斯、背靠背，品种繁多。尚树蛋说：你这里的袜子牌子还真不少啊？

二孬说：多得很，你要什么牌有什么牌，咱的优势就是品牌齐全！又拿起一打袜子说：你看这一种，袜底子上有一排排小疙瘩，有保健按摩作用，牌子名叫健尔舒，这是我厂的独家品牌，有发明专利，通过了国家质量验证……

尚树蛋打断他：别吹了，再吹就露馅了。

二孬不服输：吹啥，在尚庄，我家的品牌是最全的，谁也比不了。

尚树蛋冷笑道：都是冒牌。不过你得小心点，现在查假冒伪劣查得很厉害，城管查，巡视组查，更多的是顾客举报，逮着都往死里罚，罚得你倾家荡产。我知道你是靠造假起家的，到汴梁来得搂着点，别到这里丢咱尚庄的人。

二孬狡黠地一笑：树蛋哥咱当着真人不说假话，你说咱这小作坊能比上人家大厂子吗？比不过怎么办，就得造点假，要不怎么挣钱？

尚树蛋道：我知道你小子有鬼点子，当年你起家时就是靠造假，你在城里袜子厂论斤买来成包的废品袜子头，然后再织织补补，再把那些小袜子用模具撑起来，放在大铁锅里蒸，叫作定型，定型后捆成捆论捆卖，10块钱一捆，买的人觉得便宜，可拿回家后就傻眼了，这袜子像小脚娘们的，根本就不能穿，又因为是铁锅蒸过的，没有伸缩性，怎么撑也撑不大。我说二孬啊，你可坑老了人了，现在还那么弄吗？

二孬说：树蛋哥你这是说的哪辈子的话了？那是初级阶段的事，那时候人们好骗，只要便宜就有人买，现在不行了，人们认货不认价，光便宜不行，得东西好，像以前那种袜子，白给人家都不要。说着弯腰拿起一摞袜子，说：哥你看看这袜子咋样，我明白地告诉你吧，这是假货，牌子是我贴上的，我厂子啥牌子的商标都有，就看顾客要啥牌的了。但质量是绝对好，一般人看不漏。我的机器早就更新了，现在用的机器都是上档次的，原料也是优质的，制作过程中都有严格的质量要求，我兄弟当质检员，外号看家虎，要求极严，一件次品都逃不出他的眼睛。我们有句口号：靠质量好求生存。哪个工人的活儿出了质量问题，没商量，扣钱，甚至走人。质量是我厂第一要事，这年头不讲质量不行啊，要是因质量问题被人捅出去，厂子就得黄，弄不好我还得蹲监狱，所以说我厂袜子的质量是没挑的，不信你看看，这袜子随便扯随便拽，不带开线的。我的厂子还上马了一件新技术，是我厂新招的一个研究生发明的，防臭、保暖、不生脚气，全国我们是独家，现在保密。

尚树蛋说：你们那里也有研究生了？

二孬说：不止一个呢，我说的这个是纺织学院毕业的，小伙儿不错，我正给他张罗对象呢，已经有了目标，就是我们厂子的，等给他在村里安了家，他就安心了，要不怕留不住。

尚树蛋说：你小子还挺有心眼儿呢。你给人家多少工钱？

二孬说：工人工资都保密，谁也不知道谁挣多少钱，这叫商业秘密。反正不能亏待人家，人家从城里来到农村，又上了那么多年学，别让人家亏着。

尚树蛋一听连二孬的小小袜子厂也招研究生了，他很嫉妒。心想，我凤来公司也得考虑招研究生的事，步子还要大点，招几个博士生，把凤来公司办的有点品位。以后甚至可以与大学合办博士后流动站，打出凤来公司的卤鸡品牌。可又一想，大学里有卤鸡专业吗？如果没有，哪来的硕士点、博士点？再转念一想，没有卤鸡专业也不要紧，大学里有食品专业，食品就包括卤鸡嘛，实在需要还可以申请设立，老赖小冒儿父子就可以带硕士、带博士。别看是庄稼人，做卤鸡有一套，要是有人帮助整理一下可以出专著，作为硕士、博士的教材。什么事首先要敢想，然后再谈敢做，敢想敢做就没办不成的事。过去有句话叫人有多大胆地有多大产，现在这理论不过时，同样适应农村企业。

这样想着，尚树蛋扬扬得意起来。

二孬忽然对尚树蛋说：树蛋哥你能不能帮点忙，我在这儿人生地不熟的，每天卖不了多少。你是能人，帮我张罗张罗，到时候分成，三七开、四六开都行。

尚树蛋一看他挺认真，心想，我现在是公司老总，还在乎你的三七四六？

却故意逗他说：谁三谁七呀？

二孬说：咋的都行，你是哥，你说了算。一个村的，好办。

尚树蛋一笑：逗你玩的，还当真了，我不分你的成，我给你张罗买主就是了。但我得告诉你，我在汴梁有家公司，不比你的袜子厂小，村里不少人都加盟了，像卤鸡王老赖父子、条子、山药丑妮夫妻、守家、二肥、橡子、鸡爪子、鼻子柱，还有喇嘛四和他嫂子，这些人你都认识。

二孬惊疑地问：怎么？喇嘛四和他嫂子？他们过上了？是你给撮合的？

尚树蛋道：不是我撮合的，可也差不多。他嫂子疯疯癫癫地跑到汴梁，我给她找人治好了，喇嘛四现在是我凤来公司的中层干部，养鸡场场长，他嫂子也在那干，喇嘛四待她不错，我看他也有那个意思，就想给他俩办办这个事，都是孤苦伶仃的，需要个关怀。

二孬伸出大拇指：这一对叔嫂也实在可怜，一个死了丈夫，自己又疯疯癫癫的，两个儿子又没成家，难啊。小叔子打了半辈子光棍子，也该有个家了。他们年龄还差不多，喇嘛四他二哥娶的是云南的小媳妇。树蛋哥你真是个好人，你办了一个大好事！积德呀！

尚树蛋说：乡亲嘛，互相帮助嘛。

尚树蛋说：你不是想让我给你推销袜子吗？我有个主意，你想不想干？

二孬问：啥主意？

尚树蛋道：入股，请你入股！也就是说把你的袜子厂加入到我凤来公司来！

二孬说：树蛋哥你这有点不大地道吧，你不能把我吞并了啊。

尚树蛋道：你现在是不是感受到你的袜子厂生存很困难？

二孬吭吭哧哧地没说出什么。

尚树蛋道：你不说我也知道。尽管你说你厂子不错，还招来研究生，又有保密的新产品、新技术什么的，但你没说出来的难处已经在你的行动上反映出来了。

二孬问：什么难处？

尚树蛋道：这不是明摆着的吗？如果效益好，有钱赚，产品有销路，你这当厂长的还能亲自到这么远的地方摆地摊儿？

二孬顿时羞红了脸，说：树蛋哥你还真会看，我的厂子停产了，积存了不少产品，现在工人洒遍全国卖袜子，工资从销售中提成，唉，没办法呀，咱这小作坊没有竞争力，在市场上是弱者，干不过人家。

尚树蛋笑道：你不是高质量取胜吗？你不是有研究生的发明吗？

二孬苦笑道：自己安慰自己呗。其实根本不是什么新发明，这种防臭、不长脚气的袜子满街都是，我们这个不比人家的强。

尚树蛋故意逗他：那你还能养这研究生吗？

二孬道：养啥呀，这些天人家正吵吵着要走呢！

尚树蛋问：他走了媳妇咋办？

二孬说：啥媳妇呀，八字还没一撇呢。人要走了，媳妇自然也就完了。

尚树蛋说：你不想留住他？

二孬说：当然想留住。好不容易招来的，我怎忍心让他走？

尚树蛋说：不让他走好办，把你厂子办兴旺了，他自然就不走了。

二孬唉声叹气地说：我也是想这样，可有什么办法呢？

尚树蛋说：我给你想的办法就是让你的厂子兴旺的办法。我们凤来公司现在发展势头很好，我想把它做大做强，建成超级大公司，经营多种产品，不光做卤鸡、做食品，要多种经营，要建一个大企业集团，大托拉斯，你的厂子要入股可以打出我凤来公司的旗号，给你成立个分公司，保持你厂子的名也行，就叫凤来总公司二孬分公司，也就是个子公司……

二孬马上反对：子公司？给你当儿子吗？你真想得出来！

尚树蛋道：这有什么，没有儿子哪有老子，同样，没有老子也没有儿子，这是个相互关联的事。其实干子公司也没什么不好，上面有总公司顶着呢，天塌下来也砸不着你，你还能沾总公司的光，总公司吃肉你子公司起码能喝点汤。

二孬不高兴地说：光让我喝汤？这太不公平了！

尚树蛋道：我是打比方，你还当真了。你吃肉也行，那你得为总公司做贡献，总公司效益上去了，你也就和总公司一起吃肉了。

二孬说：这么说来我得为你卖力呀！要不然可能连汤也喝不着，只能喋喋你吐出来的骨头了。

尚树蛋道：看你说的。不过，咱今天得拍板，你干不干？我还得给你讲明白了，我决不强求你，完全靠你自愿，愿者上钩。二孬你得看清形势，现在做买卖都讲做大做强，小打小闹没出路。就像咱村老农种地一样，如果总是各家各户小块耕种，用不了机械，生产效率低，所以现在又提倡搞合作社了，咱村不也正合地吗？这是个趋势，小厂合并也是个出路。

54

你这是干啥呀，咋还不松手了？

前面传来一个人拖着长声的吆喝声：卖糖葫芦，又甜又脆的冰糖葫芦——尚树蛋觉得这声音好熟，没等开口，那人很兴奋地说：树蛋哥，你们公司要卖糖葫芦的不？

说这话的是村里卖糖葫芦的球子，他操这个行当一二十年了。尚树蛋说：球子你卖糖葫芦卖到汴梁来了，挺能开拓市场啊。你怎么也想加入我们公司？

球子说：我也是想干出点名堂来，我这一家一户的小本经营我觉着现在不太行了。你看我都干多少年了，每年挣个万儿八千都还觉得很得意似的，寻思闹个菜钱就行了，现在看来不行，目光太短浅了，罐里养王八，没出息。我也想有点出息，特别是来汴梁后，听说你干了那么大个公司，老羡慕你了，树蛋哥你真能干，真有本事。

尚树蛋道：球子你也想干大吗？

球子说：不是有那么句话吗，不想当将军的士兵不是好兵，做买卖谁不想干大多挣钱啊？可我又挺自卑，没你树蛋哥这个能耐。再说了，做糖葫芦这活太简单，山楂是自己地里长的，沾糖葫芦是我们两口子干的，这活没什么技术含量，也用不了多少人，卖糖葫芦就是一个人推着车子走街串巷，所以我寻思寻思就泄气了。树蛋哥你能不能给我支支着儿？

尚树蛋想了想说：其实这就看你了，看你有没有勇气做大。你没看电视上郭德纲做的冰糖葫芦汁儿的广告，那就是做大了，不仅卖糖葫芦，还突发奇想卖糖葫芦汁。其实做买卖就是冥思苦想地想钱，看谁能想别人想不到的，如果能做到这一点，你就赢了。就说最简单的吧，你这走街串巷不能固定到多个地点吗？不能遍布多个店铺吗？我去过一些城市，就看到大商场里门口都有卖糖葫芦的，买卖挺好。人们逛商店，在门口买串糖葫芦吃，很随意。

球子恍然大悟：树蛋哥你脑袋真好使啊，还是文化高的脑袋灵，我怎么没想到呢？

球子刚兴奋了一阵子马上就泄气了，说：不行，还是不行，咱这个头脸还能进人家大商场啊，还不让人家轰出去？算了，算了！

尚树蛋一脸不屑：没出息，连想都不敢想，你还能做吗？

球子耷拉着脑袋说：看来咱还是别想大饽饽了，凑合着挣点钱得了，命里一尺难求一丈啊。

尚树蛋想了想说：要不你跟着我干吧，我收你加盟我的凤来公司，也给你成立个子公司。我已经收了二奓，给他成立了个子公司，你要愿意干，也给你成立个子公司，就叫球子子公司。

球子很兴奋，说：树蛋哥你真有文化，这名儿挺恰当，一箭双雕。我叫球子，穿糖葫芦的山楂也是一个个球子，球子公司，太地道了！

尚树蛋道：那好。我凤来公司的两个子公司二奓子公司和球子子公司今天就正式宣布成立。咱们是大合小分，什么意思呢，从总体来看我们是一个公司，但你们独立经营，自负盈亏，赢了你们交给总公司点管理费，到时候我们商定一下比例；亏了总公司考虑给你们适当的帮助，比如帮你们推销点产品等。总之，你们该咋干还咋干，咱分分合合，有分有合。互相利用各自的优势，共同促进公司的发展，共同享受发展的成果，好了，你们去干吧。

在一旁的二孬觉得不大对味，说：当了半天儿子，原来还是该干啥干啥呀！

球子道：是啊，咱还是该干啥干啥！干吧。

球子的吆喝声又响起：糖葫芦，又甜又香的冰糖葫芦，历史悠久的传统食品，凤来公司的知名品牌，糖葫芦的卖咪——

二孬想了想也想明白了，凤来公司的牌子也值钱，也是资源，资源不能浪费，当了半天儿子，得让爹给儿子带来效益，要不然不是白当儿子了？

二孬意识到这一点的时候，他出于和球子一样的心理，完成了这样一个类似的动作：在他的袜子地摊上竖起了一块木牌，上面写了几个与"饮子"、"香药铺"、"匹帛铺"等相同的招牌字：凤来公司名牌袜子。这一招儿果然立竿见影，马上有几个人围了上来，翻翻地摊上的袜子，议论着：这是哪州哪府产的，怎净些个鸟文？

尚树蛋看在眼里，禁不住暗自得意：看来做买卖真得讲究点营销战略，光东西好不行，好东西还得好吆喝。

当尚树蛋为二孬这一新奇的招牌暗自叫好，他忽然又想到在汴梁街上"方家馒头店"、"丁家素茶店"、"郑家油饼店"等招牌，感到把业主的姓氏和店铺的经营内容写在一起，不失为汴梁商铺的一种特色，这样更能扩大品牌效应。

他掏出手机给老赖拨了个电话：老赖呀，我知道你被你儿子拉来了，到公司上班了，你没把你儿子拉回家，这很好，正合我意。你要是把你儿子拉回家，就把凤来公司拉垮了，所以我得先谢谢你。……你到凤来公司来很好，但我绝对不能让你当普通员工，这样吧，你就顶替你儿子当公司的技术总监，给你儿子小冒儿留下一个副总的职位，不让他一身二职了，你爷儿俩就把这两个位置占了，公司的大权基本就都掌管起来了，怎么样，够意思不？……够意思就好，我尚树蛋是个讲究人，咱不能让乡亲们说三道四……对了，赖总监，我有一个想法，就是想把咱公司的名儿弄响亮些，把姓氏加上，汴梁商家都这么干……什么姓氏,当然是尚氏了,就叫尚氏凤来公司……你姓张,怎不用你的姓氏?不要紧,这公司的骨干是你们张氏的,四个班子成员你爷儿俩就占去一半嘛……想通了吧,想通了就好,我尚树蛋是个讲究人,不会让你们吃亏……好吧,那就搞定……

打完电话,尚树蛋猛回头看到胡宫正伏在虹桥栏杆上沉思着,便上前道:老胡你想什么呢,这一会儿没见到你,我办了件大事。

胡宫道:你的大事在我看来无关紧要,谁管你屁事。我在想一个人。

尚树蛋问:谁?

胡宫道:这虹桥的设计者,一个废卒。

尚树蛋道:什么废卒?

胡宫道:青州牢城的一个废卒。你看这虹桥,跨度这么大的桥竟没一根石柱,全是由木头搭建,技术水平够高的吧。这样精巧的搭建就是出自这废卒之手。当初,朝廷是想要在这汴河上建造多孔石桥,但有人提出汴河水流湍急,航船如果控制不好,撞上石桥墩可就麻烦了,轻微剐蹭还不要紧,船毁人亡就了不得了,最好采用木结构,建木拱桥,但初步估算了一下,建木拱桥耗费太大,大约是平桥的　倍。另外构造上也有难度,因此这建议没采纳。后来又有人提出用浮桥代替拱桥,用竹索将船连接起来当浮桥,但这浮桥建成刚半年,几十艘船过桥时翻了,一时非议多多,朝廷就把这浮桥拆了,再后来就是这废卒的奇妙构思得到采用,他提出先在两岸垒巨石做桥墩,再用巨木编连接作拱架,中间用巨木承托,榫合绑牢,架空横跨,这办法确实很好,非常牢固。因为是凌空而建,没有桥墩,又称飞桥,又因起拱较大,宛若飞虹,又称虹桥。还有诗人作诗咏叹为无脚桥,有句云"横空不可摇"、"跨岸只虹腰",把这虹桥的精巧说到绝妙。

尚树蛋道:这虹桥的设计堪称独特,结构也巧妙而合理,你看这座桥没有柱子,只用五排巨木组成拱骨,扎紧勾连,横空而建,像我们尚庄的孩子编蝈蝈蝈笼子的编法,很巧妙,很巧妙。我小时候就这样编过蝈蝈笼子,因是一根别一根,非常结实,尽管是用高粱秫秸皮子编的,但极结实,扔在地上用脚踩都踩不坏。现在采用这种结构法的有一个大建筑,就是奥运体育馆的鸟巢,那是用巨型钢柱编的,极结实,看上去也好看,像个鸟窝似的。那鸟巢体育馆据说是外国人设计的,可听你这样一说,原来这种结构法你们宋朝就有人想出来了,看来还是咱中国人高明。只可惜呀,这个伟大的设计者竟没留下名字,只知道是个废卒。废是什么,废弃嘛,废物嘛,你说说,这么一个大科学家在你们宋朝竟成了废物,可叹啊,可叹啊,这人要是生在现在,肯定能评上院士,说不定能得诺贝尔奖。唉,又对牛弹琴了。

胡宫大怒:你说谁是牛?

尚树蛋也觉得失礼了,连说:对不起,对不起,冒犯了。我是牛,我是牛,走,我请你喝茶去。

胡宫怒道:谁喝你的烂茶!老子在宫里什么茶没喝过?尿的尿都比你喝的茶有茶味儿!

尚树蛋哀求道:要不请你去尝尝我们凤来公司的卤煮鸡,绝对的陈年老汤,精品制作,你尝一口就会上瘾,保管成回头客……

尚树蛋一边说着,一边用手去拉他,但当尚树蛋拉住他胳膊的一刹那,尚树蛋忽觉不大对劲,那只胳膊软软的,肉感十足,根本不像男人的胳膊,尚树蛋大为震惊,一阵迟疑。这当儿,忽听一个声音说:树蛋哥你这是干啥呀,咋还不松手了?

55

谁用你端屎端尿？我到那个份上了吗？

尚树蛋这才缓过神来，定睛一看，原来是山丫！尚树蛋又疑惑起来：我明明是拉的胡宫，怎么变成山丫了？这是怎么说的，难道她是胡宫变的？

两人一时相对无语，稍顷，几乎是同时发问：怎么是你？你从哪来？

还是尚树蛋先平静下来，问她：山丫你没在赵太丞家待着啊，病好利索了吗？赵太丞待你咋样？

山丫猛地给尚树蛋跪下来，眼里含着泪花说：树蛋哥叫让我怎么感谢你呢，你是我的救命恩人，你等于把一个死尸救活了，重新给了我一条命！我不知怎样报答你才好，你让我干什么都行，天天给你端屎端尿都行……

尚树蛋有点不高兴：山丫你这是说的什么话？谁用你端屎端尿？我到了那个份上了吗？

山丫说：树蛋哥我说错了，你别不高兴，我是想说你将来会老的，越老就越孤单，你一个光棍身边没人，到那时我来伺候你。我有两个儿子，让他们给你叫爹，给你养老！

尚树蛋说：山丫你别这么说，咱乡里乡亲的，互相帮助不是正常的事吗？快起来吧，别这么客气！你在我面前一跪，这算咋回事啊，好像我欺负你似的。

再说，你别总叫我光棍儿，我不过是暂时的光棍儿，还能打一辈子光棍儿啊？再说我基本上已经有女人了，就是咱村大梅子。我愿意帮你是因为我和你男人喇嘛二是同学，他在世时我们好得像亲兄弟，现在他走了，我理应好好照顾你，这也是我应尽的义务。再说了，我也快娶媳妇了，娶了媳妇也就有儿子了，用不着你儿子照顾我，你儿子还是自己留着吧！

山丫站起身来，近前一步，说：你有儿子是你的，我儿子算咱俩的，他们要是不伺候你，我都不答应！

尚树蛋忽觉这话好熟悉，是赵本山小品里的词，就不由得一笑，说：你怎么把赵本山小品里的话用上了？看来你的记性恢复得还不错，连赵本山小品里的话都记着呢，看来赵太丞给你治得还不错，挺有效果！

山丫道：那是相当地有效果！赵太丞这老头真不错，医道好，对人也亲，他的手下人都拿我当贵客，侍候得没挑儿，我都有点不好意思了，我长这么大还从来没受过这样的待遇！吃的也好，不少东西我从来没见过，别说吃了。住的也好，专门给我腾出了一间屋子，有两个专人侍候，开始的时候，都给我接屎接尿的，唉，当年我坐月子的时候他爹喇嘛二都没这么侍候过我！我可是享了福了，我一辈子也没享过这么多福啊！我在南方的大山里长大，小时候挨冻受饿是常有的事，十几岁了还没鞋穿，裤子都盖不严大腿。千里远嫁到尚庄后，条件好了些，喇嘛二待我不错，我们过了几年太平日子。生活上虽说不富裕，但对比我老家强多了，感谢老天，给了我们两个儿子，像家子人家了，可没想到喇嘛二那个死鬼，早早地撇下我们走了，接着我又得了病，疯疯癫癫地到处跑，风里雨里地随处当家，过的是猪狗不如的日子，到处受人欺负，好在那时我什么都不知道了……

山丫没完没了地说着，说得很伤心，竟号啕大哭起来。

尚树蛋安慰她道：山丫你别哭了，你这一哭我心里怪难受的。从喇嘛二那论，我叫你嫂子，但你是小媳妇，论年龄我还比你大一岁呢。你叫我哥我高兴，我比你大我就是你哥，哥哥照顾妹妹不是应该的吗？好了好了，别哭了，问你个正事吧，你这是上哪去？

山丫停止了哭泣，说：不是你安排的吗？跟喇嘛四办婚礼去！

尚树蛋问：到哪儿？喇嘛四呢？

山丫用手一指前方：那不是他！

顺着山丫手指方向看去，尚树蛋一眼就看到了喇嘛四。喇嘛四还是那身似乎是永远也不洗不换的衣服，像是刚从沙土地上打了个滚儿走来，浑身上下透着土腥味儿。

山丫道：看他那个土老帽样儿，满脑袋高粱花子，一身大葱蘸大酱味儿，我半只眼也瞧不起他，要不是他说是你的主意，又念他对我儿子不错，我改嫁一千次也轮不到他！

尚树蛋道：大妹子你别这么说，人家喇嘛四还是挺不错的，最大的优点就是对你们娘儿仨好，人家苦扒苦拽地用攒了一辈子的钱盖了一处新房，装修好了自己舍不得不去住，却住在老房子西屋里，说是新盖的正房给你们娘儿仨留着。新房是六间，他说给你两个儿子留着娶媳妇，每人三间。新房收拾得很好，喇嘛四是盖房班出身，手巧，好多活儿都是他亲手干的，别人干他不放心。屋里有上下水，也有厨房卫生间，上厕所不用出屋，跟城里没啥区别。本来他是不想在屋里盖卫生间的，因为听说现在姑娘出嫁都要问屋里有没有厕所，把这个当成了一个条件，听说还是一个很重要的条件，邻村郑庄就有一桩亲事因为新房没厕所黄了。现在姑娘嫁人挑剔可多了，不光要五间新房，屋里还得有厕所，跟城里人学呢。喇嘛四为了给侄子娶媳妇，专门修了室内厕所，还买的高档坐便，相当好了，这么说吧，喇嘛四的新房在尚庄也是头几名！他的两间西屋是新装修的，也很好，他说等把你接回来一人一间，你俩结了婚就不用一人一间了，你俩住一间，另一间当会客厅……

尚树蛋说到这里，忽然觉得不对头，拍了一下脑袋，说：一个外人，给人家分配房间干啥？

尚树蛋忽又想起，山丫是去办喜事呢，别耽误人家时间了，便问：你们这是到哪里办喜事啊？

山丫低头一笑，说：就在前面脚店，中午11点18分。

56

香水味是爱情的味道，也是生活上了档次的标志。

山丫的婚礼是二肥找的婚庆公司给办的。尚树蛋想：二肥太当回事了，还定了这么精确的时间，真能闹，又不是新婚，都是两个儿子的娘了，扯啥呢。

山丫也觉得有些过分，说：我不同意大折腾，可拗不过他们，那就随便吧。树蛋哥，你这大媒人可不能缺席呀，要不咱一块走！

尚树蛋说：你快去追喇嘛四，我在后面跟着你们！

山丫说：还早着呢，喇嘛四先去洗个澡，换换衣服，怎么也得一个小时，我先去美容店美美容。我说这么大岁数了美什么容啊，可二肥逼着我去，说是这不仅是我一个人的问题，而是代表尚庄，他这么一说我就只好照办了，因为我的命是尚庄给的，我不能给尚庄丢人。

尚树蛋说：这话说的好，长尚庄人的志气。你先走，好好捯饬捯饬。

山丫乐颠颠地走了。尚树蛋觉得他肯定不能缺席这个婚礼，怎么说也算个媒人吧。但他不想早早地到达婚礼现场，因为据了解，有头面的贵宾都是踩着点儿到，不提前，也绝对不晚，关键是两个字：准时。

所以，他始终看着表，慢慢溜达着，直到还剩十分钟的时候才加快了脚步。

尚树蛋来到一栋院落前。这院落的房顶上高耸着彩楼欢门，写着"新酒"

二字的酒帘在风中飘扬，门前左右木柱上分别写着"天之"、"美禄"字样，门框旁有"十千"、"脚店"的招牌，围着红漆涂饰的杈子，侧门横额上还有"稚酒"二字。尚树蛋在《东京梦华录》上曾看到，脚店属于一般酒楼，和高级酒楼正店差一个档次。一般说来正店是向政府买高价官曲造酒，是制造商、批发商，脚店是从正店沽酒转卖的，是零售商。汴梁正店72家，零售商脚店数以千计。但虹桥下这脚店是相当不错的脚店，酒是所有脚店中最闻名的，它打出的"新酒"招牌绝不掺假。光看这脚店的装饰就非同凡响。全城搭有彩楼欢门的脚店仅有六家。彩楼欢门据说是五代后周郭威称帝后，到汴梁潘楼游幸，潘楼为了欢迎他，隆重地装饰一番，搭起了彩楼欢门。从此茶楼酒肆纷纷效仿，用彩楼欢门装饰成为习俗。

这脚店前的杈子据说也有些来头。它是用漆成红色的木条竖起来围成的一圈木栅栏，再用两根漆成绿色的木条固定而成。以前是官府或衙署门前用来阻挡人马通行的，所以也叫"拒马杈子"。酒楼前设拒马杈子，也与郭威游幸潘楼有关，表示不让闲人进去，酒楼设木杈子是为了抬高身价，吸引达官贵人前来。虹桥下的这个脚店，因有这些装饰，又在热闹繁华的虹桥下，所以生意很好，门前车马往来，宾客盈门。

这些事都是尚树蛋从书上看来的，今天才得亲见。令他不解的是，二肥为什么选这么高档的酒店呢，为什么这么大操大办呢，难道不怕反腐巡察的人员来查吗？

尚树蛋马上给二肥打了个电话询问此事，二肥说：树蛋哥你就别担心了，咱这企业是私营的，查腐败的人查不到咱这儿。至于大操大办，我这是在征求了公司中层以上干部的意见以后决定的。大家说，咱热热闹闹地给喇嘛四他俩搞个婚礼，有两点考虑，一是他俩都这么大岁数了，再组成家庭不容易，特别是喇嘛四，他这个小叔子当得够水平，等于把他哥的未竟事业完成了，讲义气，够哥儿们。养鸡场也干的不错，公司的后勤基地管理得好，应该好好弘扬一下他的高风亮节和非凡业绩。而是这样办也是给咱公司造声势，让汴梁人看看咱尚庄人不仅会种地，也会经商，凤来公司够档次，有气魄！

尚树蛋听二肥这样一说，好一顿吃惊，心想，没想到二肥进步这么快，考虑问题挺远，有见解。他说的很对，喇嘛四这个婚礼是应该好好办，给尚庄人提提气，让汴梁人见识见识！

尚树蛋到了脚店时，屋里已经宾客满堂。凤来公司的人几乎全来了，老赖、小冒儿爷儿俩、鸡爪子大白妞两个相好的、山药丑妮儿两口、带着儿子的二肥、条子，还有鼻子柱、守家、橡子、老损等。令尚树蛋高兴的是，球子和二孬也来了，这两个人可和别人不一样，他们各自代表一个子公司，他们的到来标志着两个子公司已正式入列，表明凤来公司已经发展成有限公司的总公司，而他这个公司经理已正式进位为总经理，凤来事业正走向兴旺发达。

婚庆公司的司仪走到台上。他看了看表，说是11点18分的吉时已到，宣告婚礼开始。在欢快的音乐声中，司仪首先对来宾表示欢迎，然后向大厅门口大声说道：吉时已到，请新郎新娘入场——

话音刚落，只见喇嘛四领着山丫迈着轻盈的步子缓缓向台上走来，众来宾站立两侧，频频向二位鼓掌。喇嘛四和山丫今天特别鲜亮：喇嘛四是一身很合体的西装，时尚的大尖头皮鞋，笔挺的深蓝色的领带，头发喷了发胶显得很规整，俨然一副公务人员的派头，丝毫不见了原先那种一拍头顶直掉土渣子的庄稼人打扮。在尚树蛋的记忆里，喇嘛四从来没有穿过西装，甚至连运动服都没穿过，前些年都是穿家做的土布衣服，也不讲究什么样式，遮体御寒而已。后来是从小摊上买来的那种稀烂贱的土蓝色夹克衫，一件衣服几年都没换过，也很少洗过，一层层的脏土灰泥遮盖得都看不到布丝了，打老远就能闻到一股汗臭味。山丫不愿意靠近他，就是因为这股汗臭味儿，山丫说一到他跟前就想吐。可现在的喇嘛四完全就是换了一个人，身上的汗臭味肯定是没有了，要不山丫不会靠近他，更不会贴近身子，山丫是个爱干净的人。

从此时喇嘛四的衣着打扮和精神风貌上，尚树蛋猜得出，喇嘛四肯定是大洗了一顿澡，相当于刮掉了一层皮，所以简直就像换了一个人。穿上西装革履后也可能喷了香水，不然山丫的脸不会贴在他的肩上。在尚树蛋看来，不管男人和女人，都是跟着香味儿跑，香水味是爱情的味道。尚庄人有了香水味这是个革命性的变化，标志着尚庄人的生活已经上了一个档次。

山丫的装束更加时尚，一袭白色纱裙从肩头拖到地面，浓妆艳抹之后更是换了一个人，就像从天上下来的仙女。尚树蛋当然没见过仙女，但在电视上，在电影里，在他美好的梦境里，却没少见到过仙女。仙女的音容笑貌是绝对地迷人，迷得他如痴如狂。尚树蛋这是第一次认真地看山丫，以前她没疯时是不敢看，因为她是同学的女人，见面时都是目不斜视，光怕人家说他不地道。她疯了以后更不敢看了，因为疯病可以把最漂亮的女人变得可怕。他绝对想象不到新娘山丫今天怎会变得这么漂亮，可以比得上明星出场。现在的这两个人使你绝对想不到他们是两个地道的农村人，更不会想到他们的艰难身世。尚树蛋想，人凭衣服马凭鞍这话真有道理，尚庄人都不缺鼻子不少眼的，小伙儿们一个个的不比城里人差，差就差在这一张皮上。等回去后一定首先办一件事：用凤来公司挣来的钱买点西装，免费送给尚庄光棍儿，让他们都穿起来时尚一把，来个旧貌换新颜，创造条件让他们"脱光"。自己做买卖挣了钱不能光自己花，得和乡亲们共同富裕。

尚树蛋正这样信誓旦旦地想着，只听主持人宣布：现在请证婚人尚树蛋先生发言！

尚树蛋一愣：二肥这小子，怎么也没通知我一声给我弄了个措手不及！但在这个时候他已经没有推辞的余地了，再说，不敢上台去讲也掉他这个老总的价，于是他硬着头皮走上台去，在热烈的掌声中放开了嗓门。他学着有身份人的样子拿腔作调地讲道：

女士们，先生们，凤来公司的职工同志们，今天是个大喜的日子，是我公司职工喇嘛四和山丫的结婚典礼，有这么多人光临捧场是对他们俩和我们全公司的极大鼓舞和支持，谢谢大家！

他停顿了一下，静听了一下台下的掌声，接着说：我们都知道，这两个人都经历了不少磨难，受了不少苦，今天，他们终于熬到了头，好日子盼来了！作为证婚人，我现在正式宣布，喇嘛四和山丫明媒正娶地结婚了！让我们用掌声向他们表示热烈的祝贺，祝他们生活幸福，共度百年！

这一对新人是咱尚庄的好乡亲。喇嘛四携嫂护侄品德高尚，山丫也是贤妻良母，为人正派，她一个寡妇人家带两个孩子不容易……

说到这里，尚树蛋感到有点不对头了，大喜的日子怎么把人家的叔侄关系给公开了？还告诉来宾新娘是寡妇，带着两个孩子，这话太没水平了，还是老总呢，真丢脸！他恨不得打自己个嘴巴子！

自责了片刻，他又镇定下来，接着说：总之吧，这两个人都不容易，他们的结合是好人有好报，好人成好事，让我们祝他们相依相伴，白头偕老！

一阵长时间的热烈的掌声。有人向他伸出大拇指，在他身边的条子称赞道：这两句话讲得挺硬，钢钢的，不愧是老总！

尚树蛋又听主持人表扬自己：刚才尚总的证婚词讲得很精彩，我们也祝凤来公司越小越红火，越来越兴旺！……下面请来宾讲话！

有几个人接着讲了话。然后是两个新人的事：互赠结婚戒指，喝交杯酒，介绍相爱经验……和城里人结婚一样，一个程序都不少。

尚树蛋和老赖父子、二肥等几位领导坐在一桌。尚树蛋首先给老赖敬了一杯酒，说：老赖哥你辛苦了，你和你儿子都辛苦了，你们把家传的手艺无私地献给了公司，我很感动，你们对公司是既献技术又献力量，你们是公司的功臣，我用这杯喜酒对你们表示深深的感谢！我先喝为敬！来，干，干！

众人起立，同干了一杯。这时，有个人端着杯子走到前面来，说：树蛋老总，敬你一杯！

尚树蛋一看，原来是村里老会计宝庆。

57

老嘬的习惯动作是滋滋地嘬牙花子。

　　宝庆是尚庄的老资格。初中毕业后宝庆一直在村里当会计,一干就是三十多年。此人在村里威望很高,无论哪一届班子都很重用他。因为他账头上特清楚,算账快,哪一届班子都离不开他。三十多年来,村里也试着用了两个年轻人,但能力都不行,又没经验,都没干长,村里没有人能替代他,所以,人们都叫老宝庆不倒翁会计,后来,人们觉得拗口,干脆简化为翁兄。翁兄就这样叫开了,以至于人们都叫他翁兄不叫他宝庆。

　　翁兄拿手好戏是会算账,村里办红白事都请他去记礼单。办完事主家给一瓶酒,两盒烟,还闹顿酒喝,翁兄觉得很滋润。有人来请,他从不推辞,不说任何托词,只是随口答一声"啊",有这一个字,事情就算搞定。因为他好说话,性格也极温和,所以人缘极好,大人小孩都愿意和他打招呼,大老远就喊"翁兄吃了没?"他不在乎晚辈的、比他小的也这样叫他,他喜欢这样的称呼,觉得很亲切。他的习惯动作是滋滋地嘬牙花子,像是天天赴了宴吃大鱼大肉塞了牙似的,所以爱起外号的尚庄人又送给他一个外号:老嘬。老嘬不在乎别人叫他啥,说自己这么大岁数了,叫啥还不行呢,岁数大了多几个名好,能在阎王爷面前打马虎眼,让他分不清是谁,不知道抓哪个。他甚至以为自己60多岁了身体还很硬朗，归结为名多、外号多，躲过了劫难。

老嘬今天也是来记礼单的，他给尚树蛋敬酒时另一只手还拿着那张大红礼单。尚树蛋一眼就瞥到那礼单上端两行醒目的字：花灯彩炮迎新妇，嘉宾亲朋庆好合。尚树蛋很熟悉这两句词，说：老会计你怎不弄两句新词儿，这么多年了，怎么都是这么两句？

老嘬说：旧词儿好，旧词儿有感情含量，多少年的感情都在这两句词儿上存着呢，就像咱这凤来卤煮鸡的老汤，时间越长味越好，凤来公司全靠这点老汤了！

老赖一听这话来了兴致，插言道：翁兄说得对，姜是老的辣，汤是老汤好，鸡是老汤煮的香。我们家的老汤存了三辈子了，每一辈人都像传家宝似的往下传……

尚树蛋觉得老赖这话有点弦外音，就截住他说道：现在传到咱凤来公司了，我敬赖哥一杯，感谢你为凤来公司作的贡献！

老嘬是个酒徒，他不愿意在酒桌上多说话，怕影响喝酒，便急不可耐地把话题拉到酒杯上，首先举起，说：喝酒喝酒，来，我先带个头，干了！接着把酒杯底儿朝上给大家看，说：你们看，一滴没剩！

同桌人也都端起酒杯，一饮而尽。

尚树蛋问老嘬：是他们特意把你请来的吗？

老嘬说：是二肥给我打的电话，先是说记礼单，后来又说希望我留下来，公司缺会计，树蛋你是咱公司老总，我无论如何得给你捧场，就答应留下来了。

二肥说：树蛋我还没向你汇报呢，翁兄现在被聘为咱公司的会计，已经正式走马上任了。现在咱买卖做大了，得有个好会计，年轻人不行，咱村没人能比得上老嘬！

二肥说话时连用了老宝庆的两个外号，老宝庆觉得很受用，美个滋地嘬了嘬牙。

尚树蛋说：那是那是。今天就借这喇嘛四的喜酒欢迎咱村的资深会计！

二肥说：我们本来就是这样设计的，一箭双雕！

老嘁道：别用这个词，那我不是成雕了？想了想又说：雕也行啊，咱把兴旺叼来，把发达叼来！

二肥说：对，事情就是这么个事情，情况就是这么个情况。

尚树蛋笑道：咱尚庄人怎么对赵本山小品记得这么熟，又是两句赵本山小品的词儿！

众人大笑，都说：俺们就愿意看赵本山小品，电视里天天播，我们天天看也不烦！

尚树蛋道：不烦就天天看吧，省得想家。其实我也爱看，看多少遍也不烦。人家赵本山就是厉害，不仅自己行，还带出好多徒弟，一个赛一个出色。现在赵本山是小品影视全面出击，几乎把电视台占领了，打开电视就是他本山传媒的节目，收视率极高。有人说本山传媒作品低俗，光强调娱乐性了，我就不那么认为，娱乐性强还不好吗，老百姓看影视就是找乐吗？要那么高雅干啥？

众人赞道：高论！讲得好！

酒喝的差不多了，二肥说：咱到公司看看吧，树蛋哥也不常来，咱们今天陪着树蛋哥视察视察！

尚树蛋说：好啊！

一帮人陪同尚树蛋来到坐落于汴河街20号的尚氏凤来公司。尚树蛋一看公司的牌子已加上了尚氏二字觉得很高兴，很有成就感，连夸大家干得不错。

这是一处挺宽敞的房子。临河而建，风景挺好，因房子临河靠街，做买卖很合适。这里的情况看起来也像很兴旺似的，热气腾腾的工作间，香气扑鼻的用餐厅，迎来送往、殷勤备至的伙计，正在备货的外卖员，络绎不绝的客人，一切都显得公司经营得不错。

二肥振振有词地说：借这个机会给老总汇个报。咱公司现在可以说是一片兴旺，喇嘛四管的养鸡场提供了足够的原材料，加工车间按照传统工艺精心制作，老赖哥父子在那里把关，质量上有保证。我们提出的口号是，以质量求生存，以质量求发展，质量是企业的生命，所以全公司都严把质量关，从未出现过质量问题，所以凤来卤煮鸡在汴梁城已建立起了良好的信誉。销售也不错，现在不仅在本部日夜营业，而且对外开辟市场，打开了销路。外卖已由一副担子发展到两副担子，我们还统一了吆喝声，效仿汴梁城卖炊饼的腔调，用低沉浑厚的腹腔音吆喝，声音特有厚重感。我给你吆喝一声你听听：卤煮鸡——，凤来卤鸡——

尚树蛋说：行，挺有味。提点小意见，前一句可再短促一些，短而有力，后一句尾音可再拉长点，让人听了觉得余音绕梁，有回味。我给你试喊一声：卤—煮—鸡—，凤来卤鸡——

二肥道：还是树蛋老总有音乐细胞，这两处改得好，更有音乐感了。

尚树蛋振振有词道：吆喝叫卖声本身就是音乐，是最接地气的音乐，是由老百姓多年来不断完善的叫卖音乐。有一首歌就是由老北京的小贩叫卖声组合的，听起来特有味。咱凤来公司要全面发展，企业文化也要搞上去，这是软实力。叫卖声就是这种软实力的一部分，咱要把它固定化，品牌化，让全凤来公司的叫卖声。你们一定要落实，要知道，这也是公司效益的增长点，一个看不见的增长点！

二肥点头称是：高，树蛋哥实在是高！我们一定狠抓落实！

尚树蛋道：这就好，世上事怕就怕认真二字。我们凤来公司应该养成这种认真的作风。

58

他是一脚致贵,地地道道的一脚贵。

尚树蛋从凤来公司出来,迎头撞见胡宫。尚树蛋道:你老胡溜得快来得也快,正想你呢你就来了。

胡宫道:方才你那么快活还想我?尚树蛋你现在有能耐了,开了个大公司,手下有一帮子人听你使唤,真神气呀,可你别忘了,不管怎么折腾你也是个尚庄土老帽儿,正像你们所说的,绿豆芽长得再高也是菜。

尚树蛋感到受到极大羞辱,顿时涨红了脸,怒道:一脚没踩住你又冒出来了。我是个尚庄小民,尚庄人咋的,尚庄人也可做大事情,土老帽儿也可做人上人,关键看你有没有钱,有钱就是大爷,人们都得仰脖看你。老子现在有钱了,手里有一个大公司了,不是原来那个尚树蛋了,已经发生天翻地覆的变化了。可你呢,不过是个皇宫里的下人,溜须拍马捧臭脚是你们的全部本事,你们存在的理由就是听人使唤、任人驱使,皇帝喝呼你们像训一条狗,你们在嫔妃面前都得点头哈腰、低三下四。在宫里,你们的存在不是因为你是个男人,后宫里不允许出现除皇帝以外的第二个男人,你们是没有男人能力的男人,你们不过是供那些性饥渴的女人们看饼充饥而已,你们在后宫女人身边皇帝放心,因为你们不过是个男人摆设。你这样的人还敢瞧不起你尚大爷?

尚树蛋这一顿臭骂使胡宫如遭重击，干张着嘴没说出话来，过了好大一会儿才说：好了，好了，君子不跟你小人置气，陪了你这么久，眼看就跟你把汴梁城逛完了，也把大宋逛完了，别临近末了成仇人。算了，不跟你扯了。

尚树蛋想：怨不得说鬼怕骂，骂他一顿他就老实了。行了，不闹掰了也好，还得用他呢。于是，他平静了一下说：老胡，我说多了，别生气。说是说笑是笑，咱还得继续逛，你说，咱现在去哪？

胡宫道：那我得先问你一句，你还敢骂我吗？

尚树蛋道：我是话赶话说了这么一大堆，你别当回事。按理说我是该尊重你的，你是宫里人嘛！

胡宫道：承认错误就好，我一个堂堂的宫官，还能跟你一般见识？我可以陪你继续走，但我要告诉你，从现在开始，你就看不到我了，我隐身了，这不是因为你气的，是因为我不愿意看到你将要看到的人，我看不起他们，恨他们，实话告诉你，我就是这个皇帝的身边人，我实实在在地看到了他们的一切，这一朝的事是我亲身经历过的，我不忍再用刀子戳我的心。但我隐身后不会离开你，我就在你身边，你看不到我，但我能看到你，我会随时为你服务，为你指点迷津，帮你解答疑难，适当的时候我会现身一下，但你不要指望我像现在这样形影不离。

尚树蛋有些愧疚地说：老胡你真要隐身啊，我真舍不得你！胡宫你大人别见小人怪，方才我不该说那么多不中听的话，我给你鞠躬道歉行不？要不我打自己十个嘴巴子？说着就朝左脸挺响地打了一下。

胡宫道：你们农村人就是短见，还认真起来了。我不是说了吗，我隐身不是因为你，是我自己有原因。我隐身只是身子离开了你，但我会以另一种形式在你身边，什么时候你要找我，喊一声我立马就到，这样行不？另外，我现在不会离开你，我再跟你走一程。

尚树蛋很受感动：胡宫你真够意思，我谢你了。

胡宫道：不谢，理解就行了，用你们的话说理解万岁嘛。尚树蛋你不是爱看热闹吗？我现在领你去看看热闹，绝对是天底下最大的热闹。

尚树蛋道：这话怎讲？

胡宫道：天下最大的灾难就是天下大乱，如果对天下大乱这样的灾难都置若罔闻，无动于衷，这就是天下最大的热闹。

尚树蛋道：天下大乱，生灵涂炭，怎么还有人看热闹？

胡宫用手指了指天，又向汴河指了指。尚树蛋觉得，胡宫所指的天就是皇帝。

胡宫手指的汴河方向有一条船，是条客船，船挺大，分上下两层，在上层的船头，一个人正悠闲地背着手观风景。

尚树蛋忽有所悟：这人是皇帝，是宋徽宗赵佶吗？

胡宫点了点头，说：你去见见他吧，我去也！说罢就没有了踪影。

尚树蛋不知不觉间上了船。在楼上的一个舱室内几个人正在观赏品评一张画作。

胡宫的声音说：看吧，一帮亡国君臣正在玩高雅呢，他们竟不知国之将破！

尚树蛋看到，为首的一人正是刚才站立船头的宋徽宗赵佶。

尚树蛋走上前道：赵佶，你好兴致啊！国破家亡，你还有兴头观书画？

赵佶回头惊问：你是谁？

尚树蛋道：你们请来的尚树蛋老爷！

赵佶道：啊，是尚先生，我害了健忘症，这事我忘了，失敬，失敬！

尚树蛋道：你忘了请我的事，我不怪你，因为你本来就是忘性大，连国家都忘了，你还能记住谁？你记住的是你的书画，你的心思都在这里。平实而论，你书画不错，诗文也挺好，称得上是一位很有才华的诗人。但你的诗词我不喜欢，都是写的宫廷的事，无病呻吟，脂粉气十足，哪像你朝大诗人苏轼写的那么气吞山河，排山倒海？你看人家写的：大江东去，浪淘尽，千古风流人物……多么豪迈，多有气派！可你的诗词都是你这个风流天子纵情玩乐的记录和缠绵情怀的抒发。我记得有一首是这样写的：杏褪残红点碧轻，融洽天气雨初晴。仙姿斗草春园里，时听妖娆笑语声。这是写宫姬斗草为戏的吧？

赵佶一听说他的诗，顿时来了兴趣，道：那是一首春日之作，杏花刚刚开放，绿草生出嫩芽，那天的天气好极了，景色好极了，我的心情也好极了，我便携宫姬们在草地上进行斗草比赛，偶有所感，就随口吟出了这首诗。

尚树蛋道：可以想象得到，你当时和宫姬们玩耍时是很有兴致、流连忘返的。你还有一首诗是写玩水球的：苑西廊畔碧祠长，修竹森森绿彩凉。戏掷水球争远近，流星一点耀波光。看来你对玩水球也很爱好。你对球类游戏都很喜欢，甚至达到痴迷的程度。你爱打马球，也爱玩蹴鞠，就是我们所说的足球。

赵佶道：是的。我当端王时就在院中建了一非常漂亮的球场，经常与手下人一起踢，后来又招来一班王孙公子在此角逐。我的技艺还不错，攻门准确，每次都被推为一号攻门手，当时称作"球头"。比赛中，只要有人把球传给我，我就能用脚将球停住，然后稍微转一下身子，飞起一脚，从很远的地方就能把球射入球门，总会赢来一阵喝彩声。

尚树蛋道：看把你得意的。你的球技是不错，用我们的话说该称你为球星了，一定会有很多粉丝！只可惜啊，你的身份不是专职的"球头"，你注定不能当球星，你的才能不应表现在球场上，而应表现在治理国家上，所以尽管你经常获得满堂喝彩，但天下百姓并不买你的账，他们不会给你喝彩，而是只有愤怒。

赵佶道：你这番话叫我惭愧。我身为国君，本该把精力放在治理国家上面，可我太贪恋玩乐，太追求享受。玩物丧志啊，这话一点不假。

尚树蛋道：何止是玩物丧志，而是玩物误国！你自己喜欢玩乐，所以也把能陪你玩乐、让你高兴的人都视为知己，视为人才，甚至委以重任，交以重权，致使在你周围聚集起一批蠢材、庸才，而真正的人才却弃而不用。你很欣赏高俅，对吧？

赵佶点了点头。

尚树蛋道：这个只会踢球、别无他能的人竟在你的提拔下飞黄腾达，真是奇了怪了！

赵佶道：这确实是我的过错。我现在就把他招来，我给你权力，你可治罪于他！

赵佶话音刚落，一个身材不高却很健壮的人来到尚树蛋面前叩禀：在下高俅，叩见大人！

尚树蛋道：高俅！你可知罪？

高俅道：小人整日陪陛下踢球，有什么罪呢？

尚树蛋道：这就是你的罪过，你误导了君王！你知道你带来了什么后果吗？皇帝因为和你一心想着踢球，不理朝政了！这罪过还小吗？你说说，你是怎么混进朝廷的？

高俅道：大人别生气，请听我细禀。我原本是王诜手下的一个书童，赵佶当端王时王诜派人让我给皇帝送去一件东西，当时皇帝正在球场踢球，下人把我领到球场时皇帝只顾踢球，根本没理我，我只好垂手侍立一旁，等待吩咐。忽然，球滚到了我的脚下，我本能地抬腿就是一脚，谁想到一下子竟将那球踢入球门！当时把全场的人都惊呆了，场上响起一片叫好声。这时，皇帝才发现了我，当即邀我一起踢。我没啥能耐，踢球确是极擅长的，一场球下来，踢得很精彩，皇帝夸我球技好，当下给了我好多赏钱，后来还封了官。

尚树蛋道：是啊，你这一脚可不简单，千金难买呀！天底下多少人寒窗苦读，年复一年，即便是读破万卷书，走过万里路，也未必能弄个秀才；又有多少将士，舍生忘死征战沙场，甚至抛头洒血，九死一生，混个校尉都是不容易的事。可你，仅凭着这一脚球便得到了天下第一人皇帝的赏识，并由此飞黄腾达。

赵佶插言道：若论踢球，高俅确实是身手不凡，连我都自愧弗如，他的球技震惊球场，观者无不喝彩。我因为爱踢球，觉得他是一个难得的伙伴，就把他留在了王府内,每天陪我踢球,有时给他一些赏赐,后来我当了皇帝,就封了他个太尉。

尚树蛋道:你手里有官位,你可以随便给,但你给了高俅这么大官,却是太不着调了。高俅有什么能耐,他不就是会踢球吗?你让他当一个足球队长就算抬举他了。你让他当的哪门子太尉,这不是扯吗?你们宋朝的太尉太不值钱了!高俅这小子可以说是一脚致贵,地地道道的一脚贵。他一脚踢出来个太尉,真是让他踢到点子上了。

赵佶道:这事是我做得太轻率了。高俅这人确实是别无他能,还给我添了不少麻烦。

尚树蛋道:那怎么惩罚他?

赵佶道:我不是说了吗,随你的便!

尚树蛋道:那好。高俅一脚踢成了个太尉,我再一脚把他踢回去!

说着便朝高俅猛踢一脚。尚树蛋觉得这一脚挺有劲,因为他是带着仇恨踢的,小时候在在尚庄跟人打架就是这个踢法。这一脚确实也很有劲,那个高俅竟然被他一脚踢没了影儿。但与此同时,尚树蛋却听到一声嗤笑:挺有劲啊,胜似高俅!

59

挺好的画缺个题款，我给你补上这个缺！

尚树蛋问：你是何人？

那人道：说出来吓你一跳，本人大号王诜！

尚树蛋道：啊，你就是推荐高俅的王诜啊！你也不是个好鳖！你轻佻浪荡，玩世不恭，所以你和赵佶却打得火热，臭味相投！

赵佶在一旁道：我和王诜有点亲戚关系，王诜是我的亲姑夫。我姑姑是英宗皇帝和宣仁高太后的女儿魏国大长公主，我爹神宗皇帝和魏国大长公主是亲兄妹。

尚树蛋道：我知道你们这层关系，你任用官员都是任人唯亲，搞裙带关系，要不怎么网罗来这么多东西？不错，王诜是你朝驸马，贵为人上人，但这人极其放荡好色。他姬妾成群，还经常出入烟花巷，根本不把你姑放在眼里，在你姑生病期间，甚至当着你姑的面与小妾亲昵。因为他的行为极不检点，才被你父亲神宗赵顼两次贬官。

赵佶道：对于王诜的品行，我也不看好，我之所以和他关系密切，是因为他喜欢收藏书画，而我也有此爱好，我们有共同语言。

尚树蛋道：这就叫志趣相投！我知道王诜也喜欢收藏书画，他家里藏有徐碧槛的半幅《蜀葵图》，他很珍爱这半幅作品，却又因不是全幅而遗憾。他跟你谈起了这件事，你想方设法访得了另一半，然后将王诜那一半要了来，拼裱在一起，又送给了他，你真是太够意思了！

赵佶道：那幅《蜀葵图》是王诜的爱物，我是不忍夺人之爱，才还给他的。

尚树蛋道：这种礼尚往来在你二人之间其实是经常事。有一次你和王诜在宫中相遇，你说想梳梳头发，忘了带篦子，王诜马上从腰间取下自己的篦子送给了你。你觉得那篦子制作精致，很是欣赏，王诜便说他制作了两个，还有一个没用，傍晚就叫高俅送去了。这种频繁的礼尚往来密切了你们的关系，使王诜觉得有所依仗，更加无所顾忌。在淫乐放荡方面恐怕你们也是"共同爱好"吧？你哥哥哲宗皇帝之所以封你为端王，大概是希望要端正庄重一些吧！只可惜，你这个端王却名不副实，这个"端"字你有点不配。等你当了皇帝后就更加行为不端，为所欲为了，因为这时你已是天下至尊，没人能管得了你。

赵佶道：我不过是爱玩而已。其实，哪一个帝王，哪一个王公贵戚不爱玩乐？哪一家豪宅里不是妻妾婢仆成群？至于互赠些小礼品之类这就更微不足道了。我爱玩乐也并非整日沉迷其中，像有些人那样在歌舞酒色中沉沦。我更多的精力是放在笔墨丹青上。诗、书、画是我的三爱，十八七岁便被尊为书画皇帝，不知有多少人景慕我。我这个皇帝没做出什么政绩，远不及我的先王们，特别是太祖皇帝。他亲手建立了北宋王朝却毁在了我手上，更是罪过深重。聊可自慰的是我在诗、书、画上有些成绩，总算给后世留下了点东西。

尚树蛋道：你的诗、书、画在帝王中确实是出类拔萃，堪称帝王中的才子，这一方面是因为你的天赋，另一方面是因为你的地位，你所处的环境给你提供了一个一般人难以企及的好条件。

赵佶道：我当端王时就开始出宫就学。我的书法初学薛稷，黄庭坚也给了我很大的影响。还有方才说的王诜王晋卿。王诜善文辞，妙图画，有些名气。还有宗室赵令穰，善黄庭坚体，我之所以学起了黄庭坚书体，就与他有关。还有个叫吴元瑜的，善弄丹青，书学薛稷，他们的影响和指导都使我很受教益。

尚树蛋道：你的老师就不用提了，我欣赏的是你自创的"瘦金书"体，用笔瘦硬，顿挫有节，外露锋芒，在刚劲中透着秀丽姿致，风流飘洒，还是不错的。

赵佶道："瘦金体"不敢说是独树一帜，独成一家，但确实是我自己悟出来的，具有鲜明的个性。

尚树蛋道：你的绘画也很有成就。山水、人物、花鸟、竹石无所不能，特别是对花鸟创作有独到之处。有人说你的花鸟写生册是冠绝古今之美。有一幅《梦游仙域图》是你的得意之作，还有《听琴图》、《腊梅双禽图》等。你的花竹翎毛造诣很高，你一定挺得意吧！

赵佶道：那当然。对自己的心血之作谁不珍贵呢？我不否认我在这方面的天赋和努力，我确实是醉心书画，几乎到了痴迷的程度。

尚树蛋道：听说你用了三年的时间临摹经典，把宫里珍藏的自汉代毛延寿以下十七位名家的全部传世之作都临摹了，你临摹得很好，达到了可以乱真的程度。你自己也很欣赏，信誓旦旦地要雄冠天下，有这事吗？

赵佶道：有这事。我真的是很用心，我很注意收集名家书画，凡能收集到的，我都要进行重新装裱，亲自题签。装裱都按一定格式，然后登记注册，以便保存。

尚树蛋道：你所说的收集实则是"搜集"。"收集"和"搜集"不同，后者带有强取性，这你是知道的。要说"搜集"你可有条件，你有至高无上的权力，又不差钱，有什么名书名画弄不到手？不过，由于你重视收藏，给后世留下了不少书画研究的珍贵史籍，这也算个贡献吧。比如《宣和书谱》和《宣和画谱》就很好，很有经典意义。还有你所说的统一的装裱格式，我们称作"宣和装"，今天仍可见到。还有一些名砚，称得上珍品。但我在这里提起这事并不是要宣扬你对文化艺术的贡献，而是要针对你的玩物丧志和奢华无度。就说你在大观库中收藏端砚吧，有三千多种！为了让这些砚在后世成孤品，更有价值,你竟然下令封闭了端溪岩穴,不准再开采,这哪里是收藏,这不是独霸吗?太损了!你为了开采和制作端溪石砚,每天役使五十名工匠,你太不爱惜人力了。你听说墨工张滋制的墨很有名,就在大观库中储藏了十万斤!这些墨得用多少年啊,你用得了吗?由此看来,你的穷奢极欲是全方位的,也贯穿于你对书画的爱好和收藏之中,或者说,这是你的奢侈作风在个人爱好上的充分体现。

赵佶道:我在这方面用的精力是多了些,因为我太偏爱也认真了。无论是花鸟竹木还是人物山水,我都画得非常细腻,力求精美,一幅画往往要画好多天。至于和书画家们谈书论画,切磋技艺,更是经常事,往往从早到晚,比我处理国政的时间长多了。

尚树蛋道:这就叫顾此失彼,捡了芝麻丢了西瓜。史书上说,你在宫中设立了翰林书画院,又叫御前书画所,由著名书法家米芾等人掌管。还建了一座专门收藏文物的保和殿,这两个地方都是你经常流连忘返的地方。你在书画院聚集了天下书画名家,保和殿有许多书画珍藏品。这些东西有些流传下来了,这也算你的贡献。你的情趣都寄托在这里了,时间都花费在这里了,当然也就没有多少心思去管理国家了。听说每年书画院的招官考试还很隆重,参考者要当场作诗作画,由你出题目,还要认真品评,亲自录取,录取后要发高官的官服,待遇优厚,你对书画院的考试比每年的科举考试都重视。但你忘了,你是皇帝,你的职责是治理国家,国家不是仅靠画几幅画、写几个字能治理好的,而且,专情于此,玩物丧志,还会误国误政,你走的正是这样一条路。

赵佶道:其实,我是本该成为诗人和书画家的。我对朝政根本不感兴趣,但写起字、画起画来却是精神百倍。我所多的是艺术才能,所缺的是治国才能,可我又偏偏被推上了皇位,结果弄得家不家、国不国,成了阶下囚,客死他乡,谈起这些往事,真是后悔不已!

尚树蛋道:说到这里,我不禁想起了你的一首诗,题为《在北题壁》,大概是你被金军押往北方后所作,写的是身羁异国、有家难回的凄苦之情。那诗是这样写的:"彻夜西风撼破扉,萧条孤寂一灯微。家山回首三千里,目断天南无雁飞。"这诗读来好心酸,西风破扉,萧条独馆,一灯如豆,这是何等凄凉、何等悲惨!唉,先不提这些,你把所藏书画珍品给我看看吧。

赵佶道:好的,你也爱书画?又碰到知音了!随声叫道:王诜!

王诜不知从什么地方钻了出来,赵佶道:把我给你裱的那幅《蜀葵图》拿来!

王诜应诺。随即他手里有了一幅《蜀葵图》。尚树蛋把画展开,看了看,道:画是不错,可惜缺个题款!

王诜微微地点了点头。尚树蛋道:我给你补上这个缺儿!

王诜一阵迟疑。赵佶催促道:还愣着什么,快请尚先生题款!

王诜马上递上笔墨。尚树蛋提笔在手,思索片刻,一气写下八个大字:书画误国,妄为君王。又郑重其事地落上自己的名字:尚树蛋。

王诜傻眼了,急得口吃着说:这……这是怎么说的……把我的画毁了,这是我珍藏的宝贝啊……

尚树蛋怒道:怎是毁了你的画,我的题款配不上你的画吗?岂有此理!

赵佶也愣住了。他见尚树蛋正愤怒地瞪着他,怯懦地说:一幅画不足惜,先生的题款很好,珍贵,珍贵。词也好,正中要害,先生说的对,我真的是得了书画,误了国家,往事不堪回首啊!他羞愧难言,说完就不见了。几乎是与他消失的同时,胡宫出现了,说:我说尚树蛋,你也太不客气了,你那两笔字还敢往人家艺术珍品上题字,可不是给人家的画毁了吗?

尚树蛋道:别看我的字,你看我这词儿。你说这两个字怎样,是不是一语破的,像鲁迅先生的杂文那样,像匕首和投枪,一下子扎到他骨头上了?

胡宫道:是挺厉害,八字如刀,刀刀见血,从这一点看,我真的挺佩服你的,你不仅敢说话,而且会说话,说话有分量,有力度,不简单。我朝尽管谏官不少,但还没你这样的。你要是在我朝,说不定会成名吏。

尚树蛋道:我不稀罕你们那名吏,我在尚庄就觉得很好,比你们朝廷好。

就说你吧，成天围着皇帝嫔妃转，提心吊胆地恭维人家，稍不小心就会获罪，得罪了谁都不行，没意思！

胡宫道：各有各的情况，各有各的活法。我也是很羡慕你的，可惜我生不逢时，落在了帝王家！

尚树蛋道：我很理解你的处境，你也是为了谋生才不惜损了身子当内侍的，是没办法的事。我曾检点前史，发现有好几个王子公主都在因宫廷政变被杀前这样哀叹，后悔生在帝王家，看来帝王家也不比尚庄好多少，尚庄虽然和帝王家的富裕没法比，可安定，没有生命之忧。这话跟你说不明白，咱还是各得其乐吧。

这时在他们身边猛然跑来两个孩子，另外两个躲在一堵墙后窥探，孩子们像是捉迷藏。有两个老太太喊着孩子从附近茶坊中走来，像是怕孩子被行人车辆碰着。

尚树蛋说：老人这么担心孩子，可孩子未必会想到老人。

胡宫道：是啊。都是往下亲，如果是她们的老头，她们才不管你。

尚树蛋说：你们鬼界也这样吗？在人界这是个普遍现象，我们尚庄就很普遍。老太太都溜须儿子，连孙子都溜着，都不敢说一句不是，生怕得罪了儿孙，因为她们想到老了得依靠孩子，得罪不得。而老头呢，越来越没用了，让他们靠边吧。我说这两口子也是那么回事，有用才是真理。

胡宫道：尚树蛋你真有见地。

鬼的世界没皇帝。

汴河上驶来一艘大船。

这是一艘客货混装的大船，前后仓的窗门向里支开，中间的舱门则向外支开，看得出这船的货物除了装在底仓外，中间上层仓也装有货物，所以这船载重量很大，因为船重，河道上船又很密集。船主和船工们都很紧张，有的船工用篙用力把船往外推移，以避免和别的船只相撞，有的手握篙杆，随时准备着撑船，船老大则在船头指挥，大声喊叫，提醒前面船上人注意。船舱内几个客人正在喝酒，见此情景，有的走出仓来观看，有的在一旁议论。船舱内还有一个妇人带着个孩子，也探出头来向外张望。尚树蛋正猜测这妇人的身份，身边传来胡宫的声音：不认识吧，这是向太后！

尚树蛋惊喜地大喊：老胡，胡宫！

胡宫出现在尚树蛋面前：喊什么，我不是在这吗！我跟你说过了，我就在你身边，你看不见我，但你的一举一动都在我的视野里，你的所思所想都在我心里。你不是要问那妇人吗？告诉你吧，那是向太后，徽宗皇帝继立就是向太后的主意。哲宗皇帝无子，端王赵佶是哲宗皇帝的弟弟，他接了哥哥的班。徽宗继位那年18岁，年号叫建中靖国。

尚树蛋道：是向太后啊，这老太太可不简单，但她立的这个皇帝可不咋样。只是建中靖国这个年号听起来还不错。

这时赵佶接上来说道：这年号是我的治国的初衷，我是想营造一种持平用中的中庸局面，靖国安民。这主要是针对当时的国家形势说的。在我哥哥哲宗皇帝执政期间，国家不安，政局不稳，主要是党争激烈。元祐年间，司马光一派掌权，残酷打击变法派，就是神宗皇帝时支持王安石变法的那些人。到了哲宗皇帝绍圣年间，变法派又掌权了，他们又指责元祐掌政者为奸党。哲宗皇帝当政期间，这两派互相倾轧，争斗不已，两派朝臣只顾争夺一党私利，把国家大事置于脑后，致使朝政腐败，朝野上下怨声载道。这种情况在我即位时仍在继续。所以，我即位后第一件事就是想结束这种旷日持久的党争，使大臣们都消除积怨，共同维护大宋王朝的事业，共致天下太平。

尚树蛋道：这个想法还是不错的。大臣们是怎么看待的？

赵佶道：其实，这个主意是几位大臣帮我出的。当时，面对激烈的党争我很感棘手，曾下诏征求治国方略，直言时政得失，但两派大臣奏章都是互相指责、互相推诿，都把各种弊政归咎于对方。后来，有人对我说，对于这两派要不偏不倚，要主持公道，这样，事情就好办了。比如，掌管军事的宰相知枢密院曾布对我说，两党仇恨已深，要消除党争只能持平用中，不偏不倚，大公至正。大臣赵佃也说，当今形势，必须消除党争，所有举措，要力求公正恰当。我觉得他们的建议很好，便采纳了，并把借绍圣之名怙恶挟仇的蔡京、章淳等人罢了官，追复了元祐党人的官职，这样，激烈的党争总算平息了。

尚树蛋道：你这种做法还行。可惜的是，你没坚持下去，"建中靖国"还不到一年就不中也不正了，靖国安民也成了泡影。原因是你这人办事儿有始无终，有头无尾。这或许是你的权术，让朝臣间互相制约，也可以叫作平衡术吧。但没多久你就不求平衡了，政局开始滑向倾覆的边缘。你重新起用了蔡京、童贯等奸佞，一方面是因为邓洵武的推荐，另一方面是你对蔡京有好感，你们因有共同的书画爱好关系不错。你重新起用蔡京后就改年号为崇宁，明确宣示放弃调和中立政策，改为崇法熙宁之政。你想借重蔡京的能力和他变法派的身份，清算元祐之政。你对他们言听计从，在他们的鼓吹和唆使下，你推行了一套所谓"新政"。结果，党争不仅没消除，反而使蔡京一手遮天，一跃成为宰相，此后，他在你的授意下，打着"绍述"改革事业的旗号，结党营私，排除异己，打击元祐党人，变更元祐条例，进行所谓"崇宁变法"，为熙宁、元丰功臣画像，追封王安石为舒王，蔡京被称为王安石改革事业的继承人，是"新党"，而将他们搜刮民脂民膏的行为称为"新法"，形成了绍圣党横行朝中、一党专制的局面。这或许是你没想到的，但这个局面的出现与你有直接的关系，这也是你最终走向亡国之路，成为亡国之君、阶下之囚的重要原因。你这样做太蠢了，就像头蠢驴！

赵佶大怒：大胆尚树蛋，你敢骂我？你吃了豹子胆了？

尚树蛋不以为然，无所谓地说：你现在算啥，不是你当皇帝的那时候了。你在位时我当然不敢惹你，别说骂了，连一句违忤你的话都不敢说。逆鳞嘛，逆鳞还了得吗？我岂不是找死吗？可现在不同了，你就是一个鬼，鬼的世界没皇帝，皇帝只是你们前世的称谓，前世是前世，现在是现在。

尚树蛋发现胡宫在一个角落偷偷地冲着他笑，还向他伸大拇指，像是在说：行，有胆量！

赵佶没看到胡宫，也没听到他说话，只是呼哧呼哧地低头生着闷气。

这时，从柳树林中来了两个脚夫，他俩一前一后赶着一队毛驴，毛驴都驮着重物。因为载重量很大，驴子走得很吃力。两个赶驴人手里各拿着一根柳条，一边挥着柳条，一边吆喝着。

尚树蛋对赵佶说：你看，说蠢驴蠢驴就到。

赵佶气得怒吼：尚树蛋，你这个刁民，看我不把你凌迟！

尚树蛋笑着说：别生气嘛，蠢驴！

赵佶气得脸色铁青，干嘎巴嘴说不出话，啊啊地叫。然后，转身拂袖而去。

与此同时，胡宫出现在尚树蛋眼前，笑着说：尚树蛋我得感谢你啊，你给我出了气。

尚树蛋问：出什么气？

胡宫说：赵佶这人你别看他一副很文雅的样子，其实他脾气很坏，特别是对他身边的人，简直就是变态，动不动就训人、处罚人，甚至治罪处死，下人们都敢怒不敢言。有一次他在画画，我和几个宫女在一旁伺候，他因为画错了一笔，就拿我们撒气，把那个研磨的小宫女的手指打折了，罚我们几个在画室里跪了一天。当时我一肚子气，可一声都不敢吱。还有他那些昏庸腐败、丧权辱国的事就更让人气愤了。你今天不是替我们出气了吗？

尚树蛋说：你解气就好，再见到他我还得训他，好好给你出出气。

胡宫说：那就先谢谢你。

尚树蛋的目光投到那一队驴上，好奇地问：这些驴子驮着啥呢？

胡宫说：驮的是木炭，木炭是汴梁的主要燃料。无论宫廷还是民间，做饭取暖都需要木炭。但汴梁周围没山，木炭都是从远处运来，以解燃料匮乏之急。汴梁的木炭需求量很大，特别是在冬天，光宫里就得需要老多木炭了，运木炭的驴队，几乎天天在这街上走。

尚树蛋问：驴队？这可新鲜，我听说过马队、车队，还没听说过驴队。

胡宫道：你一定知道倒骑驴的张果老了，张果老那么出名的神仙，一定不缺马骑，可他偏要骑驴，而且要倒骑驴，这就是爱好。我们宋朝人也有骑驴爱好，也喜欢驴。我记得跟你说过了，我们宋朝马太少了，仅有的马都派到战场上了，驴就成了宋人的主要坐骑和运力。汴梁的官民都骑驴，著名隐士陈抟游华阴就是骑驴去的，宰相章淳在做官前初入四川，他妻子就是骑的驴，他掌控方向，儿女共乘一驴。王安石罢相后退居金陵，外出时也是骑驴。因为缺马，我们不是像唐朝人那样打马球，是打驴球，就是骑着驴打球，很有意思。宫里有驴球场，修得很气派。

尚树蛋道：可以想象得到，你们的皇帝和大臣们一定是驴球迷，皇宫天天听驴叫，这也算是个奇观了。

胡宫道：你别连我都骂上。

尚树蛋说：打驴球你没资格上场，所以你别找骂。

胡宫说过：你说得对，我们是侍候人的。

尚树蛋又转换话题道：你们宋朝的木炭很贵吧？

胡宫道：这就看是从哪里运来的了。水路运来的贵一些，陆路运来的稍便宜些，一般从京西、陕西、河东运来，炭以秤计价，一秤一百万。为平抑炭价，官府每年都采取一些措施，减价卖给百姓。汴京一年四季都需要运炭，所以汴梁街上一年四季都会看到运炭的驴队。

尚树蛋笑道：原来如此，看来这蠢驴在你们宋朝还真有用。

胡宫小声说：别说了，你看蠢驴又来了。

61

让你出点苦力，遭点罪，算是便宜了你。

是赵佶。尚树蛋正要和他打招呼，两个小孩跑过来，边跑边唱：打破筒，泼了菜，便是人间好世界……

尚树蛋知道这首民谣，这是骂大奸臣蔡京和童贯的，想起这两个人，尚树蛋气不打一处来，厉声问：赵佶！你和童、蔡臭味相投吧，你知道这两人为什么万人恨吗？

赵佶一时语塞。

尚树蛋道：咱先说蔡京吧，在我看来，这个人是个典型的政治投机商。在王安石变法高潮时，由于朝廷大权掌握在变法派手中，蔡京马上赶时髦拥护变法，因而很快得宠，由一个中书舍人升为开封府知府，窃取了控制京师的大权。你爷爷赵顼死后，你哥赵熙继位，因他年幼不能理事，高太后垂帘听政，司马光做了宰相，司马光急不可耐地废除新法，改行旧制，大多数人还没反应过来，蔡京就首当其冲地表示拥护，而且在规定时间内在开封全部恢复了旧法。蔡京的迅速响应受到司马光的赞赏，但大臣们都看不起他，上书指出他的奸行，这样，他才被逐出朝廷。高太后死后，你哥赵熙亲政，他重新起用了变法派人物，蔡京又因为自己曾是变法派，被召回京城，任命户部尚书。你接了你哥的班以后，你为了平息变法与反变法两派的斗争，采取了个折中的办法，兼用两派人物，这情景对蔡京不利，他便勾结宦官挖空心思向上爬，阴谋败露后又被贬出京。在他闲居期间，遇到了奉你之命到南方搜罗奇珍异宝的宦官童贯，蔡京便厚礼结交童贯，童贯在你面前美言，荐举蔡京，蔡京又赢得了你的信赖，他搞垮了所有的对手，不久便爬上了宰相的高位。他还和你结成儿女亲家，掌控大权十八年。他四次被罢相免职，但不久就又复职，被称作不倒翁。这个称呼很有意思，他为什么不倒，还不是因为你在后面撑着？

赵佶道：这当然是我做主的。不过也是听了别人的举荐。起居郎邓洵武便是。有一次我本来已经罢免了他，是邓洵武的一纸奏章改变了我的初衷。

尚树蛋道：你把邓洵武召来，我问问他是怎么把蔡京这个奸佞又推到台前的！

赵佶应诺，马上唤来邓洵武。

面对尚树蛋的发问，邓洵武怯声答道：这份奏章主要是针对左丞相韩忠彦的。韩忠彦原先是元祐派的，是韩琦的儿子，而韩琦在神宗皇帝时是极力反对变法的。我说韩彦忠一上台就继承了他父亲的遗愿，把神宗之法全都改了。我认为不能容忍韩彦忠改变神宗之法，否则便对不起列祖列宗，辜负了神宗皇帝。

尚树蛋道：这是居心险恶的挑拨！赵佶本来想消除党争，只因听信了你的挑拨，又把已经寂静下来的党争重新挑起了，可悲的是，赵佶本人也被牵制，介入其中。

赵佶道：最初我也觉得邓洵武的奏章有些居心不良，有点挑唆的味道，但当我看到他列举的事实之后，我便相信了。他这份奏章题为《爱莫助之图》，把朝臣情况依据他们原来所属党派罗列出来，可以很清楚地看出，朝臣中元祐派占多数，由此他得出结论：元祐派已把持了朝廷，若不断然采取措施，皇权就危险了。

尚树蛋道：大概就是因为这个列表使你相信了他，并听从了他的主张：请出蔡京，贬斥韩彦忠。

赵佶：是的。我担心元祐派东山再起，党争局面再度出现。

尚树蛋道：你只相信邓洵武的一人之言，却亲手把你为了"建中靖国"而营构的朝臣格局毁掉了。不久，韩彦忠被罢免了，曾布也因被邓洵武列入元祐党被贬出朝廷。这两人是当初你亲自任命的左右丞相，堪称左膀右臂，此时都被你砍掉了。但你同时又需要新的臂膀，于是奸佞蔡京才重登重位，被任命首辅。随着蔡京的重出，你和你们宋王朝的悲剧也就开始了。应该说，你之所以重用蔡京，不仅是因为邓洵武的力荐，你与蔡京的思想情感、政治见解、包括个人爱好多有一致之处，是"一丘之貉"、"臭味相投"，因而才一拍即合。是这样的吧？

赵佶道：你言重了。我和蔡京是熟悉一些，我当端王时就认识他。蔡京这人字写得很好，我曾用两千金从别人手里买过他的一把题扇。但我即帝位后好多大臣都劾奏他借绍述神宗皇帝之名结党营私，专横跋扈，所以我把他贬斥出朝廷。

尚树蛋道：你们由书画之交到政治上的互相依傍，这中间有必然联系。你喜欢他的书画，他便投你所好，不断送书画给你，再加上他人鼓吹，你就更觉得其人可用，于是，你把他一步一步地推上了首辅的高位。你听从了他的话，继承了神宗的事业，遵循神宗的法度。你因此把还未维持一年的"建中靖国"的年号改为"崇宁"，意思是要尊崇神宗皇帝熙宁的法度。就这样，你自己否定了自己，并出于对蔡京的高度信任，让他为所欲为。这以后，朝政便急剧滑落，危亡日益迫近。你宠坏了蔡京，蔡京也坑害了你。

赵佶苦涩地摇头道：唉，这是一时半晌说不清的事，一言难尽啊……

尚树蛋看到一片柳树林，旁边有几间瓦舍，瓦舍对角有一家茅屋，柳荫下有两头牛，正懒洋洋地卧着，有一张耕地的犁放在屋檐下。房前有农田和菜地，有两个农人正在忙碌，一个正从井里打水浇地，一个正挑着担子往地里送粪。

赵佶道：看到那两位了吧，那就是蔡、童二卿。

尚树蛋冷笑道：是"打破的筒"，"泼了的菜"啊。快让他们过来回话！

蔡京闻听，赶忙放下一担粪水，来到尚树蛋面前。尚树蛋看到这位当年的宰辅已经沦落到这步田地，不禁感慨不已。心想，人啊，真是不好说，上辈子预测不了下辈子的事，谁能想到，当年呼风唤雨的重臣会像老农一样以种田为生？

尚树蛋讥讽地说：老蔡，你也尝到乡野村夫的滋味了吧？怎么样，吃得消吗？

蔡京道：此一时彼一时，前世享了福，现在受点罪，也许就是报应吧！

尚树蛋道：算你知趣。叫我说，让你出点苦力，遭点罪，算是便宜了你，应该叫你下地狱！

蔡京道：你不该这么恨我，是皇帝给我权力。

赵佶接上来说：我确实重用了蔡京，放纵了他的作为。我在他的谋划下实行了一些新政，废除了元祐年间的一切诏制法令，清除了朝廷中的元祐党人，前后几次变更盐钞法，又显耀武威，出兵西夏，但大都惨败而归。这一切都使国力大损，而蔡京又趁机大树朋党，使其爪牙遍于朝中，大宋王朝几乎成了他的天下……

尚树蛋道：这就是你宠信奸佞的结果。许多事实表明，不辨忠奸，偏听偏信，言路不畅，是国家败亡的渊薮。古来许多皇帝之所以走下坡路，都是这个原因。只是你勤政的时间太短了，误政和误国的时间太长了，你在蔡京的唆使下把司马光、吕公著等一百二十人列为"奸党"，并在端礼门外立碑，刻上他们的名字，称作"元祐籍碑"。碑名是你亲笔写的，为的是敲山震虎，以警世人，并表明绍述熙丰之志。你这个施政急转弯可把元祐党人害苦了，你本来已经释去了前嫌，任用了他们，却又剥夺了他们官爵，把他们赶出朝廷。这还不算，还对以元祐学术聚徒讲学的人都进行了处罚，甚至像秦始皇那样烧起书来。

秦始皇是千古一帝，统一中国第一人，功高莫名。但他也是个暴君，修长城、建阿房宫，鱼肉生民，特别是焚书坑儒，把成千上万的儒生活埋了，把数不清的珍贵典籍都烧了，在中国文化史上造成了无法弥补的劫难，留下千古骂名。你怎么也学秦始皇呢，怎么也烧起书来了？读书人最恨烧书人，奇怪的是你也算是个有文化、爱读书的皇帝了，你怎么也干起这缺德事了？你把好多有价值的书都烧了，像范祖禹的《唐鉴》、苏洵、苏轼、苏辙、黄庭坚、秦观等人的文集，都被你烧了，多亏这些书还有存本，我们有依据印成印刷品；否则该是多大的损失啊？你还禁止皇家宗室和所谓"奸党"子孙及亲属通婚，已婚没举行婚礼的要解除婚约，这真是进半步退十步，真不知你怎么这么大仇怨。

赵佶道：我当时就是一门心思继承父兄之志，否则觉得对不起他们，不堪为君。

尚树蛋道：实际上，你的一反初衷，不仅是要继承神宗、哲宗之志的问题。你对元祐派的全面打击也不仅是党争问题，而是实行顺我者昌、逆我者亡的方针，对不善于向你拍马逢迎者给予打击。在你初政时，有人得罪过你，这时你便借机进行报复。我说赵佶啊，你这个当皇帝的心胸怎就这么狭窄呢？这叫什么事啊，太阴损了，可叹那些被你害的人，死都不知是咋死的，看他们在阴间找你算账，你小心点！

赵佶胆怯地说：听你这一说，我还真的有点怕。

不管什么局都是作孽局。

尚树蛋说：你残酷地打击异己，却是重用和提拔对你献媚讨好的人，蔡京被你重用，就是因为这人特善于投你所好。你判定官员好坏的标准只有一条，那就是看他是否符合和顺承你的意愿。你的这种用人标准决定了朝臣的素质，引导了价值取向。你身边之所以麇集起如蔡京、童贯、朱勔、梁师成一批献媚奸佞之徒，便是如此。说这里，我还得给你讲讲尚庄的事，这样的事哪都有。"文革"时尚庄走资派的一条重要罪状就是拉一派打一派，挑动群众斗群众，等群众互相打起了派仗，他倒没事了。当然，我们村那走资派和你差远了，顶多是个小村长，远远比不过你这天下之主，但事不同理同，实质上差不多，不同的是，官越大后果越严重。

赵佶道：我不知道你们尚庄的事，也不知道什么走资派，只知道我的事。我对蔡京、童贯他们是比较信任的，但并没有完全放弃我的权力。我即帝位后大权没有旁落，天子的权威我还是有的。

尚树蛋道：这是你自己说的。所以有人就说你"昏而不庸"，这完全是个误会。其实，昏和庸是连着的，昏必庸，庸必昏。

赵佶道：往事已矣，任人评说吧。

尚树蛋道：你们这些当皇帝的，是绝不会坦白你们的过失的。但是非曲直，世人自明，自有公论。我们宋史学界（尚树蛋挺自豪地用了这么个词）的看法是，你独执国政只表现在发布手诏而已，你根本没有勤于国政。

尚树蛋又责问蔡京：你说说，究竟是怎么回事？

蔡京道：有时候皇帝陛下让我代笔，实际上在很多情况下是我说了算的，因为皇帝陛下不大过问。他喜欢的是尽情享乐，这样做正好，他正不愿管这些事呢！

尚树蛋又对赵佶说："成由节俭败由奢。"这句古训已被诸多事实所证明，许多有作为的帝王都注意戒奢省费。你们宋朝的创业之主太祖皇帝便是一位勤俭天子。你崇尚的信条却是"太平无事多欢乐"，正是这一点使你败了国，亡了身。

赵佶道：这都是蔡京唆使的。

蔡京道：皇帝陛下说的不错，我确实难辞其咎。皇帝即位之初，比较注意节俭，连精美贵重的器具都不敢用，甚至要征求一下大臣们的意见。我就说，连辽人都很讲排场，国宴上都是用玉器，何况我中华大国？于是皇帝就不再顾忌，放心大胆地使用起来，而且越来越讲究，越来越奢华。我还提出一个口号，叫"丰亨豫大"，我说此语引自《易经》，是至理名言。其实是我的借题发挥。《易经》上是有这样两句话："丰亨，王假之。""有大而能谦必豫"，我是断章取义，认为宋朝的礼乐制度与宫室规模与国家的富强、君德的隆盛不相匹配，就鼓动皇帝广建宫室，重修礼乐。说皇帝应以四海为家，尽享万方的贡奉，不必过于拘谨，不要让岁月白白流逝；否则就够不上盛世君主了。皇帝陛下也说，我们大宋王朝自开国以来，一直比较太平，时逢盛世，就是要显示出盛世的气魄来。

尚树蛋道：赵佶，你这昏君！你还有脸面谈什么盛世？你们宋王朝的开国皇帝宋太祖赵匡胤才称得上是创造了短暂的盛世，但他不是享受盛世，而是努力开拓。而你执政时算什么盛世？国困民乏，民怨沸腾，直至爆发了方腊率领的百万人大起义，攻占了杭州等许多州县。所以说，太平盛世只不过是蔡京等无耻大臣的粉饰而已，是你刻意营造出来的虚假繁荣。你当皇帝的第十三年又营造无休，在这方面，蔡京没少出力吧！

蔡京在一旁说：我先前主张建造了"延福五位"，堪称奢华。后来又建造了"延福第六位"，比前五位还好。这是一处跨旧城修建的新园林，在护城河上建了两座桥，两岸遍植奇异花木，与殿宇对峙，备极辉煌。皇帝时常率侍臣前往游览。皇帝很高兴，夸赞说，这都是蔡太师爱朕，议建此宫，又赖童太尉苦心经营，始得告成。古时秦始皇、隋炀帝大兴土木，恐怕也没有建成如此佳境！在皇帝陛下看来，我和童贯最懂他的心思，因而最得信赖和重用。

赵佶道：我当时是那样认为的。蔡、童二卿向我禀报过，府库充盈，绝无亏空之忧。又说，筑此宫都是用的山林间弃材，无伤圣德，况且是与民同乐，有益圣躬，我想也是这么回事，就没有在意。

蔡京道：我当时的禀报并不副实，而是蓄意粉饰。实际上，王朝的国库此时已亏空了，而官府的横征暴敛，更使矛盾加深，危机严重，百姓的反抗事件频频发生。京东地区便是一个被你称作"多盗"的地区。之所以多"盗"，一是因为黄河决口和改道，使这个地区的梁山泊成为一片泽国，天灾严重。再就是人祸。皇帝让宦官杨戬在这里设置了"西城所"，这件事带来了大麻烦。

尚树蛋闻听，不禁火冒三丈，大吼道：你们这帮奸佞给国家带来多少麻烦？杨戬那厮在哪里？

此时，有一人骑驴而来，一仆人跟在他身后，挑着一副很重的担子，压在肩上的扁担吱吱呀呀地响着，那仆人灰头土脸，气喘吁吁。那人一听到喊他，大声应了一声，马上放下担子，来到尚树蛋面前。

尚树蛋对杨戬说："西城所"是什么狗屁所？

杨戬禀道：皇帝设置"西城所"本意是想把引黄河水患所出现的废堤弃堰

管理起来,但我办过了头,把这些地方一概强括为"公甲",梁山泊的水面也按船定租,私自到梁山泊捕鱼采蒲的人都按贼治罪,而附近数州的许多百姓都是世世代代靠梁山泊的鱼、蒲等水产为生的,这样做等于夺了他们的饭碗,他们能满意吗?我还在靠近梁山泊的州县在常赋之外增加了捕捞水产的租钱,每年达十余万缗,水旱灾年也不减免。百姓很困苦,怨声四起,后来,宋江就造反了。

尚树蛋道:我还真不知道,宋江起义是你直接造成的啊!宋江起义后来成大作家施耐庵的创作素材,一部《水浒传》传于后世,宋江等梁山好汉一百单八将广为人知,好多文艺作品都有表达,这都是你们大宋的弊政激化了社会矛盾,点燃了起义的烈火。官逼民反,自古都是这个道理!

尚树蛋又想起"花石纲"的事,便问:蔡京,这事你是清楚的吧?

蔡京战战兢兢地说:小人不敢撒谎,都到这步田地了,我还有何隐瞒的?我这样做,是为了让皇帝尽享天下之奉,想把天下美好的东西搜罗到宫中来。皇帝平生所好是奇花异石、精美的工艺品,我们便投其所好,做了好多伤民之事。童贯在苏杭设置了"造作局",主要是利用当地的出产和传统工艺制作牙、角、犀、玉、金、银、竹、藤及雕刻、针织等工艺品。不久,朱勔又在苏州设置"应奉局",主要是搜求一些奇花异石之类。这事我很清楚,也参与了,但主要是童贯干的。这事惊动倒是不小,但没有伤农。

尚树蛋道:你说得倒很轻松,但你知道这些东西是怎样"供奉御前"的吗?不论是"造作局"还是"应奉局",都是地地道道的"搜刮局"!是你们搜刮民脂民膏的作孽"局"!

63

搞建筑和蒸馒头都是手艺活儿。

　　大柳树旁有一间小茅草屋,屋里有一个中年男人正木然地看着窗外。窗外,有两头牛正懒洋洋地在树下乘凉。表面上看,屋内人像是个看牛的,可他那心不在焉的样子根本不像看牛,尚树蛋在尚庄也看过牛,但都是在外边或田里,哪有在屋里看牛的?要是牛跑了,你追也来不及,亏得这两头牛在歇凉呢。尚树蛋心想:这看牛人太不着调了,我去问问他!

　　尚树蛋就不知不觉地进了屋,屋里人也没感到惊奇,甚至连理都没理,照旧呆呆地望着窗外。

　　尚树蛋看到,他面前有一张桌子,上面摆着一小块太湖石。尚树蛋有些奇怪,感到这太湖石摆在这里不是地方,便主动上前问道:你这块石头还不错,怎么摆在这间小破屋了?

　　那人道:这有什么不合适的,我前世净弄这石头了,现在到了阴间下田耕地卖苦力仍很稀罕。我刚从田里回来,让牛歇息一会儿,我也休息休息。这块石头是随葬品,后人给我放进的。这石头成就了我,也坑坏了我!

　　尚树蛋突然想起花石纲的事,厉声问:你是不是童贯?

　　那人猛地一惊,起身道:我是童贯,你是何人?

尚树蛋道：我是你们皇帝陛下请来的，调查应奉局、造作局和花石纲的事，你要如实禀报！

那人有些局促不安的样子，说：在下正是童贯，被罚到阴间受苦来了。既然你是奉命前来，我一定实话实说。应奉局的设立，完全是为了讨好皇帝。皇帝喜欢奇花异石，当臣子的哪能不效命？应奉局、造作局名义上是供奉皇帝，实际上我也是想借机升官发财。这件事是挺害民的，我把负担直接摊派给民户，强迫民户供奉，只要听说哪一家有奇石异木，就率领士卒闯入他家，强行贴上黄纸封条，就算作"供奉御示"之物了，谁也不许动，还得让主人保护，稍有不慎，便以对皇帝大不敬治罪，拿走时不方便，还要拆房开道，弄得鸡犬不宁。

尚树蛋恨恨地说：太霸道了，这比抢还厉害！

童贯道：现在我想起来也有些自责，可都是上世的事了。那时候，一旦哪一家被指派供应花石，这一家算倒霉了，非家破人亡不可。有些民户甚至因此卖儿卖女。至于在江湖中捞取太湖石，耗费更大了。这些花木奇石运往汴京时都是通过汴河水运，十艘船编为一"纲"，"花石纲"之名就是由此得来的。那些年，汴河上的"花石纲"船络绎不绝，成千上万的农民被调发来充当工役，百姓们叫苦连天。

尚树蛋道：皇帝把这些东西当作珍奇之物，百姓们却都看作不祥之物，因为它们带给百姓的是灾难，是祸害！所以，官逼民反也就势在必然了。

童贯道：这"花石纲"背后的事我确实不知，但方腊为盗是因"花石纲"而起我倒是知道的。方腊家有漆园，财居中产，他在漆园誓师，聚众闹事，几天内就发展到十万之众。还自称"圣公"，建立政权，和大宋朝分庭抗礼。这当然是不能容忍的，所以皇帝就派我率兵平盗，在睦州青溪县帮源洞他们起事的地方打败了他们，把方腊押到汴京，斩首了。方腊举事使皇帝很受震动，他让我宣布废罢"造作局"，停止了"花石纲"，这也是为了平息民怨啊。

尚树蛋道：你的宣布不过是一场骗局，是暂时收敛。方腊起义被镇压后赵佶不但又一如既往地取石，还增加了许多新的赋敛项目，可见你们的本性难移。

童贯道：这我就管不了那么多了，你还是问皇帝去吧！

尚树蛋道：也好，给我叫赵佶！

童贯如释重负，大声喊道：陛下，皇帝陛下，有人请！

赵佶顷刻来到，说：喊什么，显你嗓门大呀！

赵佶突然发现尚树蛋，赔礼道：尚先生找我吗？有何吩咐？

尚树蛋问：开封城有座叫艮岳的假山吧？

赵佶道：那是一座人造风景山，是我让户部侍郎孟揆监造的。随手指了指旁边一个卖馒头的伙计。

尚树蛋看到，有一家卖馒头的小店，门前笼屉里摆着馒头，店伙计手持馒头托盘正向街上的挑夫苦力兜揽生意。这生意看来属于低档次，因为馒头不是什么高档食品，食用者多是普通百姓和来往行人。

赵佶手指那位卖馒头的伙计：瞧，这孟揆改手艺了，在这儿卖馒头呢！

尚树蛋道：这没什么大惊小怪的，搞建筑蒸馒头都是手艺活儿，行当不同，道理相同，只不过在你们皇家搞建筑像是高贵些罢了。待我上前和他说话。于是就像吆喝下人似的喊了声：孟揆！

孟揆慌忙放下馒头托盘向前禀报：小人孟揆在。

尚树蛋道：你不用害怕，我只是问问你营造艮岳假山的事。

孟揆道：禀老爷，那是皇帝陛下让我造的。假山样式是仿照杭州的凤凰山，坐落在开封城东北角，按八卦方位在艮位，所以叫艮岳。这假山规模很大，周围十几里，垒石堆土而成，主峰高九十多步，满山奇石突兀，蔚为壮观。山顶上有亭子，站在亭子上俯视，汴京街市尽收眼底。环绕主峰的山峰也各具特色。又有飞瀑深涧、曲涧幽洞、凌空栈道，太湖怪石，还饲养了许多珍禽异兽，栽植了杨柳松竹，置身其间，如至深山奇境。几乎是在平地上造起一座假山群。

孟揆说得很得意，像是夸耀自己的创作。

尚树蛋道：你称得上是你们大宋王朝著名的建筑师了，这工程不赖，只可惜太浪费人力了，只供皇帝游赏也太奢华了，太浪费了，欣赏你作品的人也太少了，等将来我们尚庄搞建设，可以请你去当总设计师，我们那里一定会有许多人欣赏。

孟揆有些迟疑：尚庄，一个小村庄搞什么建筑？

尚树蛋有些生气：小村庄怎么了，小村庄就不搞建筑了？告诉你吧，我们尚庄马上就要城镇化了，就是要建得像城市一样。城里有的，我们尚庄也要有，也要有高楼、有商铺、有生活和娱乐设施，像你们汴梁的餐馆、脚店什么的都要有，只不过不一定叫和你们一样的名。

孟揆道：既然老爷看得起，小人随时等候吩咐。

尚树蛋道：这就好。听说建艮岳是一个道士出的主意？

孟揆道：是的。那道士叫刘混康，他说汴京东北角地势太低，不利后世，为了帝业长久，子孙蕃盛，应该垫高一些。皇帝陛下当时也觉得汴京地处平原，周围几百里都是一马平川，要游山玩水得去很远的地方，所以感到刘混康的话正合他的心意，就这么定下来了。

尚树蛋问：赵佶！这道士看来也是投你所好啊！

赵佶不好意思地点了点头。

尚树蛋道：刘混康被你赏识绝非偶然，长时间来你就一直很尊崇道教。你过分迷信道教，直至舞神弄鬼，这是你国亡身败的又一个原因。你被金人押至五国城，低声下气地当俘虏的八年间是否反思过此事？可以毫不夸张地说，你是一个只顾自己享乐、不顾国计民生，只听阿谀奉承，用人不辨良莠的昏君。在你这一朝，吏治腐败到极点，买官鬻爵是明码标价的，有民谣说："三千索，直秘阁，五百贯，擢通判。"听了这首民谣，你作何感慨？

赵佶道：没想到吏治如此。都是童贯、蔡京搞的大事。这两人引起了众怒，我也有所耳闻。你看，他们不是正在田里受苦吗，这也许就是报应。

蔡京、童贯在一旁战战兢兢地说道：我等是万民所指的罪人。民怨即我罪，我罪惹民怨啊！

尚树蛋道：你们何止是惹民怨，而是民怨汹汹，天下人恨不得一刀宰了你们！

蔡京道：罪臣实知罪孽深重，罪不可赦，所以自下世以来，不敢居住城内，在城外盖了间小房住下，日出而作，日落而息，躬耕陇亩，辛勤劳作，以期减轻自己的罪过。

尚树蛋道：你生前除了引导皇帝尽情享乐外，自己也极为奢侈腐化，可以说是坏事做绝。

蔡京道：我当了宰相后确实干了不少搜刮民财的事，数以千万计。官员们为了保住官位，争相向我贿赂，每逢我过生日，全国各地官府都要向我贡献大批礼物，叫作"生辰纲"。我收了不少礼，也做了违纪的事，提拔了不少不该提拔的人，大盖楼堂馆舍也花费了大量民脂民膏。我在生活上太过讲究奢侈，挥金如土。我爱吃鹌鹑，做一碗羹要用数百只鹌鹑。有一次我留讲仪司官员吃饭，仅蟹黄馒头一项就花用了一千三百多贯钱。我家华屋连栋，姬妾婢女成群，连切葱丝都专门设婢女掌管。我生前极尽奢华，纵情享乐，现在是该受点罪，我没怨言！

尚树蛋道：你认罪态度还行，好好改造吧，让你知道什么叫苦，也让你受点苦赎你前世的罪！童贯和你一样，惩罚他也得让他遭罪！

这时，童贯正在挑水浇田，他似乎听到尚树蛋在说他，便放下水桶，上前禀道：小臣前世确实也很奢侈，与蔡京不相上下。我与蔡京并列相位，执掌军权，家中金币宝玉，堆积如山，私藏比府库还多。还有朱勔，也不在我之下。

为了躲避尚树蛋的询问，童贯匆匆回答了几句便转移了目标，向地里喊了声：老朱，你过来，有人找你！

64

他用一条黄罗缠着手。

朱勔应声到来。尚树蛋劈头便问：朱勔！我听说方腊起义的口号就是"诛朱勔"，可见你民愤太大了！

朱勔禀道：我自知罪孽深重，不可饶恕。我真后悔走上仕途，富了一生，也毁了一生。我原本是个卖药的，跟我爹开了个药店，后来买卖做大了渐渐成了当地富户。如果就此为止就太好了，也是享不尽荣华富贵。可人啊就是不知足，我还想到政界混个官当，恰好那年蔡京被贬官到钱塘，想建个僧寺阁做点功德，我相信他会复出，也觉得这是个交结他的机会，就出巨资承办了这个工程，两个月就按设计标准高质量地完工了。蔡京非常满意，对我产生好感，不久，他受召回京担任右相，就把我带到京师，把我和我爹安插在童贯军中入了军籍，以军功为由补了官，于是就成了蔡京门下了。

尚树蛋道：你站队站得挺是地方，鱼找鱼，虾找虾，老鳖找王八嘛！你加入了蔡京小集团后就开始和他沆瀣一气了。赵佶爱书画和所谓珍异物品，你就在蔡京的授意下，投赵佶之所好，搜罗珍异物品，向赵佶进贡。你因为进贡的物品档次高，赵佶就让你掌管苏州应奉局，你打着"御前应奉"的招牌，大肆搜刮民间私藏，从中挟私取利，贪污受贿。你借采办花石的机会，私吞了全部府库支出的花石款,而所有贡物,则在民间巧取豪夺,不给被取者分文。你"采办"花石后,又借运送花石之便,自己做买卖。因为有御前贡物作掩护,一路上没人敢盘问,你走私贩运了大批国家禁运物质,还不交运费又逃了税,钱让你挣海了!你因花石发家,又借花石害人。为了得到一件奇石,你穷极搜刮,敲诈勒索,稍被拒绝就给人加上大不敬的罪名,搞得人倾家荡产,你为此拆房毁屋,甚至为了挖一棵柏树掘人祖坟,老百姓愤恨至极,甚至想吃了你的肉!你和蔡京一样都是奢侈腐化透顶,你的甲第名园遍布吴郡,田产跨连郡邑,每年收租十万余石。你还横行乡里,连你的家人奴仆都仗势欺人,胡作非为,草菅人命。你真是坏事做绝啊!

朱勔羞惭地说:我知罪,我该死……

尚树蛋说:你抬起手来我看看!

朱勔不好意思地抬起了手,只见他手上缠着一条黄罗。尚树蛋大笑道:好一个寡廉鲜耻的奴才!我研究宋史时就了解到,在一次宫廷宴会上,赵佶曾握着你的手臂和你交谈,你以为是莫大的荣耀,此后便用一条黄罗缠着手,遇见人拱手行礼时,这只手也不抬起,还在衣服上绣上"御手"二字,以此来炫耀你这只手非同寻常。现在你变成了鬼,还这么虔诚,太蠢了,谁看呢,又有什么用呢?

朱勔羞愧难言,悄悄地把那黄罗解了下来。

尚树蛋道:可怜的大宋,养活了你们这帮奸佞!皇帝整天不理国事,又听惯了你们的奉承讨好,对你们不管不问,任你们所为,国家还有个好吗?

尚树蛋怒喝:赵佶!你听到了吗?他们也是在你的带动下竞相奢靡,上行下效的!

赵佶低语道:惭愧,惭愧……

尚树蛋道:说起来,你们大宋朝这么些皇帝还得说是赵匡胤还行。假如你能够像开国之君赵匡胤那样整肃吏治,大概就不会造成这样的局面了。

赵佶道：还是不要再提太祖皇帝了吧！他老人家励精图治，用人唯贤，吏治清明，我不及其毫厘，与太祖相比，我无地自容！

尚树蛋道：你不仅远不及宋太祖赵匡胤，比你爷爷也差远了。你爷爷通过王安石变法，强大了国力，内外府库充盈，到你刚即位时还有余存，但你当皇帝后，你和奸佞们没用几年就挥霍尽了，还出现了入不敷出的严重情况。于是你就让蔡京制定法令制度，借推行新法之名，以各种名目进行搜刮勒索，使众多的百姓倾家荡产。蔡京就曾说过，"不患无财，患不能理财"。但怎样理财的呢？当然是搜刮人民！你对他太欣赏也太相信了，你心里只有书画，只有收藏，国家也不管了，人民也不顾了，大宋朝廷一片乌烟瘴气。真是奸臣当道，民不聊生啊！所以，太学生陈东就上书指斥蔡京、童贯、王黼、梁师成、朱勔、李邦彦为"六贼"，说"六贼异名同罪"，主张处死他们以谢天下。

赵佶道：他们几个后来都是被处死或赐死的。我到了阴间听说王黼被斩，李邦彦、梁师成被赐死，童贯在贬官流放后被杀，蔡京死于流放途中，朱勔、蔡攸就地被斩。

尚树蛋道：这是后来的事了，那时你已退位去了南方，是你儿子赵桓处理的。你儿子赵桓也不是什么明君圣主，他惩治六贼是因外敌入侵，为了平息民怨、组织军民抗金，才不得已把你的这几个祸国殃民的爱臣抛了出来。

65

野店是个藏污纳垢的地方。

尚树蛋忽然听到几声驴叫。听着听着就变成了人的嬉笑声。是赵佶,赵佶在嬉戏淫笑。尚树蛋厉声问赵佶:听说你为了体验市井生活的快乐,建了一个假市,可有此事?

赵佶道:有的。我令人在宫中后院仿照村镇样式盖了一些草棚房和一些野店,由宫女、宫官装扮成市井人物,我也扮成各种身份的人物和他们取乐。

尚树蛋道:你们宋朝的野店可是挺有名啊!野店中图财害命的案件也屡屡发生,野店的老板其实就是打家劫舍的强盗,他们抢了留宿的单个客人,抢了人家的财物,然后把人家杀死扔掉。还有的在野店院子里挖了地道,直通客房,夜深人静时就钻进客房把客人杀死,有的甚至把人剁成肉馅,做人肉包子卖,《水浒传》中就有母夜叉野店卖人肉的故事,太可怕了!野店也是藏污纳垢的地方,往来官员、商贩在野店留宿时聚赌嫖娼是常有的事。总之,野店臭名昭著,你怎么还在宫中建野店呢?

赵佶道:玩呗,就是想办法找乐。宫中玩腻了,就找点野趣吧。有一次,我扮成了一个乞丐,向一位宫女装扮成的店主要饭吃,竟挨了一顿臭骂,那"店主"还兜头泼了我一身脏水。

尚树蛋道：该，这才叫自作自受呢！那宫女这是借机泄私愤，而你却浑然不知，还自得其乐。这假市恶作剧确实使你兴奋了好久，不过，你后来又觉得乏味了，要到真正的市井中看一看，到街巷里玩乐。有一天，你在一柄白团扇上写下这样两句话："选饭朝来不喜餐，御厨空费八珍盘"，马上便有个献媚小人接续上两句："人间百味俱尝遍，只许江梅一点酸。"这两句诗道出了你的心思，你决定尝遍人间百味，就产生了到市井游乐的想法。

赵佶道：是啊，久在宫中闷得慌，出宫玩乐别有趣味。但为了不让朝臣发现，我每次带着随从出宫时都要刻意装扮一番，有时扮成道士，有时扮成商贩，随从们都扮成仆人杂役，他们都是有些武艺的，可以随时保护我。

尚树蛋道：亏你们想得出来，还真会玩。好一个玩乐皇帝！

尚树蛋接着问：你们都去哪里？

赵佶道：我们走街串巷，几乎走遍了汴梁的茶楼酒肆、青楼勾栏，有时兴犹未尽，就在民间客栈住一夜，第二天再回宫。我们都是从皇宫后门悄悄出去的，回来时也是无声无息，没人知道。

尚树蛋道：但你私宿市井的事还是让朝臣知道了。那年宫里着了火，烧毁宫室五千余间，人们就到处找你，偏偏那夜晚你私宿市井，于是你出宫游玩的事就暴露了，你的丑恶污行暴露无遗。有的大臣怕你误国，就上疏劝你不要再这样微服私行，但那帮奸佞都极力支持你，认为这没什么大不了，所以你照行不误。他们引导你逛酒楼，狎妓女，一发不可收。你本是个好色之徒，又有奸佞们为你提供方便，你就更加放纵无忌了。你有妃嫔成群，还狎妓无数，汴梁名妓李师师你就很喜欢吧？所谓"一点酸"是不是指她？

赵佶：这是文人们杜撰的。不过，师师确实不凡，色艺双佳，远非宫中女人所能比。

这时，尚树蛋忽听到一个很好听的女人的声音传来，如黄鹂轻唱，似琴瑟和鸣，尚树蛋从来没听过这么好听的女人的声音，禁不住侧耳倾听起来。

尚树蛋扭着脖子四处撒摸，自语道：是谁在吟唱呢，这么好听！

没人应声。

66

他觉得已经爱到了骨子里，融化到血液中了。

尚树蛋只觉得身轻脚起，飘然来到一座庭院前，胡宫正在那里等他。尚树蛋正纳闷，胡宫先开口道：好听吗？告诉你吧，是李师师小姐在吟唱。

尚树蛋道：怨不得呢！这么说来，这庭院就是有名的樊楼了？

胡宫笑道：有学问，连樊楼你也知道！

尚树蛋道：我也是看书知道的，书上说樊楼非常阔气，是座庭院式建筑，由东西南北中五座楼阁组成，每座楼阁各自独立，互相贯通成一体，非常壮观。被誉为"京师酒肆之首"。汴梁七十二家酒楼，数这樊楼最有档次，常有饮客千余，樊楼的兴盛是因有汴梁名妓李师师在此居住，很多人是慕名而来的。

胡宫道：想来你也是仰慕李小姐的芳名吧，我且令你到楼内看看。

尚树蛋似乎是迷迷瞪瞪地走进了樊楼。奇怪的是他并没有看到熙熙攘攘的热闹景象，反倒是十分清静优雅，又有轻烟缭绕，如同仙境。尚树蛋刚一驻足，就听到一曲美妙的桐筝之声，并伴有柔美婉转的歌声传来：柳荫直，烟里丝丝弄碧。隋堤上，曾见几番，拂水飘绵送行色。登临望故国，谁识，京华倦客？长亭路，年去岁来，应折桑条过千尺。闲寻旧踪迹，又酒趁哀弦，灯照离席……

胡宫说：这是李师师在吟唱周邦彦的词《兰陵王·柳》。她很推崇这首词？

尚树蛋连说好听，好听。

胡宫又说：这是周邦彦与京都告别之作，写的是他对京城的留恋和对于旧恨新仇的无奈和感慨。

尚树蛋问：什么旧恨新仇？

胡宫说：周邦彦对汴梁有恨也有仇。你大概能知道他身藏李师师床下的事吧？

尚树蛋道：那不过是野史的记载，我知道一些，我觉得那不是信史，不能当真事。我是个严肃的宋史专家，我研究的是正史，对野史逸闻不太重视，闲来无事就是看看热闹。

胡宫说：你又装高雅了。到底想不想听呢？

尚树蛋忙不迭地说：当然，当然……

胡宫说：那我就讲给你听。周邦彦是李师师爱慕的才子，李师师非常仰慕他。周邦彦不仅博涉百家，还能填词谱曲，意韵清雅。有一天，周邦彦趁徽宗皇帝有恙没来樊楼，便趁空密会李师师，但就在两人欢愉时，外面忽报皇帝来了，周邦彦吓得非同小可，慌不择路地藏在了床下。徽宗皇帝来后迫不及待地与李师师亲昵，并把一个刚从江南运来的鲜橙送给师师，亲自扒了给她，好一番卿卿我我。徽宗皇帝走后，周邦彦从床下爬出，很是狼狈。他便随口将徽宗送鲜橙的事写成一首词，写的是：并刀如水，吴盐胜雪，纤指破新橙。锦帏初温，兽香不断，相对坐调笙。低声问：向谁行宿？城上已三更，马滑霜浓，不如休去，直是少人行。这首词写出了皇帝狎妓的细节，惟妙惟肖。后来徽宗皇帝再会李师师，李师师无意间把这首词唱了出来，顿时惹怒了徽宗皇帝，便把周邦彦赶出京城，永远不许他回京。你说他对京城能无仇怨吗？

尚树蛋道：这事倒挺有意思。不过有损了这位婉约派大词人的名声了。赵佶这事不值得写词，浪费才华了！

胡宫说：好了好了，你高雅，我忘了你是严肃的宋史专家了。咱俩别唠了，你还是赶快去见见师师小姐吧！

尚树蛋觉得飘飘忽忽地上了楼，真的见到李师师正和侍女弹唱。李师师见尚树蛋来了，起身施礼道：尚树蛋，树蛋先生！欢迎来樊楼！

尚树蛋好生纳闷：奇怪，她怎么会认识我？但他很快就想明白了，他这个宋史专家已是名满汴梁，汴梁人对他早就熟悉了，李师师哪能不知道？

于是，他很快镇定下来，说：师师小姐不必客气，我不过一个普通的尚庄小民，虽对宋史略知一二，但远不如你的名气大。你是汴梁名女（他故意没用妓字），汴梁的文人儒士都以和你一见为荣，婉约派大词人周邦彦和你关系很密切，连皇帝都和你很好。不过，我不信对你的那些微词，我一直很敬重你。

李师师很感动，说：谢谢先生。小女子平日里多受人白眼，除了那些虚伪的恭维，很少有人真正看重我，他们看中的是我的外貌，他们恭维我的目的是想占有我，侮辱我，远不如你这样真实质朴，我们这些久在青楼的苦命人，都看惯了虚伪，恨死了道貌岸然。

尚树蛋受宠若惊道：小姐夸奖了。我虽有农民的质朴，但也没有你说的那么高尚，我也是爱美的，爱美之心人皆有之嘛！特别是像师师小姐这样的，谁看了不喜欢呢？我今天算是开了眼了，小姐你真美！

李师师说：嗨，什么美呀丑的，女人的美是短暂的，花儿能有几日红？不像你们男人，是常青树！

尚树蛋一听这话陡然觉得自信起来。他挺直了身子，竟然对李师师有了一种居高临下的感觉，并大着胆子端详起眼前这位美人来。

尚树蛋从未见过这么美的女人，不免看直了眼，只见那师师，秀发如黛，粉面含羞，一双秀目清澈如水，一张小口艳如樱桃，她轻举莲步，飘飘欲仙，身材婀娜，摇曳多姿。尚树蛋暗想，今天得见如此美人，也不枉活一世了。他开始是想看不敢看，后来是壮着胆子扎扎实实地看了一眼，他不知哪里来的勇气，近前一步道：百闻不如一见，怨不得连皇帝这样有的是女人的男人都如痴如狂地喜欢你，称赞你是"远山眉黛长，细柳腰枝袅。妆罢立春风，一笑千金少。归去凤城时，说与青楼道。看遍颍川花，不似师师好。"有道理呀，有道理啊！

尚树蛋觉得已经爱到了骨子里，融化到血液中了。

出了道观进妓院，这才叫道貌岸然呢！

尚树蛋在绝世美人李师师面前变得局促不安。李师师光彩照人，像一盏灯，晃得他睁不开眼睛，怔怔地不知说什么好。

李师师却是像很有谈兴，主动打破了这有些令人难堪的氛围。她粉面含羞，娇声道：小女子自幼父母双亡，后来被妓院李姥姥收养，长成后因容貌姣好，琴棋书画又高人一筹，所以很受推崇，李姥姥把我当成摇钱树，每天京城的公子王孙文人雅士来的很多，都说我是名动京城。也许就是因为这个缘故，皇帝也知道了我。皇帝是个老色鬼，他竟然不顾自己的身份，偷偷地跑到樊楼。他从宫中挖了条地道，直通樊楼，每次来都是从地下钻出来的，吓死个人了。这个老色鬼多无耻，多丑恶，这叫什么皇帝？怎能给天下做榜样，怎能治国理政？

尚树蛋道：唉，男人都这样，吃着锅里占着碗里，皇帝处心积虑地要得到你，不就是因为他要尝尝你这"江梅一点酸"吗？

李师师两腮泛红，微怒道：你也记得这歪诗？你对那般无聊文人的诗句也欣赏？皇帝富有天下，他要尝遍天下美味，尽餐天下美色，你还欣赏他？

尚树蛋慌了，忙遮掩道：对不起李小姐，我这也是听来的两句歪诗，对你不礼貌了，请原谅！请原谅！

李师师旋即微笑道：我说话也冒失了点，对你这样的高客，不该口无遮拦。

尚树蛋不安地说：小姐不必自谦，你是古往今来的大美人，我是个土包子，哪能承受得了你的道歉？

李师师莞尔一笑，道：先生不必太客气，我生来贫贱，后又误入青楼，为生计打发青春而已。你虽出身农家，但未必低贱，那些高官贵人我见多了，他们看样子挺高贵，实际上满肚子男盗女娼，他们比不上先生！

尚树蛋听到如此夸奖，心里很受用，有些飘飘然了，暗想：尚庄的哥儿们你们为我骄傲吧，你们见到过一个绝代美人这样夸奖一个尚庄爷儿们吗？

尚树蛋很兴奋，恭维说：师师小姐才貌盖世，是古来最著名的美人，是造世主最杰出的一件作品，是女人的百花园中一株最耀眼的花，是……

尚树蛋还想用什么形容词，可他绞尽脑汁实在想不起来了，就又搜索枯肠，冒出一句：你是让尚庄女人做梦都羡慕的女人，是尚庄男人一听你的名字就精神抖擞的天仙！

尚树蛋说到这里，连自己也觉得爱到了骨子里，融化到血液中了，他恨不得再落实到行动上，上前去亲她一口，但他终于没敢落实这个行动，因为他想到了自己的身份，一个宋史专家的身份，一个学者的身份。学者专家应该是什么人，应该是一个高雅的人，一个有修养的人，一个脱离了低级趣味的人，所以应该在一言一行上严格要求自己，一个细节都不能掉以轻心。

于是，他调整了一下姿态，学着领导的腔调说：我说师师啊，你太有魅力了，赵佶尽管有三宫六院，嫔妃成群，但还是被你迷恋得神魂颠倒，为了博你一笑，不惜千金，与你欢聚，忘记了社稷之重，乐而忘返，恨不得和你常在温柔乡中。不容易啊，不容易，这也是女人的本事，女人的最大本事就是迷住男人，驾驭男人。你把皇帝都迷住了，这是多了不起啊！

李师师道：先生言重了，其实我根本不爱更不想驾驭这样的男人，因为他富有天下，所以也想占有天下的女人，而每一个女人不管她多么美丽，都有不再美丽的时候，女人之美在皇帝面前都是短暂的，她对于皇帝只是美的一个闪现，像电光石火，顷刻即逝。而这美的闪现之后就是如弃敝履般的抛弃。自古以来王的女人都没有好下场，我知道这个道理，这样的男人我哪能爱他？我在表面上对他笑脸相迎，只是出于无奈，完全是应付。他至高无上，无所不能，我一个小女子只有由他。不瞒先生说，我自有所爱，但让赵佶赶走了，是我连累了他，我一直感到很不安。

尚树蛋道：师师小姐，你说的是周邦彦吧，赵佶为了独霸你，居然向你公开了身份，把周邦彦赶出京师。这赵佶太狭隘了，太霸道了，也太狠毒了。这人不够意思，连我们尚庄草民也不会这么办事，亏得她还是个皇帝！

出自一种光棍儿的好奇心，尚树蛋打算和这位名妓深入交谈一下，没想到这时李师师却站起身，欲谈又止地说：尚先生我要出趟门，要不你……

尚树蛋知道这是下逐客令了，便说：小姐你去忙吧，像我这样的人此处是不该久留的——

李师师有些疑问：此处？什么此处？你是不是说我这里污了你这样的贵人？

尚树蛋忙道歉：啊，不，不，我哪能这么想？小姐给了我这么个见面的机会，我感谢还唯恐不及呢，怎能说是污了我？你别误会，快去忙吧。

这时李师师又停住脚步，回头对尚树蛋说：我是要上坟去，今天是清明，你不记得吗？

尚树蛋说：啊，啊，记得，记得，敢问小姐，你是给谁上坟呢？是赵佶吗？

李师师一下子气得涨红了脸，愤愤地说：休要提他！他是我的什么人，我给他上的什么坟，我恨他，他毁了国家，也毁了我，还毁了我心爱的人周邦彦先生！我是给周先生上坟去，我们情深意笃，竟被可恶的赵佶给拆散了，周先生还因我获罪，我心里不安啊！我连累了周先生，我对不起他，怀念他！给他烧几张纸，表达一下思念之情吧，顺便踏踏青，改变一下心情。

这时樊楼前来了一乘轿子，有几个随员侍卫在一旁待命。李师师一身素装，头裹白色纱巾，衬托着那张白嫩的脸，更显柔美多姿。她被人扶上轿，回头向尚树蛋点点头，嫣然一笑，便放下轿帘，这时有人喊了声"起轿"，轿子便缓缓离去。

望着李师师的背影，尚树蛋仍觉丽影还在，香气袭人，不由得想：如此美人，谁能不爱？怨不得赵佶不爱江上爱美人呢！可惜的是赵佶这老小子太不珍惜祖业了，老祖宗费尽千辛万苦给他打下来的江山生生地被他败坏了，看来真是创业难，守业更难啊。

从一个宋史专家的角度他又想，研究者们对李师师太不公平了，硬说大宋王朝是败在李师师手里，说赵佶是因李师师而荒淫误国。这说法太不讲道理了。赵佶荒淫无度，不是李师师拉他下水，是赵佶找上门去，硬从别人手中把人家抢来的，而且还把人家的情人治了罪。如此说来，赵宋亡国与李师师何干？古有女人是祸水之说，这是一派胡言！强权男人占有女人，有了灾祸把责任都推到女人身上，自己倒脱了个干净，说是让女人这祸水闹的，这多无耻啊！

这样想着，尚树蛋不禁同情起李师师来，他朝着李师师的背影深鞠了一躬，大喊：师师小姐，你真不愧是绝代佳人！你不仅容貌美，也有气节，重情义，我敬重你！

李师师没回声，好像没听见。但尚树蛋仍余兴未尽地念叨着：师师小姐，世俗之见错怪了你，给你身上泼了污水，我要给你平反，还你一个清白，我要到处讲你的故事，要让人们知道一个真实的李师师，起码要让全尚庄人都知道！师师我向你保证，下一步我的宋史研究把你列为第一专题！对于那个赵佶，我半拉眼睛都看不起他！

尚树蛋越叨咕越来气，便恨恨地喊：赵佶，你给我过来！

赵佶应声而到，陪着小心说：先生，你喊我？

尚树蛋看到，赵佶神情紧张，在一旁恭立着，两只眼睛放着老鼠一样猥琐的光。

尚树蛋训斥道：赵佶，你还叫人吗，你这是人办的事吗？白让你披了一张人皮！可叹你的文武臣僚，虽然他们知道你的丑行，却没人敢谏阻你，甚至学着你的样子也到烟花柳巷去寻欢作乐，上行下效，上梁不正下梁歪，这话一点也不假，你不仅坏了你自身，而且坏了一代朝风，弄得君不君，臣不臣，国也不国了！

赵佶道：我知道我是有些放荡或荒唐，也有愧于李师师。但自古哪个君主不是整天在女人堆里？综观各朝各代，皇帝哪一个不是好色好淫，纵欲放情？这没什么了不起，也不必大惊小怪，孔夫子说："食色性也"，我身为一国之君，多幸几个女人又何碍大节？

尚树蛋道：你对那些淫乐之君不以为戒，反而欣赏备至，真是淫心太重！其实，你对声色犬马的贪恋并不比他们逊色。你的后宫也是美女如云，除了结发妻子王氏和郑皇后外，宠幸的还有大小刘贵妃及乔贵妃、韦贤妃等人。小刘贵妃不仅姿色超群，而且天资聪颖，心灵手巧，极得你宠爱。她会烧菜，会剪裁，善涂饰，被称为"韵妃"，即标致妇人。你与她朝夕相随，形影不离，小刘贵妃还被那个无耻道士林灵素称为"九华玉真安妃"下凡，还把她的画像供奉到神霄宫旁边。还请求道教最高管理机构册封你为教主道君皇帝，道教因此成为你们宋朝的国教，道士的地位扶摇直上，不断得到你的赏赐，还和官员一样拿俸禄。那个被你吹捧得神乎其神的林灵素有弟子两万余人，这些道士还蓄养妻妾，花天酒地，这成何体统？

赵佶道：有的道士是有些过分，王仔昔便因与宫女通奸被我处死了。

尚树蛋道：但更多的道士都是被你推崇有加，这主要因为你本人便是个穿黄袍的道士，是"册封"的"道君皇帝"。你一方面崇尚道学，另一方面又纵情声色，在道教的讲坛上你是衣冠楚楚的正人君子，在淫秽污浊的风月场上你又放荡不羁，狎妓买笑，出了道观进妓院，这才叫道貌岸然呢！

赵佶沮丧地道：我只觉得自己既是玉帝之子，又是万民之主，应该天上人间尽情享受一番，但上天没有保佑我，百姓也没有拥戴我，我被天抛弃了，也被百姓抛弃了。

68

这样的军队,哪来的战斗力?

尚树蛋道:赵佶!记得你有两句诗:"四方同奏升平曲,天下都无叹息声。"这是否是你试图要建造一个太平盛世的蓝图?

赵佶道:是这样的。我希望太祖开创的大宋王朝也像汉代"文景之治",唐代"贞观之治"、"开元盛世"那样的繁荣昌盛。

尚树蛋道:那么你是如何实现这一理想的呢?难道像你这样宠近奸臣、荒奢浪荡、醉心于声色犬马、大兴道教、装神弄鬼就可以实现太平盛世?以你之所为只能招致乱世,破坏太平!好了,先不说你如何贪恋女色、崇奉道教了,说说你是怎么败国的吧。对西夏,对辽金,你都是畏敌如虎,称得上是个常败将军!

赵佶道:先生说的未必属实。对西夏,经数次交战,连连取胜,迫使其奉表谢罪;对辽国,又经一番苦战,收复了燕云之地。

尚树蛋道:快不要夸大其词吧!这不过是你好大喜功之举,结果也不像你说得那么可喜可贺!与西夏交兵,你确实取得了一些战果,但你宋朝军队也损失惨重,而对国力的消耗更是难以弥补。收复燕京不过是一场掩人耳目的闹剧,与其说是胜利,莫如说是惨败;与其说是"光复",莫如说是"赎买"!我且问你，你是出于何种考虑要对西夏用兵的？

赵佶道：这是蔡京的主意，你可以问他。便喊了一声：蔡京！

蔡京前来向尚树蛋禀道：方才皇帝所言不虚，这事是我的主意。我说，现在民殷国富，府库中盈余的钱财不下五千万，足可支撑对外战争。我们的武备也很充实，将卒士气旺盛，应扬威四夷，使其从化圣政。皇帝陛下听了我的禀报，对我说，多年来，太平无事，祥瑞也屡现，对西夏用兵可振我国威，洗雪旧耻，所以便派童贯出兵西夏。

尚树蛋对赵佶道：如此看来，你对西夏用兵还是为了张扬你的"德政"，所以小胜之后你便祭祀天地，扬扬得意起来，并且不顾国力，不察敌情，又仓促地做出了攻辽的决定。

赵佶道：当时也确实是个好机会。辽国因长期奴役压榨女真部落，激起了女真人的愤怒，便在完颜部首领阿骨打的率领下起兵反辽。阿骨打接连打败辽兵，迅速壮大，于是称帝建元，建立金国。此后又攻下黄龙府、东京辽阳府，昔日不可一世的辽朝已濒临灭亡，岌岌可危。我朝自太祖以来，就屡屡受到辽国的侵扰，边鄙很不安宁，我想，完成太祖、太宗的未完事业正是时候。

尚树蛋道：这又是你好大喜功的心理所致。你总是宣扬自己的德政，不顾现实而歌舞升平，此时见金人已把辽国打得落花流水，旦夕之间即可灭掉，又想趁机建立功业炫耀你的声威。其实，即使辽国已衰弱不堪，金军并没有取得胜利的绝对把握，你只不过是心存侥幸罢了。

赵佶道：正因为想到对辽用兵不一定会像对西夏那样顺利，我才决定联合金国共同伐辽。我先派人以买马为名，从登州渡海到辽东，和金国共同商议伐辽事宜，并与金人定下了共同伐辽的盟约。双方约定：宋、金从两个方向同时向辽进攻，金攻取辽长城以北诸州县，宋攻取辽朝燕云地区，共同灭辽，任何一方不得单独接受辽的投降；灭辽后，长城以南诸州县归宋管辖，宋要把原来给辽的岁币每年如数交给金国，如果宋军出师失利，就不能按原约实行，即宋不能得到燕云十六州。

尚树蛋道：这就是你引以为得意的"海上之盟"吧，这盟约怎样实行的？

赵佶道：盟约签订后，金朝就对辽朝进攻了，接连攻陷了辽朝的中京大定府和西京大同府，辽朝天祚帝率辽兵逃入夹山。我朝调集精锐兵马准备向燕京进攻，但这时方腊举兵作乱，我只好让这支队伍南下去打方腊，等到平灭了方腊，才派童贯和蔡攸率兵十万向燕京进发。我当时以为辽朝灭亡在即，我朝兵马与已无士气的辽军作战还是不成问题的，谁知辽兵仍很顽强，竟然大败我军，我只好令童贯赶忙退回边境驻扎，保存实力。

尚树蛋道：你寄予厚望的童贯、蔡攸哪是会用兵之人？

童贯道：我们太低估了辽朝的力量，以为燕京不费吹灰之力即可攻下，所以没做好战斗准备，队伍也松松垮垮，不像进军的样子，没有战斗力。我还放纵士卒杀死方腊义军将士一百多万、平民二百万，而且，为了征集攻辽经费，借口财力困竭不足以应付军费开支，让全国的成年男子都要交"免夫钱"。就是不参加兵役的钱，平均每户都要交三串钱，一次就得到六千二百万岁币！有不少人家竟至卖儿卖女。因为军政太腐败，将领们只顾贪污克扣，吃喝玩乐，所以，战斗力很差。

赵佶道：所以我后来才派刘延庆为主将攻辽，增派兵马，有二十多万吧。当时在燕京自立为帝的耶律淳死了，辽朝的燕京小朝廷内部又互相争斗，我感到这又是一个好机会，不能错过。

尚树蛋道：你后来起用的这个刘延庆，也是一个腐败无能之辈！

赵佶道：先生说的对，这一次我又用错了人。这个刘延庆贪生怕死，他遇见辽兵，还没等交战就烧毁营盘辎重往回跑，辽兵乘胜追击，宋军将多年积存的大量军需品都丢给了辽兵，真是惨不忍睹！

尚树蛋道：所以说，你派兵攻辽是失败的。最终还是金兵攻下了燕京，占领了辽朝的关南地区，你后来得到的燕京不过是用重金从金朝人手中赎回来的。

赵佶道：这是因为金朝攻下燕京后没有如约归还给我朝，我怕在天下人面前丢面子，才派使臣到金人那里去赎城的。金人太贪婪，竟要我朝除了把原来给辽朝每年四十万岁币给金朝外，还要每年另交一百万岁币作为代税钱。

尚树蛋道：令人气愤的是，对这样苛刻的条件你也同意了。为了挽回面子，你竟不惜付出如此巨大的代价！但即便如此，金朝只答应把燕京及所属的六州二十四县交给宋朝。这本是一桩亏本买卖，你还高兴得了不得，飘飘然沉醉于"恢复燕云"的"胜利"之中，自欺欺人地庆贺一番，给童贯等人加官晋爵，你又文兴大发，令人作《复燕云碑》纪胜，为你歌功颂德，这是何其可笑？

赵佶道：尽管宋得燕京有"赎回"之嫌，但毕竟是洗雪了旧耻，这也算是实现了先王的夙愿吧。

69

废物！你可耻地选择了推卸和逃脱。

尚树蛋对燕京被赎回的事颇不以为然。他愤怒地对赵佶说：你知道吗，你用重金赎回的燕京是一座空城！金人在得到你所交纳的巨额军费后，就将燕京等地的财物洗劫一空，又将大批老百姓掠走去金国当奴隶，你们得到的不过是几处废墟，你还自以为捡了个大便宜！听说你在喝庆功酒时还忘乎所以，喝得烂醉如泥，第二天都不能上朝。你又落实关于"能复燕京之境者封王"的承诺，让那些腐败无能的官员们又纷纷被提升。在被你豁然大度地加官晋爵中还有个辽朝降将叫郭药师的，你赐给他甲第、姬妾，还在迎春殿单独接见了他；还有个叫张觉的降金辽将，后来投降了宋朝。就是张觉和郭药师这两个降将给你惹了大麻烦！你先听听张觉是怎么说的？

张觉不知什么时候悄悄地站到了赵佶身后，他探着头奸笑道：我当时降宋不过是缓兵之计，我哪会投降软弱的宋朝？我朝对宋朝早有觊觎之心。就是在我们占领燕京之后也没想到把燕云地区归还给宋朝，一是因为我朝后方还不很巩固，拿不出很多兵力来防守关南地区；二是有重金的诱惑。当我们安顿好后，反扑过来，再取燕京乃至宋朝全境并没有什么奇怪的。庆幸的是宋朝疏于戒备，所以我军很轻易地就夺回了燕京城，然后又分兵东西两路，东路攻燕京，西路攻太原，直扑汴京，军队士气旺盛，势不可当！

这个张觉说得很得意，一副旁若无人的样子。

尚树蛋很气愤，怒斥道：张觉，你一个降将还有什么牛的，给我老老实实地一边待着去！

张觉不吭声了，低头垂首，侍立一旁。

尚树蛋又问赵佶：你和朝廷面对如此危局是怎样应对的？

赵佶道：当时，满朝文武都人心惶惶，我本人也有一种末日降临的危机之感，因为我深知以宋朝的国力、兵力是很难与金人匹敌的。

尚树蛋怒道：懦夫！昏君！一个毫无战斗力的朝廷！你说的不错，宋王朝因武备甚差，军队不堪一击。守卫燕京的是那个被你厚赏的降将郭药师。这就更是错上加错了。

赵佶道：当初我觉得他忠心可嘉，还解下自己的珠袍连同两只金盆给了他，贵戚大臣还轮番设宴招待他，但他根本没把宋王朝的安危放在心上，派他镇守燕京后根本不做防御准备，燕京成了无守之城，随时有被攻破的危险。

郭药师道：这时候张觉的被金军打败了，逃到燕京，金朝前来要人，皇上就令人杀死了张觉，把张觉头装在匣子里连同他的两个儿子献给了金人。这样一来，我就吓慌了，生怕自己也像张觉那样被砍了头送给金军，便在金军攻下了檀州、蓟州后叛归了金朝，使金军不战而得到燕京。此后，金军又以我为前锋，大举南下。只是金朝的西路军在太原城下被阻，这主要是因为宋朝军民的顽强抵抗。但汴京的陷落已为期不远了。

赵佶道：我当时手足无措，不知如何是好。急报不断传来，形势万分危急，金兵已越中山南下，不久就可进抵汴京了，这时我更坐不住了，便草拟了一个"罪己诏"，大意是说自己不纳直言，不善用人，政事荒废才导致国困民乏、军队无力，并诚恳求谏，请郡县率兵勤王。

尚树蛋道：你的"罪己诏"确实是冠冕堂皇，但你并不敢组织军民抗金。

废物！（情急之下，他选择了一个尚庄人常用的骂人的词。）国难当头，你可耻地选择了推卸和逃脱。你把这一重大责任推给了你儿子，仓皇传位给赵桓，想让他抵抗金兵，你自己却以教主道君的名义，退处二十五年前的故居龙德宫，待机逃跑。

赵佶道：这也是不得已而为之。我儿赵桓正值青春年华，可担重任，而我已老矣，心力交瘁，我想或许他能有望撑起这危局。

尚树蛋道：休要遮掩了，你的本意就是一走了之，因为你已被金兵吓破了胆，再也不敢在京师待下去了。你躲在龙德宫中仍是惶惶不可终日，在听说金兵已渡过黄河时便像热锅上的蚂蚁，急不可耐地逃离京城。

赵佶道：我退位后，大臣们纷纷请求太子赵桓即位，我一见新主已立，正巧有的大臣请我去亳州烧香，我便离开了。

尚树蛋道：这又是一个借口。其实你是怕给天下人留下一个畏敌避祸的坏名声，又把责任推给大臣。想想你准备"禅让"时的情景吧：肢体偏瘫，无法站立，语无伦次，颠三倒四，连写退位诏书时都谎说右手已不听使唤，是用左手写的。这纯粹是让金兵吓的！你躲进龙德宫也是权宜之计，根本不想在那里久住，你在龙德宫每天都在考虑如何逃跑，连正月初一日新皇帝携百官向你拜年朝贺时你都是敷衍应付。接着，你就迫不及待地狼狈出逃了。当然，你有一个掩人耳目的理由：你得了偏瘫病，须请太清仙圣保佑和治疗，大臣们争相请你去太清宫进香。

赵佶道：确实是大臣们力主为之。

尚树蛋道：是蔡攸等人吧！他是与金兵交过战的，同样是患有"恐金症"，你们都是一群胆小鬼。那天你是怎样逃走的，让蔡攸来说！

蔡攸胆战心惊地前来，老老实实地禀道：我们是深更半夜逃离的。大约是二更时分，出通津门上的船，顺汴河驶向东南。当时确实是太仓促了，连晚饭都没有吃，随从的只有我和几个内侍。那时正逢汴河枯水，船走得很慢，因怕误事,就弃船登岸,不知走了多久,因又累又饿,便到一农家简单吃了点东西,稍事休息,又接着赶路。到汴河边见泊有一条农户搬砖瓦的船,又乘上去,催促船老大快开。又不知走了多久,天亮了,见已到了南京应云府,又弃舟登岸,买了几匹驴骡骑着继续向南,到了符离才乘上官船,一直到泗州才算是松了口气。这时童贯、高俅带着几千人马赶到了,我们的心里才踏实了。

童贯接上来说:我带领的"胜捷军"护卫皇帝陛下前往扬州,高俅率领三千禁军留泗州断后。我们是十五日到达镇江的,住在镇江府衙。因我们走得太快,太皇太后和皇子皇女们都落在后边,是后来才赶上来的。

尚树蛋道:这真是一幅惟妙惟肖的南逃图啊!我想,你写的那首《临江仙》恰好可以题在这幅图上,堪称"书画皆佳":"过水穿山前去也,吟诗约句千余。淮波寒流重雨疏疏,烟笼滩上鹭,人买就船鱼。古寺幽房权且住,夜深宿在僧居。梦魂惊起转嗟吁,愁牵心上虑,和泪写回书。"

赵佶道:此词泣血,休要提也!

尚树蛋道:你在镇江住了多久?

赵佶道:两个多月吧。当时本打算除了道教教门之事外其余一律不管,但随从我南下的大臣们都劝我不应闲居。恰好二月初金兵从汴京城下撤退了,我儿赵桓接连派人请我回京,我才决定回去。因当时我儿已正式即位为钦宗皇帝,改年号靖康,一国不能二主,我回去有干政之嫌,便发布了一道诰命,表示今后只想甘心守道,乐处闲寂,为的是让新帝放心。

尚树蛋道:你可知道你南逃镇江的这两个月,汴京军民经历了怎样一段艰难的时日!他们和金军又进行了一场多么残酷而悲壮的厮杀?

赵佶摇了摇头。

尚树蛋说:你就知道南逃,南逃,地道的胆小鬼!

70

身后传来马蹄声。

  赵佶的怯懦庸腐,使尚树蛋很是不齿,不屑于听赵佶讲话,甚至不屑于看赵佶,下意识地把头转向一旁。汴河上百舸争流的繁忙景象已经远去,尚树蛋发觉自己已出城外,眼前的景象已渐荒凉起来。尚树蛋回头看时,不觉对已经远去的繁华有些留恋,也为自己能够逛遍汴梁城很是自豪。他琢磨着等回到尚庄一定跟尚庄的哥儿们摆列摆列,也叫他们长长见识,叫他们知道,他尚树蛋不是一般人。

  尚树蛋正自思索着,身后忽然传来一阵马蹄声。他看到,骑马人是个英俊的军人,眉宇间洋溢着勇武和刚毅。尚树蛋同时发现,胡宫正敬重地拱手恭立一旁,骑马人向他点了点头,翻身下马,拱了拱手。

  胡宫道:将军出城啊,怎没带随员?

  那人道:上坟去,给为国捐躯的军民上坟去!那些无名烈士令人敬重,他们的血留在汴梁城,他们不屈的身躯埋在汴梁城外,得去给烧点纸啊!

  胡宫道:义气,义气啊!又介绍道:这位是尚树蛋先生,我的朋友!

  不知为什么,胡宫没提皇帝请来的客人,尚树蛋知道,肯定是不愿使那人不快,便琢磨着,这人肯定是皇帝不得意的人,或者是不得意皇帝的人,于是对他的身份便猜出八九分。他猜到了李纲，一个让金人愤恨，让皇帝不满，让人民热爱的大英雄。恰好这时胡宫开口对他说：尚树蛋，你不是崇拜英雄吗，咱这一路光看到腐败和昏庸了，这位就是著名的抗金英雄李纲！

尚树蛋惊喜道：还让我猜对了，真是李纲啊！幸会幸会！

李纲道：先生过奖了，在下不过是做了一点大宋朝臣应该做的一点小事而已。

尚树蛋道：先生是过谦了，打退金军，保卫了汴梁城还是小事吗？大事，是该大书特书的大事！你奋勇抗金的事我上小学时就看过这样的小人书，小人书上画的你身披铠甲，一身豪气，我们都对你很崇拜，你比那些尸位素餐贪生怕死的文臣武将们强多了。大敌当前，你是一个顶天立地的伟丈夫，而那些畏敌如虎的朝臣们不过是一个个猥琐小人，他们根本不值一提。李纲你太伟大了，我代表尚庄百姓向你致敬！

李纲一愣：什么，尚庄？哪府哪道，我怎么没听说过？

尚树蛋道：这都无关紧要，我们是两个世界的人，没必要和你细说，你也没必要了解，你只知道咱俩现在是在同一个时空里对话就行了，我是你的崇拜者，这就够了。我也是爱国的，以国家的利益为重，我们小时候接受过这样的教育：把保卫祖国当作神圣的职责，时刻准备为祖国献身。我不敢说我自己是了不起的爱国者，但我对你这样的爱国者是心存敬意的，所以我对你如何组织抗金的事很感兴趣，你可以和我讲讲吗？

李纲道：我也觉得我们之间有话可说。在我们宋朝，连像你这样的同道也太少了。我在抗金上战绩平平，不值得夸耀，我就说说当时的情况吧！金兵入侵我朝时气势汹汹，长驱直入，兵锋直抵汴京城下，朝廷人心惶惶，一片混乱，钦宗皇帝及宰相白时中、李邦竟准备割地赔款，屈辱求和，逃离京城，苟且偷安。我当时任太常少卿，无调兵抗金之权，但为国家计，我还是上书皇帝，希望皇帝陛下别离开汴京，应采取进取之策，顶住敌人的入侵，和汴京军民一起站到抗金第一线。

尚树蛋道：你这个人在朝中的地位不是很高，赵佶赵桓父子也许不大认可你，或许会厌恶你，因为你曾因上疏指摘朝政过失，所以被一贬再贬，金军兵临城下时，你刚刚被召回。你是在说服了钦宗赵桓后才被任命为兵部尚书、尚书右丞，留守京师，全面负责京师防务的。

李纲道：是啊，我临危受命时正值抗金关键时刻。当务之急是准备防守。我在京师四周都布置了强大兵力，布置好各种防卫武器，还派出一支精兵到城外保护粮仓，防备敌人偷袭。金军用几十条火船从汴河上游顺流而下，准备强渡护城河，火攻直泽门，我招募敢死队兵士两千人，在城下列队防守。金军到达汴京西北郊的牟驼岗，企图包围汴京。夜晚，敌军乘船沿汴河而下，进攻西水门，我率领两千士兵誓死守城，我们用长钩子将金军大船拖上岸，在河中间设置木杈子阻止敌船，还从蔡京的花园里搬来石头堵塞西水门的水道，使敌船不能前行。

尚树蛋赞道：这一回蔡京家的石头也算派上了用场，你做得对，做得解气！应该把他的豪宅扒了用来堵水门道！

李纲道：奸臣们搜刮百姓时张牙舞爪，在强敌面前就没影了。我亲率将士用长钩子钩住敌船，使它无法靠近城墙，又派兵士从城墙上用石块向敌船投砸，那景象太可观了，无数大大小小的石块像冰雹似的砸下来，敌船被砸的船体破碎，稀里哗啦，不多时就变成一堆碎木，金军则吱哇乱叫地落入水中，狼狈不堪。我又派壮士出城与敌拼杀，经过一夜激战，才将攻城的金兵击退。次日晨，金军同时进攻酸枣门、卫州门、封丘门和陈桥门，我率兵到达酸枣门时金军已越过护城河，在用云梯攻城，我们用手炮、檑木消灭了靠近城墙的敌兵，用神臂弓对付稍远些的敌兵，对更远的敌兵则使用床子弩和坐炮还击。我们还出奇兵烧掉了敌人的云梯，射手们万箭齐发射杀敌人，挫败了金军攻城的企图。

尚树蛋赞道：李将军真英雄！

李纲道：唉，自古英雄难成全啊。东京保卫战胜利后，我的劫难也就来了。

胡宫说：说起来也真是可气。金军见汴梁城难以强攻，就施行诱降之计，向宋廷提出所谓议和条件，李纲坚决反对向金军割地求和，被钦宗皇帝罢官，只是因为汴梁百姓愤怒示威，钦宗才收回成命，再次起用李将军。金兵撤离后，李将军就遭到了朝廷投降派的排斥和诬陷，捏造罪名说他专主抗战，丧师费财，一贬再贬，一代名将就这样被朝廷抛弃了，真是太不公平了，太可惜了！

尚树蛋接着说：赵佶赵桓父子自毁长城啊，李将军被贬，汴梁保卫战的胜利被葬送了，大宋的最后一道屏障被毁了！皇帝只顾屈辱求和，忠奸不辨，是非何在，公理何在啊？

李纲道：你又来了，我说过我不是什么英雄，我只是抗金的一员。现在看来，金军也没什么了不起的，打仗也不只是军人的事。无论军民，敢于参战，定能胜敌。当然，死伤是不可避免的，首先得不怕死，我们是经过一番死战才打退了金兵的，死伤也较大，但不管怎么说，汴梁保卫战总算是为国家做了一点贡献吧。

赵佶突然凑上来说：可歌可泣，令我感动。这情况我本不知，听你们聊我才知道。李纲英雄太可敬了，可惜满朝文武中像李纲这样的官员太少了！

尚树蛋道：这都是你宠信奸佞、排斥贤良的结果！遗憾的是，李纲抗金未能坚持下去，最后落了个功亏一篑的结果！

李纲道：说起来真是痛心。当时，钦宗皇帝一心想与金朝议和，唯恐我们坚持抗金会把事情闹大，得罪金人，所以他下令把我罢免了。与此同时又答应了金人苛刻的议和要求，搜刮全城金银犒劳金军，以求屈辱的议和。但即便如此，金军也没有撤退，后来只是因为汴京军民数万人到皇宫示威请命，并杀死十几名宦官，钦宗皇帝才重新起用了我，主持京城四壁防御。这时，各路勤王兵也继续赶到，金军唯恐孤军难以攻下汴京，这才撤离汴京北归了。

赵佶道：汴京之所以又得暂安，全赖军民一心，同仇敌忾。回到汴京后我仍然住在龙德宫，大约住了四个月。这一段时间心情很不好，孤单得很。蔡京、童贯等几个近臣都被贬、被杀了，贴身内侍被赶走了，行动也不方便了，像是处处受到监视，我怀疑有人在离间我父子的关系。不久，金朝又发兵南下了。他们借口我大宋没有如约割让太原、河间、中山三镇。这一次来势凶猛，而这几个月我朝放松了防范，以为金朝不会再来，所以抵抗很是无力。

尚树蛋道：岂止是无力，金军简直是长驱直入！你还有勇气称大宋？在金军眼里，你们大宋简直是微不足道。金军分东西两路南下，渡过了黄河，并展开了对汴京的合围夹攻。这事正逢天降大雪，守城士兵被冻得拿不住弓箭，而城外金军已习惯了这种天气，两军鏖战半月，金军遇到汴梁军民的顽强抵抗，他们把你们皇家园林"艮岳"的奇石和假山砸碎，把树木锯掉当滚木礌石，还击敌人的进攻。这些奇石异木都是你从全国各地搜集来的啊，这回算派上用场了，你觉得可惜吗？

赵佶道：啊……啊……能不可惜吗？只是没办法呀……

尚树蛋道：你应该感谢汴梁军民，他们是好样的，他们的顽强抵抗打退了金军的多次进攻，但是，天降大雪，足足下了20多天，护城河也冻结了，已经不能"护城"，守城军民忍受不了这严寒，有的甚至被冻死了，耐严寒的金军却喜出望外，加紧攻城，汴梁危在旦夕。

赵佶道：得知这个情况，我的心冷了。汴京完了，大宋完了。

一根藤上两个歪瓜。

尚树蛋道：你儿子赵桓也是这样想的，所以他没有组织认真的抵抗。他甚至企图借助鬼神吓退敌军。说起来真是可笑，他听信了道士宰相郭京的话，组织了一支由 7717 名市井无赖组成的所谓"六甲神兵"，说是施加法术后就可以吓退金军。这支"军队"驱散了京城守军，打开城门列队出发，挺威武的样子。但金军并未被这支可笑的队伍吓退，反而还以痛击，"六甲神兵"顷刻间就七零八散，化为乌有，金军昂首挺胸地登上汴梁城头。赵桓知道这个消息失声痛哭，悔恨不该赶走李纲，但为时已晚。

赵佶道：我后来才知道，当时金人并没有着急进城，而是派使者到城中要求和我和谈，提出索要财物的苛刻要求。我当时不在汴梁，以后的事都是我儿做主的。

尚树蛋道：又开始推脱了，你自己推脱了个干净。你儿像你，你们父子是一根藤上的两个歪瓜。赵桓放弃了抵抗，带着几个大臣来到金军大营，向金人呈上了降表，但贪得无厌的金人又提出了比以前还苛刻许多的要求。赵桓身在金营，只能任人宰割，对金人要求全部满足，拿出了自己的"看家本领"，用缴纳大批金银布帛结束了这次"和谈"，被放回宋廷。为了避免东京军民再惹怒金人，收缴了军队和私人的全部武器军械，恭敬地送到金营。把近万匹马也交了，甚至连你们的"御马"也交了，这才叫彻底缴枪啊。接着就是筹集金银，一个多月也没筹够金人要求的数量，等不及的金军又把赵桓招到金营，声称要把赵桓当人质，知道筹够金银才能放回。被囚的赵桓像笼中之鸟，面对金人的无休止索取，百依百顺，人家要什么给什么，要多少给筹集多少，竟然下诏要求宗室、内侍、倡优等人把自己家的私藏金银都拿出来救国，直到从国家到私人都倾其所有，史书上说，北宋二百年府库积蓄都为之一空，真惨啊！金人以大金皇帝的名义下诏将你父子贬为庶人，另立异姓为王，你们父子二人双双成了亡国之君，成了父子囚徒。翻检历史，这种情况我还第一次看到，你俩创纪录了，应该给你们记一笔！

赵佶一阵唉声叹气。

尚树蛋问：面对如此惨局，你作何感慨？

赵佶道：还能有什么感慨？祖宗基业败在了我们的手上。大宋二百年的江山毁于一旦！我当时真是肝肠寸断！我想到了死，但当时侍卫们阻止了我。唉，当时真不如一死了之，免得落入金人之手，成了囚徒，受尽凌辱，活不如死！

尚树蛋道：赵佶，你敢去死吗？你这样的贪生怕死之辈是根本不敢选择自杀的，若真的以身殉国了或许还能有个较光彩些的结局，但你最后还是作为囚徒被押往北方，你又苟且偷生了八年！

赵佶道：唉，汴京城破，损失太大了。金军进城后把九十二个府库中一百七十年来积攒的金银宝物全部查封了，又要去了皇帝宝玺、仪仗、天下州府图籍、乐器、祭器和各种珍宝古器，掠走了百工、技艺、妇女、内侍、医卜、后妃、亲王等，接着又将我父子及皇亲国戚、百官大臣及大批财物一起押运北上。我清楚地记得，那天天没亮就出城了。先到了燕京，后被押到大定府。这几个月的行程真是太漫长了，太悲惨了，挨饿受冻，经风沐雨，还得受人训斥，我兄弟燕王赵俣就是被活活饿死的！我儿赵桓一路走一路哭，失魂落魄，令人叹惋。我们被押到金国都城会宁府时，金人让我们穿着素衣拜见了阿骨打庙，又在乾元殿拜见了金太宗，不久就把我和我儿赵桓等九百余人赶到韩州五国城。金朝给了我们十五顷荒地，让我们自耕自食。唉，没想到我堂堂的大宋皇帝竟落到如此地步！

尚树蛋道：我听说金人还赐给了你一个封号，叫"昏德公"，这封号太恰如其分了。昏德君，昏庸无德也。你儿子赵桓也有封号，叫"昏德侯"，你爷俩真是昏在一起了。那五国城原来是有居民的，金人把他们迁走了，所以这五国城就成了一座败宋之城。你们在这里过着屈辱的囚徒生活，真不知道是什么滋味！

赵佶道：北行之苦，泪下之痛，实不堪言！天遥地远，万水千山，离恨重重！闲院落凄凉，日断无雁飞！．

尚树蛋道：唉，我可怜的词人！我知道，这期间你写了些诗词，从这里可以想见你的凄凉处境、愁苦心情，但落花流水春去也，逝者不可追！你是过了八年囚徒生活后死去的，活了五十四岁。你葬身在异乡的荒冢上，几年后才从金朝将棺材运回临安。你没有和你的先王们一起葬在嵩山北麓与洛河间的七帝八陵，而是葬在了今浙江绍兴的南宋陵区内。如今，你的永佑陵远远看去只是一个荒丘，丘前树木稀疏，陵前建筑及石刻荡然无存。你生前纸醉金迷，死后一片荒凉。没有人凭吊你，更没有人祭奠你，人们只记得你的昏庸，记得你的耻辱，以及你留给后人的教训和鉴戒。你的儿子赵桓后来在金国被马踩死，终年六十二岁，没人知道埋在哪里，也可能被野狗吃了。你们父子二人落得如此下场，真是太可悲了！

赵佶道：我欲哭无泪。还是那句话：我是本该成为诗人或书画家的，误登皇位，误国亡身，其恨何极啊！

他跪在地上，重重地磕了三个响头。

对于赵佶的忏悔，尚树蛋毫无同情之心，他恨恨地骂道：活该！

继而又觉不解恨，又大声吼道：你们这帮王国君臣，我该怎么说你们？堂堂一个中原大国，本该接受万国来朝，岁岁朝贡，俯首于你的脚下，听从你大国国君的号令，可你们不知自强自重，贪奢淫逸，结果不仅害了自身，国家也让你们给败了。你们大宋朝的始皇帝赵匡胤重文轻武，主张强干弱枝，这主意在当时还是有点可取，后来便渐渐走上极端，轻武变成了废武，军事力量越来越差，失去了保卫国家的能力，听任外敌欺辱，在外敌进攻面前，除了割地就是赔款，以金钱和屈辱换和平，你们简直丢尽了中国人的面子！你们号称强大，却连个小小的西夏都应付不了，对于辽国、金国更是无可奈何，最终还是被人家灭了，两个皇帝当了俘虏，做了人家的奴隶，这在历史上有过吗？你们真是创下吉尼斯世界纪录了！更可悲的是你们这两个父子皇帝都客死他乡，你儿子连个坟墓都找不到了，你们的后人也无法祭祀了，这不是你们老赵家的莫大悲哀吗？可叹啊，可气啊，你们堂堂的大宋君臣，连我们尚庄小民都赶不上，干脆撒泡尿浸死得了！你们对外是个丢人现眼的窝囊废，对内则是一个地地道道的昏君庸主！你们恣情享乐，无所不用其极；你们贪污腐化，耗尽百姓膏血；

你们贪得无厌，巧取豪夺，不顾百姓死活，在你们权力的宝座下，是无数百姓的尸骨！你们上怒于天，下怒于地，你们合该受到天谴，更合该受到人惩，你们将永世不得翻身！

尚树蛋正骂得起劲，一个声音说：尚先生你不要再骂了，你看看那有个人影？

尚树蛋一看，可不是，眼前只是汴梁城外景物，行人不多，大都是上坟踏青的人们，根本没有赵佶君臣的踪影，于是便有些自责：这是骂谁呢，骂空气吗？等有时间把他们都召集在一起再跟他们算账！

胡宫现身在尚树蛋身后，说：行了，你训也训了，骂也骂了，解气了，也威风了，满朝君臣都让你骂遍了，你好厉害呀！

尚树蛋回头看，是胡宫。

尚树蛋说：胡先生现身了，好亲切啊！多时不见，真有点想你！

胡宫道：实话告诉你吧，这段时间我之所以选择了隐身，是因为我不屑于看见这般君臣。因为我就是这一朝的宫里人！我亲眼看到，在外敌入侵面前，满朝文武都畏敌如虎，不是准备迎战，而是准备逃跑，纷纷慌忙保命。我人微言轻，没资格说话，空有一腔热情也无法释放，只能把话藏在心里。我不愿随宫室南逃，更不愿随金人北去当亡国奴，就选择了自尽，抱着块大石头跳进了汴河。尚树蛋啊，我恨啊，我恨朝廷太无能，恨朝廷太腐败！可叹我泱泱大国，亿万军民，竟被一个小小的金国打败，真是岂有此理，辱没祖宗啊！愧为华夏子孙啊！这么多年来，在阴界我一直是个孤魂，我看不起那些令我不耻的游魂野鬼，不愿与他们为伍，我恨不得都让他们下九层地狱！但我这番心思无法与人交流，心里很是苦闷。直到听说了尚庄有个宋史专家不错，便想见一见你。于是，我假称皇帝召你，把你带来汴梁，与你游了一程。现在看来，你还真不错，是个知音！

尚树蛋说：我太感谢你了胡宫，你叫我认识了北宋王朝几乎所有的君王臣僚，文人名士，和他们进行了多方面的交谈，使我对宋史有了更多的理解，我这个宋史专家更名副其实了，我在尚庄更有吹的了。从今后我可以理直气壮地说，我不仅学过了宋史，而且看到了赵宋王朝由盛而衰的全过程，看到了它何以盛，何以衰，以及其施政方略的得失。特别是对这几任帝王，有了更深入的认识。他们是大宋王朝的引领者，也是大宋王朝的破坏者，他们建立了大宋王朝，也毁灭了大宋王朝；他们拥有了财富和繁荣，也败坏了财富和繁荣。他们曾充当了上一个王朝的掘墓人，又充当了自己的掘墓人。老胡你是宋宫人，你经历的比我多，看的比我透，你是我的老师，你与我一路同行，教给了我很多。我虽然号称宋史专家，但比你这个真正的专家差多了。你就生活在宋史之中，宋史就在你身边翻过，你和宋史中人同行，亲眼见到了他们的喜怒哀乐，是非忠奸，起落沉浮。你是他们的见证人，是北宋王朝兴衰的见证人，你最有资格讲说宋史，最有资格讲评诸色人等的功过，我心服口服地拜你为师，甘愿对你三拜九叩行师长之礼。说着，就跪在地上，重重地磕了三个响头。

胡宫赶忙搀起尚树蛋，受宠若惊地说：不敢当，实在是不敢当，你是尚庄的大人物，我一个宫中下人，哪敢受你大礼，更哪敢当你的老师？先生折煞我也！

尚树蛋道：胡宫你太谦虚了，我说自己是宋史专家，其实哪有的事？谁也没封我，我也没经过任何职称考试，职称评定委员会没评我，大学里的宋史教授们更不认我，我一无专家头衔，二无专家的真本事，对宋史只不过是道听途说一知半解，只不过是像井底的蛤蟆，看到的只是井口那么大一块天，我在你面前的吹嘘忽悠，纯粹是自己给自己壮胆，是怕你笑话。吹吹呼呼的人都是没啥能耐的人，他们对自己的吹嘘显摆，不过是掩饰内心的虚弱。对这一点，我相信你比我清楚。至于跟你们宋朝人说的那些话，我都是信口说来，反正他们不敢跟我对抗，甚至连半个不字都不敢说，因为你给了我这个权力，你给我亮出的身份是皇帝请来的客人，这个名头大得很，谁敢对皇帝的客人不尊？也正是因为有了这个身份，我才不管什么帝王将相，一律是毫不客气，直言不讳，训斥自如，想说什么就说什么。这实在是太痛快了，我长这么大也没这么痛快过！不瞒您说（此处第一次用"您"，为什么要这样称呼，尚树蛋自己也不知道），我在尚庄其实没什么地位，而且，因为我是个光棍儿，家里又很平常，没多少人看得起我，但我爱看书，非常入迷，动不动就给人家讲宋史，人们就说我有学问。尚庄老农根本不懂宋史，只是听过京戏，知道有狸猫换太子、打龙袍之类的包公故事，但究竟是怎么回事，他们也不清楚，所以，我给他们讲宋史时，他们都说我是呆呆痴痴的，真无知啊！可怕的无知！奇怪的是无知者竟自以为聪明，真正有学问的人却被误认为痴呆！连孔老夫子那么个大学问家都说三人行必有我师，一个尚庄老农有什么牛的？我不跟他们一样就是了，有气就忍着，君子不跟小人置气。说起来真的应该感谢你，这一路，你让我痛痛快快地把多少年的气都出了！是你让我体验了一把当人上人的滋味。爽，真爽！美，实在是太美了！

　　胡宫道：算咱俩有缘，认识你我也很幸运，但现在我要去纸马店买点纸马冥币之类，我得去给我敬重的几个人上上坟，烧点纸。虽然有很多宋人被我看不起，但也有几个我敬重的人，太祖皇帝开创了大宋基业，堪称有为之君；神宗皇帝力行变法，也革除了一些社会积弊；还有王安石、范仲淹、寇准等名臣，杨家将诸将，苏轼父子、欧阳修、司马光等文人，都是我所敬重的，我得给他们烧几张纸去，免得他们觉得孤独。还有靖康之难时英勇殉国和愤然自尽的人，他们是普通人，但是有气节的人，是高尚的人。他们虽然史上无名，但他们的忠勇事迹长存。像汴京保卫战死难的军民，像我一样宁死不受辱的人们，很多很多。这些人不会有多少人记起，但我不会忘记。今天是清明，是上坟的日子，汴梁已成习俗，你没见这一路那些卖纸人、纸马、纸扎楼阁和冥钱的铺子吗，没见那些拿着这些东西的行人吗，他们都是上坟去的。我也要加入他们的队伍了，到郊外给这些人上上坟。你先继续前行吧，前面会有你们尚庄凤来公司的人在等着你!

尚树蛋连声说谢谢,你这么够意思,我深深地感谢你!

说话间,胡宫没有了踪影,尚树蛋正觉茫然,几个熟悉的声音从身后传来:树蛋,树蛋哥——

73

要不我说你能当干部呢，你重民心啊！

尚树蛋定睛一看，原来是凤来公司的员工们。尚树蛋也热情地和他们打招呼：你们这是到哪去呀，还成群结队的。

小冒儿说：尚总还没跟你汇报呢，不是到清明节了吗，员工们说咱也学学汴梁城的时尚，到郊外踏踏青，玩一玩，换换心情。我觉得这一出去就得一天，所以开了个中层以上的干部会，大家研究了一下，充分发表意见，当时没惊动你是因为我们知道你忙，不便打搅你。会上大家发表意见很充分，大多数意见是：清明节了，大家忙活了这么长时间，挺辛苦的，到郊外玩玩，散散心，缓解一下疲劳，以利再战。再说，清明踏青是汴梁人的时俗，咱在尚庄待久了，有的除了尚庄哪都没去过，现在进城了，也时尚一把，省得叫人家说是土老帽儿。于是就这么定了，我们商量放一天假，全体出动到汴梁郊外痛痛快快地玩一天。本来我想出城后就打电话给你，咱到郊外集合，没想到在这遇见了。

尚树蛋道：小冒儿你还有点头脑，挺会迎合员工的心，当官的都得有这个素质，连皇帝都要以民为本，善于体谅民意呢，告诉你吧，我在汴梁城见到了不少皇帝，这么说吧，北宋的皇帝我都见到了，从赵匡胤到赵佶、赵桓，我都见到了，在和他们的交谈中，我深深体会到得民心者得天下这个道理，民心向背决定了治国的成败。赵匡胤就会得民心，收了那些不放心的大臣们的权力，他们还没意见，乐呵呵地把权交了。为什么？是因为赵匡胤用小恩小惠把他们哄欢喜了。那个赵佶就适得其反，他只顾自己享乐，不顾百姓死活，为了搜求他所喜欢的太湖石之类，不知搞得多少人家倾家荡产，家破人亡，终于导致百姓造反，爆发了方腊起义。民心呀，这是重中之重，绝不可小视。小冒儿要不我说你能当干部呢，你重民心啊！

尚树蛋讲了这么多，但他发觉小冒儿好像没听懂，怔怔的样子。于是尚树蛋又进一步解释道：民心是什么你大概现在还理解不了，我这一番话你可能越听越糊涂，因为你不懂宋史，不知道赵匡胤、赵佶是何许人，不过这没关系。民你知道吧，民就是老百姓嘛，民心就是老百姓的心嘛，他们想什么，关心什么，喜欢什么，不喜欢什么这就是民心嘛！从大的方面说是全国人民的心，从小的方面说就是咱尚庄人的心，咱凤来公司员工心，小冒儿你顺乎了咱凤来公司的员工的心，就是抓住了这重中之重嘛！所以，我说你做得对，非常好！

小冒儿说：树蛋哥你夸奖了，我做的还很不够。尚树蛋说：你知道谦虚，知道不满足，这很好，学而后知不足嘛，知足者常乐嘛（这话刚出口，他觉得有些不大对劲，好在小冒儿并没听清，于是赶忙改换话题），说，好了，说说你们想怎么活动吧？

小冒儿说：我们初步设想就是仿照汴梁人的习俗。汴梁人过清明节踏青是在汴梁郊外，大多在东郊，三五好友，亲朋家人，在郊外草地上悠闲散步，有些文人墨客还会同一些青楼女子，歌舞吟咏，嬉闹唱酬。一般百姓或携妻儿仆，在草地上欢聚，再带些吃的喝的，在地上铺上一块布，食物放在上面进行野餐。据说，这一天，东郊的荒野上几乎成了闹市，人们聚在刚刚返青的树下，摆上杯盘，互相劝酬，都城里来的歌儿舞女，遍布园亭，傍晚才回去，回去时还不忘带点东西做纪念。有的折几根杨柳枝条，插在帽檐或车棚上，有的爱美的女子，则摘几朵野花，戴在发髻上，把田野里的清新芳香带回家中，留作纪念这一日游。

尚树蛋道：看来清明踏青主要是在初春的野外进行野餐，借着田野的芳香吃点东西，欢乐欢乐，这很有意思。有意思的不是初春的原野，而是吃点东西。特别是咱凤来公司的员工们，在尚庄每天都在田野里干活，田野对咱不新鲜，不像城里人总在屋子里待着，对野外有好奇感，我们好什么奇，野餐倒是有些新奇。咱在尚庄，谁把东西拿到野地里吃去？既然大家看重的是野餐，咱就得好好准备点吃的。汴梁人都带什么吃的？

小冒儿说：为了这件事我们也进行了一番调查，据说他们带的吃的有炊饼、水果、鸭蛋、鸡雏还有一种叫黄胖的小饼，等等。他们还带着游戏用具，供玩乐用。我们斟酌了一下，我们的优势是凤来卤煮鸡，多带几只，再买几坛酒，叫员工们喝个够。其他的东西我们按大家的喜好也买了一些，但没买炊饼，那东西就是和我们自家的烙饼差不多，只不过叫的名不一样罢了。大家的一致意见是带点自己做的馒头。正好山药在尚庄做过馒头，还向咱村馒头专业户馒头三学过俩月，得到过馒头三的真传，所以他就自告奋勇和他媳妇丑妮儿一起连夜蒸了一大锅馒头，足够吃了。二肥拿出他做熏肉的手艺，做了好多熏肉，到时候熏肉就馒头，也挺好的。总之，吃的是没问题的了。我们也准备了几副扑克和麻将，大伙儿可以尽情地玩。大伙儿说了，公司给了咱们这么多福利，咱得好好干活，回报公司。咱要知道感恩。

尚树蛋大喜道：这就是效益！这就是民心！小冒儿你挺会整，花了点钱就把民心给争取来了，好，干得好！小冒儿你挺有领导才能，知道想办法调动群众积极性。人的因素第一，只要有了人什么人间奇迹都能创造出来。总之，你干了一件得民心的事，你替我操心了，我谢谢你！

小冒儿说：树蛋老总你别这么说，这不是咱们大伙儿的事吗？

尚树蛋说：那我就不客气了。今后咱们大家团结一心，一定要把公司办好，以后要上规模、上档次，把尚庄卤鸡做成响当当的名牌，目标是冲出亚洲，走向世界，不要像中国足球那样光喊着要冲出去，结果冲来冲去还是原地不动。咱不能学足球，咱尚庄人有一种求新向上的劲头，这是我们村的光荣传统，光荣传统是传家宝，咱世世代代不能丢，有了这个传家宝，咱就会永远立于不败之地。尚庄团结一条心，试看天下谁能敌？

尚树蛋正讲得起劲，忽然发现小冒儿已经到旁边和员工们野餐去了，便叽咕着说，白夸了你半天，闹半天是小村子的庄稼人，成不了什么气候！小冒儿，小冒儿，也就是小小地冒一下尖而已。

出于对野餐的兴趣，尚树蛋还是凑到了员工们围坐的一棵大柳树下。

小冒儿给尚树蛋倒上一杯酒，对大家说：来，咱们都满上，一块敬咱们老总一杯！树蛋老总领导有方，咱们凤来公司买卖不错，产值月月上升，咱们凤来公司员工都得到了看得见的利益，这都得益于树蛋老总办企业的超常能力，咱们大家谢谢老总了，集体敬老总一杯！来，都把酒杯举起来！

小冒儿这一举动尚树蛋觉得很诧异。方才还觉得他成不了什么气候，但听了这番话，觉得这小子还很有点内涵，像那么回事。这样想着，不悦的情绪便为之一扫，他端起酒杯说：咱公司成立不久，但效益还是不错的，这都是凤来公司全体员工共同奋斗的结果。我特别要感谢老赖哥、小冒儿父子，他们把家传手艺无私地带到咱公司，把自家的小作坊融入了我们今天的大企业。老赖父子的无私奉献的精神令人敬佩，老赖父子的高风亮节令人敬仰，现在全国都在推选感动中国年度人物，我以公司老总的身份提议，咱推举老赖、小冒儿父子为感动尚庄年度人物，大家赞成不赞成？

众人齐声说：好！赞成！

尚树蛋接着说：既然都没意见，咱现在就举杯通过，让我们同干了这一杯，祝贺他们！

众人齐声说：好，干！干！

74

爹大没有老总大。

在一片欢腾声中,尚树蛋发现,老赖的情绪不高,闷闷地低着头,杯中酒举了举又放下了。尚树蛋不解地问:老赖哥怎么了,身体不舒服吗?

老赖晃了晃头,没说话。

尚树蛋更觉得不对头,继续追问:老赖哥你有事尽管说,我虽说不是村长,管不了全尚庄的事,但我是凤来公司老总,公司的事我还是说了算的。

老赖吭吭哧哧地说:树蛋,那我就实说了吧,就是公司的事。

尚树蛋问:公司啥事?

老赖说:就是那坛子老汤的事。老婆不干了,说我把家传的东西都献出来了,那是祖宗留下的家底,独特的配料是家庭秘密,说我不仅把我家的祖传手艺献出去了,把儿子献出去了,把自己也献出去了,还把家底儿都献出去了。说凤来公司是什么,是你尚树蛋的,你是老总,我们家是什么,只不过是白白地奉献,挣多少钱是你尚树蛋的,和我们无关。她骂我是傻瓜蛋,是没心没肺,是败家子,说既然卖给了凤来公司,又有吃有喝的,就永远别回来了,回来也不让进家,家是她的,我和小冒儿的家在凤来公司,你跟尚树蛋那个光棍子过去吧。树蛋老弟,你别嫌难听,我是学的她的话,其实,她说的比这还难听呢,还骂你呢，我说不出口，太伤人，就别学了。树蛋你可别怨我啊，我那老娘儿们不是个东西，简直就不是人……

尚树蛋觉得问题不小，忙说：老赖哥，你别为难，别生气，我怎么觉得，你家我嫂子是个挺通情达理的人呢，乡亲们都认为她是个贤妻良母呢，我平时对她印象也特别好。

老赖说：树蛋你现在是光棍儿，你还没接触过女人，还不了解女人，其实啊，女人是最难捉摸、最难缠的！女人是典型的表里不一，是当着外人一套，当着家里人又是一套。对外人，她满脸都是笑容；对家人，具体来说是对自己的老头，像仇敌似的，不仅没个笑模样，还横眉立目龇牙咧嘴的，说训你就训你，说骂你就骂你，满口脏话，简直像个泼妇。树蛋我这绝不是胡说，就是我们家那位我真是受够了，可又没办法，一点办法也没有！对这种胡搅蛮缠的主儿，你能咋办，吵吵不过他，打也没法动手，就是真动手你也打不过她，她一哭二闹三上吊，碰她一点就满地打滚，鬼哭狼嚎地，你有办法吗？要说离婚，就更是没可能了，孩子都快娶媳妇了，你能离婚吗？就是真离了，你就能好过吗？也是个难！所以我作为过来人跟你说句心里话吧，你现在最好，没气生！

尚树蛋道：你是说当光棍儿？老赖哥你是饱汉子不知饿汉子饥啊，光棍儿的难处你知道吗？出来进去就这么一个人，冬天是冷炕冷灶冷被窝，夏天是屋子没人打扫，衣服没人洗，干活回来精疲力尽地往炕上一躺，没个人说句体贴话，没人给倒一碗水，自己累了也不愿做饭，常常是喝凉水啃个凉馒头嚼根咸菜条子。老赖哥你就别不知足了，你们这个年龄段的咱村还有好几个光棍儿呢，至于你说的我嫂子那个情况，我相信一半，我不打算给你们评个是非曲直，清官难断家务事。我想说的是你们打架的原因，就是你们那坛子家传老汤，还有你们家的传世手艺。我刚才说了，我尚树蛋感谢你们，凤来公司感谢你们，我虽然说了你们是高风亮节，无私奉献，但我是说你们的这种精神好，值得大家学习，这绝不是想用几句好话就占你们的便宜，让你们白白付出。老赖哥这事你要不说我也想跟你说了，我要让你们的付出换来价值，就是给你们钱。老赖哥你放心，回头我让老喔给你们算一下账，老汤多少钱，你们的手艺值多少钱，一个子儿不少地给你。凤来卤煮鸡是你们的家传，是你们的专利，专利你大概不懂，城里人都实行专利，就是说专利也是商品，也是金钱，这涉及知识产权问题。总之，是要给你们钱买你们的技术和专利，不能让你们吃亏。如果你们实在不愿卖也没关系，咱好聚好散。不过我觉得老赖哥不是那种釜底抽薪的人，你不会搞垮我们公司，公司是咱大家的，也是你老赖哥和小冒儿的，你们绝对不会做那种事。

老赖赶紧说：树蛋你这是说到哪去了，我能把咱公司搞垮吗？我能光顾自己不顾乡亲们吗？咱们是一个整体，我们爷儿俩是咱公司的人，我们的手艺和那坛子老汤是咱公司的共同财产，我决不能拿走，不仅不拿走，还要传给咱公司，要带出两个徒弟，使老赖卤煮鸡真正成为凤来卤煮鸡。你放心吧树蛋，这品牌现在是咱尚庄的，是咱凤来公司的，我不仅不会退出，钱也不要，我不能听你大嫂的。女人啊，就是头发长见识短，你也别跟她一样！

不知什么时候，小冒儿来到了他们身后，突然问：你们说的这么热闹，说什么呢？

老赖训斥道：大人的事，你们小孩子别瞎掺乎！

尚树蛋道：小冒儿可不是小孩子了，是咱公司副总！

老赖说：副什么总？他就是当皇上，我也是他爹，儿子还能比爹大？

小冒儿心有不服：爹大，爹大，可爹没有树蛋老总大！

树蛋忙打岔道：别这么说，在咱公司都是老乡，公司是大家的，没有高低贵贱之分！

75

抱着孩子当伴娘，有生气。

　　这段小小的争吵被鸡爪子和大白妞解了围。他们两人双双上前为树蛋敬酒，鸡爪子说：我们两个本来是流浪到这里，感谢树蛋老总的收留和重用，这是救命之恩。这杯酒装着我们两人的深深谢意，树蛋老总你喝了它！

　　两个人一起端起酒杯，走到尚树蛋面前，同时深鞠了一躬。

　　尚树蛋对此大礼感到很突然，赶忙也还了一躬，说：好，好，好，咱们同干一杯！说着端着酒杯走到围坐在一起的职工们面前，请大家同干一杯。

　　这时候尚树蛋突发奇想，说：诸位老少爷们，鸡爪子和大白妞的事在咱们这里已经是公开的了，我看这两个人挺般配，也情投意合的。从婚姻法说，两人现在是一个光棍，一个寡妇，自由恋爱应该是允许的，他们有恋爱结婚的自由。在村里偷偷摸摸的是因为旧传统习俗闹的，是那些扯老婆舌的人瞎起哄。其实，人家恋爱怎的了？结婚又怎的了？碍谁的事了？何必要像做贼那样东躲西藏？光明正大行不行？我看谁也管不着，别人愿说什么说什么，不理他就是了。今天我要说，我们不仅不理那些说三道四的人，而且要鼓励他们大胆地爱，我提议，咱就利用这次野餐，为他们举办一个简单的婚礼，省得整天偷偷摸摸的了。我的意见大家同意不？

众人像是起哄似的大喊：同意！好！

大白妞有些不好意思，在尚树蛋耳边小声说：这样不好吧……

尚树蛋说：有什么不好，我是公司老总，日后村里有什么议论我担着，你们同不同意吧？

鸡爪子显然很兴奋，说：树蛋老总想得周到，谢谢老总！

大白妞有些不好意思，白了鸡爪子一眼，小声说：看把你美的！

尚树蛋说：既然你们没意见，咱就这么定了，咱说办就办，婚礼现在就举行！橡子在拍摄公司当过群众演员，你就当司仪！

橡子很痛快地答应：行，这点事我能干！

尚树蛋又说：丑妮儿当伴娘怎样？

丑妮儿有些不好意思：这不合适吧，我都是媳妇了，还有孩子，哪有抱着孩子当伴娘的？

尚树蛋说：哪里规定孩子妈不能当伴娘？就是有规定也管不着咱！就这么办了，你当伴娘！

山药说：行啊丑妮儿，凑个热闹吧，反正他们也不是小青年了！

尚树蛋对丑妮儿说：还是你女婿开通，婚礼就是讲个热闹，没有什么清规戒律。我看你就把孩子抱着，大伙在一起乐呵乐呵！

橡子说：好主意，有新意！

鸡爪子挺乐，说：大伙这么帮忙，太感激了。我和白妞先给大家鞠一躬！

婚礼就在大伙聚餐的野地上进行。橡子打开了他身上带的DVD放起了欢快的音乐，大家有节奏地拍起了巴掌。音乐声逐渐放大，主持人橡子高声宣布：各位亲朋、各位来宾，现在我宣布：鸡爪子和大白妞的婚礼现在开始！

在人们的热烈掌声中鸡爪子和大白妞手拉着手走到人们中间，大白妞旁边是伴娘丑妮儿抱着她孩子。

人们憋不住笑。议论声四起：伴娘是个孩子娘，真新鲜！

这是个好兆头，新娘新郎马上就会有孩子了！

……

主持人橡子说道：今天我们在这里为这一对新人举行婚礼有特殊的意义。今天我们是集体春游，是我们公司第一次集体野外活动，也是我们村第一次在野外举行的婚礼。我们都知道，这一对新人相爱很久了，以前都是像贼一样背着人，现在可以向全世界宣布，两个人的爱情公开了，再也不用背着人了，这是一次解放，是人性的解放，现在，我们请这一对新人拥抱接吻一次怎样？

众人大呼：好！好！

鸡爪子、大白妞两人被弄得措手不及，面红耳赤，谁也不敢向前。橡子道：还有什么不好意思的，你俩在私下里不是常事吗？

众人一阵起哄：快！快！吻！使劲吻！

鼻子柱儿、条子、守家等几个光棍儿像是看热闹似的，大喊大叫，声嘶力竭。接着，他们一涌上前，将两个新人推在一起，一人抱着一个人的头，把两张嘴推在一起。下边人接着喊：好！好！使劲儿！……

惊天动地的喊声使现场气氛达到高潮。作为公司老总，尚树蛋觉得很有成就感。他认为这不是一次婚礼的问题，而是一个企业兴旺发达的标志，特别是这个非同寻常的带孩子的婚礼仪式，他觉得很有意义，因为孩子就是未来，公司的未来一定会像这带孩子的婚礼一样充满生机。

使尚树蛋被打动的还有主持人橡子那句话：人性的解放。尚树蛋很吃惊，橡子在哪儿学来的这个新词儿？他想来想去想起来了，橡子在影视拍摄基地当过群众演员啊！这个词儿，很可能是影视剧里的词儿，要不，凭着橡子那点文化水平，他肯定想不来。这词虽然可以肯定不是他当群众演员的词，因为听他说过，他当群众演员时，不是扮演死尸，就是连半张脸都露不出来的大场面的群众，从来没说过一句台词，更不要说这种硬词儿了。

但即便如此，尚树蛋觉得还是挺兴奋。人性的解放，这提法多时尚啊，多少年来,我们尚庄所缺少的不就是人性得不到解放吗?尚庄多光棍儿,光棍们大都是一辈子也捞不着亲近女人,只是在心里想,急得光想发疯,恨不得看见个母狗都想弄一下,这不就是人性没解放吗?因为人性没解放,才有了鸡爪子、大白妞偷鸡摸狗的事,才有了那么多孤男寡女挖门盗洞地偷情的事。今天这场"解放"太好了,说不定会在尚庄产生巨大的影响,改变尚庄的恋爱结婚习俗,让人们把被压抑的感情尽情地释放出来。

尚树蛋很有成就感,觉得自己是开了风气之先,成了尚庄的一位精神领袖,在他周围是一片经久不息的赞扬声。

尚树蛋有些飘飘然了,眼前的一切渐渐虚化,直到又看到了胡宫,才感到自己仍然身在汴梁城外。

只不过,凤来公司的员工们热闹的野餐场面和婚礼仪式不见了,面前是一片柳树林,这些柳树和先前所见到的柳树一样,不是水边河岸那种树干直挺,枝条飘逸的秀美型,而是矮趴趴的粗壮型,主干满身树瘿,疙疙瘩瘩的,不少地方还空了心,显得古老而苍劲,似乎就是一截矗立多年的"古木",就是在这样一截"古木"顶端,生发出一丛丛新枝,细长而茂密。时值初春,新枝嫩芽初露,浅黄嫩绿,充满生机,与树干的近乎枯朽的古老苍劲形成鲜明的对比。在这一片柳树林旁边的三岔路口,是一处三间瓦舍,瓦舍有由土墙和木栅栏围成的院落。以这瓦舍为中心的三岔路口,由两个方向走来两支队伍,瓦舍的南面循着院墙的一支是两个骑驴人和三个步行者,有一个牵着驴,有一个挑着行李,像是随员或童仆,骑驴的衣着打扮像是富家子或客商。他们从城里出来,像是已经走了很远的路,显得有些疲惫。另一队人马是从汴河东北方走来,最前面是三个人,前呼后喊地追赶着一头奔马,那奔马拖着一根缰绳,正拼命地向城内跑去,真个是脱缰野马。他们后面有一乘轿子,轿子上插满枝条,显然是踏青归来。再后面是一位骑马人,身后跟着挑担子的仆人。

令尚树蛋大感意外的是,胡宫竟是那个从东北方向前来的队伍中的一员!

这一行人来到瓦舍旁的三岔路口，胡宫下了马，在和尚树蛋打招呼的瞬间，那马竟脱缰而跑，于是便有了几个人追赶奔马的一幕。

脱缰的野马是不好追上的，只能眼看着那匹马远去。尚树蛋有些不好意思，说：老胡，对不起，都怪我，你光顾我不顾马了。你那马咋找回来啊……

胡宫说：一匹马不算什么，见着老朋友哪能不打招呼呢？这马跑了，说明我与它的缘分尽了，强找回来也没用，任它去吧。再说，这匹马是在金国时友人送的，在金国，马是寻常物，不值钱，树蛋你别在意。

尚树蛋问：怎么，你去金国了？你不是说上坟去吗？胡宫，你和我说过，你是一位有骨气的人，你不肯屈辱地随金人北上，跳汴河而死的，怎么又去了金国？你变节了吗？

胡宫笑道：老胡你误解我了，我去金国是化装前往的，是为你办一件大事。

尚树蛋不解地问：什么大事？为我？

胡宫道：为了一幅画，与你有关。

尚树蛋越发不解了，追问道：怎么还是为了我？

胡宫暂未应声，却从袖中取出一轴画卷，说：一会儿我给你看幅画，咱先到屋里去，这地方风大，怕弄坏了画。

76

这一路你就是从画上走过来的。

尚树蛋随即跟着胡宫走进那三间瓦舍。房子里空空荡荡的，只是在门外有一人背着脸看着一只大盆，像是要洗点什么。胡宫说：看门的，不理他也罢，咱进屋去。

二人就进了里屋。屋地中间放着一个大条案，一张方桌，旁边有两把椅子。这桌椅看上去很高档，好像不是普通人家的东西，尚树蛋小时候在大户人家看到过。但这一组家具摆在这里似乎不大协调，家具高档可房子太低档了。

尚树蛋正迟疑着，胡宫将那幅画展在条案上。尚树蛋一眼就认出来了：这不是著名的《清明上河图》吗？这可是珍贵文物啊，你从哪里搞来的？是从故宫偷来的吗？赶快送回去吧，否则你要惹祸了！盗窃文物罪最高可处死刑！

尚宫笑道：惹什么祸，我不知道你说的故宫，这是在大宋汴京，这画是我费尽周折弄来的，而且是为了你。你不是宋史专家吗，以你在尚庄的视野，肯定没见过这幅画，顶多是见过印刷品。

尚树蛋说：那倒是。谁能见到过真品？听说真品是在故宫珍藏着，是国宝级文物，只有保管人员和为数不多的专家看到过，像我这样的小人物哪有这个眼福？

胡宫说：我今天就是让你开开眼，让你不枉为宋史专家！

尚树蛋一边说着谢谢，一边像着了迷似的盯着画看起来。这真是一幅从未见过的《清明上河图》。卷首有宋徽宗赵佶题写的具有他独特风格的瘦金体"清明上河图"五个大字，盖有宋徽宗赵佶的双龙小印。尚树蛋不知在一个什么材料上看到，赵佶虽政治昏庸，任用小人，横征暴敛，穷极奢华，但精通百艺，特别是擅长书画，他在位时网罗画家扩充了翰林国画院，倡导编辑了《宣和书谱》、《宣和画谱》等书，对后世很有贡献。《清明上河图》因是当时不被看好的界画，所以没被收入。又听说《宣和书谱》是蔡京主编，有很大的倾向性，多凭他个人好恶。此画是张择端献给赵佶的，赵佶很看好，破例地题写了画名，盖上了自己钟爱的双龙小印。仅此就和很多摹本大不相同，他以前看到的多是由赵孟頫题写画名的本子。

尚树蛋还注意到，这画高20多厘米，长500多厘米，画面上呈现出的清明节，大地回春，漕运启动，大批船只运行、靠岸、装卸货物，一片繁忙景象；还有繁华热闹的店铺商店，市民在桥上游览及上街、扫墓、交友等热闹图景。此画构图集中紧凑，刻画细腻传神，色彩明朗清晰，整幅画富于生气，生动而鲜活。

整幅画大体分三个段落，第一段是汴梁城郊农村的田野景色，疏林薄雾掩映着三五农家，特色田亩，菜农在打水浇田，毛驴驮炭进城，及踏青扫墓归来的人群，骑马坐轿的进城者，挑担负重的人马，接着是村口、官道、汴河边。这里林木葱郁，房舍渐密，店铺渐多，官道上有一行轿马，汴河中有数艘巨舟，正在向汴梁城进发。第二段极紧张精彩，是画面核心部分汴河区。汴河中间架着一座巨大的拱桥，宛若飞虹，沟通南北，桥面上则是摊贩林立，车马喧嚣，行人拥挤，肩挑背担，骑马乘轿，往来穿梭，桥面下激流滚滚，漕船相接，码头上搬运工在搬运粮食，计筹员在发筹计数，纤夫们则背驮手拉，艰苦地驱动着漕船航行。在这座巨大的横跨汴河的宛若飞虹的虹桥下，有一只大船正要过桥，因桅杆未放下，可能有触桥的危险，船工们一个个都在使劲用力，拉纤的、撑篙的、掌舵的无一不在全神贯注地在与急流搏斗着，而桥顶上众多凭栏俯视的人们，有抛绳索相助的，有呐喊鼓动的，前呼后喊，万众瞩目，场面十分紧张，与船工们的紧张情绪汇合成一片。而虹桥两端，临河的酒楼茶坊顾客盈门，还有的在闲谈聚会，有的凭窗眺望，一派悠闲自在的景象。第三段画的是城区繁荣景象。这里以高大的城楼为中心，一队骆驼驮着货物正在缓慢出城，从汴梁东门进入城内街市，街两边税衙、官宅、酒楼、店铺等屋宇鳞次栉比，各行各业店铺排列整齐，市招高挂，买卖兴隆，士农工商摩肩接踵，一派繁荣发达的景象。城边城内街道平坦宽广，城区内外行人有官吏、士绅、兵丁、和尚、乞丐、苦力、挑贩，还有货郎、卖艺的、说书的、算卦的及车马轿夫，各色人等，不下七八百人，还有驴马牛等牲畜八九十头，及各种不同的车辆轿子，在汴河上则有二三十艘大小船只，有的停靠岸边装卸货物，有的在河上航行，各种风俗景象真实而概括，众多人等形象而生动，整幅巨画描绘细腻，几乎把京城建筑、人物、各种市井景象统统囊括其中，从布局、结构到每一个细节都是精心刻画，全幅画一气呵成。

  对于这幅《清明上河图》，尚树蛋觉得虽不陌生，图中景象好像刚刚经历过，见过，甚至有的屋宇还进去过，并与图中多人进行过交谈，像是电视中的随机采访，但他们的身份却是大宋朝人，帝王将相、才子佳人都有，活活地就是这画中人。但现在，这些人物都停滞不前了，一个个地都固定在画面上。尚树蛋好生奇怪：这究竟是怎么回事呢？

  尚树蛋正在发愣，胡宫笑道：你是不是觉得这画面太熟悉？告诉你吧，这一路你就是从画面上走过的，但那是实景实人，这是画。给你看的这幅是真品，你还从来没见过，我是专门找来给你看的，让你开开眼，够意思吧！

  尚树蛋感激不尽地说：太感谢你了胡宫，你真够意思，够哥儿们！这幅画太好了，太清楚了，不像我见到的那种黄乎乎、黑乎乎的印刷品，好画！好画！真是难得一见的珍品！

胡宫说：不仅是珍品，是神品！这是徽宗皇帝说的，当年他见到此画就称赞是神品。徽宗皇帝是书画名家，对书画鉴赏很有见地，被他称作"神品"的画仅此一幅，他也从未给本朝画家题写过画名，之所以如此偏重此画，是因为这幅画符合徽宗皇帝评画的标准，说是画中人物车船等都画得形色俱自然，笔韵高洁。这幅画后来赏赐给了向氏家族。

尚树蛋道：向氏？赵顼的皇后姓向。

胡宫道：你说的对，我说的就是神宗皇帝的皇后。哲宗皇帝继位后，向皇后被尊为皇太后，她是力保徽宗皇帝登基的关键人物，哲宗皇帝驾崩后，就是她提议让神宗皇帝第十一子端王继承皇位。当时，向太后看到朝臣政见分歧，端王又不是哲宗嫡子，而是他的弟弟，恐发生变故，就决定由自己处分军国大事，实际上就是垂帘听政。

尚树蛋道：老宋家的女人比男人厉害，垂帘听政的就有好几个，向太后算其中之一。不过，她执掌大权没有多长时间就把大权交给了赵佶。她是在徽宗皇帝即位那年离世的，这个女人挺强势。

胡宫道：应该说，向太后是徽宗皇帝的恩人，可以这么说，没有她就没有徽宗皇帝。徽宗皇帝也知恩图报，对向太后的两个兄弟向宗良、向宗回数加恩典，并封郡王。向氏兄弟喜欢收藏，他们的许多藏品都是来自徽宗皇帝的赏赐和内府藏品。《清明上河图》原为内府藏品，后来被赠与向氏兄弟，《向氏图画评论记》里记载了这件事。后来《清明上河图》又流转到北方金国，历经辗转周折才回归中原。这中间还有李师师的功劳呢！

尚树蛋对胡宫讲的这件事还真不知道，忙问：这事还与李师师有关？她还有功？

胡宫道：正是。当年金军入城后，大肆抢掠，宫中大批珍宝被掠走，神品《清明上河图》也流入金国。但最后并未落入敌手，这就多亏了李师师。我想这事你肯定不知道，原来我也不知道，这是在我去了趟金国后才知道的，也荣幸地得到了这张宝图神品。你想知道详情吗？

尚树蛋说：当然想。我研究宋史多年，对这事还真不清楚，快请讲给我听！

胡宫道：尚树蛋你还真学礼貌了，就冲着你这一个"请"字，我给你讲讲。还是先从宋金联合伐辽开始吧。金国联合大宋攻辽，辽被攻破后，金军却把大宋当成了下一个目标，很快占领很多州，兵锋直指汴京。当时朝廷是软弱求和，割地赔款，而李纲虽经奋力抗击，取得了汴京保卫战的胜利，但汴京的危机并未解除。接着，双方便进入边打边谈阶段，钦宗皇帝派人向金人求和，金国狮子大开口，索取巨额金银。金兵贪得无厌，是永远不会满足的，你提供越多，他越无止境地索取，直到倾其所有。

尚树蛋道：这就和我们老百姓是一样的。我们尚庄有一个叫老长顺的，他做事跟他这名一样，"长顺"，常常顺从着。怎么回事呢？他苦扒苦拽地给儿子盖了房子娶了媳妇，然后儿子提出就要分开过，还提出要分家产，当然这主要是媳妇的主意。老长顺同意了，顺从了儿子的意见，把自己半辈子攒的那点钱都无保留地给了儿子，老伴阻止他说你得留点咱养老啊，可老长顺说，咱就这么一个儿子，这点钱放他那和咱这不是一样吗，老伴说那可不一定，你瞅着吧，这还不算完。果然，这以后，儿子又提出要分房子，老长顺又同意了，到最后，老长顺两口子，只剩下一间小西屋，老两口就在这间小西屋住着，真惨呀。这就像宋和金，只是大小不同而已。金贪得无厌，宋百般顺从。

胡宫道：金军在宫中大肆搜索，几乎洗劫一空，把宫中的珍宝、典籍及祭天礼器等也都用车拉走，他们还掠走了乐工、各种工匠、医生、画工及大臣和诸州守臣的家属，用了四天时间才运完。当朝廷面对金人索取无法应付时，竟然答应由嫔妃公主来抵金银。唉，你说朝廷软弱腐败到什么程度了，竟不惜将自己的亲人拱手送敌？

尚树蛋道：也就是你们赵家王朝能做出这些丧权辱国、丧权破家的事，太惨了。当初金人抢掠完毕，又册封奸佞张邦昌为伪帝，定都金陵，我们所称的北宋的王朝宣告终结。在大臣保护下幸存下来的康王赵构在南京应天府重建宋朝，我们称为南宋。高宗即位后，先是任用李纲为相，李纲一如既往地积极抗金，引起了主降派不满，就诋毁李纲，李纲又被贬。再后来，金军南下，中原沦丧。在金军北归途中，宋将韩世忠大败金军于黄天荡，金军元气大伤，宋金战争从此进入相持阶段。金军再次南侵时又被挫败，被迫与宋议和。战争告一段落后，主战派受到主降派的打击，战功赫赫的抗金名将岳飞等因秦桧陷害被杀，宋与金订立绍兴合约，形成南北对峙局面。但金人并不死心，又再度南侵，一直到采石矶之役宋军大败金军，金军才北撤。这是后来的事了，你不知道，我就不卖弄了。

胡宫道：尽管这是我身后事，但我还是很想知道的，不管怎么说，我是大宋宫中人。谢谢你树蛋，你让我知道了猖獗一时的金人终于北归，宋金战争总算有了个结果，说来还是让人高兴的，特别是岳飞等大败金军的事让人振奋，他们大长了大宋的志气，大灭了金军的威风，但秦桧之辈让人憎恨和不齿。

尚树蛋道：世上事都是这样，忠奸并存，是非同在，自古已然。别说你们大宋了，就是在我们尚庄……

胡宫打断他：别说你们尚庄了，还是接着说宋金的事吧。当初金军把汴梁抢掠一空，满载而归，可说是灭了宋朝，肥了金国。这次我去北边得知，金军是分东西两路撤离汴梁北去的，他们掠走的大量金银财宝连同太上皇、太后、亲王、驸马、公主、嫔妃和钦宗皇帝、皇后、太子、宗室及大臣，浩浩荡荡，像是宋宫搬家。东路太上皇他们乘坐的是由女真人驾驶的一百多辆牛车；西路钦宗皇帝骑马，其他人步行，他们穿戴破旧，饮食不饱，而且受尽金兵折磨凌辱。除了宫廷外，还有十几万百姓。

尚树蛋叹了口气：如此惨状，古来鲜有！我为你们大宋感到羞耻！我有点不理解的是，金人掠走那么多百姓干什么？

胡宫道：当奴隶嘛！其实，金人掠走皇帝和这么多宫官嫔妃，也是当奴隶。

王公大臣被卖为奴隶，两个皇帝则是最大的奴隶。前面说了，金人把他们赶到韩州，分给他们十五顷地，让他们种地自食其力。

胡宫道：种地是我们的专长，哪是他们干的事，这些人五谷不分，四体不勤，都不知道庄稼是怎么长出来的，让他们种地，还不把他们饿死？

胡宫道：徽宗皇帝是病死的。他受不了这个苦。钦宗皇帝在完颜亮与大臣饮宴竞射时被乱箭射死，又遭乱马踩踏。那些后妃们有的被送进洗衣院，有的被送给金兵为妻，受尽凌辱。

尚树蛋道：这就是国破家亡。皇帝懦弱无能，国家被人占领，遭殃的就不仅是皇帝了。你还口声声称他们为皇帝，这叫什么皇帝？穿黄袍的父子囚徒！

胡宫接着说：金兵北归后赏赐伤兵和立功人员，金主把李师师送给了一个因杀人过百而名声大震的金军小校，作为令许多人为之眼热的最高赏赐。李师师不从，金主以处死相威胁，李师师就想出一条缓兵之计。说：大王要杀我容易，别说我一个小女子，大宋皇帝不也成了你们的掌中之物，随意玩弄了吗？你们可以随意侮辱他们，但我受死不受辱。你们要是强迫我，我只好死在你们面前。要是容我几天时间，答应我一个要求，我可以答应你们。金主问什么要求，李师师说要一幅画，那是皇帝送给她的，曾藏在内府，后被你们掠来。她要这幅画是想留个纪念。那幅画就是这幅《清明上河图》。

尚树蛋大吃一惊：是这幅画？后来你又是怎么弄来的？

胡宫道：金主满足了李师师的要求，将从宋宫掠来的这幅画交给了李师师。李师师派了一个贴身小内侍偷偷地拿着这幅画逃了出去，隐藏在乡间，隐姓埋名躲过劫难。后经几番辗转，此画被金朝书画鉴赏家和收藏家张著收藏，我是从张著的后人手中借来的，让你开开眼界。

尚树蛋道：原来是这样。李师师有功！只怕金主不会放过她！

胡宫道：正是如你所说。事情败露后，金主要杀李师师，李师师从头上拔下金簪，刺喉而死。

尚树蛋赞道：好一个刚强女子！好一个巾帼人杰！谁说青楼皆污秽，面对如此高洁女子，那些正人君子们有何面目见人，干脆把脑袋塞到裤裆里得了！

尚树蛋说完这话觉得有些粗俗，好在胡宫并未理会。他的目光仍停留在画面上。他说：你再看看张著这题跋吧，这段文字值得琢磨。

尚树蛋禁不住也看起这段题跋，只见那上面是介绍此画作者张择端的，上面说，张择端是宋徽宗时宣和画院的翰林待诏，山东东武人，自幼好学，后游学于京师，学习诗赋策论之类，准备参加科考。因科场失利，仕途不畅，加之生活拮据，改学绘画，专攻界画，特别擅长画舟车、市桥、城郭等。题跋落款是张著，张著称这幅画是神品，"藏者宜宝之"，时间是大定丙午清明后一日。

胡宫说：这张著是个专门鉴赏书画的行家，在金朝御府监书画，这幅画被张著收藏。这幅画的先前收藏者是向宗回，向宗回是赵佶继位的关键人物向太后的兄弟，也就是徽宗的娘舅。徽宗皇帝接受了该图后，题了画名，钤了印，将该图赐给了向家，向宗回将它著录在《向氏书画评论集》里，向宗回去世后，此画传给了子侄。这幅画是怎样流落到北方呢？据说，向宗回子侄中有一个叫向子韶的，靖康之难时奋力抗金，保卫其所任职的淮宁府，亲率诸子弟守城，城破后又率军民巷战，子韶被俘，不屈而死，其家产被金军掠走，《清明上河图》和《向氏评论图画记》尽在其中。几经辗转，被张著收藏。当然了，这只是一种说法。前面说的李师师向金主索画，后令人带往民间之事，不知道与张著收藏是否有联系，也可能是张著在乡间获得，从李师师的那个小内侍手中得来，这样，两个说法就接上头了。自古以来，大凡名物名品的来由都是众说纷纭，越是贵重珍奇的，传说越离奇越神秘。因为说法太多，莫衷一是，叫你猜不透，才吸引你去千头万绪地去想。

尚树蛋叹道：这就是历史，这就是真真假假虚虚实实的历史。研究历史凭文献，凭记载，但我看也得凭猜测，当然是合理的猜测，自圆其说就好。我们研究历史的有一句话叫作，大胆假设，精心求证，这话很有道理，史学家研究的历史都是从史书上得来,而史书是当时或后来人写的,到底真的历史是什么样,其实谁也不敢较真,自圆其说就行。我听你这番话感到你能自圆其说,我信了,老胡你说服我了。唉,这幅画真是多磨难啊!跟你商量一下,这幅画能不能借给我赏玩几日,我拿到尚庄给乡亲们看看!

胡宫摇头道:这可使不得,使不得!这是国宝,不能轻易示人,我只是看在咱俩的关系上,借来供你见识见识,怎能让你再转给别人?我还得还给人家,同时在城外给我说的那些人上上坟。

尚树蛋道:你说的怎么这么离奇,说到哪就到哪啊?

胡宫笑道:你忘了我是一缕鬼魂了,随风就飘走了,快得很!究竟有多快你是想象不到的,你也不必去想象,你还是跟你的尚庄哥儿们玩去吧,我给人家送画去!

胡宫说完就没了影儿。

他眯着小眼睛笑着喊：相亲了！有喜了！

尚树蛋觉得眼前出现了尚庄：熟悉的街道，冀中农村特有的平顶房屋，还有一张张熟悉的面孔。尚树蛋看他们都忙忙乎乎，行色匆匆，上前问：你们这是干什么去？

村人答道：文化广场有招亲会，看热闹去！这时的大喇叭传出一个通知：所有的尚庄单身老乡，凤来公司喊你们到文化广场相亲喽！

尚树蛋这才想到，这是他布置的活动，自己怎么倒忘了？

尚树蛋到新建成的文化广场近前一看，原来是凤来公司的一群人。小冒儿、二肥、鼻子柱儿等几个人在广场的露天舞台上，令尚树蛋高兴的是，子公司的两个人二孬和球子也来了。他有心打听一下子公司的经营情况，但又觉得这不是谈工作的时候，便跟他们点了点头，目光又移到舞台上。

舞台上摆着一个盖着红布的长条桌，桌子上有一个麦克，二肥正拿着麦克喊。舞台上正桌西边还有一张空桌，上面摆着一盆花，山药媳妇丑妮儿和鸡爪子媳妇大白妞坐在这张桌子后面，她们每人胸前都戴着一朵大红花，像是在接待相亲的人。尚树蛋撒摸了一下，他看到台下还有喇嘛四、山丫夫妇、橡子、守家，几乎凤来公司的人全来了。在台上另一张桌子旁，坐着以写婚礼单子闻名的老嘬,面前铺着一张大红纸,笔墨俱全,看得出他是专门负责写相亲单子的。舞台上还有本村画家一挥公,他站在舞台一旁,双手展着一幅画,画的是一幅喜鹊登梅图,很是喜庆。他眯着小眼睛笑着喊:相亲了!有喜了!尚庄有喜了!

看得出,坐在中间的二肥是相亲会的主持,他突然发现了尚树蛋,冲着他喊:树蛋!树蛋老总!你上哪去了?让我们找的好苦,快上台来吧,等你讲话呢!来,大家以热烈的掌声欢迎树蛋老总讲话!

台上台下掌声一片。

尚树蛋上了台,坐在一个显然是给他留着的座位上,对大家说:乡亲们,今天我们召开一个相亲大会,在我的记忆中,这是咱村从来没有过的一次会议,会议的主题很明确,就是相亲。咱村的未婚男女多,这不是因为咱村的姑娘小伙儿长得不好难找对象,而是婚姻观念有问题,姑娘们的眼光都盯着外面的世界,盯着城里,觉得城里好,结果我们村的好多女子都被城里的歪瓜裂枣娶去了,村里的好小伙儿却找不到对象,这太不公平,今天我们要把这个旧案翻过来!

台上台下一片掌声,经久不息。

尚树蛋越发来了情绪,接着讲:现在咱农村也城镇化了,我们村由小洋楼组成的尚庄新村也建起来了,我们不仅有了电灯电话,而且不少人家有了小汽车,咱下地都开着小汽车去,吃住都不比城里人差,屋里有了上下水,拉屎撒尿也不用出屋了……

这时有人吃吃地笑。尚树蛋说,大家不要笑,我的话虽然粗了点,但就是这么回事,大家说是不是?

众人齐声答:是!——

尚树蛋接着说:以前咱看着城里人拿着个手机觉得很新奇,叫什么大哥大,现在咱村都普及了,连我大娘这样的老太太们都整天拿着手机跟人唠嗑,有些年轻人都用上苹果牌了。还有电脑,现在家家都有电脑,上网成了咱村一个普遍的爱好，连老人都上网呢。再说咱吃的，大饼子就咸菜条子的日子早就一去不复返了，咱现在每家都是吃大米白面，原来我们当主食的苞米都当饲料卖了，已经没人吃苞米面。烧的也变了，也再不烧庄稼秆了，庄稼秆在地里沤肥，都没人往家拉，不像原来搂树叶当烧柴了。我们现在都是烧煤气，要灌气打个电话就有人送上门了，价钱也跟城里差不多。咱吃的菜比城里好，不仅新鲜，而且没污染。咱村成子的蔬菜合作社百十个塑料大棚，都是无土栽培，无毒无病虫害蔬菜，销往全国，咱本村人买都优惠，比卖到城里的便宜多了，而且可着咱挑，咱可以到他的大棚里去挑着买，成子够意思，说是乡里乡亲的得优先。咱吃的粮食都是自己种的，专有磨面房给磨面，还有面食房，现做各种面食，城里人吃什么咱吃什么，穿什么咱穿什么，年轻人紧跟城里人时尚，咱尚庄人到城里一点也不比城里人土。所以，咱现在是鸟枪换炮了，今非昔比了，姑娘小伙儿的婚姻问题可以自己解决了，姑娘们不必眼睛盯着城里了，往咱村小伙子身上盯一盯吧。咱们今天这个相亲会是自由恋爱，自由结合，自己找自己的对象，然后咱们举行个集体婚礼，都坐轿车排成队在村子里兜一圈，让咱们尚庄人风光风光，大家说好不好？

好！好！——

台下一片长久不息的热烈掌声。

78

你他妈真坏，看我怎么收拾你！

　　一阵掌声过后，二肥宣布相亲开始，台下的年轻人一对一对地自由选择自己所爱，相互交谈，热烈而亲热。尚树蛋注意到，在交谈的人群中，有几乎所有的凤来公司的光棍儿：条子、守家、橡子、球子、鼻子柱儿等人都在谈，谈好后就到台上老嘬那儿登记，老嘬忙得不亦乐乎。那张大红纸上写着一对一对的名字，奇怪的是也有他尚树蛋的名字，成对的另一个是他钟情已久也热恋已久的本村美女大梅子。尚树蛋也注意到，在老嘬笔下的那张红纸上方仍是尚庄人熟悉的那两句老话：花灯彩炮迎新妇　亲朋好友庆新婚。今天，老嘬把这两句词写得非常漂亮，水平很高……

　　像电影剪辑的那样，接着一个画面就是集体结婚典礼。主持人二肥简单宣布了一下，一对对新人就穿着结婚礼服在音乐声中钻进早已准备好的婚礼小轿车了，好全的车牌子啊，有中华、一汽、长城、奔驰、红旗、奇瑞、本田、现代，甚至有宝马、凯迪拉克，简直像一个汽车博览会。尚树蛋与大梅子坐的是一辆兰博基尼，非常气派，大梅子今天打扮的也特别漂亮，胜过了所有的新娘。二肥决定，尚树蛋的婚车当头车，之后宣布结婚车队绕村一周。车队启动了，留下一路欢快的音乐声，街道两旁的尚庄人列队相迎，掌声不断。

尚树蛋觉得他和大梅子飘然到了新房前，这时大白妞端着一升麦麸子来到他们前面，从他们脚下撒麦麸子一直撒到新房内，让他们一路踩着麦麸子走进新房，说这叫踩福，也是财富的意思。新房装修布置得好漂亮，尚树蛋从来没见过这样好的房间，觉得房间里到处流光溢彩，金碧辉煌。

接着就是闹洞房，二肥让两人拜堂，一拜天地，二拜高堂，夫妻对拜——说到这儿，二肥让小冒儿和山药一人把着一个，冲他们挤了挤眼，喊：让新人接吻，推——

尚树蛋和大梅子分别被小冒儿和山药抱住，两人用力一推，尚树蛋和大梅子都没能控制住自己，力量很大地向对方撞去。这中间，小冒儿使了个坏，故意将尚树蛋推偏，结果尚树蛋没有撞到大梅子，却是撞到了墙上，闹了个嘴啃墙，嘴唇触到了冰冷的墙壁。尚树蛋骂道：小冒儿你他妈真坏，看我怎么收拾你！

这时耳边传来隔壁他大娘熟悉的声音：你要收拾谁呀？快起来到我家吃饭吧，我擀的面条！你怎么睡得这么死！

尚树蛋迷迷瞪瞪地睁开眼睛，他经历过的一切都顷刻消失，那繁华的汴梁，那兴旺的凤来公司，那屋宇，那街道，那一个个帝王将相，才子佳人，那个充满了活力和激情的野外聚餐，那热闹的集体结婚场面，那些让他新奇、让他敬慕、让他快乐和让他愤怒、不齿的形形色色的人们……

他舍不得离开这些杂乱的影像，迟迟不愿起来，他大娘说：还迷瞪啥，快去吃吧，手擀面炸肉酱，学着老北京炸酱面做的，味道保准好！

尚树蛋好像没听见，仍呆呆地像是想着什么。这时他大娘又说：树蛋你快点啊，大梅子也在我家呢，人家等你半天了！

一听这话，尚树蛋彻底醒了，他猛然睁大了眼睛，大步流星地向门外走去。他身后，那块写着"进士第"的匾额正高悬在墙上，油黑黑地闪烁着古老而高贵的光芒……